教育部人文社会科学研究青年基金项目资助
浙江省人文社科重点研究基地"外国语言文学"学科资助项目

总主编◎王松林　当代外国语言文学与文化求索丛书

Imagining Sea Power in 19th-Century America:
James Cooper's Sea Writing

19 世纪美国的海洋帝国想象：詹姆斯·库柏的海洋书写研究

段 波 著

科学出版社

北京

内 容 简 介

作为研究美国文学的开拓者和奠基人詹姆斯·库柏的学术专著，本书着重对库柏的海洋小说书写进行较为全面的研究。本书以库柏的海洋书写同美国的民族文学型构以及国家想象之间的关系作为贯穿全书的主轴，在细读《领航人》《红海盗》《海妖》《海上与岸上》《火山口》《海狮》《美国海军史》等海洋文学作品的基础上，结合 19 世纪美国的政治、历史和文化语境，分析库柏的海洋书写同美国的民族文学型构、国家意识、国家认同、帝国想象、海洋民族主义、海洋文化、海权建构及帝国扩张之间的复杂关系。此外，本书从整体上论述库柏从西部边疆书写到海洋书写这一创作转向背后的政治文化渊源。同时，本书还论述库柏的海洋书写的美学特征以及对美国的思想文化产生的重要影响。本书还系统梳理了国内外库柏研究的学术史概貌。

本书对从事外国文学教学与研究，尤其是从事英美文学、海洋文学、海洋文化教学与研究的高校教师和学生以及文学爱好者具有一定的参考价值。

图书在版编目（CIP）数据

19 世纪美国的海洋帝国想象：詹姆斯·库柏的海洋书写研究 / 段波著.
—北京：科学出版社，2019.7
（当代外国语言文学与文化求索丛书 / 王松林总主编）
ISBN 978-7-03-060797-3

Ⅰ. ①1⋯ Ⅱ. ①段⋯ Ⅲ. ①小说研究-美国-19 世纪 Ⅳ. ①I207.4

中国版本图书馆 CIP 数据核字（2019）第 044274 号

责任编辑：张 达 / 责任校对：孙婷婷
责任印制：徐晓晨 / 封面设计：铭轩堂

科学出版社 出版
北京东黄城根北街 16 号
邮政编码：100717
http://www.sciencep.com

北京建宏印刷有限公司 印制
科学出版社发行 各地新华书店经销

*

2019 年 7 月第 一 版 开本：720×1000 B5
2019 年 7 月第一次印刷 印张：17 1/2
字数：336 000
定价：98.00 元

（如有印装质量问题，我社负责调换）

丛 书 序

　　本套丛书取名为"当代外国语言文学与文化求索丛书"，旨在向学界展现宁波大学外国语言文学学科的研究特色和近年来所取得的学术成果，丛书涵盖了语言学研究、文学研究、翻译研究、文化研究等方方面面的内容。

　　在我国，外国语言文学学科是文学门类下的一级学科，属于人文学科的范畴，所涉及的研究领域或曰研究方向主要有外国语言研究（含语言本体研究和语言应用研究及语言学的跨学科研究等）、外国文学研究（含文学理论与批评）、翻译研究、国别与区域研究、比较文学与跨文化研究等。其中，外国语言研究属于语言学学科，是研究外国语言及其应用的综合性学科，主要涉及语音学、音位学、词汇学、形态学、句法学、语义学、语用学等基础性的语言本体研究，也涉及形式语言学和功能语言学等理论流派研究，还涉及应用语言学、心理语言学、认知语言学、神经语言学、计算语言学、社会语言学、语料库语言学、文体学、语篇分析等跨学科领域。应用语言学的研究范围主要包括外语的教学、使用、规划和政策，以及二语习得、外语能力测评、双语和多语现象、语言与思维、心理活动及行为的关系、言语产品的加工与合成（含机器翻译）、词典学等，不一而足。20世纪80年代以来，文化研究、影视研究、性别研究、种族研究、数字媒介研究及新闻传播研究等诸多与其他人文学科相关的内容被纳入到本学科的研究范畴中。进入21世纪后，我国的外国语言文学与文化研究发展迅猛，大量国外的语言学及应用语言学理论(包括翻译理论)、文学批评理论及文化批评理论由中国外语界学者介绍、吸纳和消化并自觉地运用到他们的研究领域。尤其令人欣喜的是，外国语言文学学科的研究疆域从来没有像今天这样如此开阔，跨学科、多界面的研究催生了诸多令人瞩目的研究成果。譬如，近年来国内的认知语言学的研究就大量吸收了语言哲学、心理学、脑科学、系统论等学科的成果，不再囿于学科内部的界面研究；其他如神经语言学和计算语言学也是跨学科研究的产物。外国文学研究也在世界多元化浪潮语境下呈现出超越和打破传统研究界限的局面。在传统的文学研究领域，外国经典文学被视为研究的"正典"，而通俗文学往往被边缘化，时至今日，这一泾渭分明的研究界线已被打破。自20世纪七八十年代以来，多视角的文学批评方式如生态主义、新历史主义、后殖民主义、性别和种族批评及文化研究等丰富了文学研究的内涵，文学研究的空间不断扩大和深化；网络文学这一借助超文本和多媒体载体的互动性极强的文学表现形式颠覆了传统的写作范式，成为当下学者不可回避的研究课题；当代多元文化语境下文学作品中蕴含的政治、伦理、法律、环境、族群、性别等诉求备受关注。翻译研究本身就是一门跨学科的多界面的学问，它建立在语言学、符号学、人类学、信息论、心理学等交叉学科之上。进入 21 世纪以来，纯语言学理论在翻译研究中的比重有所减弱，跨界面的其他学科（包括自然科学）的理论模式不断被引入翻译研究，翻译作为一种跨文化交际活动所涉及的因素和问题的复杂性可能远远超出我们的想象，所以翻译研究自然也必须呈现出跨学科的开放姿态。综上所述，21 世纪的外国语言文学学科将迎来一个开放性的、跨学科的崭新时代，宁波大学的外国语言文学学科也将在这样的学术环境和学科融合中积累研究成果，凝练学科特色，沉淀学术滋养。

宁波大学是由教育部、国家海洋局、浙江省和宁波市共建的省属重点综合性大学。学校在 1986 年由世界船王包玉刚先生捐资创立，邓小平同志题写校名。建校之初，由浙江大学、复旦大学、中国科学技术大学、北京大学、杭州大学五校对口援建。1996 年，原宁波大学、宁波师范学院和浙江水产学院宁波分院三校合并，组建为新的宁波大学，成为学科门类齐全、科教特色鲜明的综合高校。宁波大学 1992 年被列为全国高校招生第一批录取院校；1995 年首批通过国家教育委员会本科教学工作合格评估；2000 年被浙江省人民政府列为省重点建设大学；2003 年接受教育部普通高校本科教学工作水平评估并获得"优秀"等级；2007 年被增列为博士学位授权单位。宁波大学外语学院（起初名为宁波大学外语系）是宁波大学建校之初最早建立的五个专业系科之一，由杭州大学外语系对口援建，办学起点较高，在近 30 年的办学历程中形成了学科健全、特色鲜明的办学格局。

宁波是一座开放性的、具有深厚历史文化底蕴的港口城市，"书藏古今，港通天下"是这座城市的名片。宁波大学外国语言文学学科也是一个开放性的、跨越式发展的学科，"笃信达雅"是宁波大学外语学院的院训。本学科拥有一支充满朝气的学术团队，经过近 30 年的不懈努力，学科建设取得了突出的进步。2005 年本学科成为浙江省唯一的外国语言文学类高校人文社会科学重点研究基地；2010 年获得外国语言文学一级学科硕士授予权；2011 年新增翻译专业硕士点（MTI）；已建成国家特色专业 1 个、国家精品课程 1 门、省创新团队 1 个，获得省部科研成果奖 8 项。目前，本学科共有教授 20 人、副教授 30 人、博士 25 人、在读博士 5 人。近五年来，学科获得国家社会科学基金课题 18 项（其中在研 16 项）、教育部人文社会科学课题 16 项、省哲学社会科学规划课题 19 项。本学科教研团队近五年来在 CSSCI 收录期刊上发表了 160 余篇论文，覆盖外语类全部核心期刊，并出版学术著作及教材 50 余部。基地学术梯队合理，发展潜力巨大。本学科已形成五个稳定的研究方向：英语语言文学、外国语言学及应用语言学、日语语言文学、德语语言文学、翻译理论与实践。学科在以下研究领域具有特色并在国内学界形成了一定影响：认知语言学和心理语言学研究、英美文学与文化批评研究、二语习得研究、文学翻译理论研究与翻译实践、日本现当代文学及中日文化比较研究、德语文学与文化研究。本学科在国内同类学科中享有一定的知名度，学科排名在浙江省省属院校中位居前列。据教育部中国科学评价研究中心的研究数据（2013 年），宁波大学外国语言文学学科在全国同类学科中排名第 37 位（并列）；教育部中国科学评价研究中心发布的《2014—2015 中国研究生教育及学科专业评价报告》显示，宁波大学外国语言文学学科位居全国同类学科的前 10.5%。

本套丛书得到了宁波大学"外国语言文学"浙江省人文社会科学重点研究基地、宁波大学中央财政专项（"外国语言文学"）项目的资助，以及宁波大学研究生院、宁波大学人文社科处的大力支持。科学出版社与我们真诚合作，旨在打造一批学术精品，既展示已有研究成果，又谋划未来探索之途。丛书出版之际，我们谨对所有支持和关心过我们的机构和个人表示衷心感谢，并真诚期盼继续得到你们的关爱和关心！宁波大学外国语言文学学科的发展和成长得益于我国外语学界诸多前辈和同仁的大力扶持，在此我们深表谢忱！我们祈盼学界专家一如既往地支持我们的学科建设工作。

"路漫漫其修远兮，吾将上下而求索。"宁波大学外国语言文学学科全体教师和科研人员深知学术求索之艰辛，更深知学术追求乃大学教师终其一生力臻自我完善的必由之路。本套丛书从一个侧面反映了近年来宁波大学外语学科学者特别是中青年学者的研究成果，丛书中一定尚存诸多值得商榷的学术问题，敬请海内外方家对其中的瑕疵给予批评指正。

王松林

2015 年 2 月 5 日于爱丁堡

序

人生的美丽在于充满惊喜，尽管有些惊喜只是意料之中的到来。

江城五月，桂子山枇杷金黄之际，接到段波的电话和邮件，请我为他的专著作序，我欣然应允。我读着近 30 万字的书稿，由衷地为他在以库柏（James Fenimore Cooper, 1789—1851）为代表的 19 世纪美国海洋文学研究领域取得的成绩感到高兴。

段波是我指导的博士，2011 年金秋时节入学，2014 年初夏顺利毕业。作为一名在职攻读学位的博士生，他在三年内完成学业，并以博士论文综合评定为优秀的成绩顺利通过答辩，如期毕业，实属不易。这与他优秀的人品、学品密不可分。段波具有良好的政治操守和道德品行，性情谦和自律、沉稳刚毅，为人热情坦诚、诚信可靠。作为一名青年学者，段波志存高远、视野宏阔，在学术实践中每一步都走得踏实认真。他的为学之道，在于勤、韧、新。段波在在职攻读博士学位期间，勤奋刻苦，克服困难，保证自己的时间和精力充分有效地投入学习和研究之中。他不仅勤于学习和思考，而且对待学习和研究中遇到的问题表现出极强的韧性，知难而上，勇于钻研，可谓"一事不明，旬月踟蹰"，令人感佩。段波为学之"新"就是"求新"。他有着很强的创新意识和行动力，善于在平常中发现独特，在传统中探知新路，并产生了较为丰富的颇具创新价值的学术成果。

作为白族后生的段波继承了白族崇文尚礼的传统，但从贵州大山里走出来的他却将学术视线投向了海洋。这既是他学术成长过程中的合理选择，也无疑是他在东海之滨的宁波从事教育和科研的结果，恰好说明他能够因时因地开展研究，能够充分融入宁波当地推动海洋文学研究的学术氛围之中。段波在来华中师大读博之前就已经关注并从事美国海洋文学研究，特别是 19 世纪以库柏为代表的海洋文学研究，因此他的求学生涯从一开始就有着非常明确的学术方向和学时研究计划。他围绕美国海洋文学开展了一系列卓有实效的研究，读博期间就获得教育部人文社科项目资助，博士毕业次年又获得国家社科基金项目立项，发表了不少高质量论文，在不长的时间内从众多海洋文学研究者中脱颖而出，展示了自己的学术实力与个性。他即将付梓的书稿《19 世纪美国的海洋帝国想象：詹姆斯·库柏的海洋书写研究》就是他宏大的海洋文学研究计划中的一个阶段性成果。

这本书是国内为数不多的美国海洋文学研究专著之一，也是国内第一部关于美国作家库柏海洋思想的学术专著。该书基于库柏的海洋小说和与海洋相关的非文学作品，对库柏的海洋思想，包括他的作品中所表现出的国家意识、国家认同、海权思想、帝国疆域意识等进行系统探讨，并探析了库柏海洋书写的历史意义与美学贡献。库柏海洋思想切中了 19 世纪美国国家建构和扩张的核心问题，因而可以说，这部专著通过聚焦于库柏的海洋书写，反映了 19 世纪美国海洋文学的基本关切。在这一意义上，这部专著体现了其在库柏研究和美国 19 世纪海洋文学研究这两个方面的学术贡献。

首先，该专著极大地拓展了库柏研究。库柏是美国 19 世纪的重要作家，一生创作了 50 多部作品，包括 32 部小说，不仅创作了《皮袜子故事集》五部曲等美国西部小说、边疆小说、世态小说，而且利用自己的海洋生活经历以及美国的海洋历史素材，创作了 10 余部海洋小说，成功开创了美国海洋小说这一小说类型。他的海洋小说，如早期的《领航人》《红海盗》《海妖》，中期的《海上与岸上》，晚期的《火山口》《海狮》等，均以大海为故事主要背景，不仅塑造了海盗、水手等形形色色的经典文学形象，成为美国历史、文学与文化研究中的经典素材，而且生动地展现了人类与大海、人类与社会以及人与他人之间的复杂关系，再现了美利坚民族波澜壮阔的海洋生产生活历程，为美国文学的独立及美国文学本土化的发展做出了开拓性贡献。但是遗憾的是，国内外文学研究界一直偏重于以他的《皮袜子故事集》为代表的西部边疆小说，而对他的海洋小说及其表达的海洋思想和国家想象却鲜有问津。事实上，库柏不仅是一个海洋小说创作者，也是美国海洋意识先觉者和海洋思想先驱，还是一个自觉地以明确的海洋意识和海洋观进行文学创作实践的作家。他的两卷本《美国海军史》和《美国杰出海军军官生平志》等非小说类作品既反映了他系统深刻的海洋思想，也在他的海洋小说中得到呼应。因此，该专著对库柏研究做出了重大拓展，保证了库柏研究的完整性，这正是该专著一个突出的学术创新表现。

不过，段波的专著聚焦于库柏的海洋书写，着力于库柏的海洋思想挖掘，但并没有孤立地探讨这一问题，而是通过两个结合保证了这一研究的全面和深入。其一，段波将库柏的海洋小说研究与他关于海洋和海洋思想的其他文类作品研究相结合，既照亮了库柏海洋小说的思想，也保证了该专著全面分析和总结库柏的海洋思想。其二，段波的研究将库柏的海洋小说与西部边疆小说、政治小说进行了必要的、有机的结合，借助于库柏的《大草原》《最后的莫希干人》等西部边疆小说，从整体上把握库柏从西部边疆小说到海洋小说这一创作转向背后的思想动因和文化渊源，力图完整地把握库柏海洋思想的形成和发展，准确而全面地揭示库柏关于 19 世纪美国的建设与发展的思考。因而，段波的这部专著是对既有的库柏研究的重要补充，保证了库柏研究的完整性。

其次，该专著拓展了美国 19 世纪海洋文学研究，大大丰富了美国 19 世纪海洋小说的疆界、方法和维度。国内外关于美国 19 世纪海洋文学的学术研究多集中在麦尔维尔等人的海洋小说，而对麦尔维尔等作家的海洋文学产生影响的库柏却没有得到应有的学术关注；关于麦尔维尔等人的海洋小说研究也多聚焦于作品本身和作品所反映的时代风貌，鲜有能够像段波的这部专著一样，将库柏研究置于美国国家扩张与发展的历史之中，置于美国国家意识和海洋观念演变的历史之中。

段波认为，库柏的文学创作呼应了美国自建国以来的历史演变。在这部专著中，段波绝不是孤立地研究库柏，而是始终在美国国家意识形成、国家版图扩张的历史语境之下，对库柏早期、中期和晚期海洋小说进行系统研究。正如段波在书中指出的，"19 世纪是美国帝国主义发展的关键时期，美国通过门罗宣言、西进运动、美墨战争、美西战争等各种伎俩和手段，循序渐进地扩大了帝国的版图，逐步把帝国的触角从西半球延伸到东半球，从陆地边疆延伸到全球的海洋"。库柏的小说不仅反映了美国的帝国崛起历史，而且对美国的国家建构与发展进行了主动的、富有创造性的想象，因而，他的小说从大西洋书写到太平洋书写，从西部边疆书写到海洋边疆书写，这不仅是库柏小说题材和艺术视野的拓展，更是他对美国帝国扩张历史的反映和对帝国的想象。因此，库柏的海洋小说并不孤立于其他作品之外，他的海洋思想也不可能割裂于其关于美国陆地边疆和本土建构的思考，而是形成一个有机统一的整体，这就不难理解为什么段波在专著中要将库柏的西部边疆小说纳入其海洋小说研究视野，将大西洋书写与太平洋书写作为其海洋思想的两个重要观测点。

段波在这部专著中不仅将库柏的海洋书写置于美国历史语境之下进行考察，而且将其置于美国国家意识和国家思想的发展历史语境下进行考察。这部专著始终基于一个清晰的认识，即：库柏早、中、晚期的海洋书写呼应了美国国家意识的历史变化，且随着美国的海洋国家意识的发展而变化。美国从独立之初的东部沿海到太平洋拓展的整个过程体现了美国逐渐兴起的"美国例外论"。亚历西斯·托克维里于 1831 年正式提出"美国例外论"，反映了此前和此时许多学者的美国想象，也为 19 世纪美国向太平洋扩张提供了精神动力。理查德·克鲁格就将 19 世纪美国向太平洋的扩张视为大陆拓殖的延续，他还认为，美国海权扩张的内驱力不仅与天定使命观紧密关联，而且与美国人强烈的财产占有欲相关联①。库柏通过小说叙事来开拓垦殖西部边疆和太平洋"荒野"呼应了这种思想及实践经验，这也正是段波在专著中努力揭示的。例如，段波从库柏的海洋书写与其帝国海军构想、帝国海洋战略发展路径、海洋商业帝国想象三个方面来阐释其帝国海权想象；他不仅揭示了库柏与其时代和其他思想家的思想互动，而且历时地呈现出其海权思想的前瞻性和对后世的影响。库柏在其海洋小说中宣扬海权思想，认为海洋是美国走向世界和称霸世界的重要通道。要实现这一目的，建设强大的海军是根本保障，建设发达的海上贸易与航运是经济保障，也是实现美国经济繁荣昌盛的重要途径和保障。这一思想与海权理论的奠基人艾尔弗雷德·马汉的思想惊人相似。马汉认为，影响海权发展的因素"不仅包括用武力控制海洋或任何一部分海域的海上军事力量的发展，而且还包括一支军事舰队源于和赖以存在的贸易和海运的发展"②。因而，段波的这部专著不仅揭示了库柏的海权思想，而且勾画出思想的渊源和影响。在这一意义上，这本专著以库柏为焦点，反映了美国 19 世纪的海洋思想、政策、社会实践走向，对于研究美国国家发展历史进程具有重要意义和价值，也有利于重新评估库柏的文学成就和思想及其在美国文学史、思想史上的历史地位。

段波的这部专著不仅在学术上有着重要创新意义，而且对于中国当下发展有着重要的现实意义。改革开放以来，特别是近年来，海洋对于中国发展日益重要，海洋战略已成为中国未来发展的重要思路，因而借鉴欧美经验、探寻自我发展之路，也是人文学科研究的重要任务。段波的研究揭示了美国海洋强国的诸多秘密，对我国当前的建设和未来发展具有重要的借鉴作用和启示意义。事实上，关于美国和欧洲发达国家海洋文学的研究在一定程度上具有重要的战略意义，是一项既具有学术性又具有实践性的大课题，当前还只是刚刚起步，还有待段波和更多学者加强这一领域的研究。因此，我相信，段波的这一部专著也仅仅只是他学术之路的开始，相信他在今后的岁月中能够取得更大的成绩。

是为书序，惟愿此序也能成为段波学术生涯一个崭新阶段的序曲。

罗良功

于武汉桂子山

2018 年 6 月 28 日

---

① Kluger，R. 2007. *Seizing Destiny: How America Grew from Sea to Shining Sea*. New York: Alfred A. Knopf.

② Mahan, A. T. 2008. *The Influence of Sea Power Upon History, 1660-1783*. Gloucestershire: Dodo Press.

目　　录

导　论

　　每当讨论美国文学的渊源和传统时，我们总会联想到美国的西部边疆小说和边疆传统，总会把西部看作美国文学的典型腹地。但事实上，美国文学的第一篇乃至美利坚民族国家诞生的第一章都同浩瀚的海洋有着密切的联系。当克里斯托弗·哥伦布（Christopher Columbus）、威廉·布拉德福特（William Bradford）等欧洲人跨越了浩瀚而凶险的大西洋"边疆荒野"，并最终踏上美洲大陆时，就注定了海洋同美国的深厚渊源。美国的历史在很大程度上是一个与海洋相连的国家的历史。在跨越了凶险的大西洋之后，新大陆才被"发现"，并且正是在跨越大西洋的过程中欧洲人开始开发和定居北美大陆。1630 年 4 月，英国人约翰·温思罗普（John Winthrop）同他的一众同胞从英国南安普敦的怀特岛登上"阿贝拉"号驶向北美大陆，从而揭开了欧洲人殖民美洲大陆的大幕。清教徒们依靠成功的海洋之旅来到美丽的新世界，从此他们的使命便与大海紧紧联系在一起。对于欧洲航海者来说，海上旅程就是西方帝国使命的开始，其在美国殖民化的进程中达到顶峰。此外，从地理属性上讲，美国北临北冰洋，西临太平洋，东临大西洋的临海地理特征，注定海洋必将成为美国思想意识、文学和文化中的一个关键因子。

　　然而，令人不解的是，研究发现，美国思想文化研究中关于海洋与美国渊源关系的研究文献比较匮乏，正如美国学者哈斯克尔·斯普林格（Haskell Springer）在《美国海洋文学史》（*America and the Sea: A Literary History*）一书的前言中论述的那样：

> 　　除了对麦尔维尔创作题材的些许关注以外，读者并没有特别关注海洋在美国文学史上所发挥的作用。可是，已经消逝的西部边疆却一直被人们如此反复地研究，使其已成为陈词滥调，以至于那个另类的、永久存在的美国边疆——海洋，却很少作为背景、比喻、象征或者作为美国文学史的构建者而成为美国文化意识的一部分。（Springer，1995：ix）[①]

　　斯普林格教授入木三分的剖析，既反映了美国人文学界忽略美国思想文化意识中存在着海洋因素的现象，也反映了美国学界对海洋文学与海洋文化研究的薄弱现

[①] 本书的中文译文均为作者所译。

状, 同时也说明学界对海洋文学在美国文学史上的地位和影响缺乏较为深入的认识, 因此对海洋文学开展深入研究显得很有必要。不仅美国文学研究中存在这个问题, 恐怕整个世界文学研究中也存在对海洋文学这一特殊文类的研究和关注不足甚至忽略的问题。

其实, 现代科学和中外神话都一致认为, 地球的产生、生物的出现乃至宇宙的诞生, 都离不开水。人类文明的起源与发展, 从一开始就同海洋和河流有着密切的联系, 无论是发源于尼罗河的古埃及文明, 还是起源于底格里斯河和幼发拉底河的两河文明, 无论是发源于印度河和恒河的古印度文明, 还是起源于长江和黄河的中华文明, 分别都同地中海、印度洋、太平洋等世界海洋或江河有着千丝万缕的联系。无论是西方的神话体系, 还是东方的神话故事, 都存在大量关于海洋的神话故事, 如古希腊神话中的海神波塞冬, 古印度神话中的海神伐楼拿, 古埃及海洋神话中的海神努恩, 以及中国神话故事中的四海龙王和妈祖。这充分证明世界文明同大海有着十分密切的渊源。

海洋同文学的渊源也同样深厚。自《奥德赛》(*The Odyssey*)以来, 大海就已经成为文学和文化想象的丰富源泉, 中外作家也从未停止探索和思考大海的浩瀚、博大、深邃和神秘。无论是《奥德赛》、《旧约》(*The Old Testament*)还是《山海经》, 无论是中古时期以来的文学经典作品, 还是现当代最优秀的小说、诗歌和戏剧作品, 大海一直都是那些中外作家创作灵感的丰富源泉; 无论是在东方的神话故事里, 还是西方的文学经典里, 都能找到形形色色的海洋艺术形象, 如中国的《山海经》中的精卫, 古希腊神话中的奥德修斯和伊阿宋。因此, 倘若不去探究海洋与文学、文化的密切关系, 我们就很难深入理解世界文学甚至人类文明发展中的全部要素。

美国同海洋的渊源如此深厚, 加上美国三面临海的独特地理环境, 注定了海洋成为美国思想意识、文学和文化中的一个关键因子, 并且在美国文学、文化乃至美国文明发展中产生重要的、持久的影响。因此倘若不去审视海洋与美国文学的密切关系, 我们就很难全面理解美国文学发生、发展与流变的历史; 倘若不去探究海洋在美国思想文化中的重要地位和影响, 我们就无法从根本上理解美利坚民族的思想文化心理。因此, 研究 19 世纪美国海洋文学传统的产生和发展历史, 分析海洋因素对美国文学和美利坚民族的文化集体意识的影响, 无疑具有重要的价值和意义。

在 19 世纪美国民族自立、国家独立和民族文学建构的关键时期, 美国的海洋文学作为一种文学类型, 对美国文学的独立和发展做出了不朽的贡献。美国海洋文学的源头往往可以追溯到美洲原住民的口头传统。这些土著人传颂捕鲸和捕鱼的共同经历，叙说大洪水是如何创造土地的文化民俗的，记录他们与远渡大洋而来的人们的接触。早期的美国定居者则通过诗歌、日记或叙事回忆他们漂洋过海的苦难经历，这成为美国海洋文学的重要组成部分。到了 19 世纪上半叶，大海在美国人的文化心理中开始占据一个重要的位置。大海常常被视为一个自由港，它是一个远离社会邪恶的避风港，是一个找寻自我、实现自我价值的场所。大海常常以浪漫化的形象出现在文学和文化的想象中。这种对海洋的浪漫观念延伸到了人们对水手的生活的浪漫期待。水手的生活方式似乎为人们提供了一种冒险、自由、财富以及摆脱日益明显的工业化的困扰的机遇，因此年轻人纷纷去大海上闯荡，去追寻他们的"美国梦"。实际上，大多数海员都是没有经验的年轻人，他们很难为船上的恶劣环境做好充分准备。19 世纪记录年轻水手经历的最重要的文学作品之一就是小理查德·亨利·达纳（Richard Henry Dana, Jr.）的《两年水手生涯》（*Two Years Before the Mast*, 1840）。达纳于 1834 年至 1836 年当了两年的水手，他以纪实文学的形式讲述了他在海上航行期间从一个书呆子转变为一个自力更生和成熟的人的经历。然而，更重要的是，达纳谈到了当时海上劳工的糟糕的工作境况，例如船主提供不良的食物，船长或者船主的代理人常常滥用权力对船员的轻微违规行为进行严厉的惩罚。小说真实地反映了 19 世纪上半叶美国的海上劳资状况。

正是在 19 世纪上半叶盛行的关于水手和海上生活的浪漫主义描绘的氛围中孕育了美国海洋小说。詹姆斯·库柏（James Cooper，1789—1851）被称为美国海洋小说的鼻祖。库柏既当过水手，也当过美国海军军官，故非常熟悉海上生活，洞悉水手的内心世界。他把自己的海上经历融入小说创作实践，一生共创作了十余部海洋小说，其中杰出的代表作品有海洋小说三部曲《领航人》（*The Pilot: A Tale of the Sea*，1824）、《红海盗》（*The Red Rover: A Tale*，1827）、《海妖》（*The Water-Witch; or, The Skimmer of the Seas: A Tale*，1830）。库柏的海洋小说题材广泛，不仅涉及民族文学型构，也涉及海洋民族主义、海权建构、美国海疆的扩张等话题，不仅对美国海洋文学的创作产生重要影响，而且也对美国的扩张意识和海洋文化产生了深远的影响。作为赫尔曼·麦尔维尔（Herman Melville）的海洋文学事业的领路人，库柏在美国浪漫主义运动的高峰时期进行文学创作，因此这些浪漫的、理想化的观念反映在他的小说中。对于库柏来说，大海是一股积极的力量，它为 19 世纪美利坚民族的国家形象特别是海洋帝国形象的建构起到了积极的型塑作用。需要指出的是，美国早期作为一个航海国家而闻名，它的身份在很大程度上取决于海洋。在整个历史进程中建立并捍卫一个海洋帝国，建立强大的海军，成为独立战争以来特别是 19 世纪初以来美国的政治家和作家的帝国梦想的重要部分。

与库柏的海洋书写极为相似的是，埃德加·爱伦·坡（Edgar Allan Poe）的唯一长篇小说《阿瑟·戈登·皮姆的故事》（*The Narrative of Arthur Gordon Pym of Nantucket*）通过散漫的叙述来映射美国领土的扩张，尤其是美国向太平洋和南极扩张的野心。故事讲述了一个年轻人皮姆（Pym）的神奇而恐怖的海上冒险经历：皮姆偷偷藏在一艘捕鲸船上出海，结果是他遭遇了船员哗变、船被暴风雨打翻，遇上满是死尸的幽灵船。后来皮姆被另一艘船救起后继续冒险之旅：在一个牙齿都是黑色的黑人部落的屠杀中侥幸逃生，之后被神秘的杀人雾包围等奇幻的冒险经历。故事取材于同时代几位探险家的自述以及爱伦·坡本人的海上航行经历，有一定的自传色彩。在《阿瑟·戈登·皮姆的故事》中，皮姆的南太平洋冒险经历是美国国际形象建构的一个缩影，皮姆在太平洋、南极的一系列历险经历，是爱伦·坡试图建立美国身份和个人身份的有效尝试。在小说中，皮姆的个人叙事和国家叙事是有机统一的。

库柏因开创了美国海洋小说而被世人铭记，而赫尔曼·麦尔维尔可以说是美国海洋小说的集大成者。凭借多年的海上经验——包括在南太平洋上的马克萨斯群岛和塔希提岛上的传奇经历——麦尔维尔在小说中大量运用了他自己的海洋生活中的许多场景和事件，将它们重塑为小说。麦尔维尔于 1851 年出版了他的经典作品《白鲸》（*Moby Dick*）。从表面上看，这部小说是关于捕鲸船的疯狂船长亚哈（Ahab）的故事，以及他对使他残废的伟大的白化鲸的热心追求，但实际上，这部小说依然延续了库柏小说中的海洋帝国想象与扩张的主题。麦尔维尔通过展现美国水手、商船和捕鲸船在浩瀚无垠的大西洋、太平洋上的存在来建构美国的域外地理认同。此外，麦尔维尔的太平洋书写是美国关于太平洋印象和想象形成的重要渊源之一。在19 世纪中叶美国为争夺太平洋沿岸的疆土而同墨西哥开战的背景下，麦尔维尔在《白鲸》和《波利尼西亚三部曲》——《泰比》（*Typee*，1846）、《奥姆》（*Omoo*，1847）和《玛迪》（*Mardi*，1848）等小说中不断开拓"太平洋边疆"。在他笔下，浩瀚的太平洋变成犹如美国西部边疆似的"农场"、"草原"和"家园"，不断激起美国人征服扩张的欲望；捕鲸船和商船成为帝国浮动的堡垒，船长和水手成为帝国的代理人；马克萨斯岛和塔希提岛上的少女成为帝国势力渗透入侵的液态介质。麦尔维尔与太平洋互动的历史成为美国的太平洋文化记忆的重要组成部分。

美国海洋文学的主题在《白鲸》之后发生了重要变化，因为作家关注的焦点从海上冒险的叙述转向对主体意识、生命力与创造力以及国族命运的思考，这尤其在19世纪的海洋诗歌中随处可见。大海的潮起潮落是海洋诗歌中生命力和繁育力最显著的象征形式，潮涨潮落预示着一种亘古不变的节奏——生命的兴衰和轮回。在亨利·朗费罗（Henry Longfellow）的《潮水升，潮水落》（"The Tide Rises, The Tide Falls"）一诗中，诗人洞察到这种支配一切的格局，它不仅存在于潮水的涨落之中，也存在于"日出日落、昼夜交替和季节变化"等自然的变化之中（朗费罗，1985：155）。诗歌中旅行者经历的最后一幕是生命的黑暗与衰落，但诗歌的最后一节却流露出强烈的寓意：在来世之旅中，生命的潮水将再次涌起。威廉·布莱恩特（William C. Bryant）的《海之颂》（"Hymn of the Sea"）中描绘了大海的破坏力量，船只像"谷壳一样在波浪上旋转"。但与此同时，这首诗也承认创造力也会以多种形式的意象呈现：丰收、交配以及在因珊瑚和火山活动而形成的岛屿上拓荒定居（Bryant，1875：220-224）。在布莱恩特看来，两种力量的活动都是神圣意志的体现，但创造力更为强大，最终会占据上风，成为主导力量。在沃尔特·惠特曼（Walt Whitman）的《草叶集》（"Leaves of Grass"）的"附录一"中的《纳夫辛克小唱》八首诗组（"Fancies at Navesink"）中，惠特曼也通过大海的节奏表达了生命轮回的观点。诗人在其中对海潮的神秘性做了最充分的描述。在《然而不只是你一个》（"And Yet Not You Alone"）一诗中，人类经历中最不受欢迎的情景——失败、绝望和死亡——与"黄昏和退潮"紧密相连（惠特曼，1991：901），这些经历同样在《你们这些不断高涨的潮汐》（"You Tides with Ceaseless Swell"）一诗中的"液体和巨大的个性"中得到呼应（惠特曼，1981：901）。这组诗的最后两首诗中，惠特曼将自己的生命融入到生与死永恒的宇宙之舞中。在《两眼长时间望着波浪》（"By That Long Scan of Waves"）中惠特曼把自己的成就看作是众多绵绵不绝的生命形式中"某个波浪，或者波浪的一部分"（惠特曼，1991：904）；在《然后是最后一首》（"Then Last of All"）中，诗人甚至把"那塑造形象的大脑，那唱这首歌的声音"（惠特曼，1991：904）背后的自我意识同支配潮汐运动的同一法则相提并论。惠特曼几乎将自我与浪花、万物存在与生命节奏等而视之。这种认同感充分诠释了为何在惠特曼的大量诗歌甚至许多非海洋题材的诗中，都充溢着奔涌不息的运动，只不过有时是温柔的起伏，有时则是更为激烈的波动。在惠特曼的诗中，始终流淌着一种意象，通过这个意象，每一片独特而完整的草叶，都成为全局的一部分。如果说惠特曼包罗万象的宏阔视野在这个意象中得到最佳体现，那么在宇宙架构之内，他对自由、力量和生命力的执著追求则蕴含于周而复始、奔涌不息的诗歌节奏之中。《草叶集》中的《海流》("Sea-Drift")组诗中的《当我随着生活的海洋落潮时》("As I Ebb'd with the Ocean of Life")、《致军舰鸟》("To the Man-of-War-Bird")以及《紧跟着海船》("After the Sea-Ship")等海洋诗中，死亡节奏中存在的生命力量同潮起潮落的奥秘，在永远航行的船舰尾部那聚散分合的尾波中显露无遗。

在 19 世纪的诗人们看来，大海的声音与节奏同诗歌的创作过程也有着象征性的联系。在惠特曼看来，海浪具有他诗作中的经典意象——遍地芳草一样的象征功能：它们生机盎然，无穷无尽，座座浪峰绵延不断，如同草叶的尖端在风中轻轻摇曳；每一道波浪都如此纯朴、孤单、独一无二但又是整体中不可分割的一部分，而且波浪如同芳草，与创造力息息相关。在《我若有权选择》("Had I the Choice")中，诗人宣称，只要大海"愿意把一个浪头的起伏，它的诀窍移交给我"（惠特曼，1981：901），他愿意交换他从荷马（Homer）、莎士比亚（William Shakespeare）、阿尔弗雷德·丁尼生（Alfred Tennyson）那里模仿来的高超写作技巧，因为大海的创造力远比这些文学巨人的创造力要高明得多。海洋与诗歌紧密联系也体现在《来自不停摆动着的摇篮那里》("Out of the Cradle Endlessly Rocking")一诗中。在该诗的开篇部分，"行吟诗人"伫立在海洋与陆地的交界处，贪婪地领会着他们的奥秘，并将他们转化为诗歌的创作素材（惠特曼，1991：413-414）。不仅仅是惠特曼，美国浪漫主义文学巨擘拉尔夫·爱默生（Ralph Emerson）也曾把海浪同艺术创造力相联系。在《终点》("Terminus")中，爱默生把自己晚年低迷的创造力同远洋航行的船只末路返港做类比。虽然他抱怨祖先给他留下了"虚弱的静脉"，但相比日益老迈屡弱的身体，更让他忧虑的是创造力的丧失（Emerson，1867：84）。朗费罗也运用大海来探索诗歌以及诗歌创作过程的本质。在《弥尔顿》("Milton")一诗中，朗费罗把弥尔顿的诗歌中"庄严的节奏，波澜壮阔的旋律"（朗费罗，1985：146）比作大海的波澜；在《停船》("Becalmed")一诗中，朗费罗把灵感枯竭的诗人比作一艘停滞不前的船，在海中"等待顺风"这"灵感的气息""诗歌的气息"的来临，以扬起"心灵之船"（朗费罗，1985：158）。在《大海之声》("the Sound of the Sea")一诗中，朗费罗认为灵感的来源神秘而神圣，如同涨潮时涌起的第一道波浪，自然而天成。

　　19 世纪美国海洋诗歌中另一常见主题是探索命运之旅，对生命的忧思常常演变为对年轻的美国的前途和命运的关切与思考，而对美国命运的忧思通常通过记述一艘象征性的"国家之舟"（ship of state）那饱经沧桑的生命之旅来凸显。这艘"国家之舟"虽然被冠以不同的名字，譬如"联盟号"、"哥伦比亚号"或者"76 号"，但"国家之舟"始终同美利坚民族同呼吸共命运。这一时期不计其数的诗歌描述了内战时期腥风血雨中"国家之舟"的艰辛历程以及个人的功勋。其中詹姆斯·洛厄尔（James Lowell）的《登上 76 号》（"On Board the '76'"）是为布莱恩特 70 岁寿辰所作，是对布莱恩特诗歌成就的崇高致敬。在诗中，布莱恩特被誉为船上的"歌手"，在战争早期的"黑暗时刻"，他的歌声让船员们"重振士气"。惠特曼的《啊，船长！我的船长！》（"O Captain! My Captain!"）一诗通过讴歌美国"船长"林肯的功勋来表达对"美国之舟"前途命运的担忧，这是关于"国家之舟"最广为人知的诗篇。诗中刻画了喜忧交织的胜利给"水手"（即美国人民）带来的内心煎熬。随着内战的结束，"国家之舟"完成使命，驶回港口，但当它靠岸时，甲板上还躺着遭刺杀而死去的"船长"。

　　不过，需要特别指出的是，惠特曼还通过诗歌来表达他对美国成为未来帝国的野心。在《从加利福尼亚海岸朝西看》（"Facing West from California's Shores"）一诗中，惠特曼在诗歌的想象中畅游，他"从加利福尼亚海岸朝西看，不断地问着路，寻找着那还未找到的东西"，他从亚洲开始向西行进，像欧洲的殖民者一样，环绕地球一圈之后，还是没有停下"发现"的脚步，并且还不停地追问："我许久以前动身去寻找的东西在哪里？"（惠特曼，1981：188）这一个问号不仅充分暴露了西方帝国在殖民扩张道路上的贪得无厌，而且也充分显示了惠特曼的帝国意识和野心。倘若历史可以改写，惠特曼也会像哥伦布一样热衷于冒险和领土扩张。

　　这一时期大量运用历史素材写成的海洋诗歌还热衷于阐述"美国之舟"与旧世界的身份渊源。詹姆斯·洛厄尔的《驶向温兰德》（"Voyage to Vinland"）详尽地探讨了美国禀性和来到新大陆斯堪的纳维亚探险者的禀性之间的渊源关系。在该诗的第一部分"拜恩的召唤者"（Biorn's Beckoner）中，洛厄尔将新大陆日后的发现者描绘成一个为特殊使命而诞生的拜恩（Bioern）。青年时代的拜恩，热血澎湃，野心勃勃，不愿意循规蹈矩地度过平凡的一生，他是一个梦想家，渴望像神话英雄一般，拥有"更为波澜壮阔的生活"（Lowell，1896：311）。在诗歌的第二部分"索沃德之歌"（Thorwald's Lay）中，拜恩的斯堪的纳维亚之梦变成了美国之梦。在行吟诗人索沃德（Thorwald）的激励下，他决心扬帆出海，驶向"无路可寻的大海"，在那里为"西方长篇史诗中的第一诗篇"打下基础（Lowell，1896：312）。在诗歌的第三部分"古椎达的预言"（Gudrida's Prophecy）中，当拜恩的船舰靠近温兰德时，女先知古椎达（Gudrida）用歌声向拜恩展示了一幅绚烂的未来生活图景：来自不同国家、不同阶层的不计其数之人，将会齐聚温兰德，他们"两手空空"，但勤劳苦干，他们将征服这片土地，并会日益兴盛。古椎达同时也预言，与拜恩有着同样激情和远见的新大陆居民，必将击败旧世界之神，拜恩式的"荒野驯服者们"，将会创造一个伟大的文明（Lowell，1896：314）。

在探索美国的生命之源的海洋诗歌中，尽管拜恩式的斯堪的纳维亚传说扮演着举足轻重的角色，但有关哥伦布的传奇故事也被一代代美国人传颂。如同其他很多诗作一样，洛厄尔在《哥伦布》（"Columbus"）一诗中也为读者呈现出一幅比古椎达的歌声更加引人入胜的画面：暗夜时分，哥伦布独自伫立于甲板之上，思考着人类的前途和命运。如同拜恩，他也是一个富有远见、信心坚定的航海者。自孩提时代起，他"沉醉于睿智的雅典人关于欢乐的亚特兰蒂斯岛的故事"。他心潮澎湃，仿佛"听见'比约内号'的龙骨碾碎温兰德海岸边灰色鹅卵石发出的吱吱嘎嘎声"（Lowell，1896：132）。身居大海中央，面对满腹狐疑的水手，哥伦布坚定执著，"因为要实现伟大的梦想，就必须要摒弃卑俗的欲念"（Lowell，1896：131）。一种"强烈的使命感"驱使他不断前进，他对未来充满信心，觉察到欧洲已"日渐式微"，更加坚定了他对新世界的信念。但偶尔他也会自问：欧洲的悲剧，也会降临到他要去的这片"处女般的世界"吗（Lowell，1896：129）？惠特曼在《向着印度行进》（"Passage to India"）第三节中向哥伦布致礼吟诵："哦，热那亚人，你的梦想！/你的梦想！/你已睡进坟墓中几个世纪后，/你创立的大陆证实了你的梦想。"（惠特曼，1981：717）《向着印度行进》将美国起源的主题置于早期航行的背景中来考量，"向着印度进军"的起点无从考证，其命运也不得而知，是一个"让水手们心惊胆战，望而止步的旅行"。从这个层面上来说，《向着印度行进》是一首探索国家命运的颂歌。

从 19 世纪中叶到 20 世纪之交，海洋文学反映了美国社会和文化景观的几个重大变化：帆船时代的结束，西部边境的关闭以及查尔斯·达尔文（Charles Darwin）的革命性著作《物种起源》（The Origin of Species）的问世。海洋文学受达尔文的"进化论"思想的影响非常深远，其中一个最为明显的变化就是探讨人性问题，尤其是探讨在"优胜劣汰"自然法则面前海员兄弟情谊主题与生存问题之间的矛盾冲突。不同于此前海洋文学中有关人与海洋之间的浪漫描绘，19 世纪晚期的现实主义——

自然主义文学时期的海洋小说家采取的立场是：人类无法与强大、敌对和无情的自然环境相提并论。最能反映这一冲突的是小说家斯蒂芬·克莱恩（Stephen Crane）的小说《海上扁舟》（*The Open Boat*）。在《海上扁舟》中，克莱恩讲述了一个关于沉船和生存的故事，叙述了四名身份各异的人被困在茫茫大海上，没有一个人能够凭借自己的力量克服海洋的敌意，只有机会或命运才能拯救他们。克莱恩或许通过这部小说来反思美国的霸权扩张的局限性，即在强大的海洋力量面前，人类力量的渺小，人类特别是美国人更应该认识到自身力量的局限性。

　　到了 19 世纪末和 20 世纪初，海洋文学的主题再次转移，像杰克·伦敦（Jack London）这样的作家再次开始讲述自己的海洋冒险经历，而其中殖民与帝国扩张的主题依旧清晰可辨。19 世纪末和 20 世纪初是资本主义和帝国主义疯狂扩张并且逐渐走向鼎盛的时期。这一时代的主旋律在杰克·伦敦的《海狼》（*The Sea Wolf*）以及伦敦的南太平洋小说集中体现得最为明显。《海狼》取材于伦敦在北太平洋捕捉海豹的经历：他供职的船正是一艘海豹捕猎船，作业路线也正是从旧金山湾到日本海域。《海狼》塑造了在自然面前恣意妄为、疯狂杀戮的"海狼"拉森（Lasen）的超人形象，体现了他的"超人意识"。在拉森身上，我们看到了帝国主义疯狂掠夺扩张的影子。"强权就是公理，软弱就是错误……强因为得利而快乐；弱因为受损而痛苦。"（伦敦，2006：62）在这样的时代背景下，弱肉强食的超人哲学、优胜劣汰的达尔文主义盛行并被狂热推崇。在杰克·伦敦的南太平洋小说中，故事的场景从茫茫的北疆转移到了浩瀚的南太平洋地区。随着 19 世纪下半叶帝国主义入侵热带亚洲和非洲殖民地，"热带疾病"逐渐成为根深蒂固的帝国话语之一。作为西奥多·罗斯福（Theodore Roosevelt）帝国扩张时期的代表作家，杰克·伦敦在 20 世纪初创作的《恐怖的所罗门》（*The Terrible Solomons*）、《麻风病人库劳》（*Koolau The Leper*）、《异教徒》（*The Heathen*）等关于南太平洋的"疾病书写"中广泛撒播帝国话语。在这些小说中，天堂般的太平洋岛国（如夏威夷和塔希提岛）变成麻风病蔓延的死亡之地。杰克·伦敦把美国城市化进程中的污染、腐败和疾病等城市病以麻风病、象皮病的形式映射到太平洋岛国上。这里，"热带疾病"成为帝国话语构建的新工具。

　　在 19 世纪美国海洋文学的形成与发展进程中，詹姆斯·库柏尤其做出了巨大的、不朽的贡献，因此对他的贡献做再多的强调也不为过。库柏是第一个享有国际声誉的、具有重要影响的美国作家。作为 19 世纪美国小说的伟大先驱者，库柏一共创作了 50 多部作品，其中小说有 32 部。他在这些小说中塑造了形形色色的经典形象，如邦波、鹰眼、海盗、水手等，这些人物形象不仅一直活跃在现当代的美国大众文化中，并且继续成为美国历史、文学与文化研究中的经典素材。尤其需要指出的是，库柏不仅在美国文学中成功开创了历史小说、边疆小说、革命小说、世态小说等多种文学体裁，他还在小说创作中利用美国的海洋历史素材，成功开创了美国海洋小说这一小说类型，一生共创作了《领航人》、《红海盗》、《海妖》、《两个船长》（*The Two Admirals：A Tale*，1842）、《双帆船》（*The Wing-and-Wing；or，Le Feu-Follet：A Tale*，1842）、《内德·迈尔斯》（*Ned Myers；or，A Life Before the Mast*，1843）、《海上与岸上》（*Afloat and Ashore；or，The Adventures of Miles Wallingford*，1844）、《火山口》（*The Crater；or，the Vulcan's Peak：A Tale of the Pacific*，1847）、《杰克·蒂尔》（*Jack Tier；or，the Florida Reef*，1848）、《海狮》（*The Sea Lions；or，The Lost Sealers*，1849）等 10 多部海洋小说，为美国文学的独立及美国文学本土化的发展做出了重要的开拓性贡献。

库柏于 1820 年开始从事文学创作，在此后的三十年中从未间断。他把小说艺术提高到一个新水平，许多世界文学大师或文学批评家，如米哈伊尔·莱蒙托夫（Михаил Лермонтов）、马克西姆·高尔基（Максим Горький）、亚历山大·普希金（Александр Пушкин）、维萨里昂·别林斯基（Виссарио́н Бели́нский）、约翰·歌德（Johann Goethe）、赫尔曼·麦尔维尔、约瑟夫·康拉德（Joseph Conrad）等，均对库柏的小说艺术给予高度评价，如 19 世纪俄国著名文学批评家别林斯基曾经这样高度评价库柏的艺术才华：

> 库柏是一个完全独立的、原创的、天才的作家，与苏格兰小说家司各特一样伟大。他是少数的真正一流的作家。他创造的各种事物与人物，都将成为任何时代的文学楷模。……他开创了一类特殊的小说类型——美国平原小说和海洋小说。事实上，在此类小说中，除了库柏之外，你能找到像他一样优秀的作家，能把美国一望无垠的平原刻画得如此壮观？……就海洋小说和舰船描写而言，他同样是如鱼得水：他知道船上每条绳索的名字；像最有经验的领航员，他明白了它的每一个动作；像一个熟练的船长，当他们攻击一艘敌对的船只，或者在逃跑之前，他知道如何驾驶它；在船甲板的狭窄范围内，他能够创造出最复杂的、同时也是最简单的戏剧。……他是一个伟大的、了不起的、非凡的艺术家！（Dekker and Williams，2005：201-202）

19世纪另一位文学大师奥诺雷·巴尔扎克（Honoré de Balzac）也同样高度评价库柏的艺术成就：

> 库柏是我们这个时代唯一一位能同瓦尔特·司各特相比肩的作家：他不是司各特，但他有自己的才华。在现代文学上他能拥有如此崇高的地位主要得益于他的两个天赋：成功刻画大海和水手；理想化地描绘美国雄伟壮观的陆地风光。真的无法想象《领航人》和《红海盗》以及其他小说——《探路者》《最后一个莫希干人》《拓荒者》《大草原》《猎鹿人》——的作者竟然是同一个人！……《皮袜子故事集》是一座丰碑，一个雄伟的道德上的雌雄同体，她发源于野蛮状态，是文明的产物。只要文学不会消亡，她将永远流传。（Dekker and Williams，2005：207）

世界文学大师们对库柏的文学艺术及创作才华做出如此高的评价，说明库柏的艺术才华不仅出众，而且其小说蕴含丰富的思想内涵和人文艺术价值。然而，尽管库柏取得了如此非凡的艺术成就，但库柏一直是一个被人们误读甚至误解的作家，正如学者韦恩·富兰克林（Wayne Franklin）在《詹姆斯·费尼莫尔·库柏的早年经历》（*James Fenimore Cooper：The Early Years*）一书中的评述："在美国文化史上，库柏是一个最富于原创性但却被误读最深的作家之一。"（Franklin，2007：xi）的确，作为19世纪前半叶美国一位最富创新精神的作家，库柏的作品一直被人们低估，甚至被误读。其实，库柏应该得到应有的尊重。作为美国民族文学创建早期的一名优秀作家，库柏几乎凭借一己之力，成功开创了西部小说、海洋小说、革命传奇、历史小说等美国主要的小说类型，这些小说类型为后辈美国小说家的文学创作设置了路径，甚至也为好莱坞以及美国影视艺术的发展做了艺术指引；库柏甚至还开创了作家进行职业创作的先河，他的小说创作生涯不仅激励和鼓舞了一大批美国作家从事职业创作，而且也为他们的艺术生涯指明了方向。库柏对美国文学及文化发展的影响是深远的，正如韦恩·富兰克林所言：

> 因为库柏不仅具有文学原创性能力，而且也兼具商人的敏锐，可以说库柏不仅开创了各种小说类型，而且开创了美国作家的艺术生涯。他的影响不仅深远，而且持久，以至于若如要撇开库柏来勾勒美国文化景观图的话，是根本不可能的事情。正如美国政治上那些"建国之父"一样，库柏在美国人的思想上镌刻了纪录片式的印迹。（Franklin，2007：xi）

因此，重新梳理库柏的文学创作生涯，重新评价库柏的小说艺术尤其是他的海洋小说艺术成就，挖掘其中的价值和人文意蕴，重新评估库柏的艺术成就及其留下的宝贵文学财富，分析其对美国文学、文化乃至对美国思想意识的影响，显然具有重要的价值和意义。

1789 年 9 月 15 日，库柏出生于新泽西伯灵顿一个大地主家庭，他在家里的十三个孩子中排行第十二。库柏的父亲威廉·库柏（William Cooper）是美国独立之后纽约州的第一批最成功的殖民开拓者之一。1790 年，一岁的库柏随全家搬到了以他父亲名字命名的库柏斯敦殖民地。作为美国向西扩张和殖民拓殖精神的典型代表，威廉·库柏对儿子的人生观、世界观均产生了重要的、难以磨灭的影响。

1801 年，库柏的父亲把他送到纽约州首府奥尔巴尼的一位牧师朋友托马斯·埃里森（Thomas Ellison）家寄宿学习。然而一年之后，托马斯·埃里森病逝，库柏被迫转到纽黑文学习，为进入耶鲁大学做必要的准备。1803 年，十三岁的库柏被耶鲁大学录取。20 多年后当库柏成为一名著名作家时，当时耶鲁大学一名教授这样回忆库柏在耶鲁大学的学习时光："他是一名优雅的、充满魅力、仪表堂堂、谈吐举止有趣的男孩。"（Long，1990：15）据说他少年老成，叛逆精神强烈，对学习心生厌倦，当他读到第三学年时，因多次违反校规而被开除。

1806 年，性格叛逆的库柏离家出走闯荡天涯。作为妥协，他的父亲威廉被迫同意了库柏想当一名水手的要求，但动用自己的关系以确保库柏的航行一帆风顺（Taylor，1993：43-54）。1806 年 10 月，库柏登上了一艘名为"斯大林号"的商船当了水手，随后将近一年的时间里，他随船去了英国和西班牙等欧洲国家。在这次航行中，库柏经历了惊心动魄的海上风暴、被海盗追逐以及英国强制征兵等众多情况，这为他日后海洋小说中惊心动魄、跌宕起伏的情节描写做了充分的准备。当他结束欧洲航行回来后，在父亲的安排之下，1808 年 1 月 1 日，库柏加入海军，做了见习士官。1809 年 11 月，他被调任到位于纽约港的"黄蜂号"战舰上负责招募水手。这一年，他从海军准尉升任为海军上尉。1810 年，库柏邂逅了家世显赫的苏珊·狄·兰西小姐（Susan de Lancey），两人随即坠入爱河。1811 年新年元旦这天，库柏和苏珊举行了婚礼。1811 年，在妻子苏珊的要求下，库柏不无遗憾地从海军退役。婚后，库柏和妻子定居威契斯特，有时则住在库柏斯敦，过着平静而富足的生活。

然而天有不测风云，库柏家族后来遭遇了一系列的变故，从鼎盛逐渐走向衰落。

从 1813 年到 1819 年，库柏的五个兄弟人未到中年就相继去世；雪上加霜的是，库柏家族之前因为土地投机而积攒起来的产业，也因为经济萧条而逐渐贬值，加上库柏家几兄弟经营和管理不当，这些产业被迫贱卖或者库柏家被迫失去了这些产业的所有权；1818 年，库柏的母亲也去世了，库柏家族在库柏斯敦的房产奥齐戈庄园（Ostage Hall）也被迫出售。这一系列的家庭变故彻底改变了库柏的命运，使他从一名生活富足的乡绅瞬间变成一个失去大部分家业的破落子弟。正是在这样艰难的环境下，库柏被迫承担起照顾整个大家族的重担，并迫于生计而偶然从事文学创作，竟然获得了不小的成功，于是后来成为一名依靠写作来谋取生计的职业作家。1827年，成为职业作家的库柏为了更高的版税收入以及为了子女更好地接受教育，他携全家旅居欧洲，直到 1833 年才从欧洲回国。在这段欧洲生活中，库柏的小说创作也达到空前活跃的程度，他的许多优秀的作品正是在旅居欧洲期间完成的。

　　迫于生计而从事文学创作的库柏，其第一部小说《戒备》（Precaution，1820）的创作经历因为具有一定的戏剧性而在美国文学史上广为流传。作为乡绅的库柏从来没有想过自己要当一名作家，而促使他从事文学创作的是他的妻子和女儿的激励。根据他女儿苏珊·库柏（Susan Cooper）撰写的《库柏艺术馆》（The Cooper Gallery；or，Pages and Pictures from the Writings of James Fenimore Cooper）中的回忆，有一次，库柏给家人朗读一本新近从英国带来的最新小说，他翻了几页之后就把它扔在一边了，带着鄙视和不满的口气声称"我完全能写出一本比它更好的书来"（Cooper，1865：17）。正是在这样的戏剧性的情景之下，库柏开始了小说创作。1820 年，他竟然写出第一部长篇小说《戒备》，并于同年 11 月匿名出版。虽然这部小说并没有获得广泛的赞誉，但初次尝试写作就能轻松胜任，库柏的创作热情从此一发不可收拾，从 1820 年到 1851 年逝世，他的创作激情一直没有消退，最终完成了 50 多部文学作品，从而成为美国文学的重要开拓者和奠基人。

　　1821 年 11 月 22 日，库柏的另一本长篇小说《间谍》（The Spy）问世。该书出版后立即在大西洋两岸引起不小的轰动，库柏顿时一夜成名。小说不仅在国内连续再版，而且在国外被译成法、德、西班牙、意大利、俄语及其他多种欧洲文字。库柏成名的速度与小说的创作和销售一样神速而且令人惊叹。紧接着，库柏接连写出了以西部边疆生活为题材的边疆五部曲《皮袜子故事集》的第一部《拓荒者》（The Pioneers；or，The Sources of the Susquehanna，1823）和海洋小说三部曲之一、同时也是美国第一部海洋小说的《领航人》（1824）。这三部小说的出版，在美国文学界以及欧洲文学界引起了巨大的轰动。小说立足于美国本土，为美国读者和欧洲读者呈现出一幅幅波澜壮阔的美国西部边疆拓荒历史、美国独立战争和美国海上战争历史的画卷，展示了美利坚民族的英雄气概和民族气节。由此奠定了库柏美国文学史上第一位世界知名小说家的崇高地位。

1826 年，边疆五部曲的第二部《最后的莫希干人》（*The Last of Mohican：A Narrative of 1757，1826*）出版。1827 年至 1833 年旅居法国期间，库柏创作了边疆五部曲的第三部《大草原》（*The Prairie：A Tale*，1827）；1827 年出版了海洋小说三部曲之二《红海盗》，1830 年出版海洋小说三部曲之三《海妖》。在此期间，他又连续创作了欧洲小说三部曲《亡命徒》（*The Bravo：A Tale*，1831）、《黑衣教士》（*The Headenmauer；or，The Benedictines，A Legend of the Rhine*，1832）和《刽子手》（*The Headsman；or，The Abbaye des Vignerons. 1833*）。值得一提的是，应法国政治家、美国独立战争时期的英雄德·拉斐特侯爵（Marquis de Lafayette）要求记录他自己在 1824—1825 年的美国之行的请求[①]，库柏于 1828 年写了《美国人的观念》（*The Notions of Americans，Picked up by a Traveling European Bachelor*）一书。该书以乐观自信的精神展示并歌颂了充满活力的美国，试图纠正欧洲人对新大陆的偏见。在旅欧期间，欧洲的报刊对库柏的民主政治思想进行攻击，然而库柏的美国同胞并未积极支持和响应他的政治立场，只是一味地转载这些欧洲报纸的内容而不加以评论和反驳，这让库柏对美国的政治民主深感失望，使他在欧洲的最后几年倍感失落，对美国的失望情绪也因此加剧。回国后，库柏同祖国也一直争吵不休，于是他带着批评的基调于 1834 年发表了《告美国同胞书》（*A Letter to His Countrymen*），批评了美国人对欧洲人的顺从，同时捍卫安德鲁·杰克逊（Andrew Jackson）总统的政策，反驳辉格党人对杰克逊政策的攻击。库柏的行为激怒了当时辉格党人掌控的报业界，他们对库柏和他的小说进行猛烈的攻击，从而引发了库柏同美国报业界长时间的恩怨和纠纷。这场恩怨从很大程度上玷污了库柏的文学声誉，削弱了库柏的文学影响力，使得库柏在文学批评界沉寂了多年，在美国读者心中的崇高地位也受此影响而大大降低。

1835 年，动物小说《侏儒》（*The Monikin*）出版。在小说中，库柏以斯威夫特式的讽喻手法讽刺了英国和美国的政治体制。1838 年他紧接着又出版了《返乡之旅》

---

① 库柏同拉斐特将军情谊深厚，库柏甚至把拉斐特当作自己的第二个父亲。Long，R. E. 1990. *James Fenimore Cooper*. New York：Continuum Publishing Company，p. 21.

（*Homeward Bound；or The Chase：A Tale of the Sea*）和续集，作为对"三英里地角案"的回应①，同年他又出版了政治读本《论美国民主》（*The American Diplomat；or，Hints on the Social and Civic Relations of the United States of America*）以及关于欧洲历史文化的《欧洲拾零》系列（*Gleanings in Europe*，1837-1838）。但此时他的兴趣重点放在撰写一部关于美国海军发展历史的作品上。1839 年，两卷本《美国海军史》（*The History of the Navy of the United States of America*）问世，随即引起学界和历史学家的高度关注，海军历史学家纷纷表达对这部作品的高度赞赏之情。

　　进入 19 世纪 40 年代，库柏的创作势头持续高涨，并形成井喷之势。这一时期他的海洋小说、西部小说和政治小说齐头并进，但海洋小说数量明显占了上风。边疆五部曲系列《探路者》（*The Pathfinder，or，The Inland Sea*，1840）和《猎鹿人》（*The Deerslayer；or，The First Warpath*，1841）相继出版，而海洋小说《卡斯蒂尔的梅赛德斯》（*Mercedes of Castile*，1840）、《两个船长》（1842）以及《双帆船》（1842）也相继问世。1843 年，库柏航海经历的自传性小说《内德·迈尔斯》出版。这部小说还激发库柏创作了另外两部海洋小说《海上与岸上》（1844）和其续集《迈尔斯·沃林福德》（*Miles Wallingford：Sequel to Afloat and Ashore*）。库柏因为妻子的缘故而被迫于 1811 年从美国海军辞职，因此他在这两部小说中想象自己作为一名水手在大海上的漫长航行经历。此外，这一时期的海洋文学作品还包括《美国杰出海军军官生平志》（*Lives of Distinguished American Naval Officers*，1846）、《杰克·蒂尔》（1848）、《火山口》（1847）以及最后一部海洋小说《海狮》（1849）。这一时期，他捍卫地主土地所有制度的社会批判小说《利特尔佩奇手稿》（*Littlepage Manuscripts*）三部曲《萨坦斯托》（*Satanstoe，or，The Littlepage Manuscripts，a Tale of the Colony*，1845）、《戴锁链的人》（*The Chainbearer，or，The Littlepage Manuscripts*，1845）、《印第安人》（*The Redskins，or，Indian and Injin：Being the Conclusion of the Littlepage Manuscripts*，1846）也相继出版问世。

　　1851 年 9 月 14 日，库柏于纽约州逝世。1852 年 2 月，许多美国政界和文学艺术界名流参加了在纽约举行的库柏追思会，以表达对这位美国文学开拓者和奠基人的沉痛哀悼。美国国务卿丹尼尔·韦伯斯特（Daniel Webster）、华盛顿·欧文（Washington Irving）、威廉·布莱恩特（William　Bryant）等政界和文学艺术界

---

① 关于"三英里地角案"及库柏同美国辉格党控制的报业界的恩恩怨怨，See Waples，D. 1938. *The Whig Myth of James Fenimore Cooper*. New Haven：Yale University Press，pp. 116-226.

名流在追思会上对库柏的生平、创作才华做了高度的评价,而纳撒尼尔·霍桑(Nathaniel Hawthorne)、赫尔曼·麦尔维尔、拉尔夫·爱默生等文学巨擘纷纷发来悼词表达他们对库柏的哀思,并一致高度赞赏库柏非凡的文学才华。

库柏虽然已经离世一个多世纪,但他留下的丰厚遗产在美国文学和文化中留存下来,并被赫尔曼·麦尔维尔、杰克·伦敦、欧内斯特·海明威(Ernest Hemingway)乃至约瑟夫·康拉德等作家所继承并发扬光大,而对库柏及其小说艺术的研究也随着时代的发展不断得以推进。

作为美国文学的先驱者和奠基人,库柏开创了海洋小说、西部小说、边疆小说、历史小说等小说类型并取得了举世瞩目的成就,为美国民族文学型构做出了重要的、开拓性的贡献。然而文学评论界对库柏的研究一直偏重于以他的《皮袜子故事集》为代表的西部边疆小说,而他的海洋小说却被束之高阁,无人问津。这种重视库柏的边疆小说而轻视甚至忽略其海洋小说的局面,在库柏的整体研究状况中呈现出一幅极不协调的画面。其实,库柏的海洋小说绝不逊色于他的西部边疆小说和历史小说。仅仅凭借 10 多部海洋小说,他也同样可以成为一名优秀的小说家而在美国文学史中占有重要的地位。因此,我们有必要重新审视库柏的小说艺术,尤其应该重新评估他的海洋小说,以便在库柏逝世近 170 年后的今天,我们能够全面认识和客观审视库柏的小说艺术成就。

19 世纪上半叶,库柏创作了以《领航人》《红海盗》《海妖》等为代表的 10 多部海洋小说以及其他非小说类海洋题材作品。库柏的这些作品以大海作为故事主要背景,以水手为主要角色,生动地展现了人类与大海、人类与社会以及人与他人之间的复杂关系,也生动再现了美利坚民族波澜壮阔的海洋生产生活历程。这些小说无论语言、情节、主题还是思想内涵,都是 19 世纪美国浪漫主义文学的杰出典范,也代表了当时美国海洋小说的最高成就。

19 世纪是美国帝国主义发展的关键时期,美国通过门罗宣言、西进运动、美墨战争、美西战争等方式,循序渐进地扩大了帝国的版图,逐步把帝国的触角从西半球延伸到东半球,从陆地边疆延伸到全球的海洋。格奥尔格·黑格尔(Georg Hegel)在《历史哲学》(*Philosophy of History*)一书中说道:"大海邀请人类从事征服,从事掠夺,但同时也鼓励人类追求利润,从事商业。"(2006: 83)美帝国的霸权扩张同黑格尔所言说的海洋特性高度契合,因为美国的历史实质上也正是一部关于海洋扩张、商业扩张的历史,正如爱德华·萨义德(Edward Said)在《文化与帝国主义》（*Culture and Imperialism*）一书中所论述的那样，"尽管美国扩张主义主要是经济性质的，但它仍然要紧紧地依赖着不断公开说明的、关于美国自身的文化观念和意识形态并与它同步"（Said，1994：289），美国正是不断地通过各种形式灌输帝国主义的一整套意识形态，源源不断地向美洲以及美洲大陆以外的相邻的或者非毗邻的陆地或海洋空间甚至宇宙空间勾勒和拓展帝国的版图，最终形成了今天政治实力、军事实力以及全球影响力超强的超级大国。

　　在 19 世纪美国全球扩张和大国崛起的背景下，作为曾经的一名水手和海军军官，具有 5 年海洋经历的作家库柏，他的海洋书写是在什么样的历史语境下发生的？他的海洋书写是否同 19 世纪前半叶美国的国家利益互相勾连？库柏的海洋书写是否蕴含深邃的政治意蕴？如果答案是肯定的，那库柏的海洋书写如何参与海洋民族主义和海权思想等政治、军事话语的建构与流通？库柏的海洋书写在何种程度上影响了美国的文化意识？他的海洋书写对美国独立民族文学建构又有着什么样的独特价值和贡献？本书主要围绕上述问题展开论述，并以中国学者的观察视角来探讨这些复杂的问题。

　　笔者在整体观照库柏的海洋小说创作的基础上，着重考察他的早期、中期和晚期的海洋小说代表作品。早期海洋小说代表作品包括《领航人》《红海盗》《海妖》等；中期代表作品包括《海上与岸上》，晚期代表作品包括《火山口》《海狮》等，同时也兼论他的《美国海军史》《美国杰出海军军官生平志》等非小说类作品。本书以时间顺序来考察库柏的海洋小说，是基于这样的事实：随着美国的海洋国家意识的发展变化，库柏的早期、中期和晚期的海洋书写进度大致同美国国家意识的变化过程吻合。在着重研究他的海洋小说的同时，本书还兼论他的西部边疆小说，如《大草原》《最后的莫希干人》等，并力图从整体上把握库柏从西部边疆小说到海洋小说这一创作转向的政治文化渊源。

　　相应地，本书主体部分主要由以下六个章节构成：

　　导论简要介绍 19 世纪美国海洋文学的发展概况，兼论库柏在美国海洋文学史上的先驱地位。

　　第一章着重分析库柏的海洋书写作为国家意识的表征。本书首先对库柏海洋小说创作进行简单的划分，按照早期、中期和晚期的顺序来梳理库柏各时期的代表作品。同时，本书按照库柏小说中主要人物在海洋上活动的场所以及移动的轨迹，并结合库柏海洋书写的空间变化的特点，粗略地把库柏的海洋小说划分为大西洋小说和太平洋小说。本章的核心观点是：库柏的海洋书写体现的不仅是库柏的海洋意识，反映的更是他的国家意识和国家想象图景。库柏的国家意识和国家书写始终贯穿于他的海洋小说书写的始终，说明国家意识一直是库柏海洋书写的主题和内容。因此，库柏的海洋书写是美国海洋叙事史诗的重要组成部分。

第二章主要探讨库柏的海洋书写与民族主义和国家认同之间的关系。本章的核心观点是：库柏的海洋书写的一个鲜明的特征就是海洋民族主义、英雄主义和爱国主义思想相互交织。成长于美国海洋大国地位不断上升时期的库柏，受海洋民族主义的影响，在多部海洋小说中通过呈现美国的海洋商贸、捕鲸业、造船业和海上战争等海洋活动来构建本质上是扩张性、掠夺性、商业性和竞争性的海洋文化，在广阔的流动空间之上不遗余力地构建以海洋文化为国家文化内核的美国身份认同，塑造海洋大国形象。这不仅清晰地流露了库柏的海洋民族主义倾向，而且也是他的国家认同和国家想象的直接体现。库柏的海洋民族主义，作为美国民族主义的一种特殊形式，是在 19 世纪上半叶美国民族自立背景下形成的，它在促进美国的民族认同、增强美国的民族凝聚力等方面起到了巨大的推动作用。

第三章主要剖析库柏的海洋书写中所隐含的海权思想意识、他对美国成为海洋商业大国的愿景以及美国海洋发展战略的构想。本章的核心观点是：受民族独立自主和大国诉求的激励，库柏在广阔的流动空间之上极力建构一个强悍的、以海洋作为平台的国家权力身份。库柏深刻认识到海洋是美国由弱变强并最终走向繁荣富强的重要战略通道，因此他认为美国的发展应该"从西部回到东部海洋"，美国的腾飞离不开大海，在美国崛起的进程中应该乐观地向海洋进军。他在作品中展望美国控制海权、成为海上强国的无限可能性；他非常明确地阐述了应建设一支强大的具有战略威慑力的美国海军的观点，以达到控制世界海洋的最终目的，从而为美国称霸全球打好坚实的基础；他强调海上贸易与航运是实现美国经济繁荣昌盛的重要途径和保障，希望构建美国海上商业垄断帝国，认为美国在海权控制方面具有先天优势。这都是库柏海权思想的突出体现，也是他的帝国想象的重要内容。

第四章重点探寻库柏的陆地书写和海洋书写所体现的帝国意识及演变轨迹。本章的核心观点是：作为边疆小说和海洋小说的创始人，库柏在这两类小说中呈现了两种地理景观：西部广袤的陆地和浩瀚的海疆；小说人物活动的场所也从广袤的西部边疆延伸到茫茫无际的海洋边疆。无论是边疆小说还是海洋小说，库柏通过小说人物在西部广袤的大陆和浩瀚的"海洋荒野"上的探险与旅行，通过人、船、资本、物资在陆地和海洋上的不断流动或移动，在文学版图和心理版图上为美国的陆地与海洋的存在确立一种合法性和地理标识，从而增强了美国人的地理认同和归属感。尤其需要指出并重点强调的是，库柏不仅在西部边疆小说中拓殖美国的"边疆"，他甚至在他已经被读者和批评家忽视而逐渐被人淡忘的海洋小说中开辟了另一个全新的、更为重要的"边疆"——海洋。这个新"边疆"，并非仅仅包含文学意义上的库柏"发现"或"发明"海洋小说，而且还涵盖了地理学、政治学意义上新的国家疆域的拓展。在美国的边疆研究历史中，以弗雷德里克·特纳（Frederic Turner）为代表的美国"边疆假说"理论着重强调的是垦殖西部陆地边疆，却严重忽略了蓝色的"海洋边疆"对美国文明发展的重要意义和巨大影响，但作家库柏却深刻地洞察到包括大西洋、太平洋在内的"海洋边疆"同美国命运之间的纽带联系。因此，从这一个意义上说，库柏在文学想象上不仅延展了美国文学"边疆"的界限，而且也突破了美国历史上关于"边疆"的认知界限，从而在意识上帮助强化了美国的地理疆域意识、国家意识甚至帝国意识。因此，从这个意义上讲，库柏的小说参与了民族国家发展与帝国意识建构的进程。事实上，在二百多年的历史进程中，美国正是通过人、物、资本在陆地和海洋上的不断移动，通过这种难以触摸的、特殊的帝国主义形式，从而不断地把边疆从大西洋沿岸的殖民地边疆拓展到阿巴拉契亚山脉以西、密西西比河以西的边疆，直至到达太平洋沿岸的加利福尼亚和俄勒冈，然后又进一步延伸到夏威夷、阿拉斯加、萨摩亚、关岛、菲律宾等亚洲太平洋地区，从而把美国势力范围从西半球扩展到东半球、从大西洋延伸到太平洋、大洋洲及南极地区。

　　第五章总结梳理库柏的文学成就以及对美国的思想文化产生的重大影响。本章的核心观点是：库柏是一个被严重低估的作家，他的海洋小说艺术以及他的社会政治思想为美国文学和思想文化留下了丰富的遗产，还有待人们重新评估和发掘。总的来说，库柏的海洋书写在两方面为美利坚民族留下了宝贵的遗产。首先，在思想意识形态方面，库柏的海洋书写积极参与了美国的海洋文化、海权思想意识以及海洋民族主义等海洋政治话语的建构与流通。第一，他的海洋小说成功开掘浩瀚的"海洋荒野"，即在大西洋、太平洋广阔的流动空间之上建构征服、扩张和牟利性的美国海洋文化。第二，库柏的海洋书写不仅宣扬海洋民族主义，而且也宣扬海权思想意识。库柏的海权思想为美国海权建构做了观念上的启发，为美国海权的发展奠定了思想基础，为美国的霸权和扩张预设了海上道路，对美国的发展具有划时代意义。

其次，在文学艺术方面，库柏开创了美国海洋小说优秀传统，这一传统被后来的美国海洋小说家继承并发扬光大。库柏在小说中以美国本土海洋素材为基础，以大海作为故事主要背景，以水手为主要角色，以浪漫主义和现实主义作为故事基调，生动地展现了人类与大海、人类与社会以及人类与自我之间的复杂关系。无论主题和情节，还是人物塑造，这些小说都是 19 世纪前半叶美国浪漫主义文学的杰出典范，也代表了当时美国海洋小说的最高成就。库柏的海洋小说不仅拓展了美国文学想象的空间，也在文学艺术层面为美国形象建构做出了重要贡献。库柏的海洋小说传统及其文艺本土化的创作思想还深深影响了包括麦尔维尔在内的美国海洋书写，甚至也影响了英国海洋小说家康拉德的海洋书写。

第六章系统梳理国内外库柏研究的历史概貌和最新研究动态，尤其是海洋文学研究现状。系统介绍近二百年来在美国、英国、法国、俄国、中国对库柏研究的现状，力图为国内学者勾勒出库柏在欧美和中国的批评与接受的历史脉络及最新研究现状。

第一章　库柏的海洋书写与国家意识

从 1824 年第一部海洋小说的问世到 1849 年最后一部海洋小说的出版，在长达 26 年的时间跨度里，库柏持续创作了包括《领航人》《红海盗》《海妖》《卡斯蒂尔的梅赛德斯》《双帆船》《两个船长》《内德·迈尔斯》《海上与岸上》《杰克·蒂尔》《火山口》和《海狮》等 10 余部海洋小说。这些海洋小说占了他文学创作总量的三分之一以上。库柏为何在如此大的时间跨度内持续创作数量如此众多的海洋小说作品？这些海洋小说书写的背景是什么？库柏的海洋书写与国家意识之间是否有必然的联系？细读库柏的海洋小说后发现，库柏选择海洋题材进行创作，不仅体现了他强烈的海洋意识，更体现了他的海洋国家意识。

第一节　"海洋文学"与库柏的文本世界

作为美国海洋文学传统的开拓者，库柏以美国的海洋历史和文化作为创作素材，一共创作了 10 余部海洋小说以及非小说类作品。对库柏的海洋文学创作生涯进行全面的梳理，显得很有必要。然而，在做这样的学术梳理和整理之前，需要厘清一个学术概念：何谓海洋文学？

一、海洋文学：概念与美学特征

海洋一直都是中外作家创作灵感的丰富源泉。无论是古希腊神话《荷马史诗》(The Homer's Epic)、冰岛史诗《埃达》(The Elder Edda)，还是英国文学名篇《暴风雨》(The Tempest)、《金银岛》(The Treasure Island)、《古舟子吟》(The Rime of Ancinet Mariner)、《青春》(The Initiation)，无论是美国文学经典《领航人》、《海妖》、《白鲸》、《老人与海》(The Old Man and the Sea)、《东航卡迪夫》(Bound East for Cardiff)，还是中国的文学古迹《山海经》《航海赋》《西洋番国志》，都堪称海洋文学艺术的瑰宝。尽管中外的海洋文学作品数量丰富，但海洋文学作为一种特殊的文学文类受到普遍的学术关注，却只是 20 世纪 40 年代以来才发生的事情。1943 年，美国海军学院教授查尔斯·刘易斯（Charles Lewis）编著并由美国海军学院出版的首部西方海洋文学作品选集《海洋文学作品集》(Books of the Sea)问世。此书以比较文学的宏观视野对欧美的海洋小说、海洋诗歌、海洋戏剧以及水手、舰船历史等做了一个较为宽泛的介绍，是西方较早研究海洋文学的选集。此后特别是 90 年代以来，各种海洋文学作品集陆续问世，如 1992 年牛津大学出版社出版了乔纳森·拉班（Jonathan Raban）编著的《牛津海洋文学选集》（*The Oxford Book of the Sea*），之后牛津大学又于 1994 年出版了托尼·坦纳（Tony Tanner）编著的《牛津海洋小说选集》（*Oxford Book of Sea Stories*），这两部选集无疑是较早的关于英美海洋文学选读方面的权威著作。《牛津海洋文学选集》按时间顺序收录从盎格鲁-撒克逊时期的海洋诗歌到当代海洋文学的重要作品，入选作家涵盖德蒙·斯宾塞（Edmund Spenser）、约翰·弥尔顿（John Milton）、丹尼尔·笛福（Daniel Defoe）、查尔斯·达尔文、查尔斯·狄更斯（Charles Dickens）、詹姆斯·乔伊斯（James Joyce）、弗吉尼亚·伍尔夫（Virginia Woolf）、詹姆斯·库柏、艾米莉·迪金森（Emily Dickinson）、约翰·厄普代克（John Updike）等一百多位作家。在谈到文学中的海洋的符号意义时，乔纳森·拉班认为"文学中的大海不是一个可以证实的对象，不同时代的作家无法用不同程度的文学成就或者对海洋的不同程度的强调就能证明大海的意义；相反，它是极其流动和不稳定的因素，它为每一位作家和每一代人塑造了一个新的自己"（Raban，1992：3）。因此"流动的"海洋是一个不断产生新的意义的神秘符号。《牛津海洋小说选集》则收录了包括杰克·伦敦、鲁德亚德·吉卜林（Rudyard Kipling）、斯蒂芬·克莱恩、欧内斯特·海明威以及约瑟夫·康拉德等经典作家的 27 个海洋故事。此外，威廉·福克纳（William Faulkner）、弗朗西斯·菲茨杰拉德（Francis Fitzgerald）、爱德华·摩根·福斯特（Edward Morgan Forster）以及埃德加·爱伦·坡等作家的不为人熟知的海洋文学作品也入选其中。在谈到文学与航海故事的关系时，托尼·坦纳则把两者做了一个比较形象的类比："文学和航行可以说是同时产生的，因为若没有离别，没有出发，就没有文学。"（Tanner，1994：xv）此后，两本大部头的美国海洋文学史著作《美国海洋文学史》和《美国海洋文学选集》（*American Sea Writing: A Literary Anthology*，2000）相继问世。其中由斯普林格等学者于 1995 年编著的《美国海洋文学史》是美国第一部研究海洋与美国文学史关系的著作，此书不仅考察大西洋、太平洋与墨西哥湾在美国文学中的存在，还考察了湖泊在美国文学中的存在；著作不仅讨论主流白人作家的海洋书写，同时也研讨妇女、黑人和土著的海洋文学作品的价值与意义。由皮特·尼尔（Peter Neil）编著的《美国海洋文学选集》则收录了从殖民时期以来到现当代的美国海洋文学作品，入选的作家包括威廉·布拉德福特、约翰·卢迪亚特（John Ledyard）、戴维·波特（David Porter）、华盛顿·欧文、詹姆斯·库柏、拉尔夫·爱默生、埃德加·爱伦·坡、小理查德·达纳、亨利·梭罗（Henry Thoreau）、赫尔曼·麦尔维尔、马克·吐温（Mark Twain）、欧内斯特·海明威、杰克·伦敦、尤金·奥尼尔（Eugene O'Neill）、皮特·马蒂森（Peter Matthissen）、约翰·迈克菲（John McPhee）等。进入 21 世纪后，各种海洋诗集和海洋小说集也不断问世，例如，约瑟夫·麦克拉奇（Joseph McClatchy）编著的《海洋诗集》（Poems of the Sea，2001）和戴安娜·特斯戴尔（Diana Tesdell）编写的《海洋小说集》（Stories of the Sea，2010）都是代表著作。美国著名诗歌评论家、普利策奖获得者麦克拉奇编著的《海洋诗集》是第一部欧美海洋诗集，作品记录了长久以来人类对海洋的恐惧、梦想和渴望。入选作品涵盖从古典时期的史诗到现当代欧美主流诗歌作品，入选诗人包括荷马、约翰·弥尔顿、威廉·莎士比亚、阿尔弗雷德·丁尼生、萨缪尔·柯勒律治（Samuel Coleridge）、埃德加·爱伦·坡、西尔维娅·普拉斯（Sylvia Plath）等，入选的诗歌形式丰富多样，包括十四行诗、民谣、赞美诗等。这些诗人为我们揭示了海洋的不安定性、包容性、隐喻性和神秘性等特质。戴安娜·特斯戴尔编写的《海洋小说集》收录过去二百年来最具影响的海洋小说，其作者既有约瑟夫·康拉德、鲁德亚德·吉卜林、斯蒂芬·克莱恩、罗伯特·史蒂文森（Robert Stevenson）、杰克·伦敦和欧内斯特·海明威等经典作家，也有伊萨克·迪内森（Isak Dinesen）、帕特丽亚·海史密斯（Patricia Highsmith）和詹姆斯·巴拉德（James Ballard）等新锐作家。上述海洋文学作品选集涵盖的内容非常广泛，题材也相当丰富，为我们进一步研究海洋与文学、文化的关系提供了非常丰富的文本素材，然而遗憾的是，上述作品中鲜见探讨海洋文学概念的相关内容。

除了上述代表性的海洋文学作品选集之外，近年也产生了许多关于海洋文学与文化研究方面的代表性论著，例如，约翰·佩克（John Peck）撰写的《海洋小说：英美小说中的水手与海洋，1719—1917》（Maritime Fiction：Sailors and the Sea in British and American Novels，1719-1917）讨论从丹尼尔·笛福到约瑟夫·康拉德时代的海洋小说的文化意义。全书由九章组成，内容包括简·奥斯汀（Jane Austen）笔下的水手、弗雷德里克·马里亚特舰长（Frederick Marryat）笔下的海军军官、查尔斯·狄更斯笔下的大海、维多利亚中期的海洋小说、康拉德的海洋小说书写以及美国海洋小说家库柏、麦尔维尔等作家的海洋小说特征。在讨论英国和美国的海洋小说的差异时，佩克认为"英国的海洋小说通常从海岸的角度切入，实际上常常以陆地为基础，而美国的海洋小说将更多的重点放在航海上，航海总是被看作是探索或自我发现之旅"（Peck，2001：89）。伯恩哈德·克莱恩（Bernhard Klein）编著的《海洋小说批评：英国文学与文化中的海洋》（*Fictions of the Sea：Critical Perspectives on the Ocean in British Literature and Culture*）收录了从现代早期到当代英国文学和历史中有关海洋的文化意义的十二篇原创性论文，这些论文从跨学科的视域阐释了文化想象中的海洋与英国社会、政治、历史之间的隐喻性关联，分析了海洋对英国文化特征形成的影响。菲利普·爱德华（Philip Edwards）撰写的《18世纪英国航海叙事》（*The Story of the Voyage：Sea-Narratives in Eighteen-Century England*）以英国海洋帝国的扩张为背景，分析了威廉·丹皮尔（William Dampier）的航海经历、詹姆斯·库克船长（Captain James Cook）的航海叙事以及奴隶贸易、乘客叙事和水手自传等内容。此书从航海叙事的视角，揭示了18世纪英帝国的海外殖民与扩张过程中少为人知的一面，是第一部全面研究18世纪英国海洋叙事的重要著作。汤姆·克莱顿（Tom Clayton）等人编著的《莎士比亚与地中海》（*Shakespeare and the Mediterranean：The Selected Proceedings of the International Shakespeare Association World Congress，Valencia，2001*）收录了世界莎士比亚研究会关于莎士比亚与地中海之间的渊源的最新研究和思考，开拓了莎士比亚研究中的海洋视阈，是莎士比亚研究中的新的学术增长点。在论述莎士比亚戏剧中为何设置许多海岛情景时，学者乔纳森·贝特（Jonathan Bate）认为"莎士比亚远比我们更加清醒地意识到海岛是重要的压力点，他对海岛剧情的设置感兴趣是因为海岛是在一个更大的地缘政治环境中形成的一个特殊的封闭的空间，或许有点像一个大的城市环境中存在的封闭的剧院"（Clayton，2004：290）。格萨·麦金桑（Gesa Mackenthun）撰写的《美国奠基文学中的黑色大西洋小说》（*Fictions of the Black Atlantic in American Foundational Literature*）将种族和奴隶制置于跨大西洋叙事的空间框架内进行研究，拓宽了研究范围，是研究美国早期文学与海洋关系的重要成果。美国19世纪研究会主席海丝特·布卢姆（Hester Blum）撰写的专著《桅顶上的风景：内战前美国的海洋想象与海洋叙事》（*The View from the Masthead：Antebellum American Maritime Imagination and Sea Narratives，2008*）是一本探讨水手对美国文学与文化独特贡献的著作。此书内容涵盖了从不知名的海盗故事到赫尔曼·麦尔维尔、詹姆斯·库柏、埃德加·爱伦·坡和小理查德·达纳等著名作家的作品。布卢姆分析了北非海盗囚禁叙述、海军回忆录、麦尔维尔笔下的海洋景观等，认为水手的文化程度、阅读范围与见识超越了普通劳动阶层的水平，由水手叙述表达出的自我认知和价值诉求对美国文学和历史研究具有重要的意义。作为一部重要的海洋文学研究专著，玛格丽特·科恩（Margaret Cohen）的专著《小说与大海》（*The Novel and the Sea*）挑战了小说根植于陆地经验的普遍观念。科恩从船的甲板和海洋魅力的观察角度出发，辅以现代文化的想象，考察了近两个世纪以来海洋小说发展的历史。传统的英、法、美等国的小说历史均是从陆地的角度出发书写的，而科恩将小说放在海外探险和海上活动中加以考察，形成了以跨大西洋冒险经历为主线的小说史，"以另外的方式修正有关小说兴起的主流叙事"，进而"消除那些认为主导小说发展的机制都发生在陆地上的根深蒂固的偏见"（Cohen，2010：13）。新·山城（Shin Yamashiro）撰写的专著《美国海洋文学：海景、海滩叙事与水下探险》（*American Sea Literature：Seascapes，Beach Narratives，and Underwater Explorations*）探讨了美国海洋活动及其在文学与文化中的表征。山城将"陆地"和"海洋"作为概念区分开来，并在此基础上进一步将海洋文学分为三类：海上的文学、海边的文学和海底的文学。山城做此划分的理据依据是他认为"海洋具有三重维度"（Yamashiro，2014：2），其中"'海上的文学'和'海底的文学'理论上完全独立于陆地，而'海边的文学'包含临近的、密不可分的陆地"。在山城来看，通过这三重维度来审视美国海洋文学的益处在于"首先让我们看到海洋文学是由不同类别的需要引起重视的作品组成；其次海洋美学也是由陆地美学构成，两种美学观念相互依存、互相影响"（Yamashiro，2014：5）。该书既讨论经典作品，也讨论关于深海探索等内容，揭示了海洋文学对美国历史的独特影响。史蒂夫·门茨（Steve Mentz）于2017年编著出版的《大海与19世纪英美文学文化》（*The Sea and Nineteenth-Century Anglophone Literary Culture*）收录的文学专家学者撰写的关于英美国文学的十篇论文探讨了全球探索和殖民统一时期大西洋两岸的作家、读者和思想家对海洋的不同理解。论文聚焦三个棱镜来展示海洋对19世纪英语文化和文学形态的重要性："湿润的全球化"、"盐美学"和"蓝色生态批评"。上述代表性论著为研究海洋同英美文学与文化之间的关系提供了许多新鲜的视阈，观察角度也多元化，因此可列入海洋文学与文化研究中的重要参考书目。然而，同样令人遗憾的是，上述著述只是简单梳理了海洋与英美国文学和文化历史的渊源关系，既没有对海洋文学的概念做深入的探讨，也没有对海洋文学的学理内涵、研究范式等方面做详细的阐释。因此可以说，尽管西方海洋文学的研究已经开展多年，但学者们并未就海洋文学的学理展开学术探索与争鸣，对海洋文学的研究范式也没有过多的论述。什么是海洋文学？海洋文学研究的范式是什么？海洋文学的研究议题和关注的核心内容是什么？目前西方学界在这些学术问题上语焉不详，这为进一步研究海洋文学提供了广阔的空间。

与英美的海洋文学研究语境不同的是，中国的海洋文学研究从一开始就聚焦于"海洋文学"的学理问题上，学者们纷纷就海洋文学所涉及的理论以及研究范式、海洋文学的定义等宏观问题展开热烈的学术讨论，体现出中国学者在这一问题上的理论自觉性。中国的海洋文学研究大致从 20 世纪 70 年代开始，目前对海洋文学的理论研究和学术探索正处于开始阶段，各种以海洋文学为主题的学术研讨会在近年来也陆续召开，如 1991 年在福建召开的"海洋文学研讨会"、2008 年在宁波大学举办的"海洋文学国际学术研讨会"、2012 年在宁波大学召开的"首届中国海洋文化学术研讨会"、2013 年在宁波大学举办的"外国文学经典生成与传播暨外国海洋文学学术研讨会"以及于 2017 年 11 月同样在宁波大学召开的"构建蓝色诗学：第二届海洋文学国际学术研讨会"，都是中国学者为探讨海洋文学理论及其研究范式而努力探索的一部分。

就目前笔者所掌握的文献资料来看，1975 年中国台湾学者朱学恕在其作为创刊人和发行人的《大海洋》诗刊上发表的《开拓海洋文学的新境界》创刊词，这是中国最早提出"海洋文学"这一概念（赵君尧，2007：63）。在创刊词中，朱学恕从文学审美的层面提出了海洋文学的四大美学特征："情感的海洋"、"思想的海洋"、"禅理的海洋"和"体验的海洋"（陈思和，2000：92）。除了朱学恕对海洋文学做出初次界定以外，学者龙夫、杨中举、段汉武等人分别从不同角度和层面对海洋文学提出具有代表性的定义。龙夫在《回归大海的倾诉：日本学者论海洋文学的发展》一文中对海洋文学下了两种定义：其一，"所谓海洋文学，通常是指以海洋为题材或根据在海上的体验写成的文学作品"；其二，"真正意义上的海洋文学是，主题与海洋具有的特质密切相关，并受海洋的特性支撑的文学作品"（龙夫，2004：22）。杨中举在《从自然主义到象征主义和生态主义——美国海洋文学述略》一文中也对海洋文学的定义做了界定：

> 什么是海洋文学？ 我认为，那种渗透着海洋精神，或体现着作家明显的海洋意识，或以海或海的精神为描写或歌咏对象，或描写的生活以海为明显背景，或与海联系在一起并赋予人或物以海洋气息的文学作品都可以列入海洋文学的范畴。（杨中举，2004：195）

段汉武在《〈暴风雨〉后的沉思：海洋文学概念探究》一文中不仅对上述两位学者的海洋文学概念进行了批判性辨析，并在以上界定的基础上，对海洋文学的概念做了进一步的拓展，他认为"以海洋为背景或以海洋为叙述对象或直接描述航海行为以及通过描写海岛生活来反映海洋、人类自身以及人类与海洋关系的文学作品，就是海洋文学"（段汉武，2009：19）。此外，张陟（2009）的论文《"海洋文学"的类型学困境及出路》也试图阐释海洋文学作为一种文学类型的合理理据。

以上学者从不同层面和角度出发，纷纷就"海洋文学"的定义和内涵做了各种论述，掀起了国内海洋文学研究的一波浪潮。这些关于"海洋文学"概念的界定的出发点和导向有所不同，有的侧重于海洋文学的美学表征，如朱学恕的界定；有的以作品的主题或者写作题材为批评导向，如龙夫的界定；有的偏重于以作品的精神价值和精神启迪为导向，如杨中举的定义。上述关于"海洋文学"概念的各种界定为我们进一步研究海洋文学做了很好的铺垫。然而，这些关于"海洋文学"的定义显得比较笼统，不够准确和全面，用段汉武自己的话来说，问题比较多，"存在着同义反复、晦涩难懂、意义不定的多重误区"（段汉武，2009：19）。段氏关于海洋文学的新定义，尽管把前几位学者关于海洋文学的定义推进了一步，但在概念的表述和阐释上还是显得比较笼统抽象，也不够全面，显然还有进一步讨论和提升的空间。

从外国学者忽略甚至回避"海洋文学"的概念，到中国学者积极探讨"海洋文学"的概念并开展理论争鸣，在这一学术语境的背后，或许存在一个事实："文学"概念的确不易界定，"海洋文学"也是如此，因此要对"海洋文学"的概念做一个清晰、准确而全面的界定确非易事，正如学者罗伯特·福克（Robert Foulke）在彼得·卡森（Peter Carlson）编著的《文学与大海的故事》（*Literature and the Lore of the Sea*，1986）一书中所论述的那样：

> 海洋文学这一术语几乎不可能界定，主要有两个原因：其一，如果海洋文学包括航海叙事，包括水手在海上和陆上的故事，包括那些反映海洋对人类的想象力产生影响的诗歌作品，包括那些以远洋航行经历为主题的论文，我们仍然无法把事实与小说虚构故事区分开来，无法把历史或者奇闻轶事同文学区分开来。况且，那些海洋文学家很少倾向于以一种模式来处理小说题材，无论是对于事实的简单记录，还是对于事件的技术分析，无论是对人物轶事的编年史式的直接记录，还是对于虚构化的个人传记的记录，还是以海洋为故事背景下的纯粹的故事虚构和杜撰，都是如此。我

们只要想一下那些由孤独的船长妻子所保存的那些非凡的航海日志，仅仅想象一下那些关于船难和灾难故事的记录，想象一下那些退休的船员的回忆录，想象一下航海大发现早期的那些有关航海的、地理的和商业的信息，想象一下那些关于乌托邦的虚构航海故事，我们就会明白，要区分什么是海洋文学，什么不是海洋文学，真的非常困难。其二，困难更多的是同我们的感知有很大关系。在我们的感知系统中，"文学"一词意味着那些存在于我们日常生活中的毫无休止、杂乱无章且转瞬即逝的词汇中间的具有持久价值的东西。除非我们把"文学"专门特指为那些关于某一特定职业或者某一特定学科的专门知识，否则我们在谈到"文学"的概念时，"文学"一词就特指那些有着永恒价值的文学创作活动。（Carlson，1986：1-2）

正如罗伯特·福克所言，要对海洋文学做出一个全面的界定，确实不是一件容易的事情，这不仅涉及我们对"文学"一词的理解与多元认知，还涉及海洋文学作品的题材、风格等一系列问题。从上述讨论可知，目前学界对"海洋文学"的概念的理解与认知尚处于一个语焉不详、模糊不清的状态，这对进一步开展海洋文学研究造成了一定的障碍。"海洋文学"的研究对象是什么？"海洋文学"包括哪些基本要素？"海洋文学"的叙事特征、美学特征是什么？这些问题都是需要引起学界关注和讨论的重要话题。

既然我们很难给出一个清晰而准确的关于"海洋文学"的界定，那可否尝试建立一个阐释性的界定，以方便我们在研究中能有"道"可寻？正是基于此出发点，在上述中外学者的研究基础之上，本书尝试就"海洋文学"的概念做一个解释性界定，以便为学界关于此问题的进一步讨论和交流提供一些参考。

首先，海洋文学（Sea Literature）有广义和狭义之分。广义的海洋文学可以指以文字或口头形式记录与流传下来的、与海洋有关的文献或资料；狭义的海洋文学是指以海洋或海上经历为书写对象、旨在凸显人与海洋的价值关系和审美意蕴的文学作品，包括海洋诗歌、海洋戏剧、海洋小说、海洋神话、海洋歌谣等，这也是文学研究中需要重点关注的文学形态。

其次，真正意义上的海洋文学，指以大海作为叙事发生的主要背景或故事场景，以大海、水手、船只、岛屿（间或穿插用以反衬或映射人与大海关系的陆地，但这仅仅是为了凸显或者反衬海洋的价值）等要素作为叙事的主要元素，以水手为主要角色，以航海叙事、海洋历险、海上探险、船难等为题材或根据海上的体验写成的生动展现了大海与人类、人类与自然、人类与社会的多维关系的文学作品。海洋文学作品中力图呈现的多维关系，可以是人与大海之间的多维度的伦理关系，如《白鲸》探讨的正是人与自然之间的自然伦理、经济伦理和生态伦理关系，而《老人与海》展现的是人类与自然界存在的丛林法则；可以是人与大海之间的征服与被征服的关系，如中外海洋神话故事中往往展现的是人们渴望认识、征服继而主宰海洋的愿望或梦想。总之，在作家笔下，海洋成为映照人类与自然、人类与自我以及人性的一面镜子，往往在伦理、道德、精神、文化、宗教等方面赋予人类深刻的启示和教育。真正的海洋文学作品，往往通过设置探险、历险、追寻、救赎、死亡等各种主题，通过水手/海盗与大海、舰船、岛屿的矛盾、冲突甚至斗争的情节来展现或映射作家关于人类与大海、人类与自然、人类与宇宙关系的深刻思考，并藉此来反思自由、创造力、生与死、人性善恶或人类生存环境等问题。如果某一海洋文学作品不能很好地展现或者映射这些多维度的、复杂的关系，或者无法聚焦于人性、善与恶、生存与死亡、自由与禁锢、人类生存与发展等关于人类命运的重大问题的讨论，那此作品就不能算真正意义上的海洋文学作品。

最后，海洋文学的概念和属性正如海洋所具有的固有属性——开放性、包容性、神秘性、扩张性——一样，具有开放性和包容性，因此海洋文学的概念的认知也是多维度的。

从文学属性上讲，一般来说，文学具有形象性、真实性、情感性和符号性等特征，海洋文学也不例外。除此之外，海洋文学也有着其自身的美学特征，主要表现为：

其一，以大海作为叙事的主要背景或故事叙述的场景，大海同时也是叙事的主角，具有鲜明的性格。真正的海洋文学作品，故事背景主要都发生在大海或近海上，更重要的是，海洋不仅仅是作为故事的背景而机械、单纯地存在，也不是一个没有意义的抽象符号，或是一个展现异域风情、呈现英雄行为的场所。相反，大海也是叙事的主角，也具有鲜明的性格特征。大海的永恒运动、广袤无垠甚至神秘莫测等属性往往赋予大海以生命力、创造力等隐喻特征，从而赋予大海以阳刚或阴柔等鲜明性格。这样一个具有鲜明性格特征的大海对于塑造人物性格、刻画人物形象起着至关重要的作用；它不仅能映射人物的心理活动，而且还映射作家或者批评家对人性、人类生存环境以及对人类自我的认识和反思。经典文学作品范例包括《奥德赛》、《蓝登传》(*The Adventures of Roderick Random*)、《古舟子吟》、《金银岛》、《"水仙花号"上的黑水手》(The Niggar of the "Narcissus")、《领航人》、《红海盗》、《阿瑟·戈登·皮姆的故事》、《白鲸》、《海上扁舟》、《海狼》、《老人与海》等。

其二,以水手作为主要角色。在海洋文学作品中,水手或者海盗是作品的主要角色,他们不是单一的、刻板的、扁平的形象,而是饱满的、富有张力的形象;他们或具有硬汉般的强人精神,或具有崇尚力量的品格,或具有崇尚自由的天性,或具有强烈的个体意识、冒险意识和开拓意识,或具有强烈的悲剧意识,或具有崇高的英雄主义气质,更不乏激情、浪漫。读者或者评论家对水手或海盗的兴趣不仅仅在于他们孤僻、怪异的言行举止,更是在于他们对自我、对社会、对人性、对人类生存现状的认识与反思等方面,这样的认识与反思都是来源于他们与大海的矛盾冲突和斗争。海洋文学中的典型水手形象有《领航人》中的汤姆·科芬(Tom Coffin)、《白鲸》中的船长亚哈、《海狼》中的拉森、《金银岛》中的吉姆(Jim)、《老人与海》中的圣地亚哥(San Diego)等。

其三,海洋文学作品的基本要素包括大海、岛屿、水手、舰船或陆地。[①]这五大要素相互关联,互相作用;它们之间的关系,譬如水手—大海,水手—船只,水手—岛屿,水手—陆地,根据叙事的变化而呈现一种动态的变化过程,这一变化过程形成了海洋文学作品的艺术张力,进而也生成了作品的意蕴和价值,因此对这五大要素之间变化关系的解读和阐释就构成海洋文学作品批评和赏析的主要任务与核心内容。

其四,典型的海洋文学作品具有独特的审美意蕴,这是因为特定作品中的意象、文体、隐喻、讽喻等审美维度都同海洋文学的基本要素——大海、岛屿、水手、舰船——密切关联。

大海的波澜不惊与汹涌澎湃、神秘莫测与浩瀚无垠等特征,无不具有丰富的象征意义,如在麦尔维尔的名著《白鲸》中,海洋的力量在最根本的层面上与神性紧密相连,所以船长亚哈每一次对它的挑战都将注定失败。在许多诗歌作品中,大海往往成为梦魇的代名词,成为死亡的隐喻;作家们往往通过描绘海上船难来凸显大海令人惊恐的、不可抗拒的破坏力量,并由此给人类带来灾难甚至死亡,而永动的大海那巨大的潜在破坏力让人联想到死亡的力量。但与此同时,作品也常常表达大海另外一种强

---

① 张德明教授在研究海洋文化的构成要素时曾把人、海、船、岛作为海洋文化的四大组成要素,并在分析四要素之间的关系的基础上,勾勒出一个可能的海洋文化类型。笔者认为海洋文学研究的基本范式与海洋文化研究范式具有相似之处。张德明.2014.海洋文化研究模式初探.宁波大学学报(人文科学版),(1):1-6.

大力量的存在——创造力,譬如在美国诗人亨利·朗费罗的诗歌《潮水》（"Tides"）中表达的那样：深沉的悲伤是一种情感的死亡,但是,如同"汹汹然"、"叛逆的狂涛"般奔涌而来的潮水一样,"心思、感触、愿望、爱情和欢笑"也势必会回归（朗费罗,1985：150）。又如在惠特曼的《草叶集》的附录一中的《纳夫辛克小唱》八首诗组中,惠特曼也通过大海的节奏表达了生命轮回的观点。在这组诗的最后两首诗中,惠特曼将自己的生命融入生与死永恒的宇宙之舞中：《两眼长时间望着波浪》（"By That Long Scan of Waves"）中,惠特曼把自己的成就看作是众多绵绵不绝的生命形式中的"某个波浪,或者波浪的一部分"（惠特曼,1991：904）；在《然后是最后一首》（"Then Last of All"）中,诗人甚至把"那塑造形象的大脑,那唱这首歌的声音"背后的自我意识同支配潮汐运动的同一法则相提并论（惠特曼,1991：904）。

　　船只和水手也往往被赋予非凡的隐喻和象征,而以海上航行作为命运之旅的象征往往是海洋文学作品在探索人类经历时最常用的形式。譬如在《啊,船长！我的船长！》一诗中,惠特曼将林肯比喻为率领美国这艘船破浪前行的船长。林肯被比喻为民族解放和国家统一事业的"船长"和"领航人",而"美国船长"乘坐的船只则成了"国家之舟"的隐喻和象征,此艘"国家之舟"承载着民族解放和南北统一的历史重任,然而当"国家之舟"即将靠向胜利的港湾之际,英勇的"船长"却倒在冰冷的甲板上。同样在詹姆斯·库柏的海洋小说中,"红海盗号"、"海妖号"、"危机号"或"黎明号"等各式舰船也成为"国家之舟"的隐喻,这些舰船不仅承载着美利坚民族独立和国家自立的命运,而且也是开拓进取、崇尚冒险扩张、爱好自由的民族精神的比喻和象征。虽然海洋文学中的"国家之舟"被冠以不同的名字,譬如"联盟号"、"哥伦比亚号"或者"76号",但"国家之舟"的某些特征却始终如一：它或机动敏捷,或灵活自由,或威武雄伟,或坚不可摧,或锐意进取；它是一艘刚刚出港或者在航行中的船只,其目的地不得而知,但船员个个积极乐观；它经历过狂风暴雨,却安然无恙,因为它自身结构完整,船员乐观自信；它的船长睿智而勇敢,它的船员来自五湖四海,虽有着不同肤色和出身,但同心协力,众志成城。朗费罗的《造船》（"the Building of the Ship"）中那艘"笔直、坚固、强壮又漂亮的船/笑对各种灾难,将搏击狂风巨浪"的船只正好表达了诗人对"国家之舟"的理想追求以及对美国命运的乐观信念（Longfellow,1868：130）。

　　海洋文学中的岛屿也同样蕴含丰富的文化隐喻。海明威在《丧钟为谁而鸣》（For Whom the Bell Tolls）的扉页上引用17世纪英国玄学派诗人约翰·邓恩（John

Donne）的诗句：“没有谁是一座孤岛，/自成一体；/每个人都是大陆的一小块，/是大陆的一部分。”这句诗行浓缩了文化、文明的冲突与融合语境下的岛屿和大陆的复杂关系，其实映射的正是不同历史时空背景下的民族、种族、宗教、文化、文明的交错、并置与对抗关系，正是这些复杂的关系构成了海洋文学作品的艺术张力。

其五，特别值得强调的是，同其他类型的文学作品相比较而言，海洋文学作品具有别具一格的叙事风格，航海专业术语的广泛运用就是其中一个显著的例子，这在《领航人》《白鲸》《老人与海》等经典海洋文学作品中都很常见，其中在詹姆斯·库柏的海洋小说《领航人》中关于船舶的专业术语就多达 20 余种，如走私船、纵帆船、三角轻帆、单桅帆船、双桅帆船、巡洋舰、平底驳船、捕鲸艇、独桅快艇、虎艇、小快艇、舰载大艇、大平底船、单座艇、大舢板、战列舰、快速舰等。这种独特的叙事风格不仅能吸引一般读者的阅读兴趣，而且也能吸引专业水手的兴趣，是海洋文学作品的显著特征之一。

其六，在海洋文学作品的叙述中，往往可见浪漫主义与现实主义相融合的双重基调。浪漫主义色彩往往赋予小说人物或者角色以俊美、悲壮、崇高的美学特征，譬如《领航人》中同大海生死与共的科芬、《白鲸》中的同白鲸共同毁灭的亚哈和魁魁格（Queequeg）、《海浪》中的“超人”英雄拉森、《老人与海》中的具有悲情色彩的“硬汉”圣地亚哥等。同时，现实主义笔触往往使得作家能以现实的、具体的、变化中的人的精神世界及生活遭遇为描写对象，力图通过对人物的性格、命运和环境（海洋）的历史性、艺术性或隐喻性来展示大海与人类、人与社会、人与自我之间的复杂的、残酷的关系，来呈现主观世界或者客观世界的发展过程。英国作家杰克·伦敦通过描写《海狼》中“魔鬼号”的船长拉森的冷酷无情，以及他对水手的残暴统治，来呈现存在于人际关系中的残酷的生存竞争和自然选择的冰冷法则，并展示了人性中的兽性的一面；美国作家海明威则通过描写“硬汉”圣地亚哥被鲨鱼“打垮”来映射人与自然关系中的“人类中心主义”以及“机械论世界观”的荒谬，进而表达了人类与海洋/环境之间需要建立一种和谐共生的绿色生态整体观的思想。

海洋文学研究具有十分广阔的开拓空间，可供研究的主题和议题也非常丰富，譬如：海洋文学文类与范式研究，海洋文学与国家型构之关系研究，海洋文学与民族精神之关系研究，海洋文学与海洋文化中的伦理和生态问题研究，中外海洋文学经典作家与作品研究，中外海洋文学与文化比较研究，海洋文学翻译与教学研究，海洋、记忆、历史与文化之关系研究，海洋文明史与中外海洋文学的发生、发展和演进之关系研究等，都是海洋文学中十分有意义的研究主题和话题。

库柏的众多海洋小说就是海洋文学作品中的优秀典范。这些作品以大海为背景，以水手或者海盗作为主要角色，通过描写水手、海盗同大海的冲突和矛盾来生动地展现人与大海、人与自然、人与社会乃至人与宇宙之间的复杂的关系，因此对于我们研究海洋小说类型、研究海洋文学的基本范式等，都具有重要的价值。

美国学者托马斯·菲尔布里克（Thomas Philbrick）是研究美国海洋小说的开拓性专家，他的学术专著《詹姆斯·费尼莫尔·库柏》(*James Fenimore Cooper and the Development of American Sea Fiction*, *1961*）是研究库柏海洋小说的重要开拓性著作。菲氏按照浪漫主义、现实主义的基本划分原则，把库柏的海洋小说创作分为早期、中期和晚期三个时期。早期海洋小说的代表为海洋小说三部曲《领航人》《红海盗》《海妖》，中期代表作包括《卡斯蒂尔的梅赛德斯》《两个船长》《双帆船》《内德·迈尔斯》《海上与岸上》等，而晚期代表作品包括《火山口》《海狮》等。另一位库柏研究学者罗伯特·斯皮勒（Robert Spiller）则根据库柏社会思想的发展变化把库柏创作分为 1826 年之前、1827—1833 旅欧期间以及 1833 年回国后到去世这三个阶段[1]。此外，罗纳德·克罗赫斯（Ronald Clohessy）则根据小说类型把库柏海洋小说分为早期历史小说（如海洋小说三部曲）、社会批评小说（如《返乡之旅》《海上与岸上》）、晚期历史小说（如《两个船长》《双帆船》）以及乌托邦、异托邦小说（如《火山口》《海狮》）[2]。

为了方便讨论，笔者参照菲氏的分类标准，也把库柏的海洋小说创作分为早期、中期和晚期三个阶段，但根据库柏小说中主要人物在海洋上活动的场所以及移动的轨迹，并结合库柏海洋书写的空间变化的特点，笔者进一步粗略地把这些海洋小说划分为大西洋小说与太平洋小说，前者如他的早期海洋小说三部曲《领航人》《红海盗》《海妖》等，而后者如他的晚期海洋小说《火山口》《海狮》。这样划分的理据是，库柏的早期海洋小说大多以大西洋作为故事的背景和场景，而中晚期海洋小说中的故事场景发生在太平洋、南极等地区。因为此书第四章将重点对此展开论述，故本章不再赘述。

回归历史的语境和现场，可以较为清晰地发现，库柏的大西洋书写和太平洋书

---

① Spiller. R. E. 1963. *Fenimore Cooper：Critic of His Times*. New York：Russell & Russell，pp. vi-vii.

② Clohessy. R. J. 2003. *Ship of State：American Identity and Maritime Nationalism in the Sea Fiction of James Fenimore Cooper*（Unpublished doctoral dissertation）. The University of Wisconsin-Milwaukee，p.vii.

写的变化轨迹，大致同美国的发展历程以及国家版图的扩张轨迹相吻合。在地理版图上，美国也正是从东部沿海向西一步一步扩张，最终跨越整个北美大陆，并进一步延伸到夏威夷、阿拉斯加、萨摩亚、关岛、菲律宾等亚洲太平洋地区以及大洋洲和南极地区。因此，库柏的海洋书写既可以视为美国国家叙事史诗的重要组成部分，同时也为我们考察美国国家意识的演变发展提供了一个重要文化窗口。

二、早期：大西洋书写

库柏的早期海洋小说创作阶段大致发生在 19 世纪 20 年代，从 1824 年开始，到 1830 年结束。这一时期的代表作品主要是他的海洋小说三部曲《领航人》《红海盗》和《海妖》。三部曲都是关于美利坚民族争取民族自立、国家独立和解放的历史叙事作品，因此从整体上可以视为美国独立解放的叙事史诗。这一时期海洋书写的另一特点是人物活动的范围和轨迹主要发生在大西洋上，因此也可以称为"大西洋书写"时期。

1.《领航人》：美国独立战争的历史文本

《领航人》发表于 1824 年，是库柏的第一部海洋小说，也奠定了他作为美国海洋小说创始人的重要地位。围绕这部小说创作渊源的谈资也成为美国文学史上极为有趣的文学佚事。1820 年，库柏翻看了一位朋友从伦敦带来的一部新小说之后，认为这部作品质量一般，并且不以为然地说，他自己能写出一部比这部小说更优秀的作品，为此他同妻子和女儿打赌，这就是库柏的第一部小说《戒备》创作的有趣轶事。结果库柏很快就完成了《戒备》，并把小说读给妻子和女儿苏珊听，她们都觉得这部小说写得非常棒。从此以后，库柏的小说创作热情高涨，并且一发不可收拾，一生一共完成了 50 多部作品，为美国文学的发展做出了开拓性贡献。需要指出的是，这本从英国带回来的新小说，正是英国历史小说家瓦尔特·司各特（Sir Walter Scott）的海洋小说《海盗》（*The Pirate*，1821），而库柏创作《领航人》的初衷正是要写一部比《海盗》更出色、更受欢迎的海洋小说。库柏对《海盗》中关于大海和水手的描写的真实性表示怀疑；他认为《海盗》中的大海和水手的描写是虚构的，是不真实的，而作者声称的真实性激发了曾作为水手的库柏创作一部真正反映水手的真实生活状况和大海的壮美崇高的作品（Grossman，1967：36；Cooper，1865：73）。

简要交代一下《领航人》的故事情节：美国独立战争期间的某个 12 月的阴冷的

一天，一艘美国护卫舰和它的辅助舰船"阿瑞尔号"偷偷驶入英格兰东北部的诺森伯兰海湾，他们的直接目的是从岩石峭壁之间接送一位从英国逃离来投奔美国独立革命的卓越领航人。美国护卫舰的高级指挥官为海军中尉爱德华·格里菲思（Edward Griffith），而中尉理查德·巴恩斯泰伯（Richard Barnstable）为"阿瑞尔"的指挥官。在这个英格兰北部的海岛上，巴恩斯泰伯和格里菲思遇到了他们各自的未婚妻凯瑟琳·普罗登（Katherine Plowden）和塞西莉亚·霍华德（Cecilia Howard）。凯瑟琳和她的表妹塞西莉亚其实是被后者的叔叔乔治·霍华德上校（George Howard）当作人质而住在英格兰的荒岛上。霍华德上校来自于南卡罗来纳州，他是一个富有的贵族，在政治上属于保守的托利党，于美国独立革命爆发时撤退到英国，他是小说中的两位女主角塞西莉亚和凯瑟琳的监护人，因此他也迫使两个女孩一起陪他退居英国荒岛上居住。海军中尉爱德华·格里菲思还是霍华德上校好友的儿子。当美国海军军官们登上了这个海岛后，凯瑟琳给巴恩斯泰伯一封书信，描述她们居住的地点。后来，当他们的秘密行动被英国人发现之后，美国海军先遣队就试图俘虏霍华德上校作为人质，以便在独立战争中能取得一定的政治优势。后来，在领航人神奇而高超的专业领航技术的帮助下，他们最终突破英国海军的重重包围圈，顺利返回美国。故事的最后，美国独立战争取得了胜利，巴恩斯泰伯、格里菲思分别同凯瑟琳·普罗登、塞西莉亚·霍华德结婚，他们为美国的海军建设做出了杰出的贡献，而领航人的英雄行为也得到美国人的赞赏。

这部小说其实是库柏国家历史叙事的一部分。为了建构国家整体的叙事神话，库柏以美国独立战争为时代背景，在小说中塑造了一群为争取美国独立解放而不畏艰难险阻、英勇抗战的美国普通水手的英雄群像。例如，英雄人物汤姆·科芬的出场给我们留下了深刻的印象，他"一出世就在海上生活，也希望在深不可测的海上死去，然后在海水里葬身"[①]，他常年生活在大海上，性格洒脱不羁，喜欢捕杀鲸鱼；同时他浑身充满正义感，对英国的殖民压迫义愤填膺，对美国的独立解放事业矢志不渝。在小说第二十四章中，当美国之舟——"阿瑞尔号"舰船沉没之时，汤姆并没有听从其他水手弃船的呼唤，而是视死如归，同"阿瑞尔号"一起共存亡，同美国的命运共存亡。

同时，库柏还塑造了领航人格雷先生（Mr. Gray）的英雄形象。格雷的人物原

---

① 詹姆斯·费尼莫尔·库柏. 2007. 领航人. 饶健华译. 武汉：长江文艺出版社，第 258 页. 后文引文若非特别说明，皆出自同一小说译本，随文标明引文出处页码。

型是美国独立战争时期的海军英雄约翰·琼斯（John Jones）船长。虽然小说没有正面刻画格雷的形象，但在小说第五章描述的是风高浪急、漆黑如墨的夜晚，巡洋舰惊险地通过浅滩区和"鬼门关"时，格雷登峰造极的领航技术和沉着冷静的指挥，给船上水手和读者都留下了深刻的印象，连血气方刚、桀骜不驯的海军中尉格里菲思都钦佩不已，他握住格雷的手说："你今晚证明了自己是一个忠诚可靠的领航人，一个举世无双的水手。"（50）随着故事的不断推进，我们渐渐了解到格雷的英雄事迹以及他的高大形象。在小说第十四章里，格雷同他的情人爱丽丝·邓丝蔻姆（Alice Dunscombe）的对话里，我们清晰地看到了他光辉的海军英雄形象，"一个有灵魂的人士不愿局促在暴君和他们所雇佣的帮凶们专横武断地划定的圈子里，而要奋起反抗压迫"（148）。通过这些描述，一个有正义感、不畏强权奋起抗争的美国英雄形象顿时活灵活现。在小说最后，当美国获得独立战争的胜利后，领航人又神秘地消失在观众视线里。

除了男性水手外，库柏还在小说中塑造了个性鲜明的女性形象。小说中的塞西莉亚·霍华德酷爱大海，同大海具有深深的情感，她"对海水有根深蒂固、不可动摇的癖好"（115）。她个性鲜明，疾恶如仇，充满正义感和责任感，时时不忘回到美国的家园，为"国家出力，和她的勇敢的儿郎们一起共同奋斗，把侵略者赶出她的国土"（140）。

《领航人》作为库柏的第一部海洋小说，奠定了库柏海洋小说的基调，那就是塑造高尚的、具有海洋性特征的水手形象，展示壮丽的、充满浪漫气息的大海以及刻画拟人化的、象征美国独立自由精神的舰船。这一基调奠定了美国海洋小说创作的重要基础，为库柏之后的美国海洋小说创作带来重要的启示。无论是麦尔维尔的《白鲸》中的大海的描写、船只的形象，还是海明威的《老人与海》中的水手形象描摹、大海的形象刻画，我们都能清晰地看到这一基调的不断复现。

2.《红海盗》：民族解放的战斗檄文

自 1827 年开始，库柏携全家离开了美国，选择到欧洲生活，从而开启了他的第二阶段的文学创作生涯。他的海洋小说三部曲中的第二、第三部《红海盗》和《海妖》就是在旅欧期间创作的。此外，他还创作了非小说类作品《美国人的观念》（1828）。

《红海盗》这部小说的故事梗概如下：1759 年 10 月，就在魁北克刚刚落入英国统治版图后不久，罗德岛州的纽波特港刚刚庆祝完这一胜利之后，纽坡特附近就发生了一件怪事。一个臭名昭著的海盗船长带领海盗连续攻击骚扰这一地区，海盗船的出现给这一地区带来了巨大的恐慌。这个海盗船长和他的船都被称为"红海盗"（"海豚号"为其真名）。为了侦查识别这个海盗船长并最终消灭这些海盗，英国皇家海军军官哈利·王尔德（Harry Wilder）于是乔装打扮成一名普通的水手，同他的同伴迪克·费德（Dick Fid）和一个获得自由的黑人西比奥·阿弗里卡纳斯（Scipio Africanus）假装成寻找工作的水手，最终同"红海盗"的船长海德格尔（Heidegger）相识。起初，海德格尔和王尔德都相互隐瞒各自的真实身份，但随着故事的发展，双方都被彼此的人格魅力所吸引。王尔德逐渐了解了"红海盗"的真实身份以及他当海盗的真正原因。原来，同王尔德一样，海德格尔也是英属北美殖民地皇家海军，他在同一名诽谤北美殖民地的军官的决斗中把对手杀死了，为了逃脱军事法庭对他的不公正的判决，于是他决定在大海上对英国展开一个人的斗争。因此，他的行为被赋予爱国主义的色彩。王尔德被"红海盗"的英雄和正义的行为所感染，因此，尽管他已经登上了"红海盗"，并成功成为二把手，但是他并没有采取行动来制服海盗头目和他的团伙。后来，英国舰船"皇家卡罗琳号"（Royal Caroline）和皇家旗舰"飞镖号"（Dart）在追逐海盗船的过程中也惨遭失败，"皇家卡罗琳号"最终沉没，海盗船"海豚号"最终击败并捕获了武装巡洋舰"飞镖号"。海德格尔任命王尔德为"飞镖号"的船长，他们两人最终在美国独立战争中建立了功勋，海德格尔最后成为美国海军的指挥官。小说的最后，作者对故事人物的身份和命运都做了交代：王尔德同失散多年的母亲威利斯夫人（Mrs. Wyllys）相聚了，而威利斯夫人正是海军上将德·莱西的儿媳，因此威利斯夫人的真正身份是德·莱西夫人（de Lacey）。而更富有戏剧性的是，海德格尔同德·莱西夫人是亲兄妹关系，兄妹俩自从孩提时代就失散了，因此海德格尔正是王尔德的舅舅。

这部小说一出版就在欧美取得了轰动性成功，而且影响也是空前的，评论家对这部小说持积极的评价。法国著名评论家查尔斯·圣伯夫（Charles Sainte-Beuve）对小说中关于大海的精湛描写给予高度赞赏：

> 没有人比他更了解海洋，更熟悉它的声音、颜色、平静和风暴；没有人像他一样生动而真实地捕捉到船只的感觉以及舰船与船员之间的情同手足的关系。他丝毫不差地呈现了这些不可定义的、深刻的感觉。（Dekker and Williams，2005：130）

就小说的主题而言，《红海盗》无疑是库柏国家叙事的重要组成部分。海德格尔孤身一人同英国皇家海军舰艇之间的战斗也成为美利坚民族为获取独立和自由而同英国殖民者展开斗争的缩影。海德格尔和王尔德对家园的找寻和最后的回归家园的故事情节也是同美国从北美殖民地变成独立的美利坚合众国的国家成长叙事相映衬。

3.《海妖》：美国商业独立的宣言书

《海妖》创作于意大利，底稿在罗马完成，但小说大部分是在意大利南部的港城索伦托完成的。因此，尽管小说以美国为背景，但小说中弥漫着浓烈的地中海的气息。据库柏的大女儿苏珊·库柏回忆，索伦托的建筑均有通向大海的地下出口，这些出口被意大利当地的海关官员严加把守，以防止走私行为。或许库柏打算创作另一部海洋小说时，受此情景的触发而想到了在作品中设置走私的情节。《海妖》故事发生在 18 世纪初的美国纽约和新泽西州。1710 年 6 月的一个早晨，纽约州的市政员、富有的皮毛商人范·贝弗洛特（Van Beverout）协同纽约州年轻富有的大庄园主范·施塔茨（Van Staats）一同前往前者位于新泽州海岸边的别墅度假，一同前往的还有范·贝弗洛特 19 岁的侄女阿丽达（Alida），她是个孤儿。范·贝弗洛特希望阿丽达能嫁给范·施塔茨，但其实阿丽达早已心有所属，原来她对英国皇家海军巡洋舰"征服者号"的舰长卢德洛（Ludlow）早已倾心许久。在前往新泽西西海岸的途中，轮渡上的船长告诉他们，最近在附近的水域出现一艘被称为"海妖号"（Water-Witch）的神秘船只，它的船长是一个臭名昭著的海盗，只知道他的名字叫做"海上水鸟"。那天晚上，在新泽西海岸边的别墅里，范·贝弗洛特同他的生意伙伴进行海上走私货物交易。原来，范·贝弗洛特从事海上走私贸易已经 20 多年了，同他进行海上走私贸易的人不是别人，正是前面提到的臭名昭著的海盗，他的真实名字是汤姆·蒂勒（Tom Tiller），他还有一个同伙名叫史德瑞芙特（Seadrift）。史德瑞芙特其实是一名女性，她在小说中女扮男装。英国皇家海军舰长卢德洛后来发现了海盗船，他试图指挥"征服者号"缉拿汤姆·蒂勒的海盗船，然而"海妖号"却像幽灵船一样，每次都成功逃脱，最后"征服者号"不但没有抓到"海妖号"，反而被法国人的军舰击沉。小说的最后，故事主角的身份谜团也揭开：原来史德瑞芙特是皮毛商人范·贝弗洛特的亲生女儿，她的真实名字是尤多拉（Eudora），范·贝弗洛特同史德瑞芙特的母亲同居，她母亲偷偷地生下了她，但范·贝弗洛特却不知情，后来尤多拉的母亲死了，汤姆·蒂勒便收留了她，两人此后形同兄妹。当她的身世揭晓之后，她因自己的真实身份而困惑，她一直以为自己是汤姆·蒂勒的亲妹妹。因此，当年轻的大庄园主范·施塔茨知道自己无法赢取阿丽达的芳心而移情别恋于尤多拉并对她展开追求时，她立即热情地向汤姆·蒂勒告白她对他的炽热爱恋，并义无反顾地投入了汤姆·蒂勒的怀抱，同他一起消失在茫茫大海上。两个传统的浪漫主义者阿丽达和卢德洛这对恋人也终成眷属。

就主题而论，这部小说再现了 18 世纪北美殖民地人民为了摆脱英国对其经济封锁，反抗英国对殖民地的经济压迫而在凶险的大西洋上进行英勇斗争的历史画卷。库柏在小说中表达了强烈反对英国对殖民地经济贸易的压制、建立独立自由的美国商贸体系的愿望。为此，他塑造了一个个崇尚独立自由精神、反抗英国殖民统治的民族英雄形象，如"海妖号"船长汤姆·蒂勒和船员史德瑞芙特。故事中整个殖民地的海上贸易完全受制于英帝国，"海妖号"在个性鲜明、英勇正义的船长蒂勒的带领下，开展海上走私贸易活动，公开反抗英国对殖民地的经济封锁和贸易束缚。小说另一女主角史德瑞芙特，犹如其名字一样，同大海共生共荣，对大海有着深深的眷恋。小说第二卷第六章表达了就英国对于北美殖民地贸易封锁的抱怨和不满，"贸易活动应该像自由的赛马活动，四脚不受羁绊的马不是跑得更快吗？"[①]以上引文中，小说主角渴望北美殖民地摆脱英国的经济束缚，在经济上赢得独立自由的大声疾呼，成为美国商业独立的宣言。此外，小说中的船只也成为美国独立自由精神的完美化身，而大西洋则成为美国民族精神的锻造场。

三、中期：大西洋叙事

库柏的中期海洋书写大致从他离开欧洲回到美国之后开始，一直到 19 世纪 40 年代中期，时间跨度大致从 1838 年到 1844 年。自早期的海洋小说三部曲之三《海妖》于 1830 年出版之后，库柏的生活也发生了翻天覆地的变化。他跨越大西洋到达欧洲的英国、法国、瑞士等国家游历和生活了 7 年，然后又回到阔别许久的故乡奥奇戈高原。在此期间，他笔耕不辍，小说创作呈现井喷之势。这一时期的代表作品有《卡斯蒂尔的梅赛德斯》（1840）、《两个船长》（1842）、《双帆船》（1842）、《内德·迈尔斯》（1843）、《海上与岸上》（1844）以及历史类著作《美国海军史》（1839）。这一时期的海洋书写的场景和背景仍然以大西洋为主，间或有跨越

---

① Cooper，J. F. 1836. *The Water-Witch；or，the Skimmer of the Seas*. 2 vols，new edition. Philadelphia：Carey，Lea & Blanchard，II，p. 72. 后文引文若非特别说明，皆出自同一小说版本，随文标注引文出处页码。

大洋的场景穿插;这一时期的海洋小说同早期相比具有更多的现实主义观照,对普通水手的生活也有了更多的着墨和关注,这有别于早期的充满浪漫主义气息的海洋书写。

《卡斯蒂尔的梅赛德斯》是库柏的极少被人关注的海洋小说中更不为人知的小说之一。小说的主题是关于 15 世纪哥伦布的环球探险。在库柏的文学生涯的早期,他就打算写一部关于哥伦布及其环球旅行的小说。这一宏大主题对库柏来说也颇具吸引力,毕竟创作一部关于民族起源的史诗巨著,对于任何一个作家来说都具有不可阻挡的诱惑力。事实上,华盛顿・欧文和威廉・普雷司科特(William Prescott)等美国著名的小说家都写过关于哥伦布的第一次航行,只是没有引起人们太多的关注。这次,库柏也准备挑战一下这个史诗般的主题。然而由于缺乏关于哥伦布航行的较为详细的素材,库柏在选择这一举世闻名的航行作为小说创作题材时有些拘谨,感觉困难重重。但英国出版社对于这一题材的浓厚兴趣又迫使他不得不迎难而上。于是,在艰难的条件下,《卡斯蒂尔的梅赛德斯》于 1840 年出版。在小说中,库柏把哥伦布的第一次环球航行设置于一个虚构的小说情节中。小说主角路易斯・德・博瓦迪利亚(Luis de Bobadilla)是一名西班牙贵族,他和西班牙王室的贵族少女梅赛德斯・德・瓦尔韦德(Mercedes de Valverde)共同生活在西班牙费迪南德和伊莎贝拉女王(Isabel II de Borbón)的王宫里。路易斯希望能娶梅赛德斯为妻,但伊莎贝拉女王认为他不一定能赢得梅赛德斯家族的同意,因为他不务正业,经常沉溺于海上探险活动,这样的名声会影响这桩婚事。此时,西班牙王国刚刚占领阿尔罕布拉,哥伦布请求西班牙君主赞助,以巩固西班牙对摩尔人的统治。梅赛德斯提醒路易斯加入哥伦布的殖民行动,目的是恢复他受损的荣誉,从而为两人的婚姻创造更为有利的条件。正是出于个人私心,梅赛德斯成功说服了伊莎贝拉女王赞助哥伦布的航行。库柏重述了哥伦布向西航行的历史,而路易斯则成为伟大航海家的知心朋友。当他们到达古巴时,路易斯遇到了印第安部族的公主奥泽玛(Ozema),随后路易斯和哥伦布把她作为一个特殊的"物种"带回西班牙呈现给女王陛下。这次航行过程中,奥泽玛爱上了路易斯,并误以为路易斯已经和她订婚了。当奥泽玛发现路易斯已经同梅赛德斯订婚之后,她最后郁郁寡欢而病死。

由于这部小说源自美洲大陆的发现这一历史题材,是关于众所周知的哥伦布的环球航行,因此读者可能对小说人物或者细节的真实性表示怀疑。但是,库柏对小说叙述的真实可靠自信满满,他在小说前言部分说道:

　　关于美洲的发现的相关著作已经有很多了，因此倘若有部分读者否认这部小说中关于此话题的叙述的真实性的话，这毫不令人吃惊。一些人可能会查阅历史书来证明小说中的男女主人公是根本不存在的，进而认为，这些事实完全破坏了这本小说的真实性。为了回答这个预料中的反对意见，我们郑重申明：经过仔细查阅了西班牙作家的作品——从塞万提斯到翻译哥伦布日志的翻译者，甚至所有的半岛上的文学——我们也认认真真从头到尾地阅读了欧文和普雷司科特的作品，我们从两人的作品中没有找到一处证明我们的题材有任何争议的确凿证据，或者任何证据。除非找到一些确凿的证据证明有偏误，否则我们坚信我们的作品的原创性，小说是基于可靠的叙述材料而创作的。我们认为小说中也不存在任何不切实际的、不同寻常的东西。事实上小说大部分都是美国人日常的、不断出现的话题，而且都有据可查。（Cooper，1861：ix-x）

　　他还宣称这部富有浪漫主义情调的历史小说远比之前有关哥伦布的"轻微和肤浅的研究"更具真实性，他为此还批评华盛顿·欧文的历史小说《克里斯托弗·哥伦布的生平和航行》（*A History of the Life and Voyages of Christopher Columbus*，1828）在处理航海时间上存在的显而易见的前后矛盾。在小说的前言中，库柏还把小说置于他同辉格党控制的报业界的纷争之中。因此，小说不仅让读者有机会重新回顾哥伦布的航行之旅，也让读者身处库柏所经历的动荡的岁月中，小说因此具有重要的历史参考价值。

　　就在完成《猎鹿人》的结尾部分之后的几个星期内，库柏开始计划写一部关于海洋的传奇故事，这个故事就是《两个船长》。这部小说的人物完全不同于他之前的任何一部小说。《两个船长》主要围绕英国皇家海军舰队展开叙述。那库柏为何不在小说中呈现美国海军舰队呢？其实，库柏一直计划要写一部关于美国海军舰队的小说，但其中存在一个困难，因为当时美国的海军舰队尚未形成建制，因此，飘扬着美国海军军旗的舰队还是一个虚幻的"美国梦"。事实上，尽管大陆会议于1775年10月13日正式通过了组建一支正规的美国海军的议案（Volo，2007：60），并于10月30日开始实施这组建美国大陆海军的计划（Volo，2007：51）。然而，美国大陆海军无论从组织上还是力量上都比较薄弱，当时的大陆会议尚无力筹建一个成功管理大陆海军的构架，在1775年到1776年间乔治·华盛顿将军能指挥调度的也仅仅只有八艘小船（Volo，2007：57）。1790年，大陆海军解散。随后不久，由于美国船只受到北欧海盗的袭击，因此美国国会于 1794 年通过法案组建了美国海军。不过，美国海军真正登上世界舞台，要等到 20 世纪了。因此，要在小说中呈现海军舰队的设想似乎远远超越了作家的想象力，而且也不符合历史事实。不过，既然无法在小说中呈现 19 世纪的美国海军，那为何不把故事时间设置在一个世纪前的英国呢？要知道，18 世纪英美两国还同属一个国家。因此，英国海军舰队自然成为库柏小说的叙述对象了。

《两个船长》的主要情节是关于 1745 年争夺英国王权的政治动乱，彼时英国斯图亚特王朝的残余力量在法国海军的支持下，发动了王位复辟的争夺战。然而，这部小说开篇不是以王朝复辟为叙述主线，而是以小说的次要情节展开故事叙述：威切库姆准男爵爵位（Wychecombe Baronetcy）及威切库姆家族遗产的继承问题。英国德文郡（Devonshire）海岸的威切库姆家族房产可追溯到中世纪晚期，但是所有权的确定却是因为詹姆斯一世于 1611 年授予迈克尔·威切库姆爵士（Sir Michael Wychecombe）。小说中现在的房产持有者是 84 岁的第六任男爵威切利·威切库姆爵士（Sir Wycherly Wychecombe）。威切利爵士共有五个兄弟，他是五兄弟中的长兄，其中三个已经去世，第四个兄弟是托马斯·威切库姆男爵（Lord Thomas Wychecombe），他也在故事开始时去世了。威切利爵士和他的众兄弟们都是单身汉，因此家族遗产和爵位继承成为一个大问题。尽管托马斯和他的管家玛莎·多德（Martha Dodd）有三位私生子，但作为法官的托马斯在他生前坚决要求他的兄弟不要将他的财产遗赠给他自己的非婚子汤姆（Tom）。在威彻利男爵的脑海里一直存在一个疑问，他的小弟弟格雷戈里（Gregory Wychecombe）是否可能结婚并留有继承人，但作为海军中尉的格雷戈里近五十年前就已经离开了，而且一直没有他的任何消息。其实，最小的兄弟格雷戈里并没有死，他后来来到弗吉尼亚并安家定居下来。他儿子先于他死去，他因此成为他的孙子、海军中士小威切利·威切库姆（Wycherly Wychecombe）的监护人。后来，海军中士继承了威切库姆准男爵爵位和大笔遗产。小威切利同故事的女主角米尔德里德·达顿（Mildred Dutton）结了婚。米尔德里德的身世也是到最后才揭晓：原来，她是故事的主角、海军少将理查德·布卢瓦特（Richard Bluewater）的亲侄女。

以上是小说的次要情节，而故事的主要情节如下：关系密切的海军准将奥克斯爵士（Sir Oakes）和海军少将理查德·布卢瓦特在斯图亚特王朝和汉诺威王朝的政治斗争①中因为政治立场不同而陷入了左右为难的困境之中：奥克斯爵士是辉格党，他支持汉诺威王朝（Hanover），而布卢瓦特则属于托利党，他在政治上同情并支持斯图亚特王朝（The House of Stuart）。犹豫不决的布卢瓦特最后加入了颠覆斯图亚特王朝的革命力量，最后，斯图亚特王朝被终结，英国汉诺威王朝建立了。在小说中，库柏呈现了英国皇家海军的体制建设，似乎有为想象中的美国海军建设提供一种可能的制度参照。小说的一个次要情节是财产继承权及其合法性问题。威切利·威切库姆男爵死了，但谁将合法地继承他的财产？在小说中，最后的财产继承者是年轻的具有英国血统的美国海军中尉小威切利·威切库姆（Wycherly Wychecombe）。正如罗伯特·龙（Robert Long）评论的那样，"作为继承英国财产的美国人，威切利·威切库姆预示了霍桑和亨利·詹姆斯（Henry James）对英国文学遗产的继承"（Long，1990：133）。罗伯特·龙从文学的角度诠释了美国作家对英国文学传统的继承，而库柏在小说中设置这一情节，似乎在暗示，强大的英国海军舰队的继任者非美国海军莫属，或许这是库柏计划写一部关于海军舰队的小说的隐含意图之一。

《双帆船》发表于1842年，是库柏比较喜欢的海洋小说之一，该小说可视为40年代库柏为逃避美国国内的政治现实而写的。作品中隐约可见库柏于1829年在意大利游历的丝丝记忆，因此小说中也弥漫着地中海的浪漫气息。小说时间设置在18世纪末，题材与法国大革命有关。当时法国革命威胁着整个欧洲的政治稳定。1799年，以护卫舰"Proserpine"为首的英国皇家海军舰队，在英国海军准将霍雷肖·纳尔逊（Lord Horatio Nelson）的带领下，在地中海追踪一艘法国共和国的私掠船"Feu-Follet（Will-o'-the-Wisp）"。在充满硝烟的地中海，"Feu-Follet（Will-o'-the-Wisp）"同英国的地中海舰队之间展开了惊险刺激的追逐与反追逐，最后"Feu-Follet（Will-o'-the-Wisp）"被英国皇家舰队击沉，而英勇的法国船长拉乌尔·伊瓦尔德（Raoul Yvard）最终死去。在小说中，库柏塑造了一个类似于《红海盗》中的海德格尔船长式的法国版"海盗英雄"的形象。年轻的法国海盗船长拉乌尔具有浪漫的气质，他体格健壮，外表英俊，英勇无畏，胆识过人，对爱情忠贞不渝，是一个具有英雄主义气概、体现生命的悲壮与崇高的本然性的典型形象。库柏在小说中还塑造了一个典型的乡村"美国佬"、水手伊苏尔（Ithuel）的形象：他来自新英格兰地区，狡猾机灵，居无定所，做过小商贩，干过农活，做过出版商，办过学校等，后

---

① 1714年英国女王安妮驾崩，由于斯图亚特君主均无子嗣，故德国的乔治一世继位，汉诺威王朝开始统治英国。王室的继承问题并非一帆风顺，而是充满了血雨腥风。

来成为一名水手，加入拉乌尔的走私队伍，反对大英帝国。

《内德·迈尔斯》发表于 1843 年，可视为一部虚构的自传体海洋小说。1811 年之后，库柏由于妻子苏珊的要求而被迫从海军辞职，离开自己一生钟爱的大海，但他对大海的热爱与执著丝毫未减，并且一直保持到生命的最后阶段。因此，在这部小说中，库柏想象自己作为一名水手的全部生活经历。关于小说创作渊源的故事也非常有趣。一天，库柏收到一封信，来信者爱德华·迈尔斯（Edward Myers）声称他是库柏 1806—1807 年在"斯大林号"商船上的同伴，迈尔斯在信中问他是否是库柏本人，迈尔斯还问他是否还记得一个他当年曾经救过的名叫内德的水手，如果是他本人的话，可否见上一面。一月之后，库柏同这个老水手在纽约见面了。后来这个老水手在奥齐戈庄园住了五个月。很快，从迈尔斯身上，库柏获得了创作一部海洋小说所需的所有素材。1843 年，他开始写作《内德·迈尔斯》，并于当年 11 月出版。关于小说名《内德·迈尔斯：一名普通水手的经历》，库柏或许受到小理查德·亨利·达纳于 1840 年发表的《两年水手生涯》（Two Years Before the Mast）的启发；或许库柏从自己的海洋经历出发，想写一部关于普通水手的真实的海洋经历，以便同其他作家的关于水手经历的"伪作品"做比较。作为一名普通水手，主人公内德的大半生都是在大海上度过，他的经历非常丰富：1805 年，11 岁的内德偷偷离开家奔向大海，后来在纽约港被人领养，但他再次偷偷离家出走；他登上"斯大林号"商船开始远航，在船上他遇到了库柏；他参加过 1812 年英美在五大湖区的海上战争，做过英军的俘虏，开办过赌场；走私烟草卖到爱尔兰，贩卖、走私鸦片到中国；他为了逃避船上的不公正待遇，或许由于心血来潮而逃离商船到陆上四处游荡，在岸上把他的全部收入用来买酒喝，因为他嗜酒成性。最后，他受宗教的感化而成为一名美国圣公会教徒。透过内德的海上经历，我们仿佛回到了 19 世纪的历史现场，亲身经历了 19 世纪上半叶美国海洋商贸活动的历史片段。

这部小说是库柏海洋小说创作风格改变的标志性作品。小说语言简练，同库柏之前的海洋小说的语言截然不同。小说用第一人称来叙述。其实，通过一个类似于"反英雄"的内德的自我描述，库柏改写了他早年关于大海的浪漫描写。库柏对大海的描写不再透过一个海军军官和绅士的观察视角，而是透过一个普通水手的观察角度；不是透过海洋英雄的视角，而是透过一名"反英雄式"的普通水手的视角。与库柏早年的海洋小说不同的是，内德不再像"汤姆长子"那样对舰船忠心耿耿，而是不断抛弃各种船只，逃到陆地上来。早年时期的海洋小说中的海洋英雄形象，在内德身上也荡然无存。小说中，内德犹如库柏的化身一样，库柏的海洋经历、库柏的思想包括宗教思想，都集中内化在内德一生的海洋经历上。

1844 年，《海上与岸上》出版。库柏的女儿苏珊认为这部小说是她父亲的"自传小说"。实际上，即便不是严格意义上的自传小说，它至少可以被视为库柏想象自己作为一名全职水手的生活的全部图景，以弥补他自己很早就从海军退役的遗憾。小说的主要情节或源于他早年的记忆，有些也源自有过海军经历或者商船经历的老水手的讲述。故事主角是美国水手迈尔斯·沃林福德（Miles Wallingford）。16 岁的迈尔斯是一名孤儿，他和养父的儿子鲁伯特（Rupert）一起离家出走，两人直奔大海，并做了水手，他们还偷偷带走了黑奴内布（Neb）。1797 年，17 岁的主人公迈尔斯登上一艘与东方从事贸易的商船"约翰号"，开始了漫长的海上之旅。19 世纪初，欧洲政治风云四起、硝烟弥漫，而就在大西洋的洋面上，英国和法国的海上战争与冲突也不断爆发，北非海盗也在北非和西班牙的海岸边上肆意妄为。正是在险象环生、危机四伏的大海上，迈尔斯开启了他的惊心动魄的全球远洋航行之旅。在随后的几次航海经历中，迈尔斯的足迹遍及大西洋、太平洋，跨越西半球和东半球。小说最后，随着年龄的增长，迈尔斯慢慢地从漂泊无定的生活方式转变过来，最后回到纽约的阿尔斯特县过着安定而富足的生活。

《海上与岸上》完成之后，库柏接着写了续集《迈尔斯·沃林福德》。在《迈尔斯·沃林福德》中，库柏的笔触从大海上漂泊的迈尔斯逐渐转向在陆上安逸地生活的迈尔斯。小说从《海上与岸上》结尾处的暂停地方开始故事的叙述：迈尔斯同《海上与岸上》中的另一主角、老水手摩西·马布尔（Moses Marble）继续海上漂泊之旅，在经历了迈尔斯的妹妹格蕾丝去世、马布尔同失散多年的母亲戏剧相逢之后，1803 年，迈尔斯和摩西·马布尔被英国海军强征上战舰参加了英法海战，在波诡云谲的大海上，他们历经重重危机，并一次次转危为安，最终于 1804 年踏上陆地。在经历了一系列财产继承波折和戏剧性的转机之后，迈尔斯终于合法地继承了房产，并最终同心爱的露西（Lucy）结婚生子，过上了幸福的晚年生活。

就小说创作渊源而论，《内德·迈尔斯》对《海上与岸上》以及续集《迈尔斯·沃林福德》的创作具有一定影响，因为这三部小说在故事框架以及叙事风格方面都极为相似。首先，像《内德·迈尔斯》中的第一人称叙事一样，两部小说继续采用第一人称来讲述故事，故事的内容都是关于一名老水手的海洋经历的回忆。小说的叙述者是迈尔斯·沃林福德，他已经 65 岁了。在《内德·迈尔斯》中，内德和他的姐姐很早就成为孤儿，而在《海上与岸上》和续集《迈尔斯·沃林福德》中，迈尔斯和他的妹妹格雷丝（Grace）在年少时就成为孤儿而被人领养；《内德·迈尔斯》中，年少的内德离家出走，成为一名水手，而迈尔斯·沃林福德也具有同样的经历，不过他当时 16 岁，而内德 11 岁。《海上与岸上》中的另一主角摩西·马布尔身上同样也有内德的某些影子。作为一名老水手，同内德一样，马布尔一直单身，他的航海生活也同样变化无常且漫无目的，在他身上，我们看到更多的是内德的影子，甚至比《内德·迈尔斯》里内德的影子更加清晰。小说中摩西·马布尔远比库柏早期的小说《领航人》中的老水手汤姆·科芬形象更加鲜活，也更加真实可信。就小说人物、情景的设置，尤其是舰船的规模设置而言，《海上与岸上》和其续集远远比之前的作品更加恢宏，更具规模。库柏早期的海洋小说《领航人》《红海盗》《双帆船》中出场的无一例外都是单艘舰船，如"阿瑞尔号""海豚号""皇家卡罗琳号""征服者号"等，而在《海上与岸上》中，单一的舰船已不复存在，取而代之的是接连出现的十多艘舰船，如"约翰号""危机号""黎明号""漂亮波利号""底格里斯号"等，都飘扬着美国的国旗。此外，另一个故事主角摩西·马布尔也从《海上与岸上》中的小角色变成了续集中的真正主角。作为一个弃儿，摩西同样过着漂泊的生活，在他的美国梦的追寻过程中，他意外地同他的亲生母亲团圆了。《迈尔斯·沃林福德》同《海上与岸上》的结尾也极其相似：迈尔斯购置了房产，生活安定而富足，而摩西最后也继承了母亲馈赠的房产。

值得一提的是，在中期海洋书写期间，库柏还创作了一部关于美国海军发展历程的历史著作《美国海军史》。曾经作为一名海军军官，加上他对海洋的无比热爱，为此他花费了 14 年的漫长时间来研究美国海军发展历史。1839 年，两卷本《美国海军史》终于出版问世。

《美国海军史》记录了美国海军如何从无到有、从弱至强的曲折而精彩的传奇历程。在此书的绪论中，库柏全面地阐述了美国建设一支强大海军的必要性和紧迫性，他认为"年轻的共和国在世界民族之林中维护国家地位、捍卫国家主权、维护美国权益"最主要手段就是建构一支强大的海军；他还列举了美国海军建设中的诸多问题，比如，美国海军建设的步伐"非常慢"，主导政策也常常"模棱两可""谨小慎微"，而且往往总是"反复波动"；人们的观点总是无法同现实相吻合；人们习惯性地认为美国缺乏必要的海军建设经费以及相关从业人员，然而这些都不是问题的关键，关键是美国从未采取过必要的措施来发展海军，或者利用现有的丰富资源来建设海军。在列举了美国海军建设中存在的种种问题之后，库柏认为美国是"到了认真思考建设海军这个重要主题，构建一整套关于纪律、激励机制、资源利用和实践细则的制度的关键时候了"。然后在《美国海军史》的正文中，库柏以两卷本、五十一章的宏大篇幅来详细介绍从殖民地时期到美国独立战争时期以及第二次英美战争时期的美国海军发展历程中的点点滴滴，如一艘艘战舰的装备、一次次战役的实况，他尤其详细介绍并分析了海军发展历程中遭遇的各种问题。库柏的《美国海军史》在有关美国海军历史的论著中占据非常重要的地位，也具有重要的影响力。许多专门研究美国海军历史的学者，都对此书给予了极高的评价。库柏试图通过回顾美国海军发展历程来总结和反思美国海军建设中的问题和得失，从而为美国未来的海军建设提供有益的历史参考。本书将在第三章中对此展开详细的论述。

除了《美国海军史》之外，库柏还专门撰写了一部有关美国海军军官生平的著作《美国杰出海军军官生平志》，持续关注美国海军建设与发展历程。在此书中，库柏简要介绍了众多美国海军高级军官的生平及事迹，这些军官包括威廉·班布里奇（William Bainbridge）、约翰·肖（John Shaw）、理查德·萨默斯（Richard Somers）、约翰·夏布莱克（John Shubrick）、爱德华·普雷贝尔（Edward Preble）、约翰·琼斯（Jone Jones）、奥利弗·佩里（Oliver Perry）、梅兰克森·伍尔西（Melancthon Woolsey）和理查德·戴尔（Richard Dale）九位海军著名将领。之前，库柏曾经在《格林汉姆杂志》（*Graham's Magazine*）上以连载的方式刊载过这些海军军官的事迹，这次以书体的形式正式结集出版，说明库柏非常关注美国海军中这一特殊的"服务阶层"，也更加说明库柏重视美国海军建设与发展。《美国杰出海军军官生平志》分为两卷，在第一卷中，库柏介绍了班布里奇、肖、萨默斯、夏布莱克和普雷贝尔五位海军准将的生平和战斗事迹。在第二卷中，库柏介绍了琼斯、佩里、伍尔西和戴尔四位海军准将的生平和海战事迹。库柏以一名海军研究专家和历史学家的姿态来撰写这本书，他在前言中信心满满地宣称自己在撰写这些军官的生平时，力求忠实于事实和历史，并且以不偏不倚的方式来处理题材，"努力避免夸张渲染"，"平等地、毫无偏见、毫无争议地处理每个题材"，并且"坦诚地坚信每个海军军官即便没有得到明智的处理，也都得到公平对待"（Cooper，1846：5-6）。库柏对自己的写作能力和材料的处理能力非常自信，这是建立在他的丰富的专业知识储备基础上的，作家的笔触和海军经历使得他在处理海军题材时得心应手，也使得这本书成为研究美国海军发展史的一本珍贵的参考书。本书将在第三章中对这部历史著作的价值和意义展开详细论述。

四、晚期：太平洋书写

库柏的晚期海洋书写主要发生在他逝世前的 5 年。这一时期海洋书写的特点是人物活动的主要范围和轨迹大多发生在南太平洋上，因此可以称为太平洋书写时期。这一时期的代表作品有《杰克·蒂尔》《火山口》和《海狮》。这一时期的海洋书写的另一个特点是宗教沉思与道德自省。

《火山口》创作于 1847 年，是一部真正意义上的太平洋小说。故事主要以太平洋的波利尼西亚群岛上的岛屿为故事场景，围绕主人公马克·伍尔斯顿（Mark Woolston）在岛上建立殖民地展开叙述。在《火山口》中，库柏为美国构建了关于太平洋殖民地的标准范例，为美国在海外的殖民树立了榜样和旗帜。小说的政治主题是关于美国人在南太平洋海岛上的乌托邦社会的建立与毁灭的过程，其政治意蕴不言而喻：美国社会及其美国理想的建立与毁灭。《火山口》的故事情节如下：主人公马克不像《海上与岸上》的主角迈尔斯那样需要在船上度过漫长的学徒生涯，他于 16 岁时便开始了水手的漂泊生涯。他在航海生涯刚开始不久就遭遇了船难：他所乘坐的前往中国进行贸易的商船在一次太平洋远航的过程中不幸搁浅在太平洋的珊瑚礁上。在随后的日子里，他和他的船友鲍勃·贝茨（Bob Betts）像《鲁滨逊漂流记》（ *The Life and Strange Surprizing Adventures of Robinson Crusoe* ）中的英国殖民者鲁滨逊·克鲁索（Robinson Crusoe）一样，以超人般的意志力和决心，在更加艰难的条件下，在珊瑚岛上自力更生，种植植物，硬是把一个贫瘠的珊瑚岛变成肥沃的、生机勃勃的美国殖民地和后花园。后来，珊瑚岛上爆发地震，火山随之喷发，他所在的岛礁和火山岛上升了，一个新的世界由此诞生了，他所在的岛礁也比之前更大了。后来岛上不断涌入殖民者，岛上的子嗣也不断繁衍，人口急剧膨胀，整个岛国贪污腐败横行，一个天堂般的新世界变成一个堕落的地狱。后来这个火山岛由于火山的再次爆发而沉入海底。评论家从宗教神学、哲学思想、科学主义、个人传记等角度探讨这部小说的主题[①]。不过，小说也体现了库柏作为美国海洋战略家、美

---

① Axelrad，A. M. 1978. *History and Utopia：A Study of the World View of James Fenimore Cooper*. Norwood，PA：Norwood Editions；Norwood，Lisa West. 2004. Cooper's Pacific：The crater and theories of history in the south seas. http://www.oneonta.edu/external/cooper/articles/ala/2004ala-norwood.html[2017-5-8]；Berger，J. 2010. The crater and the master's reign：Cooper's "Floating Imperium". http://external.oneonta.edu/cooper/articles/ala/2010ala-berger.html[2018-1-28].

帝国主义利益的先锋的扩张意识和帝国意识。他积极地为美国的海外利益服务，为美国的太平洋边疆的拓展处心积虑，然而，作为一名曾经的耶鲁大学的高材生和具有人文道德关怀的知识分子，库柏对美国急剧的海外扩张事业表示担忧。因此，殖民地的建立和毁灭体现了库柏对于帝国扩张霸业的矛盾心理。后文将辟专章详细论述，故此处不赘述。

《杰克·蒂尔》是一部非小说类作品，写于 1846 年，几乎同《火山口》同步，但于 1848 年出版，首先是用"玫瑰花蕾"（Rose Budd）的名称以连载的方式发表在《格林汉姆杂志》（Graham's Magazine）上。小说以美墨战争为故事背景，故事发生的场所从美国纽约港到佛罗里达州的基韦斯特岛。小说的主角斯蒂芬·斯派克（Stephen Spike）是"莫利·斯沃什号"商船的船长。在美国和墨西哥的战争中，他的船只表面上运载面粉到佛罗里达州的基韦斯特岛，但暗地里却向墨西哥政府的代理商唐·蒙特法尔德隆（Don Montefalderon）走私贩卖火药。美国政府的征税船发现"莫利·斯沃什号"的许多端倪，于是在大西洋上展开追踪，在漫长的追踪和反追踪过程中，"莫利·斯沃什号"在大副哈里·马尔福（Henry Mulford）的协助下，最终被控制，而船上的人都葬身大海。小说的次要情节是大副哈里·马尔福同船上的乘客罗丝·巴德（Rose Budd）之间的浪漫爱情。在小说中，库柏塑造了一个不同于他以往的海洋小说中男主角大义凛然、一身正气的光辉英雄形象。在这部小说中，船长斯蒂芬·斯派克自私自利、道德沦丧、唯利是图，没有责任感。作为美国人，他漠视自己对国家的责任；作为船长，他漠视自己对船只的责任，毫不关心船上乘客的生命和财产安危，他甚至为了不让船只沉没，竟然冷血地拒绝救助落水的乘客，甚至强迫乘客跳入大海中淹死。在库柏早期的小说《海妖》中，海上走私行为被赋予一种正义与和谐之美，被蒙上一层神秘的浪漫之美，然而在《杰克·蒂尔》中，走私行为贪赃枉法，肮脏卑鄙；《海妖》中的"海妖号"温柔浪漫，激情四射，而《杰克·蒂尔》中的"莫利·斯沃什号"则市侩陈腐，老气横秋，完全形成鲜明的对照。可以说，《杰克·蒂尔》是对《海妖》的一种滑稽模仿。在两部小说中，都有女扮男装的情节：斯派克的妻子从衣着、行为上装扮成一名老水手杰克·蒂尔，完全履行一名老水手的全部职责；而阿丽达装扮成一名叫史德瑞芙特的老水手形象。

1849 年，库柏的最后一部海洋小说《海狮》出版。小说主要描述两个海豹捕猎者迪肯·普拉特（Deacon Pratt）和杰森·德格特（Jason Daggett）的海上经历。两者体格一样，而且所拥有的船只规模一样，且船名都叫"海狮号"（The Sea Lions）。

他们从美国的东海岸出发,船只起航的港口是美国长岛的牡蛎湖(Oyster Pond),即美国捕鲸业和捕海豹业的中心,他们试图远航到当时最为神秘一无所知的南极地带捕杀海狮,同时寻找宝藏。普拉特是美国新英格兰人,在牡蛎湖上居住多年,表面虔诚信教,但正如他的名字"Deacon"所隐含的意义"欺骗"那样,实际上是一个唯利是图、贪婪无比、欺名盗世的小人。在遇到一名垂死的老水手托马斯·德格特(Thomas Daggett)之后,普拉特从他身上得到两张藏宝图,这些地图显示在西印度群岛上埋藏有金子。于是他雇佣了一名年轻人罗斯威尔·加德纳(Roswell Gardiner)作为船长,目的是要到达南太平洋及南极地带,不仅去捕获大量的海豹,而且要找到西印度群岛上埋藏的黄金。而老水手德格特的侄子杰森·德格特(Jason Daggett)不久出现了,他从美国马萨诸塞州东南海岸的马莎文雅岛乘船出发,也企图分享可能找到的金子。两艘规格相似的船最终到达了南极地区之后,两艘"海狮号"因为贪婪而大肆捕杀海狮和海豹,错过了返航的最佳时机而被困在冰天雪地的南极,最终杰森·德格特和他的船员都死在那里,而普拉特和罗斯威尔·加德纳则幸运地活了下来,船长加德纳最终在冰封而遥远的南极经历了宗教的感化和灵魂的洗礼。

评论家认为这部小说对麦尔维尔的《白鲸》影响比较深远。1849 年,麦尔维尔对这部海洋小说作了评论,他在《文学世界》(Literary World)上发表评论文章赞扬《海狮》的艺术特色,并称赞库柏为"我们的国民小说家"(Melville,1849:370)。

在《杰克·蒂尔》《火山口》和《海狮》等晚期海洋小说中,可以清晰地发现库柏在海洋小说的形式和内容上都做出了比较大的创新。库柏在晚期的海洋小说中常常透过现实主义的笔触,用清晰易懂的散文风格来展开故事叙述;晚期小说中的主人公也一反他早期小说中主角的英勇、正义、责任等积极的英雄形象,变成了自私自利、唯利是图、堕落伪善的小人形象,是不折不扣的反英雄形象。这是库柏在小说人物塑造上的又一个转折,也是一个重要的突破。

从库柏 19 世纪 20 年代创作的早期海洋小说三部曲《领航人》《红海盗》《海妖》,到 19 世纪 30—40 年代中期的《海上与岸上》和《内德·迈尔斯》等作品,再到 19 世纪 40 年代末期的作品《火山口》《杰克·蒂尔》《海狮》,可以看到,库柏海洋小说的创作风格和特征发生了很大的变化。在早期的海洋小说中,故事叙述的场景主要发生在大西洋,小说的故事基调多弥漫着浓烈的、地中海式的浪漫和乐观气息,故事的人物多是高大的英雄形象,小说情节大多无法摆脱欧洲浪漫传奇的俗套,如女扮男装、海上冒险、浪漫的婚姻和完美的故事结局等。但在中后期的海洋小说中，故事场景从大西洋一路拓展到太平洋，小说风格和人物设置也发生了巨大的变化，早期的地中海式浪漫气息中不断融入现实主义的基调，早期小说中高大伟岸的英雄形象也被中后期小说中的"反英雄"形象所取代，早期的乐观主义逐渐被悲观主义和神秘主义所笼罩。不过，就小说男女主角的本质属性而言，无论是《领航人》中的汤姆·科芬、《红海盗》中海德格尔，还是《海上与岸上》中的迈尔斯、《内德·迈尔斯》中的内德和《火山口》中的马克，无论是《领航人》中的塞西莉亚、《海妖》中的史德瑞芙特，还是《杰克·蒂尔》中化身为杰克的玛丽·斯沃什（Mary Swash），无一例外，都具有鲜明的、典型的海洋属性；库柏不仅突破了传统海洋小说中男性形象一统天下的程式化模式，同时也为美利坚民族的海洋秉性做了非常充分的脚注。

第二节　作为国家书写的海洋书写

　　库柏的海洋小说创作和问世，绝不是偶然的文学事件，这一现象的背后，是美国的海洋生产活动同美国的海洋国家利益之间休戚相关的纽带联系。因此，库柏的海洋书写是同 19 世纪美国的国家利益密切联系的，他的海洋书写也因此打上了国家海洋书写的烙印；库柏的海洋书写既呼应了 19 世纪美国海洋利益的关切，同时也积极服务于美国的国家海洋利益。

一、海洋书写服务国家利益

　　19 世纪上半叶，美国的国家形象和国家利益同大海是紧紧地捆绑在一起的。学者托马斯·菲尔布里克这样强调大海与 19 世纪美国国家价值之间的密切关系：

> 　　19 世纪前半叶，大海在美国人的想象中的地位同 1850 年后大陆边疆在美国人心中的地位一样。大海的个人魅力是无穷的，她给人们提供了冒险的机会、迅速增长的财富、新的机遇，使人们不受传统社会的制约，远离社会责任等。大海也承载着同样的国家价值：她是过去辉煌历史的展台，是国民性格的训练场，是获取国家财富和权力的场所。（Philbrick，1961：1）

　　正如菲氏所言，"承载着国家价值的大西洋"对美国建构具有非常重要的意义。从历史上来看，欧洲列强正是跨越了浩瀚的大西洋才踏上美洲大陆的，美国也正是在大西洋西海岸的 13 个殖民地的基础上不断发展壮大起来的。1492 年哥伦布发现美洲，17 世纪早期詹姆斯敦和普利茅斯定居点的建立，以及 18—19 世纪美国海洋经济的迅速发展，说明美国的发展同海洋息息相关。无论是殖民时期，还是美国建国后，海洋生产活动在美国的经济发展中占据着重要的地位。回到 18—19 世纪美国的海洋生产生活的历史现场，就可以清晰地看到海洋在美国经济、文化发展中的重要位置以及其对美国社会发展的重要贡献。

在革命前夕的殖民地，美国 20 个大城镇中有 19 个是海港城镇，唯一的内陆城镇是宾夕法尼亚州的兰开斯特。在 1793—1807 年美国海上贸易中立期期间，美国的海洋产业兴旺发达。美国坐收英法战争的渔利，同英法两国都进行贸易，并获得巨大的利润。贸易发展使得造船技术实现飞快进步，东部海洋产业发展进一步壮大。在 1815—1860 年这段被海洋史学家称为海洋产业的"黄金时期"，美国的海洋活动全面发展，并且开始挑战英国海上霸主的地位。尤其是在 1815 年之后，美国东部的海洋产业更是发展迅猛。特别是渔业与捕鲸业，在海洋经济中占有重要的比重。先来看渔业的发展情况。沿海捕鱼和深海捕鱼业是快速增长的人口的主要粮食来源和经济来源。作为美国海洋经济中最古老的形式，并且对美国殖民地时期的经济发展至为重要的产业，渔业在 1815 年之后也经历了黄金时期。渔业是美国海军和商船的摇篮。经数据统计，美国的渔船船队容量稳步增长，从 1815 年的 37000 吨增长到 1860 年的 163000 吨。（Labaree，1998：259）捕鲸业尤其值得强调：捕鲸业在 19 世纪的民族意识和文化想象中占据非常重要的地位，也是 19 世纪美利坚民族的海洋活动中最具特点的。捕鲸业成为美国海洋历史中最著名的海洋生产活动，主要还是因为《白鲸》的问世，《白鲸》也因此成为美国捕鲸业的浪漫式的描绘和呈现的源头。1841 年，当麦尔维尔乘"Acushnet 号"商船出海航行时，美国此时已经成为世界最大的捕鲸国，这一荣耀一直保持到内战爆发前。衡量这一荣耀地位的标准是基于这样一个事实：当时美国的捕鲸船比美国 1838—1842 年的探险队在地图上标记的地名多了许多。在 1850 年时，拥有超过 300 艘捕鲸船的新贝德福德（New Bedford）成为当时世界最活跃的捕鲸渔港，甚至超越了《白鲸》中"皮阔德号"的母港南塔基特（Nantuket）。位于马萨诸塞州的南塔基特岛，由于其近海的优越位置而后来居上，控制了捕鲸产业，18—19 世纪时成为美国第一大捕鲸港口。

彼时的造船业代表美国的第一制造业。殖民地时期，当 17 世纪第一批欧洲移民跨越大西洋来到美洲时，大部分移民拥有农业背景，因此对船舶建造是一无所知的。当许多第一批造船工匠像其他熟练的工匠一样，被免费的土地吸引而到达新世界时，美国的造船业开始起步了。起初几乎任何沿海岸的、便利的、轻微斜水的位置都被作为船坞。大致从 17 世纪中叶开始，一些特定区域成为造船中心，其中包括纽伯利、萨勒姆、马萨诸塞湾的波士顿、康涅狄格和纽黑文等地方。到 1720 年左右，纽约和费城等港口城市的造船业已初具规模。直到 18 世纪中叶，弗吉尼亚的切萨皮克和卡罗来纳殖民地开始建造大量的船只。殖民地时期所建造的船只的确切数量无法获得，但根据海洋历史学家约瑟夫·戈登堡（Joseph Goldenberg）的《殖民地时期的造船业》（*Shipbuilding in Colonial America*）所记载，1776 年在劳埃德商船协会登记的 1680 艘船只中，大约一半多艘船只在新英格兰的船坞生产，仅仅马萨诸塞州生产的船只就占到总量的 25%，宾夕法尼亚占 15%。因为只有大型的船只才在劳埃德商船协会（Lloyd's）登记，因此其他数以百计的单桅帆船和纵帆船都没有计算在内。根据 1768 到 1773 年英国的有关记载，殖民地的船坞这一时期年平均生产 115 艘上桅帆船、285 艘纵帆船（Labaree，1998：65）。在许多方面，造船业代表了美国第一制造业，船舶仅次于鱼类成为第五大最有价值的出口产品。

　　海港城市是连接北美殖民地与英国母国和大西洋沿岸欧洲国家的重要纽带。殖民时期美国贸易发展的重要社会影响就是海港城市的诞生。独立战争爆发前夕，殖民地 20 个大城镇中有 19 个是海港城镇，而这其中又有 11 个位于新英格兰地区，譬如费城和纽约。港口是美国最早的城市，从文化上讲，这些城市比内陆城镇更发达，学校、图书馆、音乐厅和戏院极大地丰富了城市人的生活。内战爆发前夕，美国所有的英文报纸都是在东部的港口城市发行，只有这里的人们才知道整个世界发生的一切。17 世纪末到 18 世纪中叶前后，波士顿和费城是所有海港城镇中最发达的，纽约排名第三位，这也是《海妖》中故事发生的重要场景，罗得岛州的纽波特港排第四位，这也是小说《红海盗》中故事叙述的主要场景，南卡罗来纳州的查尔斯顿排第五位。纽约港是一个重要的港口城镇，不过，19 世纪前它的重要地位不及费城，因为其腹地的人口增长缓慢，故生产的农作物比较少。波士顿的领先地位到 18 世纪中期开始衰落，因为其内陆腹地的农产品产量少，其后被纽约等海港城市超越。从经济上来看，海港城镇的商人、律师和船主通过控制商品进出口，通过资本积累和投资等渠道掌控各自的殖民地经济命脉。独立战争爆发之前，北美殖民地的海洋贸易中占支配地位的主要是东北部的新英格兰地区的四个殖民地：康涅狄格、罗得岛、马萨诸塞和新罕布什尔。独立战争爆发的前 20 年，五大港口城市——波士顿、纽波特、纽约、费城和查尔斯顿——的人口增长高达 42%，而费城的人口增速最快，高达68%。根据1772年尚存的历史数据，这年进入五大港口的船只达到3000多艘，报关次数也高达3000多次（Labaree，1998：105）。波士顿和费城成为新大陆的两个最繁忙的港口，查尔斯顿的进出港船只吨位位列第三。总之，这五大港口仍然占到13个殖民地海洋贸易总量的至少一半。从政治上来看，这19个最大的港口城镇包括9个殖民地首府，这些首府城镇同立法机构和英国皇室的联系密切，使得这些城镇成为北美殖民地政治、经济和文化中心，如纽约港以其位于哈德森河口的天然优势而成为连接北美殖民地与英国母国和大西洋沿岸欧洲国家的重要纽带。

因此，毫不夸张地说，19世纪前半叶美国经济和社会的支柱产业是渔业、捕鲸业、船运业等涉海产业，美国的国家利益同这些海洋产业是紧密联系的，或者说海洋利益是美国国家利益的直接体现，海洋产业的竞争力和实力也是这一时期国家力量的最直接表现。这一时期的国家认同很大程度上是同美国的海洋生产活动直接相连的。因此，海洋尤其是大西洋，成为国家荣誉和国家身份的重要标识，也成为美利坚民族集体意识的重要来源。尤为重要的是，美国的国家认同、国家形象建立同大西洋关系尤其密切。独立战争之前，大西洋是母国英国和北美殖民地的纽带；独立战争之后，新兴的美国若要建立崭新的国家形象，提升国际地位，则必须像库柏的海洋三部曲中的美国英雄一样，需要不断地逾越凶险的大西洋，冲破欧洲势力的层层封锁。事实上，18世纪末到19世纪前半叶这一段时间里，参与大西洋事务在很大程度上标志着美国作为一个新兴的主权国家的地位在多大程度上得到国际社会的认同。因此，如何跨越大西洋，如何融入欧洲体系，"成为1844年之前美国外交的重心"[1]。因此，为赢得在大西洋上的话语权，面对英国在大西洋上的重重压制和封锁，美国最终选择再次同英国开战，1812年第二次英美战争就在这样的政治背景下爆发了。在这场战争中，美国在大西洋上的出色表现在很大程度上赢得了美国在大西洋上最强对手英国的尊重，对于这一点，库柏在《美国海军史》第二卷中说，"连英国最骁勇善战的舰长也已承认一个新的强权（美国，笔者注）即将在大海上崛起"（Cooper，1839 I：479）。英美二次战争的胜利使美国赢得了通往大西洋的自由通道。

这一时期美国的海洋生产生活活动以及所取得的突出成就，有必要作为海洋文化历史材料保存下来，成为美利坚民族的海洋历史文化记忆的重要部分。而在当时

---

① 美国的外交的重心在1815年前都是在大西洋，而从1815年到1844年的30年中，美国外交的重心从大西洋逐渐转向美洲大陆。杨生茂.1991.美国外交政策史：1775—1989. 北京：人民出版社，73.

历史学科不发达的背景下，美国的海洋生产生活活动并未得到全面而系统的记录，有关这方面的资料也极其匮乏。库柏在 1852 年版的《红海盗》的前言中明确地提到这一点，"美国的编年史中有关航海事件的记述是如此惊人的匮乏"①。既然美国的历史编年史中关于美利坚民族的海洋活动的记录是如此的匮乏，那保存、补充并完善美国早期的海洋生产活动的历史就变得重要和必要。库柏深刻认识到美国编年史中缺乏必要的海洋史篇章，因此他以美国的海洋文化历史为创作题材，创作了数量如此众多的海洋小说。这些小说记录了美国自 17 世纪以来到 19 世纪中叶的海洋商贸、港口城镇发展、捕鲸业、海上航运业、造船业、海上战争以及海军发展等海洋历史片段，从而为缺失的、匮乏的海洋编年史补上了丰富而详实的章节。从这个意义上讲，库柏的海洋书写为美国海洋编年史做了极为丰富而有益的填补和扩充，他的海洋书写也是美国海洋历史篇章的重要组成部分。事实上，正是因为库柏海洋小说中关于美国海洋历史的详实而丰富的记录，他的海洋小说被当作 20 世纪 50—80 年代"美国学"以及"文化历史批评"领域的学者研究美国早期历史、社会和文化的"圣经"。

需要补充的是，库柏的海洋书写在很长一段时间内一直被人们忽视，其历史价值和艺术价值也一直未得到学界足够的重视。事实上，在国内外学者对美国文学的研究中，一直存在重视边疆文学却轻视甚至忽略海洋文学的倾向。因此，但凡我们提到美国的海洋小说创作时，仅仅能想起麦尔维尔，好像麦尔维尔就是美国海洋小说的全部一样。这样的认识是片面的。事实上，美国文学中的海洋文学传统也同样源远流长，无论是殖民地时期、独立战争时期的文学作品，还是 19 世纪、20 世纪的文学作品，无论是个人叙事或小说，还是诗歌或戏剧作品，都是有大量以海洋和湖泊为描写对象的作品，斯普林格编撰的《美国海洋文学史》无不清楚而详实地证明了这一点。因此，美国海洋文学传统中不仅仅只有赫尔曼·麦尔维尔的海洋小说，甚至也不仅仅只有詹姆斯·库柏、杰克·伦敦或者欧内斯特·海明威等海洋小说家的海洋文学作品，这是需要厘清的事实。

另外一名学者海伦·阿克森（Helen Akson）在《仪式与美学：欧洲对费尼莫尔·库柏小说艺术的影响》（*Ritual and Aesthetic：The Influence of Europe on the Art of Fenimore Cooper*）一文中也对这一现象提出了同样深切的感受：

---

① Cooper，J. F. 1852. *The Red Rover：A Tale*. New York：George P. Putnam，p. vii. 后文引文若非特别说明，皆出自此小说版本，将随文标注引文出处页码。

这本书的写作是源于我对这一事实深信不疑: 美国第一位具有国际地位的小说家不仅仅只是一个编撰印第安历险故事的作家, 这是我们评价他的《皮袜子故事集》时常常对他的定位。他应该得到更多的认可。(Phinit-Akson, 1976: i)

在这种重视西部边疆文学而轻视海洋文学的背景下, 库柏的海洋小说遭到读者和学界的冷遇是自然而然的事情, 以至于当我们提到库柏的文学成就时, 正如海伦所说的那样, 常常仅仅想起他的西部边疆小说, 往往忘记他的同样优秀的海洋小说作品。

其实, 海洋不仅为美利坚民族文学提供重要的创作素材和创作题材, 也为 19 世纪美利坚民族的文化想象和民族文化心理提供重要的力量源泉。因此, 不关注海洋与文学的密切关系, 我们就不能真正理解美国的文学史和美国文学发展史。尤其重要的是, 不去考查海洋与 19 世纪美利坚民族文化意识形成之间的重要关系, 就很难真正理解美利坚民族崛起并成为世界霸权的真正原因。而库柏的海洋书写, 为我们开启的正是深入了解 19 世纪海洋与美国国家利益、国家形象建构之间复杂关系的一扇窗户, 它是帮助我们破解美国成为世界超级大国与海洋强国的秘密的重要文学符码。

二、海洋书写作为国家意识的表征

在美国的海洋活动不断加剧, 美国的渔业、航运业等海洋经济产业欣欣向荣的乐观背景下, 特别是独立的美利坚民族文学尚未创建的背景下, 包括库柏的海洋小说在内的小说创作应运而生。库柏的海洋书写, 不仅承载了国家海洋历史书写的使命, 承担了美利坚民族的海洋文化编年史书写的神圣使命, 更为重要的是, 它还传递了库柏强烈的民族国家忧患意识。库柏的民族国家意识, 具体来讲, 就是在民族文学创作中始终坚持文学和文艺的独立性, 即美国文学要独立于英国和欧洲的传统。要了解这一点, 首先要明确库柏的小说创作与政治书写的紧密关系。

库柏的文学创作一开始就同政治紧紧联系在一起, 其小说创作不仅为政治服务, 而且也是他的国家政治意识的直接流露。事实上, 库柏从来不掩饰自己的小说创作与政治之间的密切关系, 而且库柏试图通过海洋小说书写来建构独立国家意识, 这一点在他的书信中暴露无遗。1831 年, 身处欧洲巴黎的库柏在写给朋友的一封信中谈到自己的小说创作动机与国家建构之间的密切关系时, 他毫不掩饰地说:

你赞赏我的创作动机与我的祖国之间的关系，它给我带来了满足感。
祖国的心理独立是我的创作目标。如果我临死时能回想起我曾经为了实现
这个目标而做了一点贡献的话，那我应该欣慰地知道我的一生并非毫无用
处。（Cooper，1922 I：227）

很明显，库柏的创作目的和动机就是服务于国家独立和民族自立，对他而言，
写作的直接目的就是服务于祖国，具体讲，就是为了美国的"心理独立"和文化独
立而创作。

库柏不仅在书信中坦诚地表达他的小说创作的目的就是为美国的文学和文化独
立甚至政治独立服务，而且他还在公开发行的期刊上旗帜鲜明地阐述过这一点。就
在 1820—1822 年，库柏在当时一个新兴的期刊《文学与科学宝典》（*The Literary and
Scientific Repository，and Critical Review*）上匿名发表了多篇文学批评文章①。需要
特别说明的是，《文学与科学宝典》是一份激进的期刊，其创建的目的和初衷就是捍
卫美利坚民族文学与文化的独立，因此它高举的是民族文学的大旗，正如小詹姆
斯·比尔德（James Beard，Jr.）所言：

如果说《间谍》是在充斥着英国小说的国度里的一个激进的文学实验
的话，那《文学与科学宝典》的创刊也抱着同样激进的目的，两者都是为
了充分实现美国文化独立而做出的勇敢努力；人们往往宣称美国文化独立，
并祈望能如愿，然而却无法实现文化独立。（Cooper，1955：viii）

《文学与科学宝典》创立之初，尽管它模仿的是《爱丁堡评论》（*Edingburgh
Review*），并且重印英国期刊文章来刊出，但是它肩负着引领文学品位、创建民族文
学的重担，当时《文学与科学宝典》的赞助人之一、纽约《晚间邮报》（*Evening Post*）
的主编威廉·科尔曼（William Coleman）自信满满地祝愿期刊的美好未来：

可以肯定地说，《文学与科学宝典》将会比任何同类的杂志都要优秀，
这在美国尚未出现……我们毫不犹豫地宣布它的原创性，它也绝不逊色于

---

① 关于库柏同《文学与科学宝典》之间的更多密切关系，以及库柏同这些匿名评论文章之间的渊源，库
柏研究权威学者比尔德在《库柏的早期评论文章》一书的简介部分进行了详细的阐释，See Cooper, J. F., Jr. *Early
Critical Essays.1820-1822. Fascimile production from The Literary and Scientific Repository，and Critical Review.*
with an Introduction and headnotes by James Beard, Jr. Gainesville, Florida: Scholar's Fascimile & Reprints,
1955, pp.vii-xiv. 为了方便标注，后文中此期刊英文名以 "Repository" 代替。

《爱丁堡评论》或《季刊评论》；而且在一个方面倾向于比前两者更优越，
对此美国人是不可以不理睬的，这就是：它非但不肆意谩骂和诋毁我们的
法律、学习习惯和国籍，而且还是我们的守护者和新风气的倡导者。
（Cooper，1955：ix）

　　巧合的是，此期刊的创立者查尔斯·加德纳（Charles Gardner）是库柏在海
军服役时的老战友，因为两人都有共同的事业追求，共同立志为创建独立的美利
坚民族文学服务，因此新期刊的创建使他们俩又在一起并肩战斗。正是在充满激
进的实验精神的《文学与科学宝典》中，库柏发表了许多篇激情洋溢的文学评论
文章，其中有两篇文章旗帜鲜明地呼吁建立独立的、具有美国特性的民族文学。
1822 年 5 月第 4 卷的《文学与科学宝典》刊登了库柏的一篇标题为《布雷斯桥大
厅》（"Bracebridge Hall"）的评论文章，内容是评论华盛顿·欧文的《布雷斯桥大
厅》（*Bracebridge Hall, or the Humorists*）。尽管库柏和欧文因为共同的朋友而相识，
并且欧文一直很钦佩库柏的文学才华，但库柏还是在这篇文章中旗帜鲜明地反对欧
文一味地迎合英国文学趣旨、唯英国马首是瞻的奴相：

　　　　我们不可能不钦佩我们的作者在触及这个有趣而危险的政治主题时的
谨慎和细致入微的叙述。尽管他自豪地，并且毫无疑问也诚恳地宣称他对
共和原则的日益执著，但是他为英国的贵族唱赞歌，评价血统的高低贵贱，
并且慷慨激昂地颂扬杰出的英国先辈；而且，他还谨慎地赞赏英国宪法所
赋予的光荣的自由原则，英国人民的伟大政治体制也得到了及时和明智的
赞扬。（Cooper，1822a：429）

　　在库柏看来，欧文的《布雷斯桥大厅》如同《见闻札记》一样，"没有任何创新"，
"仅仅是《见闻札记》的延续"（Cooper，1822a：423）。因此库柏认为，这部作品
集"在一定程度上动摇了我们的信念，减弱了我们的激情"，"让我们大失所望"，因
为"我们并不认为我们眼前的作品具有一种独立于流行文学之外的品质，或者具有
一种让人羡慕的品质"（Cooper，1822a：422）。事实上，库柏认为欧文的《布雷斯
桥大厅》不仅没有任何创新，而且"容易带来致命的影响"（Cooper，1822a：423）。
上段引文实际上已经充分回答了何为"致命的"影响了，那就是欧文在小说中一味
盲目地歌颂英国的制度、历史和文化，美化英国人种和英国血统，因此间接贬损了
美国的历史和文化，贬低美利坚民族的民族性，因此对美国的政治独立、文化独立

造成了巨大的、致命的伤害。由此可以看出，库柏希望美国的作家能创作出具有美国特色的文学作品，而不是总是模仿欧洲的题材；美国的文学作品歌颂的对象不应该是英国或者欧洲的人或物，而应该歌颂美国的历史和人民；唯有更多像《间谍》一样书写美国历史、歌颂美国人民的具有创新意识的作品的问世，美国文化独立才有希望能够真正实现。

同样在 1822 年 5 月第四卷的《文学与科学宝典》上，库柏还发表了另外一篇评论凯瑟琳·塞奇威克（Catharine Sedgwich）的小说《新英格兰故事》（*A New England Tale*）的文章，该文章的标题为《新英格兰故事》（"A New-England Tale"）。在这篇文章中库柏同样旗帜鲜明地呼吁美国作家应该书写美国的"国家叙事"（National Tales），描绘美国的人物、制度、社会习俗和风貌，展现美国的风土、人情、道德和习性：

> 在那些自称描写美国社会和风俗的作品中，我们从来没有见过像我们眼前这本不起眼的小说一样在一定程度上如此完美和令人满意地完成这个文学设计。我们的政治制度，我们的学习状态，以及宗教对民族性格的影响，经常被拿来讨论和展示，但在我们的文学中，在休憩和平常交往中经常运转的家庭礼仪、社会和道德的影响，以及在人口稠密地区构成我们的独特特征的众多的地方特色，却很少被畅快地展现出来。诚然，华盛顿·欧文先生在他的《尼克博克》、《瑞普范·温克尔》和《睡谷传说》中，以独特的滑稽形式，对大陆的一类人进行了非常自然、公正、如诗如画的观察，但他们都是可笑的话题，这对于一种激情、情感和行为的历史的形成没有丝毫帮助，因为这些可笑的话题在我们任何一个小社区中都存在，然而这些话题好像又同这个伟大的世界有些格格不入。我们仅仅看到了两种文学尝试……这两种叙述都与过去的时代有关。任何关于我们的国家叙事的未来收藏家，将会很好地从历史的遗忘中获取素材。（Cooper，1822b：336）

在库柏看来，美国文学理应描绘美国的家庭礼仪、社会风俗、地方特色，反映美国伦理道德规范和道德经验，从而形成恢宏的国家叙事作品。目前的美国文学中虽然存在这样的作品，如华盛顿·欧文先生的《见闻札记》（*The Sketch Book*）等作品，但它们对美国文学激情、气质和行为的历史的形成没有太多的帮助。因此库柏非常渴望看到未来有"国家叙事"（national tales）的作品出现，这些作品一定会从美国历史尘埃中发掘出关于国家叙事的宝贵素材。

库柏的海洋小说书写，本质上也是国家意识的重要体现。19 世纪前半叶在美国国家建构这一特殊背景下，美利坚民族个体的海洋意识，以及民族整体的海洋意识，在本质上正是国家意识的重要体现，因为这一时期美国的国家形象、国家地位的认知都是源自于美国人在海洋上取得的杰出成就，尤其是美国人从 1812 年英美第二次战争中获得的民族自豪感和国家荣誉感，对美国国家意识的形成起到了巨大的促进和推动作用。菲尔布里克在《库柏与美国海洋小说的发现》（"Cooper and the Literary Discovery of the Sea"）一文中很中肯地道出了这个奥秘：

> 1815 年也标志着美国参与拿破仑战争的结局，这也即是众所周知的 1812 年战争。我强调这两个事件的巧合，是因为看起来美国历史上没有任何单一的事件像 1812 年战争一样如此激起人们广泛的对于海洋的兴趣。1812 年的战争所产生的国家认同感和统一感，在惊人的程度上与海洋经验有关。如果说美国的陆上的军事行动根本不值得欣喜的话，那么佩里准将在五大湖的胜利以及美国护卫舰与英国人单独交锋时取得的稳定而连续的胜利则成为民族自豪感爆发的大好时机。报纸和杂志的页面到处充斥着海军颂歌和纪念每一次成功的颂歌。充满爱国主义旋律的海军情节剧在美国的舞台上轮番上演，剧台上到处流行海军的舞台造型。显然，美国要步英国的后尘，积极追求海洋霸权，构建海洋商业帝国。（Philbrick, 1989: 14）

正是在这个特殊的历史时期，美国作为独立国家的意识才真正被唤起，美国才真正确立自己的身份，即从英属殖民地真正转变成独立自主的美利坚合众国。库柏深刻洞悉这一点，因此他在众多海洋小说中记录美国的海洋商贸、港口城镇发展、捕鲸业、海上航运业、造船业、海上战争等历史盛况，这正是库柏构建美国身份和国家形象所做出的努力的一部分，因此反映的更是他的国家意识和国家想象的内涵，即美国应该是一个海洋强国。

从更大的意义上讲，库柏的海洋小说是国家叙事史诗，早期海洋小说便是很好的理据。学者罗纳德·克罗赫斯说，"库柏试图在海洋小说中建立美国国家叙事，不仅仅代表了库柏为美国文学获得'心理独立'的愿望，而且代表库柏试图改善并取代美国派系社会，从而创建美国国家整体叙事神话"（Clohessy, 2007: 4）。库柏海洋小说创作早期的海洋三部曲《领航人》《红海盗》《海妖》正是关于国家整体叙事神话的代表性历史文本。三部小说都取材于美国的独立战争和国家诞生时期的历史，主题都是关于国家独立和民族解放，故事场景都发生在大西洋上，因此可以说属于大西洋国家叙事史诗。《领航人》讲述了独立战争时期美国的海军官兵横跨大西洋而深入英国的海岸线展开突袭行动。小说还间接地展现了美国海军艰难的成长历程。小说尤其提到了美国海军发展历程中涌现的许多光辉英雄形象。小说在成功再现美国海军英雄约翰·琼斯的光辉形象的同时，也超越了历史人物的原型，把历史人物形象放大，并把小说故事进程完全同约翰·琼斯的个人历程结合，从而把个人英雄历史书写同美国海军甚至美国独立战争进程融合在一起，进而把个人的小历史变成了宏大的国家历史书写。《红海盗》也把故事置于美国独立战争爆发前这段重要的历史时期，小说的主题是美利坚民族在大海上同大英帝国的英勇斗争。《海妖》再现了18世纪北美殖民地人民为摆脱英国对殖民地的经济压迫和封锁，力图为创建独立的美国商贸易体系而同英国进行英勇不屈的斗争。因此海洋小说三部曲是关于美国独立建国的历史叙事，是关于美国的独立商贸体系的建构史，是关于美国海军的创建史，这些都是关于美利坚民族国家成长的宏大叙事史诗。

在库柏海洋小说创作的中期和晚期，民族国家意识始终贯穿其海洋小说书写中。在中期海洋小说《海上与岸上》中，库柏的国家意识主要通过特意设置的小说主角迈尔斯来实现，库柏的国家书写同小说人物迈尔斯的个人经历密切相连，或者说库柏通过迈尔斯的个人海洋经历来书写美国19世纪初的海洋发展历程。首先，迈尔斯与美国同岁，因为他1780年出生，而1781年美国独立革命胜利，这说明迈尔斯与新生的美国同岁。因此，美国的发展历程完全可以在迈尔斯的个人成长经历中得以体现。小说中，迈尔斯经历了许多曲折的经历，而迈尔斯的复杂而跌宕的海洋经历同18世纪末19世纪初美国波澜壮阔的历史进程是吻合的。无独有偶，在晚期作品《火山口》中，库柏也是通过特意设置小说的主角来实现国家叙事这一目的。在《火山口》中，小说主角马克也是同美国同岁，他的个人海洋经历也同19世纪后半叶美国的海洋发展历史相重叠。

由此可见，库柏的国家意识和国家书写始终贯穿于他的海洋书写的早期、中期和晚期，这说明国家叙事一直是库柏持续关注的主题，同时也是他的文学建构的主要内容和他写作的目的与真实动机。在之前库柏写给友人的那封信中已经非常清晰地表达了他的小说创作动机与国家建构之间的密切关系，那就是为美国的"心理独立"和文化独立而创作。在美利坚民族国家诞生的历史进程中，许多有政治意识和历史担当的文人，始终把民族国家意识作为文学创作的核心内容，库柏正是其中的一员。从这个意义上讲，库柏正是这样一个有历史责任感和政治意识的作家，正是因为他的海洋书写时刻关注国家命运，关注美利坚民族的成长历程，尤其重视美国的"海洋边疆"的开拓与垦殖，才使得当今的美国人能够透过他的作品回望 19 世纪的美国的成长历程尤其是美利坚民族国家意识的形成、发展和变化过程，而包括他的海洋小说在内的作品才成为研究美国历史的"圣经"，成为美国海洋民族主义和爱国主义教育的宝贵资源与财富，为美国人留下了丰厚的思想文化遗产。

第二章　库柏的海洋书写与国家认同

成长于美国海洋大国地位不断上升时期的库柏，受海洋民族主义的影响，在多部海洋小说中通过呈现美国的捕鲸业、造船业、海洋商业贸易活动以及海上战争史等来构建本质上属于扩张性、掠夺性、商业性和竞争性的海洋文化，不遗余力地在广阔的、流动的海洋空间上通过展现美国的海洋存在来构建美国身份，塑造海洋大国形象和海洋民族性格，这不仅清晰地体现了库柏的海洋民族主义情结，而且也直接体现了他的民族国家意识。这些作品中海洋民族主义、英雄主义和爱国主义思想相互交织，成为库柏的海洋书写的一个比较鲜明的特征。海洋民族主义，作为美国民族主义的一种特殊形式，是在 19 世纪上半叶美国民族自立背景下形成的，它对促进美国的国家认同、增强美国的民族凝聚力和自豪感等起到了巨大的推动作用，但不可否认的是，美国的海洋民族主义今天已然嬗变成美国全球霸权主义和世界扩张主义。

第一节　海洋民族主义与库柏海洋小说创作

库柏的海洋书写是在 19 世纪上半叶美国的海洋民族主义不断高涨、国家认同亟待强化的背景下发生的。

一、海洋民族主义之兴

关于民族主义的概念及界定，学界已做过详细论述和梳理[①]，然而到目前为止，尚未发现对"海洋民族主义"这一术语的论述和界定。"海洋民族主义"这一术语是美国学者托马斯·菲尔布里克提出的[②]，但他未对这个术语的概念、内涵及表现形式进行详细而系统的论述。其实，海洋民族主义属于民族主义的一种特殊形式，泛指

[①] 程人乾对近代以来世界民族主义产生和发展的轨迹、民族主义的性质和涵义及特征等问题，进行了新的审视和探讨。张爽对美国民族主义从美国立国到一战期间的形成和嬗变进行梳理归纳。程人乾. 1996. 论近代以来的世界民族主义. 历史研究,（1）: 56-68; 张爽. 2006. 美国民族主义——影响国家安全战略的思想根源. 北京: 世界知识出版社.

[②] 菲尔布里克用这个术语来概述库柏海洋小说的特点，See Philbrick, T. 1961. *James Fenimore Cooper and the Development of American Sea Fiction*. Cambridge: Harvard UP, pp. 42, 46.

某一特定民族因对海洋具有浓郁的情感而形成强烈的集体意识和思想状态。海洋民族主义主要以海洋作为载体和平台，来表达某一特定民族对该民族的海洋历史传统、海洋民族禀性和海洋民族精神的高度认同与狂热忠诚，并自觉地在心理上对民族的海洋传统形成强烈的归属感，继而在思想上和行动上自觉地继承这种传统，弘扬这种精神，以达到或增强民族的力量，实现民族国家的振兴。本书所论述的美国海洋民族主义，属于美国民族主义的一种特殊形式，是19世纪的美国从自立到崛起进程中形成的一种思想意识形态。美利坚民族为摆脱英国的殖民统治，赢得民族独立、自由和解放的强烈意识和诉求，是美国海洋民族主义思想萌芽和产生的必要条件，它的主要内容和表现至少包括以下内容：美利坚民族在此期间形成的对海洋之于国家地位和命运的重要认识，认为美国命运同大海休戚相关；美利坚民族无比自豪于此期间美国海洋商贸以及海上战争所取得的辉煌成就，并由此形成对海洋的集体意识；认为海洋是民族性格和民族精神的锻造场，是获取财富和自由的最佳场所；认为海洋是国家地位的象征，是新兴的美国国家实力的展示场所等。

从19世纪前半叶美国国内的政治文化氛围来看，美利坚民族对民族国家的理解和认同主要源于海洋。之所以是海洋而并非美国的西部边疆成为培养和激发美国民族主义的土壤，是因为在19世纪上半叶，海洋在美利坚民族的集体意识中占据非常神圣和崇高的地位，因为海洋是当时国家荣誉和地位的象征，海洋是表征国家和民族尊严的具体符号，这种海洋民族主义思想增强了19世纪前半叶美利坚民族的整体认同感，为民族团结和国家建立提供了强有力的思想保证。

美利坚民族的海洋集体意识的形成并非偶然，它是美利坚民族在长期的海洋生产生活实践中以及同大英帝国的海上革命斗争中产生并形成的。美利坚民族的海洋传统源远流长。15世纪末，当欧洲人为了开疆拓土而打通海上通道并发现美洲大陆时，就注定了美利坚民族的形成和发展与海洋有着不可分割的联系。从地理位置上看，美国东临大西洋，西靠太平洋，北接北冰洋，三面环海的独特地理环境使海洋与美国人的生产生活密切相连，也造就了美国的海洋文化和海洋传统，因此美利坚民族形成了鲜明的海洋秉性。所谓海洋性格或属性，主要是针对较平和的、倾向团结统一的大陆性格而言的，具有海洋属性的民族倾向于形成自由独行、对外扩张、崇尚冒险与竞争等性格。关于美利坚民族的海洋秉性，曾经在19世纪30年代游历美国的法国著名政治思想家亚历西斯·德·托克维尔（Alexis de Tocqueville）所著的《论美国的民主》（*Democracy in America*）一书有着非常精辟、形象且具体的论述：

> 美国人居住在一个令人感到奇妙的国土上，他们周围的一切都在不停地变化，每一变动都象征着进步。因此，新的思想在他们的头脑里总是与良好的思想密切结合。人的努力，好像到处均无天然的止境。在他们看来，没有什么办不到的事情，而是有志者事竟成。

> 这种运气好坏的经常反复，这种推动美国人一致向前的感情冲动，这种公共财富和私人财富的变化莫测的起落，全部汇合在一起，就使人们的精神完全处于一种奋发图强和不甘人后的狂热状态。对于一个美国人来说，人的一生就像一场赌博，就像一次革命，就像一场战役。

> 这些同样的原因在对每一个人发生作用的同时，也给国民性打下了不可遏制的冲动的烙印。因此，美国人随时随地都必然是热心于追求、勇于进取、敢于冒险、特别是善于创新的人。这种精神都真实地体现在他们的一切工作当中。他们把这种精神带进了他们的政治条例，带进了他们的宗教教义，带进了他们的社会经济学说，带进了他们的个人实业活动。他们带着这种精神到处去创业：不管是到荒山老林的深处，还是到繁华热闹的城市，莫不如此。正是这种同样的精神，才使美国商船比其他一切国家商船的运费低廉和航行迅速的。（托克维尔，1991：471-472）

美利坚民族的海洋意识和海洋民族主义是在北美殖民地人民长期的海洋生产活动中培养起来的，尤其是在同欧洲的海洋贸易活动中得到增强。正如前章所述，在18—19世纪，美国人民在捕鱼业、捕鲸业、造船业及海洋贸易中不断取得突破，尤其是1815—1850年，美国人在大西洋上的海洋贸易表现突出，给欧洲人留下了比较深刻的印象，对此，托克维尔无不羡慕地评述道：

> 英裔美国人对于海洋始终表现出一种明显的爱好。独立在打断了把他们与英国联系起来的商业纽带的同时，却使他们的航海天才得到了新的和有力的飞跃。独立以后，联邦的船数递增，其增加速度几乎与居民人数的增加速度同样快。现在，美国人消费的欧洲产品，十分之九都是用自己的船运输的。他们还用自己的船把新大陆的四分之三出口货运给欧洲的消费者。美国的船舶塞满了哈佛和利物浦的码头；而在纽约港里，英国和法国的船舶则为数不多。由此可见，美国的商人不仅敢于在本土同外国商人竞

争，而且能在外国同外国商人进行有成效的斗争。（托克维尔，1991：468）

托克维尔被美利坚民族的海洋秉性深深地感染，以至于他满怀激情地说道："我除了说美国人在经商方面表现出了一种英雄气概，实在无法更好地表达我的思想。欧洲的商人将永远无法赶上与他们同行的美国竞争对手。"（托克维尔，1991：470）托克维尔为美国人的海洋性格所折服，为此他以超前的意识大胆预测美国必将成为地球上唯一的海洋强国：

> 我认为，国家同人一样，几乎总是在青年时代就显露出其未来的命运的主要特点。当我看到英裔美国人的那种经商干劲、经商的便利条件和经商所获得的成就时，就情不自禁地相信，他们总有一天会成为地球上的第一海上强国。他们生来就是来统治海洋的，就像罗马人生来就是来统治世界的一样。（托克维尔，1991：474）

美利坚民族的海洋民族主义还通过北美殖民地人民在争取国家独立解放的进程中同大英帝国的数次海上战争的历练过程中得以强化和升华。历史上美国为摆脱殖民统治、为赢得民族独立解放而同英国进行的所有海战中，对美国人的民族心理影响尤为深远的是 1812 年英美海战。库柏在《美国海军史》第二卷中就这次海战对美国人民的影响做出如下论述："美国舰船对英国舰船的节节胜利，对美国人的心理产生了巨大的影响，美国人普遍认为美国海军是常胜将军"（Cooper，1839 II：170）；这场海战"在海战史上开创了一个新纪元"，"连英国最骁勇善战的舰长也已承认一个新的强权即将在大海上崛起，海权控制的战争要重新打响"（Cooper，1839 II：479）。由此可见，这场战争的确使美国海军威名远扬，同时也激发起了美利坚民族的海洋民族主义和爱国主义精神。当时的媒体也借机大肆宣扬海洋民族主义和爱国主义情感，1813 年当时一个著名杂志宣扬说，海军的辉煌战功点燃了新的神圣的国民精神，使得卑微的人竟然能大胆地向世界宣称他也有一个祖国。美国文学的任务就是使海洋民族主义的火焰继续熊熊燃烧，"诗歌的最高职责就是用最纯美的语言，铭记英雄主义的熊熊火焰，用最艳丽的笔墨来反映伟大辉煌胜利的形象，使广大国民熟悉崇高而慷慨的英雄主义行为"（Philbrick，1961：2-3）。1812年海战的胜利，加上美国独立战争期间海军取得的多次胜利，这些海上捷报不断积累沉淀，使美国人的海洋集体意识不断增强，从而推动了美国海洋民族主义的空前高涨。

在美国的海洋民族主义思想不断强化的背景下，库柏的海洋民族主义思想也得到不断的发酵，而库柏的海洋经历特别是海军经历也是激发他的海洋民族主义膨胀的另一重要因素。

二、海洋民族主义与民族文学型构

1806—1807 年，胸怀远大抱负的库柏登上"斯大林号"①商船出海锻炼了一年，从英国的利物浦港返航之后，在父亲的帮助下，库柏于 1808 年加入了美国海军。在服役期间，英美战争风云涌动，库柏也曾作为其中一员做了相关战前的准备工作（Lounsbury，1886：11）。库柏的海军经历不仅实现了他多年以来的"海洋梦"，也使他能独立于家庭，独立从事自己未来的海洋事业（Franklin，2007：101）。有理由相信，库柏耳闻目睹的必定与政权、海军建设这样的话题有密切关联，而作为一名退役美国海军军官，库柏的海洋民族主义肯定比一般人更加强烈。1812 年，英美海战爆发。毫无疑问，这场英美海战对刚刚从海军离职的库柏的刺激和影响，肯定比普通美国人要强烈。这场海战中美国海军的非凡战绩在一定程度上激发起库柏狂热的海洋民族主义和爱国主义情感。

海洋民族主义刺激美国作家创建独立的民族文学，在文学中展示美国的新形象和新经验。19 世纪前半叶，美国思想文化界，尤其是当时美国国内的期刊，挥舞海洋民族主义和民族文学的大旗，呼吁作家捍卫国家荣誉，创建独立的民族文学。对此，菲尔布里克这样描述道：

> 这些期刊一期接一期地呼吁美国作家们挑战英国文学的霸主地位，像过去他们的美国海军在 1812 年美英战争中挑战英国海军权威地位一样，呼吁美国作家摆脱对英国文学的奴役性模仿，号召美国作家采用美国题材，比如像美国海军的胜利以及美国海军英雄等历史素材。（Philbrick，1961：43）

对于库柏而言，要创建美利坚民族文学，海洋不仅能为美国民族文学提供创作素材和题材，海洋同时也是一个恢宏的展示舞台。因此，就在 1920—1922 年，库柏在"被爱国主义所激发而新创刊"（Cooper，1955：viii）的《文学与科学宝典》上匿名发表了四篇关于美国的海军历史、美国的进出口贸易关税和贸易保护主义、北极的捕鲸业和美国的捕鲸产业情况以及美国的殖民探险活动等海洋题材的评论文

---

① 书中出现的"斯大林号"并不是以约瑟夫·斯大林命名的。

章，开启了他的海洋小说创作和文艺评论家的职业生涯。

第一篇文章发表在 1821 年 1 月第 2 卷《文学与科学宝典》上，文章标题为《克拉克的美国海军史》（"Clark's Naval History of the U. S."），内容是评述托马斯·克拉克（Thomas Clark）撰写的《美国海军史》（*Naval History of the United States of America*，*from the Commencement of the Revolutionary War*，*to the Present Time*，1814）。克拉克的《美国海军史》是美国第一部关于美国海军历史的著作，但具有讽刺意味的是，克拉克本人并没有在海军服役过。因此，在库柏看来，这样的海军史是不专业的，然而幸运的是，当时的读者水平也同样业余。因此，作为美国海军曾经的一员，"库柏对海军的专业研究兴趣或许就这样受到了激励，更确切地说是因为对克拉克的不满意而被激发出来"（Cooper，1955：2），继而激励自己撰写一部更好的、更准确的、更全面的《美国海军史》，这就是库柏撰写《美国海军史》的其中一个原因。在这篇评论中，库柏深切感受到美国同胞中弥漫的强烈海洋民族主义情绪，库柏写道："美国同胞认为，海王星的三叉戟已经从大不列颠之手转到美洲大陆；所有一切足够证明胜利在望，足以让星条旗在美国的舰船上高高飘扬"（Cooper，1821a：22）。在文中，库柏还赞扬了美国的海军"勇武、进取而敏锐"，"我们和敌人进行遭遇战，频繁用对等的甚至逊色于对手的舰船来打败他——而且力量对抗上占上风，总是获胜，而且通常是这样，其效果远远超过了与对手存在的差距"（Cooper，1821a：22）。与此相反，"无敌的"英国舰队却显得"愚蠢"而"毫无准备"（Cooper，1821a：22）。在文章的最后，库柏甚至大声呼吁"美国必须建立海军，一个同美国一样强大的海军，这是天性、国家利益和国家安全的需要"（Cooper，1821a：36）。可见库柏这篇关于美国海军历史的评论也弥漫着民族主义的强烈气息。

第二篇评论文章发表在 1821 年 4 月第 2 卷的《文学与科学宝典》上，文章的标题为《商业限制措施》（"Commercial Restrictions"），主题是关于美国的贸易保护主义问题。在 19 世纪 20 年代，美国的贸易保护主义抬头，然而库柏当时"对自由贸易和贸易保护主义两种极端倾向都持怀疑态度"（Cooper，1955：20），因此他在文章中主要针对国会议员亨利·鲍德温（Henry Baldwin）的新关税议案提出不同的意见，由此借机批驳美国的贸易保护主义政策。在评论中，库柏对美国制造业的优势地位感到自豪：

> 也许从来没有一个像美国一样如此令人钦佩的自然形成的国家那样鼓励制造业，或者获得如此多的有利的环境帮助。美利坚合众国拥有所有制

造业所需的原材料，这些原材料对于一个民族来说是必不可少的：它们被距离每个制造国三千英里的海洋隔开；其他国家生产的生活必需品到达美国时在价格上攀升很多；他们享受最高程度的自由政府的祝福，并藉此向世界各国提供最动人的诱惑，使他们放弃祖先的家园并来美国安顿下来；他们的公民从中脱颖而出，并操持一种其他制造业国家不能比拟的语言；他们每年都从该国和欧洲其他制造业国家那里获得各种制造技术熟练的工匠；这些人从事他们在自己国家里研习的行业，一般在这里找到资本和企业，并把他们的知识和技能发挥出来；美国人口数量以惊人的速度增长着，从而每年为制造业增加客户数量。（Cooper，1821b：327）

库柏不仅看到美国制造业的无与伦比的优势，他还认为"美国商业的强大引擎正是商业舰队——它在技能、勇气、知识和远见等方面绝对超越世界上任何国家"（Cooper，1821b：334）。可见尽管库柏批驳的是美国贸易保护主义，但他依然没有忘记借机奏响海洋民族主义的旋律。

第三篇评论文章发表在 1821 年 7 月第 3 卷刊出的《文学与科学宝典》上，文章标题为《捕鲸业》（"The Whale Fisheries"），内容是关于英国航海家威廉·斯科斯比（William Scoresby）撰写的《北极地区的记录》（An Account of the Arctic Region，1820）。斯科斯比的《北极地区的记录》是"19 世纪关于北极的海洋、捕鲸业、地理学和自然历史的非小说类作品中最有趣的作品"，"它被称为是关于北极科学的奠基著作"（Cooper，1955：41）。尤其是作品中关于捕鲸业的描述最具权威性，以至于"麦尔维尔在写《白鲸》时也大量运用，它也成为库柏小说中捕鲸描写的一个来源"（Cooper，1955：xi）。在这篇评论的开篇处，库柏就开门见山地指出，"这部作品的出现恰逢其时"（Cooper，1821c：1），因为"自欧洲恢复和平以来，人们对科学界的关注已经被强烈地吸引到长期以来被遗忘的西北通道问题，以及到达北极的可能性上"（Cooper，1821c：1）。况且，美国国家利益和彼时高涨的美国海洋民族主义，驱使美国需要及时打通西北通道，因此库柏此时选择《北极地区的记录》作为评论的对象，也不可谓不"及时"，并且也顺应了美国政治战略的需要。同时，库柏也乐见美国打通西北通道的努力，因为"看到那些引领国家动力的人们的精神力量，并以此方式灌输到公共行为中，是一种令人愉快的景象"（Cooper，1821c：1）。为此，库柏此后大谈西北探险的重要性：

地理知识必须有一定的限度，但研究的基本部分属于或多或少与科学紧邻的学科有关的事实。虽然我们不能无视像古代墨西哥人那种能够给已有的人类人口增加数百万人的民族，或像新荷兰那样的岛屿可能会渴望得到大陆的名字，然而我们正在逐渐填满这幅图，它的轮廓已经由哥伦布、达·伽马和范·迪曼所绘制。一些最粗的线索是在北极圈内，但是有些事实与这些荒凉的地区的知识有关，这些地区被认为对于地理科学的进步更加重要。（Cooper，1821c：1）。

此外，库柏还重点讨论了美国渔业和捕鲸产业的地位与作用，认为捕鲸产业在美国经济活动中占据一个重要的地位：

我们再说一遍，捕鲸航程（没有赏金）中的所有利润对国家资本来说是一个明显的收益。在一些国家中，商人可能会获利，而种植者或制造商则会损失，反之亦然；但在这里，如果商人获益，他们都会获益。（Cooper，1821c：59）

因此，在库柏看来，捕杀产业和渔业对美国财富的增长大有裨益：

在这个有趣的话题的每一个观点上，我们认为这是我们的国人如此积极进取、并且在这个行业的冒险中取得成功的基础。它培养了我们的水手，使用了我们的资本，增加了我们的国家财富，并且激励了我们最好的工厂。（Cooper，1821c：64）

因此，库柏希望"政府有智慧永不干预"渔业和捕鲸业的发展。这也反映了库柏对美国的海洋产业的信心，而这背后，难道不也是海洋民族主义在起作用吗？

第四篇文章刊发在 1822 年 1 月第 4 卷刊出的《文学与科学宝典》上，文章的标题为《佩里的西北探险》（"Parry's Northern Expedition"），内容是关于英国探险家威廉·佩里（Sir William Parry）的《发现西北航道航行日志》（*Journal of a Voyage for the Discovery of a North-West Passage*，1821）。文章主要总结了佩里的探险之旅，并对佩里的英勇举动致敬。库柏认为佩里的西北航道探险是一个"富有正义色彩的行动"（Cooper，1822c：56），他甚至认为"佩里比库克更加伟大"（Cooper，1822c：85），因为"对于这种航海荣誉，没有谁可以与佩里上尉竞争。佩里不仅是这个时代的第一个航海家，而且也是历代以来的第一个航海家，如果机会允许他到达太平洋的话，他的声誉或许要比现在更高"（Cooper，1822c：85-86）。库柏对佩里的西北航道的探险活动的盛赞，在某种程度上是库柏希望美国也能早日加入西北通道的探险的一种企望。然而更为重要的是，库柏通过这篇文章传递了他关于北极探险的许多观念。

从以上四篇关于海洋题材的评论文章可知，库柏在民族文学创建的道路上找到了可供美国文学书写的对象——海洋，而美国自 1815 年第二次英美战争结束到南北战争爆发前这段时间在海上商业、航运以及船舶技术等方面的快速发展，不仅让包括库柏在内的美国作家找到了民族文学的创作题材和素材——海洋生产活动，同时也激发了库柏的创作激情、海洋民族主义和爱国思想。1834 年，库柏给美国海军学会通讯秘书亨利·平克尼（Henry Pinckney）的信中清晰地表达了这一点："我非常高兴能被选为美国海军学会的成员，因为我曾经属于其中的一份子，我自始至终热爱着它，它为我们的国家赢得如此多的荣誉。"（Cooper，1964：32）可见海洋民族主义是库柏海洋小说创作的底色和基调，民族主义和小说创作始终交织在一起。库柏敏锐地意识到海洋同美国国运的休戚与共的关系，因此他试图在文学创作中以海洋作为题材，弘扬海洋传统和海洋民族主义思想。因此，库柏以海洋文学为阵地，创作了饱含强烈的海洋民族主义和爱国主义思想的海洋文学作品，如早期的海洋小说三部曲以及《美国人的观念》和《美国海军史》等著作。库柏的海洋书写，正是美国民族文学中最为奇异最为闪耀的浪花，库柏试图通过海洋书写来强化民族的海洋意识，构建海洋大国的形象。

第二节　海洋文化作为国家文化内核

一方面，受海洋民族主义的影响，库柏选择海洋题材进行小说创作。另一方面，库柏在海洋小说三部曲《领航人》《红海盗》《海妖》，以及《美国人的观念》和《美国海军史》等为代表的非小说作品中，积极构建本质上是掠夺性、商业性和竞争性的海洋文化，在文化、意识的层面构建美国作为海洋大国的地位和形象。

一、海洋文化建构

库柏的海洋民族主义首先表现为他在小说中建构和宣扬掠夺性、征服性和商业性的海洋文化。何谓海洋文化？其实，就海洋文化这一概念的本质，黑格尔在《历史哲学》里做了精辟的论述："大海邀请人类从事征服，从事掠夺，但是同时也鼓励人类追求利润，从事商业。"（黑格尔，2006：83）换而言之，海洋文化的属性就是掠夺性、商业性、逐利性、外向性和竞争性等。有学者还进一步把海洋文化的特性归纳为涉海性、互动性、商业性、开放性、民主性、生命的本然性和壮美性等[①]。库柏海洋小说创作阶段正值美国的海洋活动和海洋文化步入一个迅猛拓展时期，因为从 1815 年到 1850 年这段美国海洋发展的黄金时期，美国海洋经济发展空前繁荣，美国人开始挑战英国在海上的霸主地位。因此，海洋不仅成为美利坚民族的集体意识的重要组成部分，而且也成为这一时期国家荣誉和地位的象征以及国家形象的重要标识。库柏敏锐地认识到美国的海洋文化将对美国社会产生持久影响，因此在《领航人》《红海盗》《海妖》《海上与岸上》《火山口》等小说中通过呈现美国的海洋商贸、捕鲸业、造船业和海上战争等海洋生产活动，来构建和宣扬本质上是掠夺性、商业性和竞争性的海洋文化，在意识和文化的层面为美国构建海洋大国形象，为美利坚民族的海洋文化身份竭力做着思想文化方面的开创性和奠基性工作。具体而言，库柏构建的海洋文化大体包括海洋商贸文化、船舶文化、捕鲸文化、海上战争文化等方面。

首先，库柏在小说中积极构建美国的海洋商贸文化。在库柏创作的 10 多部海洋小说中，半数作品都设置了美国海洋国际贸易发展的情节，例如，《海妖》是关于18 世纪的国际走私贸易，而《海上与岸上》是关于国际贸易活动。从某种意义上讲，海洋文化与海洋经济活动是相互依存、相互发展的关系，海洋文化孕育了竞争和冒险等商业精神，而海洋贸易同时又促进了海洋文化的繁荣发展。库柏在众多海洋小说中设置海洋贸易的情节，其实是试图构建本质上是商业性、牟利性和竞争性的海洋文化。

就主题而论，《海妖》虽然再现了18 世纪北美殖民地人民为摆脱英国对殖民的经济封锁和经济压迫而进行英勇的斗争，但《海妖》也从另一个侧面反映了18 世纪初殖民地海上走私贸易的繁荣景象。其中海上走私贸易的盛况是通过海洋文化的创造者和传播者——船员或水手——的海上走私活动来体现的。从《海妖》中纽约商人同走私分子、小说主角汤姆·蒂勒和史德瑞芙特交易的货物来看，有远东的象牙、比利时梅希林花边、意大利托斯卡纳区的绸缎、来自非洲的鸵鸟羽毛、西班牙的商品；另外，纽约的商人们喝的是产自中国福建武夷山的武夷茶。由此可见，18 世纪

[①] 曲金良.1999.海洋文化概论.青岛：青岛海洋大学出版社，10-14；广东炎黄文化研究会编.1997.岭峤春秋——海洋文化论集.广州：广东人民出版社，12，65-66，349-350.

北美殖民地彼时的海外贸易商品琳琅满目，五花八门，种类繁多，数不胜数。库柏在《海妖》中所描述的 18 世纪美国海外贸易的恢宏图景，说明 18 世纪殖民地时期美国的海外贸易具有开放性特征，贸易路线也四通八达，美国人同外国的联系和交往已经比较广泛，美国的海外市场拓展能力和商业竞争水平都比较强，殖民地海外贸易活动已经达到一个较高的层次和水平。

如果说《海妖》再现了 18 世纪前半叶美国海外贸易的情况，那么《海上与岸上》则展示了 18 世纪末 19 世纪初美国海外贸易的全部恢宏图景。迈尔斯穿越东西两个半球、横跨太平洋和大西洋的三次远洋航行，正是 19 世纪前半叶美国恢宏的海洋国际贸易的缩影。此外，库柏的太平洋小说《火山口》也是关于"利润非常丰厚"[①]的美国太平洋贸易的盛况，尤其是 18—19 世纪中美之间的檀香木和茶叶贸易。

库柏在《海妖》、《海上与岸上》和《火山口》等海洋小说中频繁地讨论殖民时期以来到 19 世纪初期美国海外贸易的盛况，给读者传递这样的一个清晰的信息：美利坚民族自殖民时期以来，就已经形成了涉海性、开拓性、商业性、竞争性浓厚的海洋商贸文化。《海妖》中的"海妖号"船长蒂勒就是一个典型例子，他具有强烈的海洋禀性，是纽约长岛的原住民，天生就是大海之子，长期在大海上从事商贸活动。如同《海妖》中的女扮男装的女主角史德瑞芙特的名字符号"Seadrift"所蕴含的文化意义那样，美利坚民族，无论男女，皆是一个与大海共生共荣、休戚与共的民族，这个民族的成员开拓竞争意识浓厚，这种面向大海、崇尚竞争的商贸文化已经渗透到民族意识的最深处，以至于在《海妖》的结尾，尽管史德瑞芙特已经找到自己失散多年、现为纽约商业大亨的父亲，但她还是义无反顾地选择同蒂勒一起回归茫茫大海。

库柏在《海妖》和《海上与岸上》等小说中所描述的美国自 18 世纪殖民时期以来到 19 世纪初美国海外贸易的盛大图景，是对 19 世纪法国著名的政治家托克维尔在考察美国社会发展状况时得出的结论的有力印证。托克维尔在《论美国的民主》一书的英文版中对美国人的海洋属性、美国人的商业天赋以及美国海洋贸易的盛况做了精辟的论述：

> 无论何时，美国人都显示出一种对大海无比执著的态度。……今天，美国人自己把欧洲十分之九的产品运送到美国的港口，同样又是美国人自

---

① Cooper, J. F. 1861. *The Crater; or, the Vulcan's Peak: A Tale of the Pacific*. New York: W. A. Townsend and Company, p. 315. 后文中的引文皆出自此小说版本，将随文标注引文出处页码。

己把新世界四分之三的产品运送到欧洲的消费者那里。……美国商人不仅在自己的国土上竞争，还在外国的国土上同外国人竞争，并且在竞争中占优势。……像英国一样，他们将成为其他国家的商务代理人。（Tocqueville，2010：637-644）

库柏的海洋小说通过描绘美国海洋贸易的盛况，通过刻画和塑造一个个像蒂勒和史德瑞芙特一样对大海无比执著的美国水手形象，从而宣扬本质上是商业性、开拓性、竞争性和扩张性的美国海洋文化。库柏在海洋小说中建构的具有上述特征的海洋文化，正是美国成为海洋大国和海洋强国的关键秘密所在。

其次，库柏在小说中积极构建船舶文化。作为海洋小说构成要素——水手、船只、大海、岛屿——中的重要一环，舰船通过在茫茫无定的流动空间——大海——上的移动，不仅自动参与海洋文化的筑构，而且也成为海洋文化的承载体和传播者。在典型的海洋小说中，船只的大小、结构等特征，都具有重要的象征意义。从这个意义上讲，库柏小说中出现的众多舰船，既自动生成海洋文化符码，同时不断积极参与海洋文化的传播和流通。

库柏的海洋小说中出现的各式舰船如同船舶世界展览会，种类繁多，五花八门。粗略统计下，有走私船、纵帆船、三角轻帆、双桅帆船、巡洋舰、平底驳船、捕鲸艇、独桅快艇、虎艇、小快艇、舰载大艇、大平底船、单座艇、大舢板、战列舰、快速舰等。这些船只在库柏筑构的海洋文化符码里，究竟有无深远的指示意义或象征意义呢？事实上，这些舰船在库柏构筑的海洋文化体系里至少具有三层意义。

第一，这些舰船是 18—19 世纪美国开拓性、商业性、竞争性的海洋商贸文化的一个有力佐证和补充。库柏在《红海盗》《海妖》《海上与岸上》等小说中都呈现出美国造船业发展的恢宏图景。《红海盗》中纽波特港里"铁锤、斧头和锯子的声音此起彼伏，不绝于耳"（18），造船技术也堪称一流，因为"正在海港里建造的船只被确信是所有现存的大小比例匀称的海军舰船中最稀有的那种船只"（19）。《海妖》中纽约港里"森林般高耸的桅杆，延绵数英里的码头"以及"冒着浓烟、忙忙碌碌的"船舶"拥挤在海港里"（8）。《海上与岸上》中男主角迈尔斯几次远洋航行时乘坐的"约翰号""底格里斯号"等排水量更大的、更适合远洋贸易的大船都是美国制造，它们都是"当时美国最好的船只之一"（Cooper，1861：91）。当法国人托克维尔于 1831年 5 月到达美国考察美国民主状况时，他见证了美国造船业的辉煌，"自从美国独立后，美国船只数量的增长同人口增长速度一样快"（Tocqueville，2010：638），以至于勒阿弗尔港和利物浦港等欧洲各大港口泊满美国的船只（Tocqueville, 2010: 639）。法国人对美国商船发展的赞赏，从一个侧面反映了美国人具有强烈的开拓性和进取精神，而这正是库柏极力在小说中宣扬和传播的。

第二，库柏小说中的舰船，不仅是"美国之舟"的完美象征，同时也是美利坚民族精神和民族文化的重要载体；这艘"美国之舟"，虽然被冠以不同的名字，具有不同的外形和规格，譬如"阿瑞尔号""海豚号""海妖号""危机号""黎明号"等，但有一个特征始终如一，它们始终是美利坚民族追求独立、自由、开拓、冒险和扩张的美国精神的完美象征。

第三，通过一艘艘美国舰船在大西洋、太平洋、印度洋等世界各大洋上的大范围移动，即美国的人、船、货物、资本在世界范围内的流动，从而在浩瀚的世界大洋上留下美国人的移动轨迹，进而营造出美国人在海洋上无所不在的存在感，从而为美国人对海洋空间（包括陆地空间）的占有和控制奠定了必要的基础。从这个意义上讲，那些商船、战舰和捕鲸船不仅自动生成了征服扩张的海洋文化符码，而且也向世界积极传播了霸权扩张的帝国主义文化，因为它们正是霸权主义的排头兵。

再次，库柏在小说中着力构建嗜血征服的捕鲸文化和殖民扩张文化。库柏在《领航人》《火山口》甚至《海狮》等海洋小说中描绘的捕鲸情节和背景，呈现嗜杀鲸鱼、海狮以及海外殖民扩张等情景，从而在意识和文化的层面宣扬血腥的捕鲸文化和掠夺征服的帝国文化，这同海洋文化的本质是同质同源的。库柏在海洋小说中极力打造捕鲸文化，历史地再现了捕鲸业发展盛况，这主要是通过《领航人》中"汤姆长子"家族辉煌的捕鲸经历来呈现的。"汤姆长子"名叫汤姆·科芬（Tom Coffin），在"南塔基特的浅滩区出生"，他的家族世世代代从事捕鲸业，因此他父母双方家族"打过的鲸鱼比岛上所有的人打的加起来还多"。他的捕鲸历史也极为辉煌，"青年时代大部分时间都是在捕鲸中度过的"，不仅"已经杀死整整一百条鲸鱼"（204），并且还"参加捕杀过两百条鲸鱼"（206）。汤姆对大海和鲸鱼的渊博知识和搏击风浪的丰富经验为他赢得了"汤姆长子"的美名。库柏以科芬家族的捕鲸叙事来借指美国18—19世纪捕鲸业发展盛况的宏大叙事，透过科芬家族的捕鲸历史，我们可以窥见美国壮观的捕鲸产业文化。事实上，科芬家族生活的南塔基特岛，正是美国捕鲸文化的发源地。南塔基特是马萨诸塞州的一个海岛，由于其近海的优越位置，南塔基特很快确立了其在美国捕鲸产业中的领导地位。根据《美国海洋史》的记载，18—19世纪时南塔基特是美国第一大捕鲸港口，到1730年其船队已经超过25艘，到18

世纪中叶，南塔基特垄断了抹香鲸产业，其产量在独立战争前占到美国抹香鲸产量的三分之二（Labaree，1998：104-105）。从《领航人》中的船上官兵和水手们把科芬"对海上大小事情的意见都当作神谕"的顶礼膜拜态度，我们可以推测美国人不论官方还是民间都对捕鲸文化高度推崇。毫无疑问，汤姆作为美国捕鲸产业的从业者，不仅参与书写了美国捕鲸业辉煌的历史，同时也参与传播了美国捕鲸文化。

捕鲸文化的本质就是商业性和征服扩张性。19 世纪美国捕鲸业之所以繁荣至少具有两个重要原因。一是捕鲸业是一个巨大的、利润丰厚的产业。鲸鱼油用途非常广泛，最重要的是用来照明和做润滑剂。总之，正在城镇化和工业化道路上前进的庞大的美国机器的各个部件都要依靠鲸鱼油来润滑，因此捕鲸业成为重要的支柱产业。在《领航人》中，当汤姆第一眼看到一条露脊鲸时，他用"大油桶"来描述这条鲸鱼（185），当他因任务在身而无法获得被他杀死的鲸鱼时，他更多的是想到他的战利品可能给敌人提供"鲸油"（190）。二是捕鲸同美国的扩张精神是紧密契合的，即二者都宣扬掠夺扩张的精神。19 世纪是美国霸权扩张的重要时期，美国霸权扩张的政治文化氛围浓厚，西部领土扩张也在 19 世纪中期达到一个高潮，美国从墨西哥手里攫取了德克萨斯、俄勒冈和加利福尼亚等大片土地。

事实上，库柏在小说中建构的是商业性、嗜血性、征服性的捕鲸文化，对美国的海洋文化书写产生了重要的影响，以至于像麦尔维尔等后来的美国海洋小说家，不断从库柏这里继承他的海洋文化遗产。库柏对南塔基特所代表的美国捕鲸文化的宣传推介，为麦尔维尔的捕鲸叙事作品《白鲸》中关于美国捕鲸业的恢宏书写奠定了重要的基础。麦尔维尔在《白鲸》中也强调南塔基特（小说中译为"南塔开特"，笔者注）在美国捕鲸业中的重要地位：

> 南塔开特终究是它[捕鲸业]的伟大的发源地——是这个迦太基的泰雅；是人们把第一只美洲的死鲸拖上岸来的地方。那些土著的捕鲸者，那些红种人，最初坐独木舟飞去追击大鲸，不就是从南塔开特出发的吗？还有别的什么地方有过这样的事呢？而且，那第一批冒险驶出的单桅帆船……除了从南塔开特出发，还有什么地方呢？（麦尔维尔，2007：7）

麦尔维尔强调南塔基特作为美国捕鲸业的伟大发源地，他还把南塔基特人与生俱来的征服和扩张的海洋秉性刻画得淋漓尽致：

> 这些海洋的隐士，他们象那许多阿力山大王一样，把水族世界侵占与

征服了，不断地瓜分了大西洋、太平洋和印度洋的利益，正如三个海盗国瓜分波兰一般。……这个水陆世界的地球可有三分之二是属于南塔开特人的。因为海洋是属于他们的；他们拥有海洋，犹如皇帝拥有他自己的皇土；别国的水手不过有一种通行权而已。……[南塔基特人]把海洋当作他们的特有的农场往复地耕耘着。那里是他们的家；他们的事业就在那里，…… 他们住在海上，犹如野雏生活于大草原中；他们隐伏在惊涛骇浪中，他们攀登巨浪，一如羚羊猎户攀登阿尔卑斯山。多少年来，他们不知道有陆地……（麦尔维尔，2007：60-61）

麦尔维尔甚至也借鉴了库柏的海洋小说中的人物塑造模式。在《领航人》中，南塔基特人汤姆•科芬的致命武器鱼叉，"不论天气好坏都带在身边"（185），而《白鲸》中的魁魁格，无论何时何地，甚至包括睡觉时，他的标枪都寸步不离。因此，库柏小说中所构建的征服扩张的捕鲸文化，被麦尔维尔毫无保留地继承。而这一文化也在帝国征程中不断被发扬光大，野心勃勃的帝国扩张者，像《领航人》中的科芬和《白鲸》中的亚哈一样，无论是有主鲸还是无主鲸，统统成为他们掠夺攫取的目标。他们打着"天命论"的虎旗，"不断地瓜分了大西洋、太平洋和印度洋的利益"（麦尔维尔，2007：60），成为帝国征服扩张的排头兵。

最后，库柏还在海洋小说中构建海上战争文化。他在海洋小说或非小说类作品中通过构建浪漫且富有吸引力的战争文化，宣扬掠夺性和征服性的海盗文化。从18世纪下半叶到19世纪上半叶，为了赢得国家的独立和民族解放，美国进行了无数次艰苦卓绝的战争：1775—1783年美国独立战争、1812—1815年第二次英美战争，美国同北非诸国的战争等。除陆地战线之外，美国人民还在大海上同敌人进行了殊死的战斗。在海上战争中涌现出许多可歌可泣的美国英雄，因此美国文化历史学家把1775—1815年这段时期称为"海洋英雄时代"。库柏的海洋小说，正是引领我们走近"海洋英雄时代"的重要通路，因为他的海洋小说历史地再现了波澜壮阔的海上战争历史。库柏的海洋小说三部曲中的前两部《领航人》和《红海盗》都是关于美国独立战争时期殖民地人民同大英帝国的海战历史叙述，第三部《海妖》则描写了18世纪初殖民地人民如何反抗英国对殖民地的海洋经济封锁；《海上与岸上》则描述了18世纪末殖民地商船队（私掠船）如何突破英国、西班牙等欧洲诸国的海上封锁，开展商贸活动。此外，作为职业军人的库柏在《美国海军史》中传播美国海军的历史知识。库柏在这些海洋文学作品中构建浪漫且富有诱惑力的战争文化，例如，他在小说中塑造浪漫而传奇的海洋英雄形象，弘扬个人英雄主义和爱国主义精神，描绘刺激而冒险的海战场景。《领航人》创作的首要目的是展示海上战争英雄的光辉形象。在《领航人》的英文序言中，库柏表达了重现海洋"英雄时代"的壮阔图景的愿望，因为他说"小说中许多人物形象来源于独立革命时期英雄们的英雄气概"（Cooper，1832：6-7）。为此，库柏为了凸显英雄形象而在小说中设置了浪漫的战争情节：以琼斯为代表的 3 名年轻的海军军官为主要力量的美国海军，孤军纵深挺进英国的前沿，展开似乎是不可能完成的任务。然而，行动最后竟然不可思议地取得了成功。根据库柏的女儿苏珊·库柏对小说渊源的考证，《领航人》的主要情节源于美国海军英雄约翰·保罗·琼斯极具传奇色彩的海战经历[1]。小说中的领航人形象就是在约翰·保罗·琼斯原型的基础上塑造的[2]。犹如古希腊的第一武士阿基里斯（Achilles）一样，领航人崇尚个人英雄主义，喜欢冒险，激情似火，且不乏浪漫。与人物的浪漫气质相吻合，整部小说中的恐怖的战争场景弥漫着浪漫的气息，而且也不缺少迷人的元素，例如血淋淋的战场上有多名靓丽的美少女，轰隆隆的战舰上有情人的呢喃细语，甚至还有婚礼仪式等，使海上战争看起来充满浪漫迷人的情调。

除了英勇的领航人，库柏还塑造了许多具有鲜明海洋属性、具有浪漫主义色调的英雄形象，例如，《领航人》中的汤姆·科芬，《红海盗》中的海德格尔船长以及《海妖》中的汤姆·蒂勒等人。特别需要强调的是，这些海上英雄不只有男性，还包括女性，例如，《领航人》中的女主角塞西莉亚，她"对海水有根深蒂固、不可动摇的癖好"；《海妖》中的史德瑞芙特的名字"Seadrift"就预示了她同海洋的共生性；《杰克·蒂尔》中化身为杰克·蒂尔、在大海上漂泊 30 年的玛丽也为其一。库柏不仅突破了传统海洋小说中男性形象一统天下的程式化模式，同时也为包括男女老幼在内的美国人的海洋文化秉性做了充分的脚注。需要强调的是，小说中海洋英雄人物的悲壮命运，特别是汤姆·科芬和"红海盗"海德格尔等人的悲壮命运，也是同海洋文化的本然性、壮美性和崇高性密切联系。大海的崇高和俊美，以及人类生命体的崇高，在科芬和海德格尔悲壮的死亡中得到了淋漓尽致的展现。人类的生

---

① 苏珊·库柏说，"约翰·保罗·琼斯乘坐'漫游号'匪夷所思地成功突袭怀特海芬和圣玛利岛，预示了《领航人》的故事情节"，See Cooper，S. F. 1865. *The Cooper Gallery；or Pages and Pictures from the Writings of James Fenimore Cooper*. New York：James Miller，p. 73.

② 约翰·保罗·琼斯（1747—1792）在英美海战中成为民族英雄，关于琼斯其人，See Labaree，W. William Fowker，Jr. and Edward Sloan，et al. 1998. *America and the Sea：A Maritime History*. Mystic，Connecticut：Mystic Seaport Museum，pp.148-151；另见安德鲁·兰伯特. 2005.风帆时代的海上战争. 郑振清，向静译. 赵楚校. 上海：上海人民出版社，135.

命源于海洋，人类的文化也源于海洋，海洋的浩瀚无穷、渺渺无垠和海纳百川的巨大能量，都使得人类视海洋为生命本能的对应物。科芬和海德格尔身上拥有的"硬汉子强人精神，其崇尚力量的品格，其崇尚自由的天性，其强烈的个体自觉意识，其强烈的竞争冒险意识和开创意识，其悲剧意识，其激情与浪漫，其壮美心态等"（曲金良，1999：14），无不体现了海洋文化的本然性和壮美性，也体现了人类生命的崇高和壮美。

库柏对战争文化的浪漫书写还体现在他对海盗文化的推崇备至和积极渲染。《红海盗》中的海德格尔是一名"无法无天的""残忍的""穷凶极恶的"海盗头目（26），因为乘坐过他的船的人没有人能幸运地活着回来，因此他和他的海盗船被人们称为凶残的"红海盗"（27）。《海妖》中的汤姆·蒂勒也是一名令人闻风丧胆的海盗头目，他和他的海盗船像幽灵一样在大海上神出鬼没。然而在库柏的笔下，穷凶极恶的海盗头子海德格尔和蒂勒竟然转变成了美国独立解放事业中的民族英雄，掠夺性、征服性的海盗文化竟然变成了民族主义和英雄主义的催化剂。

库柏建构的海洋军事文化在《美国海军史》中展露无遗。库柏的《美国海军史》以军人的视角论述了截止到1815年英美海战结束时年轻的美国海军的成长史，并介绍了舰船、炮火的配置、第二次英美海战的详情，以及对美国海军的重要影响。库柏站在海军战略的高度，以军人的视角和作家的笔触，极为出色地完成了《美国海军史》的撰写工作。库柏以海军战略发展的眼光来审视美国海军发展历程，并在作品中鼓吹海军强国思想意识，在一定意义上为后来美国海军战略的发展"领航"指路。正如他在《美国人的观念》第二卷中极力宣扬的那样，要让美国海军舰队"毫无畏惧地以任何一种方式，迎接地球上最强大国家的挑战"[①]。库柏19世纪中叶前对美国海军力量的热切展望，得到了美国政客和军人的积极而热烈的响应，19世纪末，艾尔弗雷德·马汉（Alfred Mahan）吹响了狂热的"海权论"号角，美国从此全面跨出向世界海洋进军的扩张步伐。

总而言之，在库柏的众多海洋小说中，血淋淋的海上战争场景被浪漫而刺激的画面所掩盖，在他的笔下，残酷的战争似乎变得浪漫多彩，海上战场似乎变成年轻人充满激情的冒险乐园，变成了检验个人英雄胆识、征服别人、实现生命的壮美和崇高价值的最佳场所；在他笔触之下，掠夺性、征服性的海盗文化变成海洋民族主

---

① Cooper，J. F. 1850. *Notions of the Americans：Picked up by a Travelling Bachelor*，2 vols. New York：Stringer & Townsend，II. p. 87. 后文引文皆出自同一著作，随文标注引文出处页码。

义的助推剂。因此，加入海军，投入海战，对极富浪漫和冒险精神的美国年轻人来说极具诱惑力和吸引力。从这个意义上讲，库柏在小说中构建和弘扬的本质是征服扩张的战争文化，这深深影响着美国的政客们，影响着一代又一代美国人，使他们对海战着迷，如同战争文化学专家范克勒韦尔德（Matin van Creveld）所说那样，他们继而变得"喜爱战争"，并"热切地期盼战争、展现战争"（范克勒韦尔德，2010：108），变得迷恋海洋，从而迈向征服世界大洋的步伐，就像当年他们的先辈征服西部边疆一样。

二、"看不出更多的陆地有什么用"

库柏是 19 世纪前半叶美国作家中把大海同文学创作紧密关联，并在作品中弘扬海洋文化、强调美利坚民族的未来与海洋休戚相关的作家。库柏认为美国的发展同大海具有紧密的联系和很深的渊源，美国的国民性格天生就是海洋性的，注定美国未来必将成为海洋大国。

为了凸显美国作为海洋大国的发展定位，库柏在小说中着重凸显美利坚民族的海洋秉性。美国的海洋传统源远流长。从 15 世纪以来，欧洲人为了殖民和瓜分世界而开辟海上大通道，由此发现了美洲大陆；17 世纪，马萨诸塞湾殖民地和詹姆斯敦殖民地建立；18 世纪，沿大西洋建立 13 个殖民地。美利坚民族在长期的生产生活实践以及对外交往中，形成了同海洋、湖泊、港城和舰船之间的长期互动，在此过程中创造了海洋文化，并使得海洋属性成为多元的美利坚民族属性中的一种。对此，库柏在《美国人的观念》第一卷中明确强调了美国人的海洋性格特征："美利坚民族的习性和追求比任何民族都具有更强的海洋属性（12）"。为了充分地表达美利坚民族具有天生的海洋民族习性这一观点，库柏在多部海洋小说中塑造了美国人这一海洋禀性，如小说《领航人》中的汤姆·科芬、《红海盗》中的海德格尔和王尔德、《海妖》中的蒂勒船长等人物。《领航人》中的汤姆·科芬在大海上出生，他对大海的感情极其深厚，"[他]是个水里生浪里长的粗人，对[他]来说，只要有个小岛种点蔬菜，晒点鱼干就行了，[他]怎么也看不出更多的陆地有什么用"（11）；汤姆·科芬也是一个捕鲸好手，可以说他一生都以捕杀鲸鱼为业，以嗜杀鲸鱼为荣耀，并且有着令人无比钦佩的捕鲸历史，"已经参加捕杀二百条鲸鱼"（206）。《红海盗》中王尔德"一出生就在大海上"，"离开海洋就像离开呼吸的空气一样"（226），他"早日的记忆同大海密不可分"，认为"自己不属于陆地上的人"（227）；"红海盗"头目海德格尔的海洋秉性也非常鲜明，"海洋就是他的国家，30多年来几乎一直在大海上度过"（462）。《海妖》中的蒂勒船长则是位于纽约市东南的岛屿——长岛的原住民。对于这些美国水手来说，海洋就是他们的家园，蓝色的大海就是他们休憩的港湾，而自由和冒险精神则是他们天生的秉性。

从以上水手的群像来看，他们都具有大海性格，对大海的感情笃厚，对祖国忠贞不渝，对陆地无比反感等。因为他们是大海之子，所以崇尚自由冒险精神；因为他们反感陆地，所以才会放弃边疆而投身于大海，热衷于捕鲸和海上商贸等海洋生产活动。其实，库柏在海洋小说中塑造这些栩栩如生、个性鲜明的具有典型海洋属性的水手形象，试图表达这样一个观念：美利坚民族同大海的渊源是与生俱来的，美利坚民族的海洋属性是自然天成的，美国从根本上讲是一个海洋大国。库柏想要强调的是，美国人的海洋历史，如同汤姆·科芬、王尔德、海德格尔等众水手的航海历史一样，充满了自由、冒险、荣耀和辉煌，美国国民性格也应该是富于冒险性和争斗性的，美国人的精神应该是博大自由的。

库柏在作品中着力刻画具有海洋秉性的人物群像，必定使读者印象深刻。如此一来，在继承美国海洋传统和海洋属性并立足于大海的基础上，美国定将成为未来的世界海洋大国和海洋强国。他在《美国人的观念》第二卷中大胆地宣称："在几年内，这个年轻的共和国在选择对手时不会再小心谨慎，再过几年，她能够毫无畏惧地以任何一种方式，迎接地球上最强大国家的挑战。"（87）无独有偶，法国人托克维尔同库柏一样，他认为美国人"总有一天会成为地球上的第一海上强国"，美国人"生来就是统治海洋的"（托克维尔，1991：474）。

站在今天的历史时点回望，作为作家的库柏和作为思想家的托克维尔的观念是如此惊人的相似，而且他们的思想竟然如此具有前瞻性。

三、海洋民族主义与国家认同

库柏的海洋民族主义的另一个表现是库柏创作了大量表现美国独立战争或以战争为历史背景的海洋小说，并在小说中刻画塑造许多海洋英雄形象，宣扬海洋民族主义，弘扬海洋英雄主义。在这些以争取美利坚民族独立自由、以摆脱英国的殖民压迫和统治为背景的小说中，最具有代表性的是海洋三部曲《领航人》《红海盗》《海妖》中的海洋英雄主义行为。库柏在这些小说中塑造了许多具有大无畏的革命英雄主义气概和富有海洋性格的美国英雄水手的光辉形象。这些美国水手的性格特征，为美国的海洋大国的形象和身份做了充分的脚注，从而为民族意识的形成和国家认同做了充分的铺垫。

海洋三部曲之一《领航人》是库柏的第一部海洋小说，同时也是美国文学史上第一部海洋小说。小说以美国独立战争为时代背景，刻画了一群为争取美国独立解放而不畏艰难险阻、英勇作战并勇于牺牲的美国普通水手和下级军官的英雄群像。在小说的序言中，库柏表达了要充分弘扬美国海洋英雄主义传统来传播海洋民族主义的愿望，"作者想表达自己的遗憾之情，那就是独立战争时期一大部分美国海军的大胆而有益的服役竟然还深埋于历史中，不为世人所知。……小说中许多人物形象来源于独立革命时期英雄们的英雄气概"（Cooper，1832：6-7）。库柏之所以感到遗憾，大概因为在他之前尚无人在文学作品中专门对美国的海洋英雄主义精神歌功颂德，因此他认为有必要把湮灭于历史中的海洋英雄主义素材发掘出来，并进行颂扬，因此他在小说序言中就旗帜鲜明地亮出了小说的主旨：弘扬海洋英雄主义精神。在这部弘扬海洋英雄主义且"扩大了爱国主义的主题"（宋兆霖，1982：42）的小说中，库柏塑造了一群美国水手和普通军官的英雄形象，如领航人格雷、"汤姆长子"、巴恩斯泰伯等。值得一提的是，格雷的人物原型正是美国独立战争时期的海军英雄汤姆·琼斯船长，他为新生的美国赢得了第一次海军作战的胜利（兰伯特，2005：216）。随着故事的不断推进，我们渐渐了解了格雷的英雄事迹。在小说第十四章里，海军英雄的光辉形象跃然纸上，"我之所以离开这个国家，是因为我在这里只看到压迫和不义"（145）。通过库柏的描述，一个富有正义感、不畏英国强权奋起反抗的美国海军英雄形象顿时呼之欲出。小说中"汤姆长子"在同大英帝国的战舰激烈交火中视死如归、忠于大海，并同战舰"阿瑞尔号"共存亡的高昂英雄气概，相信已经感染了许多美国人，同时也使他们深刻地铭记了汤姆·科芬为民族独立解放事业而捐躯的海洋英雄主义行为。

在海洋三部曲之二《红海盗》中，库柏塑造了与《领航人》中的格雷、汤姆·科芬相似的海洋英雄，如海德格尔、王尔德等人物形象。其中绰号叫"红海盗"的逃犯、民族英雄海德格尔在大海上展开了一场为摆脱英国的殖民统治和剥削压迫而争取独立自由的斗争，他那高大伟岸的英雄形象也一定使广大读者印象深刻。小说最后一章中"红海盗"海德格尔在摆脱英帝国殖民统治、争取美利坚民族独立解放的海战中，英勇杀敌，最后光荣负伤，生命垂危。然而即使是在生命的最后一刻，他仍然对祖国和民族的独立解放事业矢志不渝：

以一种超凡的力量，他从担架上站起来，双手举过头顶，他在面前垂下那面星条旗……他像以前那样骄傲自豪。

"王尔德"，他再次歇斯底里般大笑着喊道，"我们胜利了！"然后他往后一倒，一动也不动了……（522）

这样，"红海盗"所具有的为民族独立和解放事业奋斗终生的光辉形象，就成为了库柏海洋小说中经典的英雄形象之一。

在三部曲之三《海妖》中，美国的海洋英雄形象和英雄主义精神也得到充分的展示。在《海妖》中，库柏塑造了一群为了建立独立自主的美国商贸体系而同英国殖民者进行英勇斗争的海上英雄，歌颂了他们独立自由的精神以及反抗英国殖民统治的英雄气概。在小说的故事叙述中，北美殖民地的海上贸易完全受制于英帝国殖民者，"海妖号"在船长蒂勒的带领下，从事海上走私贸易活动，反抗英国对殖民地的经济封锁和贸易束缚。小说中"海妖号"商船在船长蒂勒以及史德瑞芙特等水手的娴熟驾驭下，犹如一个精灵，神出鬼没，行踪缥缈，在同代表大英帝国至高权威的皇家军舰——"征服号"的追逐和反追踪中，灵巧轻盈，机动敏捷，常常戏弄英国皇家海军军舰，成为美国摆脱英国对殖民地的压迫和社会不公的完美象征。从某种意义上讲，"海妖号"不是一艘船，而是美国独立自由精神的象征，是北美殖民地人民在反抗英国对殖民地残酷和高压统治的斗争中不屈不挠、英勇斗争精神的完美化身。

由此可见，海洋三部曲《领航人》、《红海盗》和《海妖》等库柏的早期海洋小说在建构美国民族精神气质的同时，也讴歌了美利坚民族的海洋英雄主义气概。在这个过程中，海洋成为美国民族主义的展示平台，海洋民族主义和英雄主义成为美利坚民族认同和民族凝聚力的强力纽带与核心支柱。在18—19世纪美利坚民族的国家意识尚未完全形成的背景下，库柏小说中塑造的人物形象，无疑为人们认识美利坚民族提供了认知基础。小说人物不仅帮助呈现栖居在美洲大陆上的美利坚民族的形象和他们的性格特征，而且也为美国树立海洋大国的形象和地位做了充分的脚注，从而为民族意识的形成和国家整体认同做了充分的渲染和铺垫。

第三节 "独立国家"身份的界定

在19世纪上半叶美国民族自立背景下，库柏的海洋小说不仅鼓吹海洋民族主义，构建扩张性、掠夺性、竞争性的美国海洋文化，事实上他的海洋小说还以特别的叙事设置隐喻式地参与民族国家身份建构的进程, 对诸如独立还是附属、美国身份的"合法性"等问题展开深入探讨, 这为促进美利坚民族认同和国家身份确立奠定了重要基础。

一、独立还是附属:《领航人》中民族身份的历史隐喻

库柏于 1824 年发表了第一部海洋小说《领航人》, 从而奠定了他作为美国海洋小说创始人的重要地位。小说背景设置于美国独立战争期间, 故事主要围绕殖民地海军官兵对住在英国海岛上的英国贵族发动突袭行动展开, 小说最后以美国获得独立革命的胜利而结束。评论界对这部小说的探讨围绕民族主义和历史叙事等主题展开[①]。事实上, 这部小说试图探讨的另一个主题是伦理身份问题。在小说中, 独立战争使小说人物处于伦理混乱状态, 男女主角因此均陷入一个纷繁交织的伦理关系网之中。因此, 从文学伦理学批评的视阈来阐释小说, 尤其是人物之间的伦理关系和伦理身份等问题, 具有一定的合理性。文学伦理学批评的倡导者聂珍钊教授在《文学伦理学批评: 基本理论与术语》一文中论述说:"从文学伦理学批评的观点看, 几乎所有的文学文本都是对人的道德经验的记述, 几乎在所有的文学文本的伦理结构中, 都存在一条或数条伦理线 (ethical line), 一个或数个伦理结 (ethical knot or ethical complex)。"(聂珍钊, 2010: 20)一个特定小说文本常常有多条伦理线索同时并存, 故事的发展正是围绕这些伦理线索展开。而在这些纷繁复杂的伦理线中, 存在一条"伦理主线"(聂珍钊, 2010: 21), 它主导着小说情节的发展。就《领航人》而言, 小说中至少存在两条伦理线: 其一, 北美殖民地为争取独立自由同宗主国英国进行的独立战争, 围绕这场战争的性质, 殖民地和宗主国之间展开激烈的军事和政治交锋, 这条伦理线是伦理主线, 它主导着小说情节的发展, 但它是隐性的。其二, 小说中的长辈霍华德同晚辈格里菲思、塞西莉亚等人之间的伦理冲突和矛盾, 这条伦理线是显性的。随着独立战争的进展, 小说人物之间的伦理关系和人物的伦理身份也随之改变, 不过伦理身份的认同过程中始终伴随着伦理两难问题。如果把小说人物所遭遇的伦理两难问题置于独立战争之前宗主国英国与殖民地关于殖民地属性和地位的思想论争的历史语境中, 就不难看出《领航人》通过设置人物伦理身

---

① Philbrick, T. 1961. *James Fenimore Cooper and the Development of American Sea Fiction*. Cambridge: Harvard UP, pp. 43-49; Nelson, P. D. 1977. James fenimore cooper's maritime nationalism, 1820-1850. *Military Affairs*, Vol. 41, (3); 129-132; 段波. 2011. 库柏小说中的海洋民族主义思想探析. 外国文学研究, (5); 99-106.

份问题，试图从更高的层面艺术地再现殖民地人民在建国前所面临的身份问题，因此，小说人物伦理身份认同的过程，本质上正是殖民地人民构建美利坚民族身份过程的历史隐喻。

在《领航人》的故事情节中，男女主角均处于一个错综复杂的伦理关系网之中，形成个体与国家、个体与个体之间的伦理关系，两个层面的伦理关系相互交织，相互缠绕，从而赋予人物复杂多元的伦理身份。

小说主要人物的身份和相互之间的关系错综复杂：霍华德上校是殖民地土生土长的贵族，在政治上属于保守的托利党，在独立战争中他亲英反美，最终离开殖民地，回到英国；格里菲思是霍华德的侄儿辈，其父是英国皇家海军，但他却是殖民地的反英中坚力量，在霍华德上校眼中，他是"背叛国王和祖国的逆贼"（58）；标题人物"领航人"格雷属于地道的英格兰人，是一名皇家海军军官，但是在独立战争中亲美反英，成为英国人眼中最大的叛徒；英国贵族艾丽斯是领航人的爱人，对英王无比忠诚，但她同时又对敌国美国无限憧憬和向往；塞西莉亚是霍华德上校的侄女，但是在独立战争中她拥戴美国，同叔叔形成敌对关系。从以血亲关系为基础的身份上看，霍华德与塞西莉亚和格里菲思等人属于叔父与侄女（子）的伦理关系；但从以集体与社会关系为基础的关系上看，他（她）们却属于敌我矛盾的伦理关系。从以属地主义为基础的身份上看，霍华德、格里菲思、塞西莉亚都属于"美利坚人"[①]；但从血缘关系上看，他（她）们都属于英国人；领航人和艾丽斯属于情侣关系，但这对恋人因对独立战争持有截然不同的政见而形同敌人。因此，不仅小说人物的伦理身份多元而复杂，而且人物之间的伦理关系也是纷繁交织。

这些人物关系从伦理层面来看可以分为两类：个体与国家之间的伦理关系和个体与个体之间的伦理关系。从个体与国家之间的伦理关系来看，由于战争的缘故，小说男女主角均面临着是忠诚祖国还是背叛祖国和家园的严峻伦理道德的危机。霍华德上校为了向英国表忠心而背叛自己土生土长的北美殖民地，领航人背叛英格兰而加入殖民地的反抗英国的阵营中，艾丽斯因向领航人通风报信而背叛了英国，格里菲思和塞西莉亚等人则拿起武器反抗自己的祖国，捣毁父辈建立的旧家园。在欧美国家的伦理道德传统中，背叛他人、背叛社会集体通常被认为是极其可耻的和不

---

① 在美国独立之前，殖民地居民由于共同的价值认同和共同居住地域而逐渐形成了"美利坚人"（American）的观念，它区别于当时作为"欧洲人"的英国人，但这一称谓至少在 18 世纪 60—70 年代不具备严格的民族学意义。李剑鸣. 2002. 美国通史第一卷：美国的奠基时代 1585—1775. 北京：人民出版社，515-522.

可饶恕的行为，《圣经》（The Bible）中亚当夏娃因背叛了上帝而被逐出伊甸园，《麦克白》（Macbeth）中麦克白因背叛了国家而终被斩首。背叛行为不仅指违背伦理道德规范，而且还指违犯国家的法律法规，因此西方国家普遍把叛国行为归为严重的犯罪行为，例如，英国《一三五一年叛逆罪法》《一七零二年叛逆法》《一八四八年叛逆重罪法》规定，下列行为均构成叛逆罪：在国王的领土内发动反对国王的战争；在国王的领土内归附国王的敌人；在国王的领土内或其他地方为敌人提供帮助和鼓励①。而美国《宪法》的第三条第三款中也对叛国罪做了专门定义：发动反对美国的战争，或拥护美国的敌人，并给予他们任何形式的援助②。因此，面对是忠实还是背叛祖国这一严峻问题，男女主角不仅面临着伦理两难和伦理道德的拷问，甚至可能还会像艾丽斯一样遭受法律的制裁。就个体与个体之间的伦理关系而言，格里菲思和塞西莉亚等人同霍华德属于晚辈与长辈之间的伦理关系，但因为在独立战争中坚持与霍华德不同的政治立场，年轻的男女主角被迫施行"儿子打老子"的忤逆之举，因此还面临着伦理道德的拷问；因为战争，领航人和艾丽斯这对恋人变成了敌人。

在小说中，个体与国家之间的伦理关系主导着个体与个体之间的伦理关系，而个体之间的伦理关系反过来也影响着个体与国家之间的伦理关系，二者你中有我，我中有你，相互影响。霍华德为了表示对英国的忠诚而同闹叛乱的亲戚划清界限，因此同亲戚形成敌我关系；格里菲思为了对美国忠诚而陷入对英王的"不忠"和对父亲以及霍华德叔叔的"不孝"；领航人因为背叛了英国而同爱人艾丽斯形同敌人；艾丽斯因为忠于英国而同情郎分道扬镳，但是她因为关切情郎的安危而泄露英军的军事机密，因此也间接成为英国的叛逆者。个体与国家、个体与个体两个层面之间的伦理关系相互缠绕，相互交织，不仅形成了纷繁复杂的伦理结，而且也使小说人物伦理身份更加复杂化，导致人物伦理选择困难程度加剧，因此形成了小说的戏剧性冲突和张力。

正如前文所述，北美独立战争使传统的个体与国家、个体与个体之间的伦理关系发生了复杂而深刻的变化，小说男女主角因此而面临着忠诚祖国还是背叛祖国的严峻伦理道德问题，这形成了小说人物伦理两难的重要特征。

作为亲美反英的标题人物"领航人"来说，他面临的伦理两难问题复杂而深邃。

---

① Treason. http://en.wikipedia.org/wiki/Treason#United_Kingdom[2012-11-21].

② *The Constitution of the United States and The Declaration of Independence.* 2009. Twenty-Fourth Edition. United States Senate，p.13.

领航人是地道的英格兰人，但是为了追求自由和权利，他抛弃了英国而投入美国的怀抱。正是因为领航人的"叛国"行为，才使他深陷伦理两难的困境中。一方面，英国把他当作最恶毒的叛国者和敌人，国人因此常常用恶狠刻毒的语言来诅咒、败坏他的名声。而另一方面，他为了美国的独立解放而背叛了英国，但他的行为却一直遭受美国人的质疑。小说开始时，巴恩斯泰伯就对领航人的身份表示怀疑，"我对一个背叛自己祖国的人也不大信得过"（11），而格里菲思在小说中也屡次怀疑领航人的身份，小说结尾处，他对领航人效忠美国的真正目的依然表示质疑，"他是否真的热爱自由，也许很值得怀疑"（435）。由此可见，领航人虽然对美国革命忠诚，但他一直生活在美国人的怀疑和误解之中，得不到美国人的完全信任。对此他并非毫无怨言，"我的假朋友常常束缚我的脚，但我的敌人却从来没有"（214）。此外，令他难以承受的是，自己多年相爱的恋人不但不支持他的事业，反而站在敌人的队列中攻击他、批评他。因此，领航人有祖国但被同胞视为叛徒，有爱人却不接受自己，有朋友但不信任自己，他正是在这样无奈和尴尬的处境中既孤独又倍感痛苦和煎熬；他的内心世界，犹如波涛汹涌的大海久久无法平息；小说中他时常流露出孤独和郁郁的神情，这正是面临痛苦的两难问题时他的情感的真实流露。

亲美反英的殖民地革命派代表人物格里菲思和塞西莉亚也遭遇了伦理身份选择的两难困境。格里菲思的伦理两难困境主要有两层：一是他对祖国英国的背叛行为让他内心纷乱如麻；二是他对长辈霍华德上校的大不敬使他饱受良心的折磨和伦理道德的拷问。首先剖析他的第一层伦理困境。格里菲思的父亲是英国皇家海军军官，格里菲思正是在英国皇家舰艇上"受到皇家海军的训练"，他身体里流淌的是英国人的血液，现在他却背叛了英国，并且利用在皇家海军军舰上学到的本领，"调转枪口来反对他的君主"，借用霍华德上校的话来说，"这件事是违背天理、大逆不道的，这无异于儿子动手打父亲"（109）。他内心的痛苦犹如大海那样起伏澎湃，而波涛汹涌的大海也勾起他纷乱如麻的情思，"他想到了美国，想到了他的情人和家园。他脑子里还浮现出一些纷乱朦胧的意象，都混杂交织在一起"（51）。美国、家园等纷乱的意象在这里具有深远的涵义。"家园"在这个语境中应理解为他的父辈们带着梦想和开拓精神开垦的北美殖民地，而现在他却成为逆贼叛党，要捣毁父辈们建立的旧家园，建立崭新的美国。因此，这些纷乱朦胧的意象以及复杂的情感"混杂交织"在一起，就像惊涛骇浪一样，使格里菲思陷入无尽的痛苦和煎熬中久久不能平静。

此情此景下，格里菲思也饱受一种类似哈姆莱特王子一样的伦理两难困境①。不过，格里菲思的第一层伦理两难在小说中是通过故事背景的烘托而隐晦地表现出来的。而格里菲思的第二层伦理困境在小说中表现得更加直接而深刻。小说告诉我们，格里菲思年少时曾沐浴在霍华德家族慈爱的阳光下，可是他现在却要挑战传统的长幼伦理秩序，对父亲辈的霍华德老人采取行动，这是大逆不道的，同儿子打老子的忤逆行为无异。从文学伦理学批评角度看，如果格里菲思对霍华德采取任何行动，那他势必破坏了伦理禁忌，违背天伦，他将沦为一个禽兽不如的人，必将招致人们道德的审判，接受过大学教育的格里菲思对此很清楚，为此他陷入了极端的痛苦之中。因此，当这次海上行动的人质选定为霍华德并且展开行动后，他再次"想起家园和美国，想起了他那持久的青春热情……这些思绪狂热凌乱地交织在一起"（215）。他为自己此刻的忤逆行为深感愧疚和不安。然而年轻的格里菲思像《俄狄浦斯王》（Oedipus Rex）里的俄狄浦斯一样具有成熟的理性，"理性成熟的标志，在于他强烈的伦理意识"（聂珍钊，2010：18），他的伦理意识表现为他对伦理禁忌的竭力遵守。在小说第十九章中，当他们准备对霍华德的府邸展开行动的时候，他对霍华德心存恻隐之情，"我宁肯蹲监狱，也不愿意把霍华德上校安宁的住所搞得鸡飞狗跳，鲜血横流"。（208）然而当军人的身份决定他别无选择，只能对霍华德上校采取果断的行动时，他乔装打扮成水手，潜入霍华德的府邸，而并非贸然采取导致流血牺牲的公开行动。其实，这一行动部署是在面临伦理两难时所采取的一种折中的策略，其根本出发点是竭力遵守伦理禁忌。

同格里菲思一样，他的恋人塞西莉亚也面临着是维持父辈们建立的旧家园还是创建美国新家园，以及是孝顺叔父还是做忤逆之子的伦理两难问题。虽然住在英国，但她却人在曹营心在汉，偷偷向格里菲思等人泄露居住地的布防情况，时时不忘回到美国的家园，为"国家出力，和她的勇敢的儿郎们一起共同奋斗，把侵略者赶出她的国土"（140）。若要重返故乡，则必须赶走英国殖民者，这意味着要对抗自己的亲叔父——一个忠实的保皇党人，这不仅不忠，而且也是不孝，更是大逆不道，是违犯伦理禁忌的，她清楚地知道这一点，因此当巴恩斯泰伯等人采取行动占领霍华德的府邸时，塞西莉亚对叔父的安危担忧不已。由此可见，在究竟选择做一名殖民地勇敢儿郎还是做一名忠于英国、孝顺长辈的贵族时，她也陷入对君主的"不忠"

① 聂珍钊教授曾对哈姆莱特王子的伦理困境做过精辟、独到而深入的解读。聂珍钊. 2006. 文学伦理学批评与道德批评. 外国文学研究，（2）：8-17.

与对叔父的"不孝"的双重伦理困境中。

而作为亲英反美的殖民地保皇派代表，霍华德上校在选择效忠英国还是支持北美独立解放事业时，也深陷伦理两难的泥沼中左右为难。一方面，他是殖民地的托利党和贵族，对英王效忠是他的政治职责所在。因此，为了表示他对英王的忠诚，他不惜"丢掉差不多一半的财产"，"永远抛弃了美国"（59）而搬回英国居住。值得说明的是，与霍华德上校对英国极度忠诚截然相反，英国却对他态度极其冷淡，而且还表现出十分的不信任。霍华德上校背井离乡去英国，但却被迫租住到英国本土一个岛屿上的荒废的修道院里，"像一个行走在异邦之人"（141），在自己的国家里变成一个"陌生人"（142），这说明英国对从殖民地回来的霍华德上校在政治上不信任，而孤岛上的修道院生活正好象征着英国对霍华德上校的一种惩罚性的流放。为此，塞西莉亚控诉了英国的冷漠，诉说了叔父的不幸遭遇，"英格兰对待从殖民地回来的儿女态度冷淡、傲慢、不信任，就好像一个嫉妒心重的后母对前夫的子女，总是不轻易施加恩宠的"（142）。面对英国如此冷遇自己炽热的爱国行为，难道霍华德上校对此毫无怨言？在第十二章中，当谈到英国的自由精神时，他表达了对英国的不满，"国会的暴政和压榨使殖民地土地荒芜，人民沦于贫困的境地，把自由这个神圣的名字也亵渎了"（130）。可见霍华德对英国并非忠心无二。另一方面，霍华德上校虽然"不义抛弃了他的祖国"（58），但他对北美殖民地仍然怀有深厚的眷恋之情，而且他对殖民地的叛乱行为也充满复杂的情感。虽然他把殖民地人民称为叛乱分子，并咒骂格里菲思等人是"背叛国王和祖国的逆贼"，是"破坏分子"（58），但他仍然说，"这些人虽说是叛乱分子，但也是我们的同胞"（91），他甚至对殖民地人民也不乏积极的评价：

> 我得为殖民地居民说几句公道话，他们近来的行为很果断，那个领头造反的绅士在这场灾难中显得很有魄力，因此在我们当地人中间享有盛誉。他是个小心谨慎、品行端正的青年，可以算得上是一个有教养的人，是的，我从来不否认，华盛顿先生是一位很有教养的人物。（92）

霍华德上校对殖民地居民和华盛顿的高度评价，在一定意义上表达了他对美国独立革命的积极评价和拥护。因此，霍华德上校在选择是效忠英王还是支持北美独立革命问题上其内心是矛盾的，这加剧了他伦理选择的困难程度。

亲英反美的另一代表人物艾丽斯在选择究竟是做一名忠实于英王的贵族、还是做叛国者领航人的妻子时，同样也遭遇了伦理两难的困境。一方面，她的英国保守贵族身份决定她在政治上必须忠诚于英国，必须坚定地站在殖民地叛乱分子的对立面。然而另一方面，她对"叛国者"领航人深深的爱恋使她左右为难：追随爱人的步伐意味着彻底背叛英国。面对情感和忠诚的问题，她被迫选择了保守的立场，选择同领航人分道扬镳，这是何等伤感和无奈的事。不过，表面上她虽然对英王表示忠诚，但背地里却把英军围攻殖民地海军将士的消息告诉了领航人，而且她还对殖民地充满无限的憧憬：

> 约翰，我听说上帝对美国这块土地慷慨施惠，毫不吝惜，他赐予她适宜生长五谷蔬菜的多种地域，他在那里是宽猛相济，既表现了他的力量，也显示了他的慈悲……听说那会是一块广袤的土地，能激发起人们的各种各样的热情，能使每一种感情都有所寄托。（371）

因此，艾丽斯也是在忠臣和叛国贼的伦理身份的两端摇摆不定：一边难以割舍对英国的情怀，一边对美国无限憧憬；一边是爱人，一边是敌人；一边是忠臣，一边是叛臣，究竟何去何从？小说第二十八章中爱德华与艾丽斯关于忠诚和背叛的对话直接反映了艾丽斯复杂而矛盾的心理，"我也不希望他们死，更何况那些与我属于同一个家族的后裔呢"（331）；后文紧接着把美国和英国的关系同押沙龙与大卫王、犹大和圣徒的关系做了对比，言下之意不言而喻：英美本同根，相煎何太急。正因为艾丽斯、格里菲思和霍华德等小说主角认识到英国和殖民地之间的亲缘关系，才使得她（他）们陷入伦理两难的困境中。

倘若把小说人物共同遭遇的伦理两难问题置于美国建国前宗主国英国和殖民地关于殖民地的属性和地位的思想论争的历史语境中，就会发现：《领航人》对人物的伦理身份问题的探讨，实质上是对英国和北美殖民地双方对殖民地究竟是继续忠实于宗主国英国，还是脱离母国独立这一历史语境下所面临的身份问题的历史再现，而小说人物伦理身份的最终确立，实质正是殖民地人民构建美利坚民族身份的历史隐喻。独立战争之前，围绕宗主国英国同北美殖民地的关系，围绕北美殖民地的属性和地位，宗主国英国和北美殖民地人民进行了激烈的思想和政治论争，并形成了矛盾的观点。首先，分析宗主国英国内部的对立观点。对于反美派来说，英国是北美殖民地的母国，而殖民地人民是母国的臣子和仆人，必须从属并忠实于英国，因此，在反美派看来，殖民地的造反叛乱是大逆不道的叛逆行为。不过，在英国议会的内部也有一个同情和支持殖民地反英立场的群体（李剑鸣，2000：2）。其次，北美殖民地人民内部对是否继续效忠于母国英国这一关系自己身份的问题也同样存在着争议和矛盾。当时，就是否需要脱离英国母体，殖民地人民内部存在两种不同的意见。殖民地的保守派希望继续效忠英王，继续保持英国臣民的身份，如托利党典型代表托马斯·哈奇森（Thomas Hutcheson）、丹尼尔·列奥纳多（Daniel Leonardo）、乔纳森·鲍彻（Jonathan Boucher）等人均持这种保守立场①，约瑟夫·盖洛韦（Joseph Galloway）甚至相信，殖民地居民只有服从英国权威，才能享有"真正的自由"（李剑鸣，2002：574）。与殖民地保守派相反，激进派则认为殖民地是独立的，它不附属于英国，换句话说，殖民地和英国不是母国与臣属的伦理关系，而是平等的关系；激进派希望通过战争赢得美国独立，如著名政治家塞缪尔·亚当斯（Samuel Adams）深知"美国就是建立在叛逆的基础之上"（帕灵顿，2002：208），著名政治家和演说家帕特里克·亨利（Patrick Henry）为了呼吁美国独立而发出了"不自由，毋宁死"的疾呼（艾捷尔，2000：17），托马斯·潘恩（Thomas Paine）在战斗檄文《常识》（"Common Sense"）中也痛斥保守派，并发出铿锵有力的战斗呼号"既然抵抗才有效力，那么为了上帝，让我们实现最后的分离"（Paine，1776：44）。而最终吹响北美殖民地从宗主国完全独立出来的号角的是《独立宣言》（"The Declaration of Independence"）的发表。宣言称："人人生而平等，造物主赋予他们若干不可剥夺的权利，其中包括生命权、自由权和追求幸福的权利。"（艾捷尔，2000：60）宗主国英国和北美殖民地人民对殖民地的属性和地位有着不同认识，这势必导致殖民地人民陷入身份认同的危机。在这样的危机中，必然酝酿着革命的火苗，正如小说《领航人》中对大海的描写那样，大海"隐伏着危机"，"像即将爆发的火山一样"（3）。由此可见，美国独立之前的伦理环境，是理解小说《领航人》的主题和历史价值的关键，诚如聂珍钊教授在《文学伦理学批评：基本理论与术语》一文中所说，"对文学的理解必须让文学回归属于它的伦理环境和伦理语境"（聂珍钊，2010：19），"客观的伦理环境或历史环境是理解、阐释和评价文学的基础，文学的现实价值就是历史价值的新发现"（聂珍钊，2010：14）。

　　由此可见，《领航人》关于人物的伦理两难困境的探讨，实质上是关于美国建国前美利坚民族的身份问题的艺术再现和历史隐喻。独立战争的胜利打破了英国同北

---

① 沃浓·路易·帕灵顿. 2002. 美国思想史 1620—1920. 陈永国，李增，郭乙瑶译. 长春：吉林人民出版社，172-195.

美殖民地之间母子和主仆的伦理关系，使北美殖民地从英国的附庸变成了独立的美利坚合众国，而殖民地人民则由"英国的臣民"变成了独立的"美国人"。小说人物的伦理身份在独立战争中得到确立，而美利坚民族身份也通过男女主角的婚姻得到象征性的体现。小说最后一章，两对恋人格里菲思和塞西莉亚、巴恩斯泰伯和凯瑟琳最终走进婚姻的殿堂，两对年轻的男女变成两对夫妇，这是霍华德上校同意的，牧师也在船上为他们举行了正式的婚礼。两对新人的婚姻具有丰富的政治文化内涵。第一，他们的婚礼由牧师主持，这标志着美利坚民族的身份是有效且合法的，同时婚姻也孕育着美国的希望。第二，美利坚民族的独立身份是获得保皇派承认的。因此，小说中两对男女的婚姻是同美利坚民族身份的确立紧密联系的，正如学者佩克在《海洋小说：英美小说中的水手与海洋，1719—1917》一书中所说的那样，"当霍华德的侄女嫁给美国人，小说开始展望未来"（Peck，2001：91）。小说通过男女主人公的婚姻展望美国的未来，通过婚姻孕育美国新的希望，这一婚姻的结晶就是美国的诞生。小说的最后，作为霍华德上校遗产的继承人，塞西莉亚和格里菲思继承了霍华德上校的全部产业，这使得这对年轻的美国夫妇过得十分阔绰。这一细节对理解美利坚民族身份具有丰富的含义。首先，虽然美国建立了，确立了新的、独立的身份，但美利坚民族身份里糅合了英国的血液，同英国具有浓厚的血缘关系。其次，塞西莉亚和格里菲思共同继承了贵族霍华德上校的财产，这里的财产指代英国的制度、文化、价值观等。因此，美利坚民族的身份里不仅有美国自身的血脉，也有英国的血脉，英美两国依旧血脉相承。

独立战争的胜利和美国的建立改变了英美两国之间的主仆和母子的伦理关系，使两者之间变成了独立的、平等的关系。正是在促使新旧伦理秩序和伦理观念更替的独立战争中，小说人物的伦理观念和伦理身份得以转变。

独立战争的胜利不仅使亲英反美的霍华德上校凤凰涅槃般获得新生，而且使他的伦理观念发生了转变，这为他伦理身份的转变——从美国的背叛者转变成美国的支持者和拥护者——提供了无限的可能性。霍华德伦理观念的改变以及伦理身份转变的可能性在小说中主要通过三个情节来体现：其一，他对包括华盛顿在内的殖民地人民的积极评价以及对于英国对殖民地苛政的不满，前文已做过论述，故不再赘述。其二，他死亡前的深刻忏悔。从前他一直把格里菲思等人视为乱臣贼子，现在他觉得他愧对格里菲思，临死之前深深地忏悔说："我们互相之间的了解还不够——我想我把你和克里斯托弗·狄龙（Christopher Dillon）先生都看错了；说不定我也没有正确理解我对美国应尽的责任"。(421)作为垂死之人，他认为他误解了积极正义的格里菲思，迷信了伪善邪恶的狄龙；他认为他没有尽到对美国应尽的责任，即没有正确理解自己应该是一名"美利坚人"，而不应是"英国人"。在临死之前，霍华德上校认识到美国革命的正义性以及自己的错误，对美国革命的胜利，他认为是天意，"这次叛乱要成功似乎是天意"，美国革命的胜利"无疑是符合上帝他自己的高深莫测的意旨的"(416)。既然美国革命符合上帝的意旨，那作为上帝的虔诚子民，霍华德上校对美国的建立必定支持和拥护。其三，霍华德的死亡。从某种意义上讲，霍华德的死亡不仅使他同殖民地人民达成了和解，他的死亡也为他的伦理身份的转变和重新确立增添了无限的可能性，因为死亡在基督教里象征新生，我们有理由相信，霍华德将浴火重生，肉体、思想和灵魂都将彻底脱胎换骨。

殖民地保皇派的另一代表人物克里斯托弗·狄龙则从一个致力于维护社会秩序、遵守道德规范的人蜕变成一个缺乏理性、灵肉背离、善恶不分的小人，同积极向善、浴火重生的霍华德上校形成鲜明对比。狄龙是塞西莉亚的表亲，他是学法律出身的。法律的责任是伸张正义、除暴安良和维护社会公正。然而具有讽刺意味的是，作为一个在北美殖民地土生土长、受过法治精神严格熏陶、立志于维护正义和自由以及公平之法治精神的人，狄龙对于英国对殖民地的苛政和压迫的境况竟然熟视无睹，对于英国对北美殖民地的沉重赋税竟然不闻不问，对殖民地人民捍卫殖民地的自由和权利的呼声竟然置若罔闻。更令人发指的是，他不但没有为国家的建立尽到应尽的基本责任，反而充当英王的忠实奴才，助纣为虐，通风报信，参与镇压海军将士的恶行，使"汤姆长子"、蒙孙舰长（Munson）和乔治·爱德华上校牺牲了，他是个手上沾满了美国将士鲜血的刽子手。因此，我们可以说狄龙是非不分，善恶不辨，毫无伦理意识可言。聂珍钊教授在《文学伦理学批评：伦理选择与斯芬克斯因子》一文中探讨伦理选择时阐述了批评术语"斯芬克斯因子"的两个组成部分（人性因子和兽性因子）的相互关系：

> 在这两种因子中，人性因子是主导因子，其核心是理性意志。人性因子借助理性意志指导、约束和控制兽性因子中的自由意志，让人弃恶从善，避免兽性因子违背伦理。但是，一旦人身上失去了人性因子，自由意志没有了引导和约束，就会造成灵肉背离。（聂珍钊，2011：10）

因此，从文学伦理学意义上讲，狄龙身上体现了"人性因子和兽性因子的灵肉背离的特征"，因为他虽然受过良好的法律教育，但缺乏理性，不能分辨善恶，没有伦理意识，也没有灵魂，是一个受自由意志支配的人，与野兽无异；他不仅从事"背信弃义的勾当"（267），成为镇压革命者、阻碍进步的反动派和刽子手，而且还"亵渎神明"（289）。狄龙从一个立志于维护社会正义的人蜕变为一个反动派，从殖民地土生土长的人蜕变成殖民地的头号敌人，因此小说的道德立场决定狄龙别无选择，最终只有葬身鱼腹。

领航人的伦理身份的确立和转变过程充满着矛盾性。值得注意的是，小说中领航人神秘莫测，其真实身份从头到尾都是一个谜。领航人究竟是谁？其实，领航人的形象源自美国的海军英雄约翰·保罗·琼斯。琼斯在英美海战中第一次赢得了胜利，从此名声远扬大西洋两岸。从故事情节来看，对领航人的描绘几乎都是海军英雄约翰·琼斯的英雄历史再现，如艾丽斯称他为约翰，以及提到他得到法国国王的勋章等。然而在小说中，领航人的伦理身份是矛盾的、不清晰的，其真实身份也像一团迷雾。小说为何要塑造一个矛盾的英雄形象呢？学者路易斯·伊格莱西亚斯（Luis Iglesias）认为领航人身上展现的是爱国的理想主义和美国航海活动中的自私自利性的矛盾（Iglesias，2006：5）。其实从文学伦理学批评视阈来分析这个问题，似乎更具有说服力。从前文分析可知，领航人是一个为捍卫神圣的自由而战的英雄，但他却遭受祖国人民的唾弃，也得不到爱人的理解和支持，甚至连他的美国朋友都质疑他对美国革命的忠诚。美国人对他的质疑是不无根据的，因为当格里菲思问到领航人参加战争的目的时，他回答说："年轻人，这里面有荣耀，如果付出的代价是冒险的话，那获得的奖赏就是名声！""所有为之而奋斗的人的英名，都将流芳百世"（213），这说明他参战的目的不是出于真正热爱和平与自由，而是为了个人声誉，就像希腊神话中的阿基里斯（Achilles）一样，参加特洛伊战争是为了千古留名；更像是米格尔·德·塞万提斯（Miguel de Cervantes）笔下的唐吉诃德（Don Quijote），为了名利，对前途抱有不切实际的幻想，甚至不惜举起复仇的臂膀反对自己的祖国。因此，领航人复杂的伦理身份使得他在世人的眼中是一个背叛祖国、背信弃义的小人，因而得不到大家的信任、理解和支持。既然大家都接受不了他的伦理身份，小说就有必要为他重设一个新的伦理身份，以符合伦理道德规范和理想读者对积极的道德形象的期待。那他最后的伦理身份究竟是什么呢？小说结尾处对此做了清楚的说明，"因为如果说他的业绩是从为这个自由合众国的事业奋斗开始的，它却以替一个专制暴君效力而告终！"（435）换言之，如果领航人之前是一名捍卫自由和权利的勇士，那现在他却蜕变成一个为了追逐个人名利而不惜"断绝与至爱亲朋的联系，别妇离雏"（109）、不惜背叛祖国、甚至盲目地为专制和暴政服务的叛国贼和伪善小人。既然领航人不是为了真正的自由而战，那么以自由作为核心价值的美国就不能作为领航人的栖身之所，也不能成为他的精神家园。因此，小说最后假借格里菲思之口，对领航人的伦理身份表示了质疑和否定，认为其是不体面的、不光彩的，"即使他青年时代受到较好的教养，使他具备更好的资格谦逊地接受后来所得到的那些荣誉，在传给他所改土归依的同胞的子孙后代的名人录上，他的名声也不会更加显赫了！"（435）更进一步说，小说最后对领航人所作的消极评价在某种程度上也体现了库柏对美国历史人物约翰·琼斯的矛盾态度。历史上，琼斯后来离开了美国，投向了沙俄的怀抱，最后客死在俄国。因此，库柏对琼斯的做法可能无法苟同。领航人伦理身份的蜕变在一定意义上表达了库柏对历史人物约翰·琼斯的矛盾和保守的态度，他在小说中让领航人戴上神秘的面纱，并选择"不将秘密公开"（435）。虽然不公开领航人的真实身份这一行为本身也许有历史原因或者其他因素[1]，但在一定意义上库柏为领航人设立了一个有别于历史"英雄人物"的伦理身份。库柏这样设置的目的可能是想强调，如果一个人不分伦理，不辨善恶，分不清真正的民主和暴政，那这个人就是一个没有伦理道德之人，最终必将遭受人们道德的审判，因此小说结尾处格里菲思对领航人的质疑和否定，正是库柏的道德立场的鲜明反映。

总而言之，《领航人》关于人物的伦理身份及其所导致的两难困境的探讨，是同美国独立之前宗主国英国和北美殖民地复杂的历史语境紧密联系的，因此，小说人物伦理身份两难选择的实质，正是此历史语境下殖民地人民面临的身份问题的艺术写照；小说人物伦理身份的确立，其本质正是殖民地人民构建美利坚民族身份的历史隐喻。北美独立战争摧毁了英国同北美殖民地之间旧的母子和主仆之间的伦理关系，代之以新的独立、平等的关系。聂珍钊教授在《文学伦理学批评：基本理论与术语》一文中说，"如果伦理混乱最后归于秩序或重建了秩序，则形成喜剧文本或悲喜剧文本"（聂珍钊，2010：21），因此，从这个意义上讲，《领航人》既是一部美利坚民族和国家诞生的喜剧，同时也是民族国家诞生的历史文本。

---

① 譬如，1824 年《领航人》发表之前，美国关于约翰·保罗·琼斯的档案还不齐全，see House, K. 1986. Cooper as historian. http://external.oneonta.edu/cooper/articles/suny/1986suny-house.html[2014-1-1]. 此外，把琼斯"隐身"或许同库柏对待美国独立革命的矛盾态度有关系。McWilliams, J. P., Jr. 1972. *Political Justice in a Republic：James Fenimore Cooper's America*. California：University of California Press，pp. 48，65-73.

二、"我们胜利啦"：《红海盗》中美国独立身份的追寻

《红海盗》有两条叙事主线：一条是"红海盗"为了美国独立和民族解放而同大英帝国展开一场旷日持久的斗争，这是小说的核心主题，即国家身份的寻觅和建构。《红海盗》故事一开始，库柏就把叙事背景设置在独立革命前夕的 1759 年，他还描述了英国人对殖民地的占领情况："在这个地球上的所有角落，英国的军队高奏凯歌"（15）。就在英国军队凯歌高奏，在北美殖民地上耀武扬威的背景下，库柏在小说中着力刻画了一个绰号叫"红海盗"的逃犯、民族英雄海德格尔船长。"红海盗"海德格尔心寒地发现，自己除了是殖民地居民外，毫无价值可言，因此他渴望美国赢得独立自由，于是他在海上开展了一场争取独立自由的斗争。在小说中有这样的场景，尽管他和船上的海盗对所有国家的船只都攻击，但他唯独对英国的船只最感兴趣，质问道："看到'圣乔治号'下水，难道你的眼睛不大放异彩吗？"他还说道，"我宁愿让国王乔治的宠臣威严扫地，也不愿意以拥有给他开启金银财宝的权利而为荣"（410）。在他战胜了英国单桅帆船"飞镖号"时，这一反抗具有了深远的象征意义，"其中一只脚以一种超自然的力量踩踏在了英国的国旗上，而他以能降下这面旗帜而感到骄傲"（494-495）。在这条叙事线索中，孤胆英雄海德格尔的形象深入人心，因为他不惜个人安危而同大英帝国的皇家舰队展开英勇机智的斗争与周旋，使大西洋舰船上的水手们听到他的名字就闻风丧胆。

既然"红海盗"是库柏笔下的人物，那"红海盗"渴望美国有朝一日能赢得国家独立自由的梦想，必然同库柏的国家建构有着紧密的联系。在"红海盗"同王尔德的对话中，我们可以清晰地看到库柏通过"红海盗"之口，把对国家身份的追求当作毕生奋斗的崇高事业：

> 我只不过是一个可怜的乡野之人，强大的太阳下一颗不起眼的卫星，先生。……但是在所有的旗帜中尚缺一面旗帜。唉！这面旗帜如果在的话，满怀炽热的心升起这面旗帜，必定让我感到自豪和荣耀。
>
> ……
>
> 我说的那面旗帜很快将在每一片海洋里飘扬，我的祖国人民将不再屈服于一个外国王子的雇佣。
>
> 如同星星定将西沉大海一样，这样的事情一定会发生。胜利的一天定会来到。如果那面旗帜在船上升起，王尔德先生，没有人将再听到"红海

盗"的名字。（354-355）

上面的引文意味非常深远，我们不妨仔细分析一下。首先，当"红海盗"告诉王尔德他只不过是英国（强大的太阳）殖民地一个可怜的角色时，他对自己飘零的身份以及美国沦为英国的附庸（可怜的卫星）的身份地位而扼腕叹息。因此他希望自己能有一个祖国，而代表美国独立和民族身份的国旗，就是他梦寐以求、引以为荣的东西。因此，渴求一面美国国旗的强烈心愿被赋予了厚重的民族主义情感。"红海盗"以乐观的革命精神，坚信美国的国旗一定会在海洋上高高飘扬，美国人民一定会摆脱英国的殖民统治，赢得国家的独立和人民的自由。由此可见，库柏对美国国家身份的最后确立，对美国赢得真正的独立和民族解放，充满了强烈的乐观主义精神和必胜信念。

《红海盗》中的另一条隐形叙事线索是小说人物身份的寻觅，因此身份找寻成为《红海盗》小说中的另一主题。小说中两位主角"红海盗"和王尔德互相对对方隐瞒自己的身份，他们的真实身份直到小说结尾方才揭晓。"红海盗"海德格尔是王尔德的叔叔，王尔德的名字现在已经变成亨利·德·莱西，亨利的母亲德·莱西夫人和海德格尔是兄妹关系，他们自小因为家庭贫困和厄运连连而失散，都认为亲人已经不在这个世上了。最后一家人在失散多年后得以团圆。

小说中"红海盗"要找寻自己的国家身份和民族身份，找寻他魂牵梦绕的祖国和失散多年的妹妹，而王尔德也一直在寻觅失散多年的家庭。这样，"红海盗"追寻美国国家身份的努力，同王尔德找寻家园的努力相吻合。在故事结尾，王尔德找到了他自己的母亲德·莱西夫人，而"红海盗"同样也找到了他魂牵梦绕的祖国，并回归了她的怀抱；此外，"红海盗"还与失散多年的妹妹相聚。通过他的叙述，我们知道，"红海盗"后来当了一名美国海军军官，在美国摆脱英国殖民统治的独立解放战争中挥洒热血，最后光荣牺牲。在小说第二卷结尾"红海盗"临死的那一场精彩的戏剧性场景中，国旗再一次成为小说找寻民族身份、构建国家形象的象征：

> 以一种超凡的力量，他从担架上站起来，双手举过头顶，他在面前垂下那面星条旗，……他像以前那样骄傲自豪。
>
> "王尔德"，他再次歇斯底里般大笑着喊道，"我们胜利了！"然后他往后一倒，一动也不动了……（262）

在临死之际，"红海盗"海德格尔船长对美国的星条旗充满了炽热的民族主义情感。一个生命垂危之人，却能以超人一样的毅力，双手展开长期放在他枕头下的一面美国国旗，表达了自己终于回到祖国母亲怀抱的激动心情："我们胜利了！"是的，美国独立战争终于获得了胜利，国家终于成立了。这一来之不易的胜利正是源于无数像海德格尔船长一样为美国独立事业矢志不渝、奋斗终生的美国人民。在这里，国旗再次成为美国国家形象的和民族身份的标志和象征。再以《海妖》为例，《海妖》中另一个主题也是民族身份的找寻。在小说的最后一章，史德瑞芙特最终也找到了自己失散多年的父亲，这象征着久别家园的人民，终于回到了家园——祖国的怀抱。

由此可见，《红海盗》和《海妖》中小说主角寻找国家身份的情节也同小说主角寻觅真实身份的情节形成有机的统一体。通过戏剧化设置身份找寻的情节，库柏试图积极地书写美利坚民族国家身份的叙事。

库柏在小说中从经济的层面构建美国独立自主的民族精神在《海妖》中也得到了体现。《海妖》的核心主题是 18 世纪北美殖民地人民为反抗英国的压迫性商贸政策、建立独立自主的商贸政策而进行英勇的斗争，其主旨是弘扬美国独立自主的民族精神。库柏在小说中表达了强烈反对英国对美国海上贸易的限制、渴望建立美国独立自由的商贸体系的思想。为此，他塑造了一个个崇尚独立自由精神、反抗英国殖民统治的海上英雄。故事中整个殖民地的海上贸易完全受制于英帝国，"海妖号"在船长蒂勒的带领下，进行海上走私活动，公开反抗英国对殖民地的经济封锁和贸易束缚。小说另一主角史德瑞芙特在小说第二卷第六章中表达了对英国对北美殖民地贸易封锁的抱怨和不满，"贸易活动应该像自由的赛马活动，四脚不受羁绊的马不是跑得更快吗？"（72）以上引文中，小说主角渴望美国摆脱英国的经济束缚，成为一匹脱缰的赛马，在经济上赢得独立自由，这不仅反映了库柏追求独立自主的民族精神的一面，同时也是他积极塑造独立民族形象的一个体现。

三、财产继承：美国身份的"合法性"

霍米·巴巴（Homi K. Bhabha）在《国家与叙事》（*Nation and Narration*）一书中对国家的概念做过这样的论述："国家，如同叙事一样，其渊源迷失在时间的神话中，只有在人的意识中才能窥探其全貌。"（Bhabha, 1990：1）换句话说，要洞悉国家的真正含义，我们必须超越人口、地理、语言、种族等范畴，要深切地认识到国家是一个不易触摸的、实体的、不易察觉的东西。霍米·巴巴还认为，所谓民族国家，是指由一群拥有丰富的共同记忆遗产、渴望栖居在一起并愿意永久传承这一遗产的特定民族所共同认同的"灵魂"或者"精神原则"。（Bhabha，1990：19）这一概念所隐含的深意就是：国家是一种想像的共同体，是一种政治、文化、历史、族群等多种因素复合的共同体，而这些因素及其之间的纷繁复杂的关系也影响国家认同。事实上，19世纪早期，美国文学所做的主要工作或主要贡献正是构建美利坚民族的国家观念，这成为这一时期美国文学的一个显著特点。在这一时期，许多美国作家通过创建独特的美国文学传统来构建美利坚民族国家身份。这种创建美国叙事完整性的努力反映了美国作家不仅希望实现美国作家的心理独立，而且也试图整合分散的、散乱的美国社会历史文化的雄心。作家们试图通过利用美国过去的历史记忆片段来重塑国家历史，并以此来构建一个想象的美国存在，这正是库柏海洋小说的一个显著特点，即不断在包括海洋小说在内的各种小说文类中建构美国身份和文化属性。正如学者约翰·麦克威廉姆斯（John McWillimas）在《库柏时代的美国与政治公正》（*Political Justice in a Republic：James Fenimore Cooper's America*）一书中所言：

> 库柏不把自己看作一个冒险传奇故事作家，不把自己当作一个政治分析家，而是把自己看作一个文人，一个为国家利益服务而创作的绅士。……在这些极少数公开讨论美国民主政体的作品中，库柏明确地把小说同政治联系在一起，并向世人表明：他的小说是捍卫国家利益的，是关于土地和历史的叙述，最重要的是关于独特的政体的叙述。（McWillimas，1972：1）

麦克威廉姆斯的讨论对我们理解库柏的小说创作与国家身份和属性的关系大有益处。事实上，无论是库柏的西部边疆小说、历史小说，还是海洋小说，始终贯穿一个主题，那就是关于美国身份和美国属性的探讨。

首先来审视一下在库柏小说中出场的人物。他的小说中出现的人物多达400多个，渔民、水手、士兵、将领、贵族、政治家、议员、商人、手工业者、农民、印第安人、黑人等，几乎涵盖了美国社会各个阶层。正是这些在美国的形成和发展历程中起到重要作用的形形色色的群体，构成了19世纪美国的人口结构，代表了美利坚民族的整体形象和民族气质。

库柏常常在小说中设置有关社会政治批评的故事情节来隐喻式地探讨美国属性。库柏的海洋小说常常关注政治话题，如探讨独立自主、民主政体、对权威的顺从等。库柏其实是通过社会政治批评，通过讨论美国社会和民主生活来间接表达他对美国民主的本质和属性的期待，即理想中的美国民主理应具备何种属性。美国社会过去是什么样子，现在变成了什么样子，是通过什么方式改变的，众多海洋文学都涉及这些敏感的政治主题。最为典型的莫过于《美国人的观念》和《火山口》。《美国人的观念》发表于 1828 年，是库柏文学创作生涯早期的一部非小说类作品，它映射了库柏对当时的美国民主体制的乐观态度。事实上，1827 年当库柏离开美国去欧洲旅居之前，库柏对美国的民主政体持积极乐观的态度，这在《美国人的观念》中得到了淋漓尽致的展现。在《美国人的观念》中，库柏通过欧洲单身汉旅行者的视角，展示了美国民主政体的强大生命力，他歌颂美国的水手、商船业、航运业，乐观地认为美国将会挑战英国的霸主地位，并认为美国的商业和民主政体的发展将使得世界政治和商业格局发生重大的变化。然而到库柏文学生涯的晚期，库柏对美国的民主政体感到悲观失望，这在 1847 年出版的南太平洋小说《火山口》中得到清晰的记录。在这部寓言式小说中，库柏通过呈现美国人在太平洋火山岛上的一个类似于乌托邦社会的诞生、发展、衰落和毁灭的过程来隐喻式地探讨了美国民主政体的各种弊端以及可能遭遇的危机。最初，随着火山岛上的乌托邦社会的诞生，美国民主开始呈现出一派生机勃勃的景象，但是到最后，随着腐败、倾轧、专制等乱象的出现，美国社会遭到腐蚀和破坏，美国民主最终走向堕落和毁灭。如同约翰·麦克威廉姆斯的所言："库柏似乎把同政治毫无瓜葛的海上航行小说变成了一部美国民主的寓言。"（McWillimas，1972：341）《美国人的观念》是库柏文学创作生涯早期作品，它反映了库柏对美国民主体制的乐观态度；而《火山口》是库柏文学生涯晚期的作品，它反映了库柏对美国民主政体的悲观态度。正如库柏在《火山口》的前言中所做的警示，马克在乌托邦社会中所遭遇的经历，对"那些现在生活在美国的人们"来说，是一个"及时的警告"（73）。这一早一晚的作品，忠实映射了库柏的共和体制梦想的诞生和破灭的过程①。

库柏还在众多海洋小说中设置了财产继承的情节，这也是库柏探讨美国身份及其身份的合法性的一个叙事手段。只要读一读库柏的海洋小说，我们都可以发现这个显著的叙事特征。在《领航人》中，格里菲思和塞西莉亚·霍华德结婚，并继承了霍华德上校的丰厚财产，过上了幸福的生活。在《红海盗》中，王尔德同失散多

---

① 此外，库柏 1835 年发表的《侏儒》也以斯威夫特式的口吻讽刺了美国的政治体制；1838 发表的《返航之旅》（Homeward Bound）和续集也对美国的民主政体给出了消极的回应。

年的母亲威利斯夫人相聚了，而威利斯夫人正是海军上将德·莱西的儿媳，因此威利斯夫人的真正身份是德·莱西夫人，王尔德也因此华丽地转变成了美国的名门望族。而更富有戏剧性的是，海德格尔是王尔德的舅舅，他同王尔德的母亲德·莱西夫人自从孩提时代开始就失散了。因此，主角们的身份都发生了华丽的转变。《两个船长》同样围绕威切库姆准男爵爵位及威切库姆家族遗产的继承问题开始故事叙述。英国国王詹姆斯一世于 1611 年授予威切库姆家族的不动产，最后也是由来自美国的海军中士小威切利·威切库姆继承。《海上与岸上》和续集《迈尔斯·沃林福德》中，一系列财产继承波折同样毫无悬念地成为小说戏剧性情节转折的风向标：迈尔斯终于合法地继承了房产，而另一个主角马布尔也戏剧性地同母亲重逢，并继承了母亲留下的遗产。

　　库柏在上述诸多小说设置财产继承这一情节，或许出于三个原因的考虑。第一个原因同库柏的家庭因素有关。库柏出生于地主家庭，是中产阶层。对于他来说，财产是其上流社会阶层的标志，拥有财产也是事业成功的标志。小说中的众多主角，无论是同父母失散多年的孤儿（如王尔德），还是受他人监护的弃儿（如迈尔斯），最后都继承了大笔的财产，步入了财富社会。财产继承情节的设置，归根到底是由库柏的阶级属性所决定的，他作为乡绅的阶级身份决定财产和财富必然成为小说常常探讨的主题。第二个原因，库柏假借财产继承这一主题，是想表达这样一个政治观点：财产继承是任何一个法治社会里的公民都自然享有的权利，公民的财产权是受法律保障的，是神圣不可侵犯的。公民有权以任何方式馈赠或者处理自己的私有财产，同时，公民也有权依法享有继承财产的权利。这个原因同库柏家族的财产继承权问题直接相关。众所周知，库柏家族因为"三英里地角"的归属问题而同辉格党控制的美国报业界发生纠纷，而美国法院当时做了不公正的判决，才使得库柏一直对私有财产的合法继承权和拥有权耿耿于怀。因此一有机会，库柏就要尽力捍卫私有财产的神圣不可侵犯性。不过，这一原因针对那些创作于"三英里地角案件"之后的小说或许更具有指涉性。第三个原因，库柏在小说中设置财产继承的情节，目的是试图构建美国身份的合法性和延续性。无论是《领航人》中象征性的英美联姻，还是财产的继承与传承，都象征性地说明：美国合法性不容置疑，英美两国在政治文化体制和传统上同根同源。

　　总体而言，库柏的早期海洋小说对美国式民主政体持乐观的态度，而他的中晚期海洋小说则对美国式民主抱着质疑、失望和担忧的态度。然而尽管库柏对美国式民主政体的过去、现在和未来的发展的态度在不断变化，库柏始终认为美利坚合众国是海洋性的国家，美利坚民族是海洋性的民族，美国注定要成为"地球上第一个海洋国家"。

需要补充说明的是，库柏对美国身份属性的讨论常常通过小说人物与大海的关系来凸显或影射，因此小说人物同大海的冲突或矛盾为我们了解美国身份认同危机及危机转化提供了一个观察视角。在这部小说中，海洋不仅仅是作为故事的背景而机械、单纯地存在，不是一个没有意义的抽象符号，也不仅是一个展现异域风情、呈现英雄行为的场所；相反，大海也是叙事的主角，也具有鲜明的性格特征。大海的永恒运动、广袤无垠甚至神秘莫测等属性往往赋予大海以生命力、创造力、破坏力、神秘感等隐喻特征，从而赋予大海以阳刚或阴柔等鲜明性格。这样一个具有鲜明性格特征的大海对于塑造人物性格、刻画人物形象乃至助推情节发展起着至关重要的作用，它不仅能映射人物的心理活动，而且还映射人性、人类生存环境以及人对自我等的认识和反思。例如，在《领航人》中，大海和船的描写很好地烘托了小说人物遭遇身份危险和两难选择时的复杂心理。当小说开始时，即危机还没有爆发前，即人物的身份问题还没有显现时，"日耳曼海上的暴风雨已暂时停息下来了。拍岸的惊涛虽然仍在翻腾不息……但直接从陆地上刮来的微风却早能吹起阵阵的涟漪，弄皱欲眠的波浪"，说明目前"形势平静"，但大海"隐伏着危机"（3）；随着小说情节的推进，小说人物的身份问题也越来越凸显，这时对形势的描写变得越来越危险，"海浪越来越大""越来越令人惊怕"（29）；当美国军舰在英国的海域陷入危险的浅滩区而进退两难时，此时"海上白浪滔天，一波接一波，一浪高一浪，汹涌澎湃"（44），波涛"像发了疯似的狂奔乱跳"（49）；当抓捕英国人质的突袭行动展开后，男女主角格里菲思和塞西莉亚等人也正面遭遇身份危机而左右为难，此时"海面上惊涛怒吼，猛烈地横扫浩瀚的日耳曼海的狂风在凄厉地呼啸"（274），"巨浪被愤怒的大海鼓足了猛劲突然高高地抛到空中"（282）。在《红海盗》中，王尔德在努力解决自己的身份问题时必须同狂乱而变幻无常的大海、社会以及自己等力量进行斗争。在《返乡之旅》中，大海则扮演了加剧社会交流和人物身份转化的催化剂的角色。

总而言之，自1824年发表第一部海洋小说《领航人》开始到1849年最后一部海洋小说《海狮》的问世，在二十多年的时间跨度内库柏持续创作十多部海洋小说作品，在小说中不仅展现了美国的海洋商贸、港口城镇发展、捕鲸业、造船业的历史文化盛况，而且还积极构建美国的海洋文化，构建海洋大国的身份。库柏敏锐地认识到美国的发展离不开大海，而且美国必将崛起于海洋。因此，他以海洋战略家和海洋史学家的独到眼光和无限开拓的精神，创造性地在小说创作中运用美国海洋历史文化素材，通过众多海洋小说来呈现美国的海洋商业贸易的繁荣和昌盛，展现美国海洋经济的兴盛和发达，展示美国商船和舰队在世界大洋上的飒爽风采和美国水手的壮美崇高，从而在文学艺术层面激发美利坚民族的海洋民族主义思想，为美利坚合众国构建起一个立足于大海、同时也将在大海上崛起并称霸海洋的海洋强国形象，在思想意识层面构建美利坚民族极富掠夺性、攻击性和扩张性的海洋文化，鼓吹美利坚民族的海洋民族主义，为美利坚民族的海洋文化认同和帝国形象建构竭力做着开创性和奠基性的思想文化工作。

第三章　库柏的海洋书写与帝国海权想象

作为美国海洋小说创始人和曾经的美国海军军官的库柏，深受民族独立浪潮、大国诉求和海洋民族主义的多重影响，在数量众多的小说和非小说类作品中大力鼓吹狂热的帝国海权思想，想象美国成为头号海洋强国和拥有世界霸权。

海权主要指人类利用和控制海洋的力量，它是一个民族或国家主体的实力体现。在国家权力的基础及其转化过程中，海权占有极其重要的地位。"从权力转化来看，海权的权力运用就是充分运用海权的要素资源保障国家安全、增加国家财富。"（曹云华和李昌新，2006：23）海权论是由美国海军学院院长、海军少将、历史学家、海军理论家艾尔弗雷德·马汉创建的。马汉潜心于海军理论的研究，撰写了多部具有世界影响力的军事著作。在这些著作中，他开创性地提出了以争夺制海权、控制海洋为首要任务的海权理论，认为制海权决定一国国运兴衰。马汉的海权理论核心内容主要由以下部分组成：其一，海上贸易是一国致富的重要途经，是民族繁荣和强盛的主要因素，控制海洋、掌握海权是国家强盛和经济繁荣的关键所在。马汉在《海权对历史的影响：1660—1783》（*The Influence of Sea Power upon History 1660-1783*）一书中阐述了海权控制与国家经济繁荣昌盛的关系："合理地使用和控制海洋，只是用以积累财富的商品交换环节中的一环，但是它却是中心的环节，谁掌握了海权，就可强迫其他国家向其付特别税，并且历史似乎已经证明，它是使国家致富的最行之有效的办法。"（马汉，1997：218）其二，海权是战争中的决定性因素，要控制海洋必须建立起一支强大的海军。马汉在《海权论》（*The Influence of Sea Power upon History*）一书中认为："海上力量的历史，在很大程度上就是一部军事史。在其广阔的画卷中蕴涵着使得一个濒临于海洋或借助于海洋的民族成为伟大民族的秘密和根据。"（马汉，1997：2-3）"决定着政策能否得到完美执行最关键的因素是军事力量。"（马汉，1997：381）其三，六个基本要素制约着一国的海上力量，决定一国能否成为海上强国：海陆地理位置、沿海自然结构、领土范围及海岸线和港口特点、人口数量及从事海洋相关事业的人数、民族特点和习性、一国政府特性及其政策。马汉在《海权对历史的影响：1660—1783》一书中对这六个要素进行了详细的说明①。

---

① 马汉.1998. 海权对历史的影响：1660—1783. 安常容，成忠勤译. 北京：解放军出版社，29-85.

通过梳理马汉的海权论的核心论点，我们认识到，海权涉及海军力量、海洋资源形态及利用、海洋贸易及商船等内容，充分认识到这些因素，并最大限度地掌控这些因素，则一个国家就能控制海洋，从而通过控制海上贸易来控制世界财富，并进而掌控世界政治经济格局，这就是控制海权给一个国家带来的直接的巨大利益。

马汉的"海权论"是在19世纪末提出来的，他的核心理论就是一个国家必须获得海上通道的控制权和话语权，才能保证一个国家在政治、经济上立于不败之地。马汉的海权理论是美国在谋求更大的国际利益、谋求瓜分整个海外市场和扩张美国领土的背景下提出的。从19世纪中叶开始，美国加快了领土扩张的步伐，西进运动也如火如荼地进行。为了争夺对太平洋沿岸领土的控制和占有，美国不惜发动了美墨战争，从墨西哥手里夺取了德克萨斯州广袤的土地，随后，又从西班牙和葡萄牙手中夺取了俄勒冈等太平洋沿岸的领土。然而，美国的眼光不仅仅局限在美洲大陆，从这些巧取豪夺的行径可以看出，美国已经把扩张的眼光延伸到广袤的海洋上，延伸到大西洋、太平洋沿岸的领土之上，把帝国的利益扩展到世界的大洋之上。19世纪末，美国成功攫取了太平洋上的夏威夷群岛，使其成为美国第一个海外领土；1898年，美国发动了美西战争，又从西班牙手里攫取了菲律宾，从而大张旗鼓地推行美国的海外扩张战略。

马汉的"海权论"为美帝国的霸权扩张奠定了理论基础。无独有偶，作家库柏也同样在其海洋小说中宣扬海权思想意识，为帝国发展宣传造势。其海权意识主要表现为：坚信海洋是美国走向世界和称霸世界的重要通道；明确地阐述了建设一支强大的、具有战略威慑力的美国海军的必要性；强调海上贸易与航运是实现美国经济繁荣昌盛的重要途径和保障；认为美国在海权控制方面具有先天优势。库柏的海权思想意识是他的帝国想象中的一个重要组成部分。本章将从库柏的海洋书写同帝国海军构想、海洋商业帝国想象、帝国海洋战略构想三个方面的关系来阐释他的帝国海权想象。

第一节　海军历史书写与美国海军构想

在马汉的"海权论"中，海军力量是制约一国能否赢得海权的重要因素之一。而库柏在海洋文学作品中多次明确提出创建一只强大的、具有战略威慑力的美国海军，以保障美国蓬勃发展的海上贸易和海上航运交通线，维护美国的海上安全，这是他的海权思想的核心内容。库柏对海军之于美国的国土安全、海洋权益以及国家力量的重要性的认知非常透彻，为此他花费了十余年的时间来研究美国海军发展历史，试图通过回顾美国海军发展历程来总结和反思美国海军建设中的问题和得失，进而为美国未来的海军建设提供有益的参考。库柏的海军历史书写，从本质上讲正是他的海权思想的重要组成部分。

一、《美国海军史》书写

其实，库柏很早就计划写一本关于美国海军发展历程的书。在 1826 年 5 月离开美国去欧洲之前，在欢送他的晚宴上，库柏公开宣称要利用在国外的时间来写一部关于美国海军历史的著作，"我将利用这个机会来记录一群令国家感激的人们的功勋和苦难的经历"（Lounsbury，1886：200）。库柏同美国海军的密切渊源、他同众多海军将领的深厚友谊，以及他对海军生活的无比熟悉，加上作家的独特身份，这些得天独厚的条件使他比任何人更有资格撰写一部美国海军史。库柏清醒地认识到这本书写作任务的艰巨，对他来说，更大的挑战是如何把这本书写成一部像小说一样有趣的、好读的著作。为了完成这部重要的著作，库柏花了长达十四年的时间来收集相关资料，并研究和甄别资料的真实性。1839 年，两卷本《美国海军史》终于出版了。

库柏在《美国海军史》中记录了截止到 1815 年英美第二次战争结束时美国海军的成长历程，记录了美国海军如何从无到有、从弱到强的曲折而精彩的传奇历程。在《美国海军史》的绪论中，库柏开门见山地阐述了海军对美利坚合众国的重要性和必要性，"合众国主要靠强大的海军力量才能在竞争如林的世界强国中保有一席之地，才能保卫领土不受侵犯，才能维护自身的权益"（Cooper，1839 I：xi）。库柏不仅真实再现了美国海军所经历的辉煌战役，还详细介绍了各位海军将帅的英姿和风采，如约翰·琼斯和佩里等。此外，库柏在书中还详细介绍了独立战争、第二次英美海战的实战详情和参加海战的美国舰船装备、武器情况，以及战争对美国海军发展的重要影响。除了介绍美国海军发展的曲折但不断走向强大的艰难历程，库柏还指出海军发展中遭遇的许多挑战和存在的问题与不足，如美国政府和国会对海军重视不够，也缺乏必要的激励机制，他这样评述道："在海军管理中，世界历史上大概再也找不出一个政府像美国政府一样忘记对官兵的努力工作进行激励。"（Cooper，1839 I：xvii）在列举了美国海军管理机制中存在的众多问题和不足之后，库柏呼吁："美国政府是时候为自己考虑海军建设这个重大的话题，现在是时候构建完全适合美国的政治、社会和道德状况的一整套纪律规范和激励机制，构建一套资源配置和行动规范体系。"（Cooper，1839 I：xx）事实上，这也是库柏撰写《美国海军史》的真正目的所在，那就是通过审视和回顾海军发展的成功与失败的案例，从而总结经验与教训，以便为美国更好地打造一支强大的、具有威慑力的未来美国海军力量做决策和参考。总之，库柏在《美国海军史》中反思美国海军历史发展中的问题，目的是展望美国海军发展的灿烂未来。

库柏站在海军发展战略的高度，以军人的视角和作家的笔触，极为出色地完成了《美国海军史》的撰写工作，为此他赢得了美国海军史学家的盛赞。美国海军研究学者罗伯特·麦迪逊（Robert Madison）如此高度评价库柏的《美国海军史》："库柏的《美国海军史》是艾尔弗雷德·马汉于1890年发表具有影响力的关于海权的著作之前唯一最重要的、最具影响力的关于美国海军史的著作。"（Madison，1982：17）另一位美国海军史学家沃尔特·怀特希尔（Walter Whitehill）也极力称赞库柏在海军历史研究中所取得的杰出成就："库柏作为美国海军史学家的重要地位是不容置疑的。他是第一个系统研究自殖民时期最早的海战以来所有战争的人"，"他研究了美国海军发展的全部历史，并获得了成功"（Whitehill，1954：468）。由此可见，库柏的《美国海军史》的确是一部优秀的作品，它对我们了解18—19世纪美国海军建设与发展历程具有重要的史料价值，对美国海权建构的确是起到了引领的作用。

在美国海军历史的书写过程中，除了《美国海军史》之外，库柏还撰写了一部关于美国杰出海军军官生平的非小说类著作《美国杰出海军军官生平志》，持续书写美国海军历史。此书共分两卷，第一卷分别介绍了威廉·班布里奇、理查德·萨默斯、约翰·肖、约翰·舒布里克和爱德华·普雷贝尔五位海军准将的生平和战斗事迹。第二卷逐一介绍了约翰·琼斯、伍尔西、奥利弗·佩里和理查德·戴尔四位海军将领的生平和海战事迹。这九位海军将领都有些什么传奇经历？他们为美国海军建设与发展都做出过哪些独特贡献？他们对美国海军发展都产生过什么影响？库柏是如何呈现这些海军将领的光辉事迹的？他撰写这些海军军官生平的目的和动机是什么？库柏与他们之间有什么关系？下文将就以上问题展开阐述。

库柏逐一介绍了九位杰出海军军官的生平和传奇海战经历。第一位是威廉·班布里奇。班布里奇于1774年出生于新泽西州的普林斯顿。他仅仅十几岁的时候就已经展现出非凡的胆识和冒险精神，正如库柏描述的那样，"年轻的班布里奇是一个热爱运动的人，体型阳刚，很早就表现出胆大过人和热爱事业的性格特征"（Cooper，

1846 I: 10）。1796 年，19 岁的班布里奇就因为非凡的控制局面的能力而成为船长。从那时起直到他加入美国海军之前，他一直担任各型舰船的船长。他的海军生涯非常漫长，期间经历了六位美国总统。1798 年，随着美国海军机构的组建，班布里奇成为美国海军军官组织成员之一；1798 年 9 月他被任命为中尉指挥帆船"复仇号"，并奉命巡逻西印度群岛水域。他曾指挥早期美国海军史上几艘著名的战舰，例如"宪法号"、"乔治·华盛顿号"、"费城号"和"总统号"等，他在北非海战以及英美第二次战争中因为骁勇善战、指挥能力强而闻名。在英美第二次战争前，班布里奇及时成功说服托马斯·杰弗逊总统（Thomas Jefferson）改变轻视美国海军建设的不利政策，从而避免美国海军在战争爆发前提前衰退的不利局面。1812 年英美战争爆发后，班布里奇指挥"宪法号"战舰成功击沉英国战舰，1813 年麦迪逊总统授予班布里奇"国会金质奖章"以表彰他的英勇行为。他后来入选美国海军委员会成员。班布里奇逝世后，为了纪念他为美国海军所做的杰出贡献，美国海军几艘战舰都以"班布里奇"来命名，如美国第一艘驱逐舰"班布里奇号"，核动力驱逐舰"班布里奇号"，以及当代的伯克级驱逐舰"班布里奇号"；而以他的名字命名的美国地名则不计其数，如现在已经停用的位于马里兰州的"班布里奇海军训练中心"也是以他的名字命名，华盛顿州、俄亥俄州、乔治亚州、印第安纳州、纽约州都有"班布里奇"地名。

第二位是理查德·萨默斯。理查德·萨默斯 1778 年出生于新泽西州，他于 15 岁左右就开始出海闯荡了。根据库柏的描述，"萨默斯是一个中等身材的男人，体格粗壮，肌肉发达，异常活跃"（Cooper，1846 I: 119），"在少年青年时代，萨默斯就因为侠骨柔肠的鲜明性格而显得十分突出，而他对自己的事业追求又无比坚定和执著"（Cooper，1846 I: 77）。1798 年春天他被提升为海军中尉；1804 年，在北非海战对的黎波里的行动中，他被晋升为主官；1804 年，他指挥"无畏号"驶入的黎波里港，目的是炸毁海盗船舰队，但"无畏号"过早爆炸，造成萨默斯和他的全体船员死亡。库柏评价萨默斯是"最勇敢的人当中最勇敢的"（Cooper，1846 I: 118）。萨默斯死后被埋在利比亚的的黎波里。2004 年，新泽西州议会通过了两项决议，呼吁返回他的遗体。自 1804 以来，六艘美国海军战舰先后被命名为"萨默斯"，纽约新泽西许多地方也以他的名字来命名，以表纪念和缅怀。对于萨默斯的光辉业绩，库柏做出了高度评价：

> 总之，他的名字已经成为美国海军的口号。首先与一个国家的历史有

关的人，不管是与其制度、武器、文学，还是与艺术有关，都构成了它未来所有的名声，它很可能会传承到后世，作为国家有志之士敢于模仿的光辉榜样之一。（Cooper，1846 I：122）

　　第三位是约翰·肖。约翰于 1773 年出生在爱尔兰，1790 年移居美国费城。1798 年，他被任命为海军中尉，第一次加入在西印度群岛与法国的战争中。1799 年，他被命令指挥帆船"企业号"，在接下来的一年里，他俘获了七艘法国武装船只，夺回了几艘美国商船，从而使得"企业号"名声大振，成为当时美国海军最著名的战舰之一。1804 年，他指挥"亚当斯号"帆船在地中海上同北非海盗交战。在 1812 年英美战争中，约翰·肖负责新奥尔良海军据点的防御工作。1823 年，约翰·肖在费城去世，他同本杰明·富兰克林（Benjamin Franklin）以及《独立宣言》的其他签署者一同被埋葬在同一个教堂里。美国海军为了纪念他为海军所做出的贡献，将两艘驱逐舰命名为"约翰·肖"，其中一艘在珍珠港被袭事件中因为壮观的爆炸过程而名扬全球。此外，华盛顿州也以约翰·肖的名字来命名地名。对于约翰·肖光辉的一生，库柏也不吝赞美之词，他在传记中这样称赞约翰："实际上，他的名字在伴随共和国现在的海军开启辉煌生涯的英勇海员名单上是首屈一指的。那些追忆到世纪初的人，熟悉海军事件的人，会记得他们多少次需要听取他的成就和事迹。"（Cooper，1846 I：123）

　　第四位是约翰·舒布里克。约翰是美国海军著名军官威廉·舒布里克（William Shubrick）准将的哥哥。在库柏看来，他是美国海军军官中为数不多的获得应得的声誉的军官。

　　　任何不被要求驾驶船只的海军军官都很难获得像约翰·舒布里克那样
　　　的声誉；更为罕见的是，没有一个人能像他一样彻底地获得应得的名声。
　　　他于 1806 年夏天进入海军，1815 年因船难殒命，服役时间仅为 9 年，其
　　　中有一半时间他担任中尉的职责。（Cooper，1846 I：167）

　　在这九年期间，他曾在"切萨皮克号""宪法号""总统号""美国号"等十个不同的巡洋舰上服役。约翰·舒布里克英年早逝，"对于美国来说是一个巨大的损失"（Cooper，1846 I：170）。值得一提的是，约翰·舒布里克的弟弟正是库柏一生的挚友——海军准将威廉·舒布里克。从 1806 年到 1861 年长达五十多年的海军生涯中，威廉·舒布里克为美国海军的建设与发展做出了卓越的贡献。他参加过 1812 年英美海战和美墨战争；1806 年，16 岁的他被任命为海军准尉；1807 年 5 月，他开始在

地中海中队的"黄蜂号"上服役。正是在这艘船上，他遇到了库柏；1809 年 11 月，军人库柏也被分配到"黄蜂号"上执行任务。1809 年底，舒布里克被调到大西洋中队的"阿耳戈斯号"负责大西洋海岸的巡逻任务。1812 年英美海战爆发前夕，舒布里克被提升为中尉。1813 年 6 月，他率领一群水手粉碎了英国人攻击弗吉尼亚的克拉尼岛的企图。由于在英美海战中功勋卓著，他被授予"国会荣誉勋章"。在美墨战争爆发之前的几十年前中，舒布里克负责战舰指挥、后勤管理等工作，出色完成各项工作。美墨战争爆发后，舒布里克出色完成了军舰指挥和海上调度任务。在舒布里克的出色领导下，美国海军在太平洋海岸成功地完成了为胜利结束战争而展开的一系列扫尾行动。从 1849 年到 1853 年，舒布里克负责海军造船厂与修理厂的日常管理工作。1861 年内战爆发前夕，他被晋升为海军少将，之后光荣退休。1874 年他在华盛顿逝世。他逝世后，为了纪念他为美国海军所做出的卓越贡献，美国海军几艘战舰同样以他的名字来命名。

第五位是爱德华·普雷布尔。普雷布尔于 1761 年出生于美国马萨诸塞州，是一名杰出的海军军官。他在第一次北非战争中展现出卓越的军事才华，率领美国海军袭击的黎波里，他的出色组织和领导力为年轻的美国海军积累了丰富的实战经验，也为海军储备了大量的杰出指挥人才，从而为 1812 年第二次英美战争中美国海军的出色表现奠定了坚实基础。普雷布尔有着 15 年的商船经历，再加上在独立革命战争中在大陆海军服役，使得他不仅经验丰富，而且指挥才能出众。1798 年 4 月，他被任命为美国海军中尉；1799 年 6 月，他被任命为船长，负责接管护卫舰"埃塞克斯号"，为美国的太平洋商队护航。1803 年，杰弗逊总统需要一个新的军官来指挥地中海中队，以保护美国在此区域的利益，普雷布尔成为最佳人选。晋升海军准将后，他指挥海军"宪法号"奔赴地中海护航。此后，在第一、二次北非海战中，他以过人的胆识和出色的指挥才能，成功阻止了以利比亚为首的北非国家对美国商船的侵扰，并成功封锁了北非海盗对美国商船的侵犯，保护了美国的利益。他的指挥才能享誉整个地中海沿岸国家。1805 年，国会通过决议，授予他金质奖章，以表彰他在的黎波里的勇敢表现；1806 年，杰弗逊总统任命他为海军部部长，但他因健康原因而未能赴任。值得一提的是，他培养的海军将领无数。斯蒂芬·迪卡特（Stephen Decatur）、威廉·班布里奇、查尔斯·斯图尔特（Charles Stewart）、艾萨克·赫尔（Isaac Hull）、托马斯·麦克多诺（Thomas Macdonough）、詹姆斯·劳伦斯（James Lawrence）和戴维·波特（David Porter）等海军著名将领都在他的麾下受训，由此可见普雷布尔对美国海军建制的巨大影响力。对这位功勋卓著的军官，库柏曾如是评价道：

> 普雷布尔对服务纪律的影响是有价值的和持久的。直到他那个时候，
> 当时的海军人都不太习惯一致行动，以前的一些尝试都没有出现过非常令
> 人恭维的结果……他们没有被教导去压制他们自己的热情，当大敌当前时，
> 以恰当的方式向上级表达自己的意见，以便能形成一个综合而行之有效的
> 阵线，直到普雷布尔给他们严厉而有益的教导，这一情况才得以改观。
> （Cooper，1846 I：252）

在他漫长的职业生涯中，普雷布尔参与了现代美国海军的许多规章制度的建立。在严格的指挥管理体系下，船长必须保持舰船随时处于战备状态，随时准备能扬帆起航。在当时美国海军还没有正式建制的背景下，这一高度管制态势没有得到大多数军官的采纳，但未来的海军将领詹姆斯·劳伦斯和戴维·波特等人则严格执行这套军事管制体系，这为后来美国海军规章制度的建立奠定了坚实基础。普雷布尔所创立的许多指挥程序后来变成建制后的美国海军的指挥教条，而他麾下的这些军官也成为后来组建的美国海军中杰出的海军将领。普雷布尔逝世后，按照美国海军惯例，六艘美国海军舰船以他的名字来命名；美国海军军官学校专设"普雷布尔大厅"，而俄亥俄、缅因、华盛顿、俄克拉荷马、明尼苏达、纽约、威斯康星等州的许多地方或者学校都以普雷布尔的名字来命名，以表达对普雷布尔的伟大功勋的纪念。普雷布尔甚至还出现在美国的影视流行文化中。

第六位是著名的美国水手约翰·保罗·琼斯。享有"美国民族英雄"和"美国海军之父"美誉的约翰·保罗·琼斯其实是个地道的苏格兰人。他是一个种植园工人的儿子，1747 年出生，他本名约翰·保罗，因打架斗殴犯了谋杀罪，跑到美国后改姓琼斯。他 13 岁就当了水手，很早就表现出过人的天赋。1766 年，年仅 19 岁的琼斯，就成为贩奴船的大副。投身大陆海军后，琼斯先后在快速巡航舰"阿尔弗雷德号"和"普罗维登斯号"上服役，并获得了上尉军衔，由于表现出色，琼斯得到了大陆海军舰队司令伊塞克·霍普金斯（Esek Hopkins）的赏识。1777 年 6 月 14日，琼斯被正式任命为排水量 318.5 吨的单桅船"突击者号"的船长。也正是那一天，国会决定以星条旗作为美国的国旗，"突击者号"有幸成了第一艘悬挂美国国旗的舰艇。1778 年 2 月，飘扬着美国国旗的"突击者号"在国际水域得到法国舰队的致敬，这是美国舰队第一次获得国际社会的承认。1778 年，琼斯决定效仿著名的美

国私掠船长兰伯特·威尔克斯（Lambert Wilkes）的办法，靠近英国海岸线航行以寻找攻击目标。琼斯策划了两次对岸上目标的袭击，其中一次是袭击苏格兰的圣·玛丽岛，这次袭击琼斯企图绑架当地的一名贵族，以交换英军手中的美国战俘。这次袭击后来成为库柏第一部海洋小说《领航人》的故事情节，而小说中神秘的领航人格雷的原型正是琼斯本人。接下来当"突击者号"离开圣玛利岛穿越爱尔兰北部的海峡时，与英国海军派来搜捕的快速单桅船"德雷克号"遭遇。"德雷克号"战败被俘，他带着战利品"德雷克号"和 133 名俘虏返回了法国，而"德雷克号"则成为大陆军俘获的第一艘英国战舰。这次战役后，琼斯成了人们心中的英雄。1779 年 9 月，他指挥以"博霍姆·理查德号"（以本杰明·富兰克林的名字命名）为旗舰的一支小舰队在斯卡巴勒附近的弗兰伯勒角（Flamborough Head）遇到了一支由 41 艘帆船组成的英国舰队，虽然双方实力差距悬殊，但琼斯仍毫不犹豫地发动攻击，一场 18 世纪最艰苦的海战由此拉开帷幕。战斗从太阳落山时开始，一直持续到深夜 10 点多才结束，结果装备弱小、组织松散的 6 艘小舰船竟然战胜了由 41 艘舰船组成的强大的英国皇家海军舰队。琼斯以一种不可思议的方式赢得了战争的胜利。弗兰伯勒角海战的胜利使琼斯的声誉达到顶峰。为表彰他的功绩，法国国王路易十六颁发给他军功勋章和金柄宝剑，并授予他骑士勋章。这场战役中琼斯的名言"我还没有开始战斗呢！"成了美国人民永远传颂的名言。后来，琼斯还在法国和俄国海军中谋得了职位，俄国女沙皇叶卡婕琳娜二世还任命他为海军少将。1792 年 7 月 18 日，琼斯病死于巴黎，终年 45 岁。也许从成就上讲，琼斯无法与纳尔逊或者普雷布尔这样的海军统帅相提并论；在他海上生涯的顶峰，他也只赢得过两次值得一提的胜利，而且那两次都是单舰之间的搏斗，但由于琼斯采取的战斗方式和这些战斗的残酷程度，它们从来都没有被遗忘，而且一直是人们津津乐道的话题。对于琼斯所取得的功名，库柏这样评价道：

　　与美国海军有关的名字当中很少有像琼斯那样的名人。他的海军服役是如此大胆，且充满浪漫色彩，他所使用的手段似乎是如此不足以达到他的目的；特别有一次，他取得了比较辉煌的成功，以至于引起他的政治敌手和生活中的敌人的许多不得体的和苦涩的诽谤，而他的崇拜者和朋友则倾向于强烈地赞美他的业绩，不加区别地称赞他的丰功伟绩。（Cooper，1846 II：5）

　　为了表达对英雄的敬意，到 20 世纪 90 年代，美国海军已有 4 艘军舰以琼斯的名字命名。

第七位是伍尔西。伍尔西出生于纽约州的普拉茨堡，他来自荷兰新阿姆斯特丹的移民家庭。1800 年，他作为海军准尉进入海军服役，他的第一个任务是护卫舰"亚当斯"。1800—1801 年，他在往返西印度群岛的邮轮上工作。1805 年，他曾短暂地参与第一次抗击北非海盗的战事。1807 年，他新晋升中将，后接到命令前往华盛顿，在那里他开发了海军信号代码。1808 年开始，他奉命到安大略湖湖畔监督美国 11 艘战舰的建造工程。1812 年英美第二次海战爆发到 1815 年战争结束期间，伍尔西在大湖区以出色表现和超凡的指挥才能，击溃了英国皇家海军的多次进攻，并且还俘获了十多艘英国战舰，为美国海军的胜利立下汗马功劳。1832 年至 1834 年，伍尔西担任海军准将。1838 年 5 月 18 日，他在纽约逝世。为了纪念这位杰出的海军将领，美国海军的两艘驱逐舰以他和他的儿子的名字命名。值得一提的是，库柏同伍尔西关系密切，1808 年，库柏作为海军准尉曾在伍尔西麾下服役。因此，在描述伍尔西的生平经历时，库柏穿插了许多生动有趣的人物对话，把一个鲜活的伍尔西的形象呈现在读者面前。

第八位是奥利弗·佩里。佩里是一位杰出美国海军指挥官，出生于海军世家。十二岁时，佩里就已经跟随父亲在西印度群岛的"格林尼将军号"出海航行了。1799 年他被任命为海军准尉；13 岁时，他就在美国驻古巴基地服役，负责保护从哈瓦那到美国的美国商船；1798—1800 年，在对阵法国的准战争中，他曾在西印度群岛服役；1801—1815 年，他在地中海海域抗击北非海盗对美国商船的侵扰，并在加勒比地区打击海盗和奴隶贸易。但最著名的是英美二次战争时他在伊利湖战役中的英雄行为。1813 年 9 月，佩里指挥美国海军在伊利湖成功击败了英国皇家海军中队，这是历史上英国海军中队第一次向美国海军投降。后来佩里率领美国海军在伊利湖取得一系列决定性胜利，成为战争的转折点，为战争的结束奠定了重要基础，为此他获得了"伊利湖英雄"的光荣称号。1814 年，他获得了国会颁发的金质奖章，而他在战争期间的名言"不要轻言放弃"成为美国家喻户晓的名言警句。对于佩里在伊利湖取得的骄人战绩，库柏在书中这样评价道：

> 佩里的名字将永远与美国海军年鉴联系在一起。他的胜利是这个国家的常规和永久性海军中队赢得的第一次胜利，这次胜利在美国历史上是史无前例的。与一般的海军指挥官相比，把他的成功更紧密地联系在一起更多的是他在个人奋斗中所展现出的独特个性，这确保他的名声永存，使任

何一个能公正看待他的努力的人都不会嫉妒。所有企图抹杀佩里指挥官在伊利湖的战斗中取得的骄人战绩的行为必将失败；对于这一伟大战功的褒奖，他是受之无愧的！但凡有良知和正义感的人必定会授予他这一荣誉。（Cooper，1846 II：231）

佩里逝世后，为了铭记他为美国海军所做的杰出贡献，美国海军军舰以他的名字来命名，如佩里级护卫舰（Oliver Hazard Perry class）。值得一提的是，奥力弗·佩里的弟弟、同样投身美国海军的马休·佩里（Matthew Perry）在 19 世纪中叶率领几艘近代化蒸汽铁甲军舰直抵东京湾，敲开了日本德川幕府长期闭关锁国的大门。

最后一位军官是理查德·戴尔。戴尔出生于弗吉尼亚州，他父亲是造船工人，戴尔 10 岁时父亲去世，12 岁时，他被带到利物浦，在他叔叔拥有的商船上工作。回到弗吉尼亚后，戴尔成为船东的学徒，他随后到西印度群岛旅行。五年后，他获升为大副，但他仍然在商船上工作到 1776 年。独立战争爆发后，他成为弗吉尼亚殖民地海军的一名中尉。后来，戴尔在约翰·保罗·琼斯的麾下服役。1779 年 9 月 23 日，约翰·保罗·琼斯和戴尔率领的"好人理查德号"在约克郡附近海域的弗兰伯勒角取得了令人惊叹的胜利，英国皇家舰队被迫降旗投降并宣布美国舰队的胜利，戴尔成为第一个登上英国皇家舰艇的美国人。1794 年，乔治·华盛顿（George Washington）总统通过国会成立了美国海军，戴尔入选由六人组成的美国海军司令部第一指挥官。1796 年，因为美国和法国之间的关系紧张，戴尔被再次召回海军服役，负责建造美国"恒河号"舰船。后来，他在抗击北非海盗的战争中也同样功勋卓著。1801 年，在托马斯·杰弗逊的指派下，戴尔参与了第一次反抗北非海盗的战争，并成功封锁了的黎波里。1812 年的战争中，他是总委员会成员，负责防护费城免遭英军的袭击。晚年从海军辞职后，他开始从事商业活动，成为一名成功的商人，经营从美国到远东、中国和印度的贸易活动。在库柏看来，戴尔几乎是一名完美无缺的指挥官："我们被其率真、谦虚、坦诚、真诚，以及其他更加辉煌的品质所深深吸引。他的勇气和坚定是无与伦比的，使他永远担任最重要的职责，而不是疲于奔命。这样的男人身上完全没有任何浮夸的成分。"（Cooper，1846 II：263）在库柏看来，戴尔身上汇聚了一个真正的美国水手所具有的全部典型性格。

以上是对《美国杰出海军军官生平志》的扼要介绍。库柏为何要写这样一本关于美国海军军官生平的著作呢？答案至少有两个方面：第一，对美国海权建设力量的关注，尤其是对海军力量建设的关注；第二，展示被历史的尘埃所掩埋的那些为国捐躯的海军将领的英勇事迹，还原历史的真相。正如库柏在《领航人》的前言中所述的那样，"作者想表达自己的遗憾之情，那就是独立战争时期一大部分美国海军的大胆而有益的服役竟然还深埋于历史中，不为世人所知"（Cooper，1832：6-7）。因此，库柏所做的正是为了弥补历史的遗憾，要让那些"深埋于历史中"的海军杰出军官的英雄事迹重见天日。对此，库柏的传记作家格罗斯曼（James Grossman）也有过详细的考证：

> 早在 1826 年，在他刚刚航行前往欧洲的那个晚宴上，库柏对他的小说的赞扬做出了回应，他承诺要写一些比他的小说更严肃和持久的东西。在这样一个盛大而开心的场合，他以恰当的方式表露，没有一个美国作家像他一样以更专业的资质和写作频率来书写宏大历史中的神圣领域。他会记录一个阶级的人们的行为和苦难；国家对这个阶级的人怀有永久的感激之情，并且在这个阶级中，他已经度过了他年轻时最幸福的日子。展示真知就变成一件令人愉快的事情，因为越接近真理，"我就越感到我能为我许多最亲近和最亲爱的朋友的名声做出贡献"。（Grossman，1967：136）

库柏在处理这些军官生平资料时所持的立场是什么？对此，他在书的前言做了详细交代。库柏在前言中信心满满地宣称，自己在撰写这些军官的生平时，完全忠实于事实和历史，并且以不偏不倚的方式来处理题材：

> 每个作家都有他自己评判伟大与否的标准，他也有自己歌功颂德的标准和尺度。我们的目标是要把呈现在我们面前的不同主题以公正的方式加以处理，我们努力避免夸张渲染，从某种程度上说，以夸张的方式来处理可能被认为会破坏公众的品位，使得这些本来是真实的事件变得不可能。评价撰写这本书所具备的知识程度必须凭借书中的人物生平来评判，但是我们觉得自己在一个方面很棒，那就是，我们平等地、毫无偏见地、毫无争议地处理每个题材。……毫无疑问我们会犯错误，因为错误同历史无法分离；但我们在书中所犯的错误是因为在获得无偏见的真理方面存在困难，而不是故意或疏忽。我们没有忽视公开的争议点，而且我们坦诚地坚信每个海军军官即便没有得到明智的处理，也都得到公平的对待，对此我们很有信心。（Cooper，1846 I：5-6）

从前言中的声明可以看出，库柏所坚持的立场和基调就是历史真实，也就是说，库柏是以一名历史学家的立场来撰写这本书的。不过，他在具体到军官的个人事迹时，明显加上了浪漫主义的色彩。

库柏处理这些海军高级将领的生平事迹时得心应手，行文也非常流畅，这不仅仅因为他曾经是一名海军军官，对海军事务非常熟悉，而且还因为他对美国海军素材也非常熟悉，这得益于他对有关美国海军历史的知识和著作的大量阅读。更为重要的是，他的许多挚友和熟人都在海军服役，如舒布里克、伍尔西、戴尔以及查尔斯·威尔克斯等人，这为他的《美国杰出海军军官生平志》和《美国海军史》的撰写提供了绝佳的机会，使得他能有机会当面访谈或求证相关事实。这些优越条件保证了这两本著作的质量，使其成为研究美国海军历史的珍贵的必读参考文献。

二、"迎接地球上最强大国家的挑战"

库柏对建立一支蓝水海军的必要性和重要性有深刻的理解，这是他海权思想意识的基础和前提。若一个国家同大海相邻，有着漫长的海岸线，那海上安全和海上通道的保障就成为一个重要的政治问题和国家战略问题。美国是世界海岸线最长的国家之一。美国北与加拿大接壤，南靠墨西哥湾，西临太平洋，东濒大西洋。除了北美大陆以外，领土还包括北美洲西北部的阿拉斯加和太平洋中部的夏威夷群岛。因此，三面环海的地理位置使美国成为海岸线最长的国家之一，其海岸线的长度大约为 22680 公里。漫长的海岸线以及优越的海洋资源和财富，使美国必然同他国或者相邻的国家发生因海洋资源的开发和利用而产生的各种矛盾与利益纠葛。因此，海洋安全通常会成为临海国家一个重要的战略问题。保护国家海洋安全，维护海上通道，进而促进国家发展，则需要组建一支能够捍卫国家海洋权益的海军力量，这就是建设一支蓝水海军的战略重要性和必要性。在库柏看来，美国需要组建一支能够捍卫国家海洋安全和海洋权益的海军。库柏在《文学与科学宝典》上大声疾呼："美国必须建立海军，一个同美国一样强大的海军，这是天性、国家利益和国家安全的需要"（Cooper，1821a：36）。在《领航人》中，库柏渴望美国能拥有"许多艘像你们这样的战舰［'敏捷'号］"（50），从而保障美国的海洋安全，维护美国的海洋利益不受侵犯。这不仅是库柏的海洋安全意识的重要体现，而且也是库柏的海权思想意识的重要基础和前提。

另外，在他的《美国人的观念》书信集中，库柏借助欧洲单身汉游客的观察视角，激情洋溢地歌颂了美国海军、美国舰船、美国水手，展望美国海军未来的辉煌成就。其实欧洲单身汉游客这一角色是库柏的创造物，是库柏的思想言论的传声筒，这也是库柏的政治策略和叙事策略。库柏对一个强大的、具有战略威慑力的美国海军的横空出世充满了信心，他在《美国人的观念》第二卷中大胆地宣称："在几年内，这个年轻的共和国在选择对手时不会再小心谨慎，再过几年，她能够毫无畏惧地以任何一种方式，迎接地球上最强大国家的挑战。"（87）库柏还宣称，"美国海军舰队将开进所有基督教国家的竞争列队"（72）。同样，在《美国人的观念》中，库柏还阐述了海军同美国政权的紧密联系，"每个人，即便他对国家的利益知之甚少，都知道强大的海军同政权密不可分"（73-74）。库柏的《美国人的观念》中类似的观点随处可见。由此可知，库柏不单单妄想美国能建立一只强大的海军，而且还期望美国海军具有强大的战略威慑力，说明他对一国的海上战略威慑力量建设的重要性有着深刻的理解。

人类历史上自从出现海上战争以来，海上威慑就成为一个国家依靠其海上实力实现政治、经济、军事目的的表现形式，成为解决国家或政治集团之间冲突的重要手段。可以说，自从有了人类，就有了战争，而有了战争，就有了需要遏制战争的威慑力量的战略需求。战略学研究学者左立平在《国家海上威慑论》一书中阐述威慑机制时论述道：

> 威慑作为人类社会的一种斗争样式，古往今来，从未停止过。海上威慑是威慑的重要组成部分，是威慑在海上方向的新发展，是以海上军事实力为后盾，通过威慑构成一种强大的力量，使对方无法承受其严重后果，而不敢贸然采取损害对方国家利益的军事行动。（左立平，2012：3）

"海上威慑的核心含义是：运用海上军事力量，以战争或非战争的方式，慑服对方，获取战略利益最大化。"（左立平，2012：1）要达成海上威慑效应必须具备一些重要条件，其中一个重要条件是"海上威慑必须具备有效的海上军事力量"，而且"海上威慑是同海上军事实力成正比的，军事实力越强大，威慑效应就越佳"（左立平，2012：1）。世界近代历史上，欧洲帝国主义列强多次依仗雄厚的海上实力，在世界各地横行霸道，以先进的舰船和利炮为武器，用血腥的屠杀和野蛮的征服从心理上来慑服亚洲、非洲和拉丁美洲的许多国家，从而使这些国家被迫沦为欧洲列强的殖民地和半殖民地。而就在21世纪的今天，一些西方国家不断以先进的核动力航母以及数量众多的核武器和先进的远程精确制导武器来增强战略威慑效果，从而达到其政治、经济或军事企图。马汉在《海权论》一书中也宣称，"以战争为其表现天地的海军则是国际事务中有着最大意义的政治因素，它更多地是起着威慑作用而不是引发事端"（马汉，1997：396）。

无独有偶，库柏也对一支强大的美国海军的战略威慑力深信不疑，在《美国人的观念》第二卷中他也信誓旦旦地宣称，"美国将成为海洋上一个令人畏惧的国家"（87）。在海洋小说中，库柏也充分表达了建立强悍的、具有战略威慑力的美国海军的思想。在《领航人》关于美国海军发展史的历史叙述中，库柏通过神秘的领航人格雷之口，表达了建立强大美国海军的愿望，他希望美国能有多艘像小说中"敏捷"号那样性能优良的战舰；格雷还热切地展望美国拥有强大的、具有战略威慑力的美国海军力量，"我只要拥有这个腐朽的国家的一半海军，这些高傲的岛民[英国人]中最骄傲狂妄的分子也会吓得躲在他的城堡中发抖"（427）。格雷的愿望清晰地反映了库柏渴望建立美国海军、期望美国的海军力量强大到能威慑当时海上力量最为强大的英国皇家海军的愿景。根据海权思想，如若一个国家海军力量强大，就能赢得制海权和战略威慑力，从而在国际政治经济格局中赢得主动权，最终达到不战而屈人之兵的效果。库柏在 19 世纪初就清晰地明白这个硬道理，所以他在海洋小说作品中清晰地表达构建一支强大的美国海军的愿景，以实现美国在海洋上的战略威慑效果，进而使国家利益达到最大化。

第二节　"商业大国必然是海洋大国"：商业帝国想象

在库柏的海权思想体系中，除了强调美国海军的战略威慑力的核心地位以外，他还强调海上贸易与航运将是实现美国经济繁荣昌盛的重要途径和保障，他认为美国海上贸易的蓬勃发展，必将对美国商业和世界财富分配产生划时代的影响，这是库柏海权思想的中心内容。而要保证美国商业的蓬勃发展，首先必须要建立一个完全自由的商贸体系。

一、"四脚不受羁绊的马不是跑得更快吗"：海洋贸易体系构想

首先，库柏强调美国的海上贸易及航运对美国经济发展的重要作用，他认为美国的航运业将对美国的商业发展产生深远影响。库柏在《美国人的观念》第一卷中

描述了美国国际航运业的状况，"在纽约和西印度群岛、南美洲之间，以及各大港口之间有航运邮轮往返"（7）；为了确保美国海上航运业的发展，库柏强调"美国需要制定航海法，以促进美国航海业的发展，使美国的海运能与外国进行竞争"，假以时日，"美国海运上的领先地位将挑战所有外国竞争者"（11）。从库柏的上述言论可以看出，库柏深刻认识到美国经济的发展同海上航运有着纽带联系，畅通的海上航道将保障美国的商人、商品和资本能通达世界各个角落，而世界各国的商品和原材料又能源源不断地为美国的发展提供支持，而强大的美国海军又能为美国的海上商业通道保驾护航，这势必促进美国海上贸易、商船业和航运业的发展。小说《海妖》中描写的正是殖民时期美国海洋贸易发展的历史，而《海上与岸上》描写的是18世纪末19世纪初美国蓬勃发展的海洋贸易盛况。美国海上贸易的发展以及国际贸易的不断深化拓展，使得美国的渔业、航运业、造船业等海洋产业得到发展壮大，正如库柏在《美国人的观念》第一卷中所构想的那样，"美国商船的蓬勃发展将很快对美国商业产生划时代影响，并且也将对文明世界的财富产生划时代影响"（9）。

其次，库柏主张建立一个自由的海上商贸体序，使美国的海上贸易能够得到保障，从而健康地发展。他把这一诉求淋漓尽致地在小说《海妖》中表达出来。《海妖》的主题之一就是18世纪的纽约殖民地人民反对英国的压迫性贸易政策。在小说第一卷第九章中，女主角史德瑞芙特无比愤慨地控诉英国对殖民地的贸易封锁：

> 在法律的限制之外做点生意有什么罪过？英国人全是垄断者。他们毫不犹豫地限制了殖民地的人民，捆绑了我们的手和脚，束缚我们的心灵。凭借国会的法令，他们宣称"只能和英国进行贸易往来，其他国家一律禁止"……殖民地人民必须俯首听命。（112）

库柏认为，正是由于英国的贸易封锁政策，才催生了殖民地的海上走私行为或者"海盗"的产生。其实，这些让人闻风丧胆的"海盗"或者海上走私者，不过是受大英帝国的压制性商贸政策所害而被迫起来反抗的人们。英国对殖民地实施海禁政策以来，不少原本在海上讨生活的殖民地人，因为海上贸易受阻而被迫铤而走险，就像"红海盗"一样靠劫持过往商船谋生。库柏认为，只要英国的限制性商贸政策不废除，北美殖民地的走私活动和海盗行为就不会消除；一旦此种政策解除，走私活动必将消失。库柏在《海妖》第二卷第六章中非常清晰地表达了此类观点，"倘若这个世界的统治者解除了他们对商贸的毫无必要的限制，那我们的走私活动将消失"

（70-71）。库柏紧接着把商贸活动同赛马进行了非常形象的类比，"贸易活动应该像自由的赛马活动，四脚不受羁绊的马不是跑得更快吗？"（72）这里库柏强调英国实施的针对殖民地的贸易政策严重束缚了北美殖民地的经济发展，解除针对殖民地的压制性贸易政策必将促进殖民地经济快速健康地发展，因为库柏认为"商业在受限制最小的时候才能取得最大程度的繁荣"（72）。值得一提的是，《海妖》中的主角、"海妖号"船长汤姆·蒂勒的形象之所以高大鲜明，除了他那精湛的航海技术和高大的人格以外，还因为他被迫在海上走私英国禁运的货物，反对英国对纽约的贸易限制，而他违抗的法律正是阻碍美国贸易发展的贸易政策。因此，尽管他是小说中令人闻风丧胆的海盗，但他却是美国人民心中的大英雄，因为他反抗的是英国对北美殖民地的压制性贸易政策。以上引文也从另一个侧面说明，库柏希望建立自由的美国海上商贸政策，他认识到一个自由的、不受限制的海上贸易政策将对美国经济发展起到巨大的促进作用，这正是他海权思想的又一体现。

二、"美国的海湾星罗棋布"：海洋大国优势

除了强调海上商贸与航运的重要性之外，库柏还通过海洋小说来强调美国对海权的控制具有先天的、无与伦比的资源优势，美国的未来注定是在大海上，这也是库柏海权思想的重要组成部分。库柏把美国拥有得天独厚的条件和无与伦比的海洋资源优势这一认知撒播在众多海洋题材作品中。根据马汉的海权论，一国海权的发展受制于一国海陆地理位置、沿海自然结构、领土面积及海岸线和港口特点，以及国民性格等，而库柏认为这些恰恰是美国的先天优势，这极为雄辩地说明库柏对美国海洋资源形态的竞争性优势的认知是透彻深邃的。在他看来，正因为美国有了这个无与伦比的资源优势，掌控海权将是历史的必然。

首先，库柏在众多作品中极力呈现美国丰富而优越的海洋资源优势：无与伦比的美国海岸线、港口、港湾、河流等。在《美国人的观念》第一卷中，库柏满怀激情和无比的荣耀，兴致勃勃地介绍美国的海洋和港湾："美国拥有富饶的平原，而这只有少数国家才具有，当时您也许不知晓，美国还拥有漫长的海岸线，美国的河流分布广泛，美国的海湾星罗棋布，美国的港口宽广便利。这是其他国家所没有的财产"。（13）库柏紧接着在后文强调了美国作为一个海洋大国的众多优势，为此他一一列举欧洲许多国家的众多劣势和不足，如法国、希腊、土耳其等，都不算是真正强大的海洋国家，因为他们人口众多，而只有美国才能算是真正意义上的海洋国家。

在《领航人》中，领航人格雷的情人艾丽斯也为美国的江、河、湖、海所倾倒："听说美国的江河源远流长，没有人知道它们的源头，她胸中的湖泊横无际涯，使我们的日耳曼海黯然失色！"（371）

无论是在早期小说《红海盗》《海妖》中，还是中期的《海上与岸上》中，库柏均不遗余力地展示着美国的港口、港城等大自然赐予美国的优越海洋资源。在《红海盗》开篇处，库柏就对天然良港纽波特优越的地理位置做了积极的评价：

> 大自然特意把纽波特打造成为一个能满足水手的期待和实现水手的愿望的海港城市。拥有作为一个安全的宽敞的港口所必需的四大必备条件：平静的港湾、远离中心区的海港、便利的锚地和清晰可见的海面，在我们的欧洲祖先们看来，纽波特是专门设计来庇护舰队和照料勇敢而且技术精湛的水手的良港。（13）

纽波特虽经历了岁月的沧桑，但其繁华与风采依然不减，作者对此大加夸赞，"在广袤的新大陆上的重要城市中，很难找到像纽波特一样虽经历了半个世纪的风雨，但却几乎没有受到任何影响的海港城镇"；这里气候宜人，"是南部富庶的种植园主逃离高热和疾病的理想休憩之所"（14）。由于其迷人的美景和富饶的物产，纽波特被当时的人们称为"美洲的花园"（15）。纽波特的工商业呈现出一片繁荣景象，"铁锤、斧头和锯子的声音此起彼伏，不绝于耳"（18）。

《海妖》开篇就对纽约港的优越地理位置和繁华昌隆做了详细的描述：

> 纽约的陆地和水域所处位置俱佳，人工运河或自然河流连通了它与每个地方，加上气候温和，又处于一个中心位置，另外还拥有一个巨大的内陆腹地，所有这一切优越的条件使纽约无比繁华。尽管它很美丽，但有许多的海湾比它更具魅力，然而让人怀疑世界上除了纽约之外，是否还有另外一个城镇，能够融汇如此多的天然优势，使其为城镇广泛延伸的商业发展提供支持。上帝好像从未厌倦于她的仁慈，又使曼哈顿处于最适合城镇发展的最佳位置。（9）

小说紧接着强调了纽约快速发展的良好态势，并突出纽约日益上升的国际竞争力和影响力：

> 融合如此众多非凡而有利的条件于一体，纽约的发展必将为众人所知。

纽约那富有活力、健康且持续的发展在这个非凡而幸运的国家的历史上还没有对手。上个世纪里她还是无足轻重的乡野城镇，现在的快速发展使其能与欧洲二流城市相媲美，美洲的"新阿姆斯特丹"可以同荷兰的阿姆斯特丹相媲美。到目前为止，如果人类的力量可以试着预测的话，那过不了几年，纽约将同欧洲最引以为豪的首府平起平坐。（10）

因此，库柏相信，无与伦比的海洋资源及其临海的地理优越性注定美国必将成为海洋经济大国，这是控制海权的关键因素之一。可见，库柏对美国具有的优越的、其他国家无法企及的海洋资源是抱有自豪感和优越感的。正是看到美国在海洋资源上的竞争性优势，库柏才极具前瞻性地提出了美国的海洋发展战略，认为美国的未来是在大海上，美国需要做强"大海"这篇文章。事实上，库柏不仅认为国家需要做大做强"海洋篇章"，他自己也为了书写美国宏大的"海洋叙事"而不辞辛劳地工作，最终写就了多达十余部小说这么大容量的海洋长篇巨著，其影响力甚至还遍及欧洲诸国。

其次，库柏强调美国蓬勃发展的海上商贸活动是以人力资源储备和优良的舰船设备作为保障的，这是美国舰艇和商船进军世界海洋的重要物质条件和基本保障。在《美国人的观念》第一卷中，库柏对美国的造船技术引以为豪，因为"运力强大、美丽、精美的舰船穿梭于众多欧洲港口与美国之间，这对商业利益如此重要，对年轻的国家是如此值得称道，据说这样的高性能的船舶还将扩大生产规模"（7）。库柏还在《文学与科学宝典》上发表评论文章赞美美国的商业舰队的超强实力："美国商业的强大引擎正是商业舰队——它在技能、勇气、知识和远见等方面绝对超越世界上任何国家。"（Cooper，1821b：334）让我们来领略一下库柏小说中数量众多的性能优越、造型美观的舰船：《领航人》中的战舰"敏捷号"是"一艘威武的大舰，它那巨大的舰身、高耸的桅杆"，"像一座远山"（5），它"服服帖帖地听凭水手们的摆布"（47）；"阿瑞尔号"像"一只找寻归宿的小鸟，飞快地掠过水面，毫不畏惧地朝着海岸疾驰"，"像一颗流星在波涛上掠了过去"（87）。《红海盗》中轻盈、优雅的"海豚号""像一朵白云在空中飘"，"像一只水鸟"掠过水面（300）。《海妖》第一卷第八章中所描绘的"海妖号"性能优越，她自由、轻薄、优雅、敏捷，航行时"像一只海鸥在巨浪上飞翔"（103）。除了这些特性之外，库柏还把舰船同烈马作比较，强调舰船的强大力量和速度。在《红海盗》中，"海豚号"像赛马一样疾驰（264）；《海妖》中也有同样的比喻，"海妖号"靠近海岸，像赛马一样疾驰（44）。《海妖》中把舰船比作赛马的比喻不胜枚举。由此看来，库柏喜欢把美国船舰同海鸟和赛马等做比较，目的是强调美国舰船性能优良、造型美观、行动敏捷、力量强大等优良特性。除了性能优良的船舶以外，库柏还特意强调了美国水手们高超精湛的驾驭技术，这也是确保美国之舟能在凶险的大海上扬帆遨游的关键。海洋小说三部曲《领航人》、《红海盗》和《海妖》中，水手们精湛的驾驭技术使我们印象深刻。领航人格雷、"红海盗"船长海德格尔和王尔德、"海妖号"船长蒂勒，个个都是技艺超群，武功盖世，常常神奇地化险为夷，其他普通水手驾驭舰船的本领也是一流。以上论述充分证明库柏对美国舰船制造技术和能力非常自信，在库柏看来，美国舰船的技术水平足以保障美国海上贸易和远洋航运的蓬勃发展，这对发展美国经济非常有利。

最后，库柏自豪地认为美国的国民性格天生适合从事海洋商业活动，这也是美国成为海洋商业大国的固有基因。同样是在《美国人的观念》第一卷中，库柏阐述了美国人这一先天性格，"美国民族习性和追求比任何其他民族都具有更强的海洋属性"（12）。历史上具有海洋属性的民族的国家崛起之路都是在大海上，比如像英国、荷兰、西班牙等。因此，库柏相信，美利坚民族的海洋禀性是美国成为海洋强国的先决条件，因此库柏才在海洋小说《领航人》《红海盗》《海妖》中分别通过科芬、王尔德、海德格尔和蒂勒等人物形象反复强调美国人的海洋禀性。例如，科芬"看不出更多的陆地有什么用"（11）；王尔德则"不属于陆地上的人"（224）；海德格尔更是"三十多年来几乎一直在大海上度过"（201）；蒂勒则是美国长岛的原住民。不仅是男性，就连女性也具有先天的海洋秉性，最典型的女性角色莫过于《海妖》中的史德瑞芙特和《杰克·蒂尔》中的一直以男水手杰克·蒂尔的身份出场的玛丽·斯沃什，她在大海上漂泊已经三十多年。

因此，在整体考虑了美国在海上商贸和航运方面的有利因素之后，库柏在《美国人的观念》第一卷中非常大胆地预言，"美国商船的蓬勃发展将很快对美国商业产生划时代影响，并且也将对文明世界的财富产生划时代影响"（9）。

第三节　帝国海洋战略构想

库柏的海洋书写不仅是一种文学表达，同时也是旗帜鲜明且内涵丰富的政治表达。他的海洋书写极为清晰地为美国的海洋发展指明了战略发展方向和实施路径：一是从西部回到东部海岸，二是从大西洋到太平洋。

一、从西部回到东部海岸

库柏深刻地认识到海洋是美国逐渐强大、最终走向繁荣富强的重要通道，因此他认为美国的崛起之路是在大海上，美国的腾飞离不开大海，在美国崛起的进程中应该大胆地向海洋进军。在库柏看来，西部大陆仅仅是美国发展历程中的一个驿站，而美国各项事业的发展最终必将从西部大陆回到东部海岸。他在《美国人的观念》第二卷中曾旗帜鲜明地论述说："西部移民大潮总会有回潮的时候，所有在艺术、生产制造、商业等各方面的探险行为都必将从西部回到东部海岸。"（83-84）"这个国家未来走向世界的通道、探险的路径，以及美国人民了解军队的辉煌历史的主要舞台，都是在大海上。"（86）库柏坚信美国在物质生产和艺术生产方面的探险行为，以及美国未来走向世界的通道都必将从西部陆地回到东部海岸，这充分说明在陆权与海权的战略选择中，库柏更加偏重海权，说明库柏在面对美国的发展战略通道选择问题上，选择海上战略通道。

中国战略学研究学者梁芳在其系统研究海洋战略通道的专著《海上战略通道论》中对海上战略通道这一术语进行了定义：

> 海上战略通道是指对国家安全与发展具有重要战略影响的海上咽喉要道、海上航线和重要海域的总称。它主要包含三个部分：一是特指一些重要的海峡、水道、运河；二是指海峡及海上交通线附近的一些重要的交通枢纽——岛国和岛屿；三是指海上交通线所经过的有特定空间限制的重要海域。（梁芳，2011：11）

梁芳把海上战略通道提升到地缘战略学高度，她认为，"海上战略通道既是自然地理意义上的航路，也是政治意义上的地缘战略学的重要组成部分，它与陆上战略通道共同构成地缘战略的基本要素"（梁芳，2011：3）。梁芳还进一步论述了海上战略通道对国家安全与发展的重要意义："海上战略通道，这个既古老又现代的重大战略问题，作为地缘战略、国家战略、军事战略的重要内容，不论在列强争霸的过去，还是在经济全球化不断向纵深拓展的今天，都曾发挥和仍将发挥越来越重要的作用。"（梁芳，2011：1）

美国"海权论之父"马汉在《海权对历史的影响：1660—1783》一书中同样论述了海上战略通道的重要意义："从政治和社会的观点来看，海洋使其本身成为最重要和最惹人注目的是其可以充分利用的海上航线。"（马汉，1997：26）因此，马汉通过分析西欧老牌帝国荷兰、法国、英国等国家的发展历程，提出控制海上战略通道对成为海洋强国的重要意义。由此可见，战略通道的选择问题是一个国家、一个民族走向繁荣发展、屹立未来世界的道路上必须重视和解决的重大政治战略与军事战略问题。选择陆上战略通道还是海上战略通道，完全决定了一个国家和民族的兴衰与沉浮。近代中国在面临陆上通道还是海上通道的选择问题上，由于缺乏前瞻性的战略眼光而选择了陆上战略通道，从而放弃了本来已经由明代的郑和成功开辟的由亚洲走向世界的海上战略发展通道，"重陆轻海"的治国方略最终导致近代中国完全丧失了当时强于西方的海洋话语权，丧失了近代中国快速发展的宝贵的历史战略机遇期，其可悲的结果就是，中国最后竟然任由欧洲列强从几乎没有海防的海岸线撕开口子，并恣意在中国的土地上横行霸道，随后中国在鸦片战争、甲午战争等一系列战争中被装备坚船利炮的列强逐渐蚕食和侵吞，最终沦为半殖民地半封建社会，被西方远远超越。而与此形成鲜明对照的是，自15世纪以来，随着地理大发现和新航路的开辟，欧洲列强不断开辟海上通道，不断扩大其海洋权益。譬如葡萄牙、西班牙、英国、荷兰、法国等欧洲帝国，在国家发展的战略通道选择问题上，都一致选择了海洋战略通道，从而使欧洲完全改变了落后于亚洲的状态，并在这一时期开始不断超越中国、印度、波斯等东方文明古国，并把这些亚洲强国变成他们的殖民地、半殖民地或者附属国。以上历史事实雄辩地说明，在一个国家的战略通道选择问题上，重视并选择海上战略通道的国家，往往比选择陆上战略通道的国家更容易抓住国家发展的机遇，并在竞争如云的国际环境中击败对手而立于桥头和码头。

因此，在美国走向世界的道路选择问题上，库柏选择了海上战略通道。他以超前的战略意识和犀利的眼光，深刻地认识到美国"所有在艺术、生产制造、商业等各方面的探险行为都必将从西部回到东部海岸"，认识到美国未来"走向世界的通道、探险的路径，以及美国人民了解军队的辉煌历史的主要舞台，都是在大海上"。在库柏看来，西部边疆的开发定居只是个短暂的停留，而广阔的海洋才是美国的终极方向。库柏把美国人关注的目光从西部大陆转移到东部海岸，从西部的荒野转移到浩瀚的海疆，说明库柏具有开阔而前瞻性的战略意识和眼光，这也是他的帝国意识的重要内容和具体体现。实际上，美国想象中的边疆最初也并非是西部边疆，而是难以逾越的茫茫大海，如同皮特·尼尔在《美国海洋文学选集》一书的前言中所言："在欧洲的殖民者、拓殖者，或者非洲的奴隶环顾整个新世界之前，他们被迫横越充满惊涛骇浪的荒野，这使得无法逾越的内陆森林看起来像一个充满善意的避难所。"（Neill，2000：xiii）学者菲尔布里克也不断重申这一观点：

> 作为一个整体来看，19 世纪前半叶所产生的成百上千的海洋小说和短篇小说反映了美国人对海洋的兴趣和关注度达到了令人吃惊的深度和广度。这些创作传递这样一个信息，即 1850 年前，美国的边疆最主要是海洋，美国梦的主要内容不是关注新大陆的荒野，而是美国的海洋。（Fhilbrick，1961：vii）

库柏所做的，正是在十多部小说中，通过呈现人、舟、货物、资本等在广阔的大西洋和太平洋上的反复移动或者流动来勾勒、描摹美国的"海洋边疆"，从而展示美国人在广袤的"蓝色边疆"上的政治、军事和商业存在。

二、从大西洋到太平洋

库柏不仅眺望着美国的东部海岸，注视着大西洋广阔的洋面，而且还觊觎着包括太平洋、南极洲在内的世界大洋，从而"引领"（pilot）着美国这艘"国家之舟"不断向世界各大洋挺进。不过，尽管库柏的海洋通道意识在不断地向纵深拓展，但其海洋通道意识并非一开始就是清晰可辨的，而是经历了一个从早期模糊到晚期清晰化的变化过程。

在库柏的早期海洋小说中，库柏关注的海洋通道仅仅是在大西洋近海，尤其是大西洋西海岸靠近美国这一侧。譬如在第一部海洋小说《领航人》中，故事场景大部分都发生在岸上，人物的活动轨迹也是发生在海岛或陆地上。在第二部海洋小说《红海盗》中，小说的故事情节和人物活动的场所大部分也同样是发生在岸上。这说明库柏对海洋在美国社会发展中的地位和作用的认识尚处于模糊阶段。

库柏海洋通道意识的变化在第三部海洋小说《海妖》中留下了明显的印痕。在《海妖》中，故事场景从大西洋近海移动到远海，小说人物大部分都在远离海岸的大西洋洋面上活动。小说女主角史德瑞夫特描述了在大海上移动的轨迹：她去过亚得里亚海沿岸，欧洲从直布罗陀海峡到卡特加特海峡之间没有一处没有去过（61）。小说的故事场景从近海向远海的转移，说明库柏的海洋意识发生了变化，他的海洋战略通道意识同早期相比，也逐渐变得更加深刻和明晰。

在库柏的中期作品中，小说人物在海洋上活动的场域以及移动的轨迹已经远非早期的海洋小说所能企及了。在《海上与岸上》中，17 岁的主人公迈尔斯在大海上移动的轨迹已经遍及东西半球：在亚洲太平洋的中国广州装满茶叶和丝绸，向南非的好望角挺进，经过苏门答腊，到达马达加斯加、加勒比地区的瓜德罗普岛；1798 年，迈尔斯乘坐"危机号"离开法国港口比斯开湾、南斯及英国伦敦，于 1800 年途经大西洋的马德拉群岛、巴西里约热内卢、南美火地岛、厄瓜多尔，通过麦哲伦海峡进入太平洋，到达夏威夷群岛，装好檀香木到广州，然后在广州装上茶叶，穿过苏门答腊岛和爪哇岛之间的巽他海峡，于 1802 年到纽约。从迈尔斯的航海地图及移动的轨迹来看，迈尔斯已经跟随美国的商船穿越了东西两个半球，横越了大西洋、太平洋。这说明这一时期库柏的海洋意识和海洋战略通道意识已经远远超越了早期的模糊的、浅层的海洋战略意识。

在库柏的晚期海洋小说中，小说人物活动的轨迹从早期和中期的大西洋、太平洋移动到了更加遥远的南太平洋波利尼西亚群岛上，并延伸到南极地区。《火山口》的故事场景就是发生在太平洋的波利尼西亚群岛上，而《海狮》的主要故事场景则转移到遥远的、当时尚未有太多人知晓的南极地带。这说明这一时期库柏的海洋意识和海洋战略通道意识已经非常强烈和深邃，已经远远超越了早期和中期，完全达到一个全新的高度和深度。

由此可见，库柏的海洋战略意识的变化是同小说人物距离海岸的远近以及在大海上移动轨迹的长短大致成比例的。人物活动场所距离岸边越远，说明库柏的海洋意识越深邃；人物在大海上移动的轨迹越长，说明库柏的海洋战略意识越强烈。故事场景从早期的大西洋近海到晚期的南极地区的变化，也清晰地说明了库柏海洋意识从模糊到清晰、从浅层到深层发展变化的过程，在此过程中，库柏就海洋对美国命运的重要性的认识不断地深化，他对海洋通道的战略重要性的认识更加深刻，而对海权重要性的认识也自然更加清晰和深刻。

库柏的海洋战略通道意识，是他的海权意识的重要组成部分，也是他的海洋意识的具体体现。这种海洋意识，同马汉的掌握海洋资源、控制海洋、掌控海权是国家强盛和经济繁荣的关键的海权思想是一脉相承、同宗同源的。令人吃惊的是，相隔半个世纪的两人，竟然对海洋之于一个国家权力、实力和战略地位的重大意义与价值有着如此惊人的共识，这不得不让人把二者联系起来加以考察。事实证明，库柏的海洋战略通道意识对马汉的"海权论"产生了重要的影响，本书第五章将对此做深入的论述。

总而言之，库柏的海洋小说的重要意义就在于，它不仅帮助美国人拓展了国家疆土的边界，即从陆地转向海洋，而且也引导美国人建立对海洋战略通道尤其是海权的重要性的认识。库柏的海权思想对美国社会历史发展的影响是极其深远的，但很少有人真正意识到这一点。在库柏的海权思想形成之前，美国的国家战略主要还是在陆地上，"边疆意识"在国家战略思维中占据非常重要的位置，这可以从美国历史上不同时期所抛出的立国理论如"山巅之城""西进运动""边疆论"等中洞悉（段波，2011：97）。直到 19 世纪下半叶，自从库柏的海权意识初步形成以后，美国才开始把霸权和扩展的重心与领地从陆地延伸到美洲以外的海外世界，其标志事件就是 1898 年的美西战争。然而，令人遗憾的是，史学家、政治家及军事战略家们在研究美国的海洋扩张战略时，往往只重视马汉的海权论的价值，而忽略了作家库柏的海权思想意识的影响。其实，史学家、政治家及其军事战略家更应重视库柏的海权思想及其对美国全球海洋霸权战略的划时代影响。从今天来看，美国从 18 世纪 70 年代建国到现在 240 多年，就已经成为全世界拥有最强大的军事实力和最广泛的经济影响力的唯一超级大国。今天，美国已经成为耀武扬威的海洋霸主。19 世纪前半叶库柏的海权思想，为美国的全球海洋战略奠定了思想基础，因此可以说库柏是美国海洋霸权战略思想的"领航人"。

第四节　库柏海权思想的渊源

如前所述，库柏在多部海洋小说和非小说类作品中阐述了他的海权思想意识。站在今天的历史时点来看，库柏的海权思想意识比美国"海权之父"马汉的"海权论"的提出要早大约半个多世纪。对此，我们对库柏的政治思想需要有新的思考和评价。作为第一个美国海洋小说家，他的海权思想意识得以孕育和发展的土壤和环境是什么？其实，库柏海权思想意识的产生离不开以下四个因素：第一，海军经历的影响；第二，美国独立解放诉求的历史语境；第三，美国海洋民族主义的影响；第四，从 19 世纪 20 年代起，美国国际地位的提升而引发的对外扩张野心使美国人寻求海上通道。下文将逐一展开论述。

一、海军经历的影响

库柏海军经历以及他的家庭成长环境对其海权思想意识和国家意识的萌芽产生

了一定的影响。库柏的海军经历是他的海权思想意识形成的直接原因。1806—1807年，性格叛逆、雄心勃勃的库柏离家出走，直奔大海的怀抱。作为妥协，他的父亲威廉被迫同意了库柏作为一名普通水手去远航的要求，但动用自己的关系以确保库柏的航行一帆风顺[1]。1806 年 10 月，库柏登上了"斯大林号"商船当了水手，随后将近一年的时间里，他跟随商船到达英国和西班牙等欧洲国家。在这次航行中，库柏有了海上风暴、被海盗追逐以及英国强制征兵等众多惊心动魄、令人难忘的经历，这为他日后海洋小说中惊心动魄的场景描写和跌宕起伏的故事情节做了充分的准备。当他从欧洲航行结束回来后，在父亲的安排之下，1808 年 1 月 1 日，他加入海军，做了见习士官。从 1808 年 8 月到 1809 年 11 月这一年多的时间内，库柏被派遣到美国纽约州西部港口要塞奥斯维戈（Oswego）服役，他参与了要塞的建设甚至短暂的军事管理工作。在服役期间，英美战争风云涌动，库柏也曾作为一分子做了战前的相关准备工作（Lounsbury，1886：9-10）。1809 年 11 月，他被调任到位于纽约港的"黄蜂号"战舰上负责招募水手。正是在这里他结识了同为招募官、后来成为美国海军准将的威廉·舒布里克，由此开启了两人之间极不寻常的终身友谊[2]。库柏同威廉·舒布里克以及美国海军军官查尔斯·威尔克斯（Charles Wilkes）等美国海军将领之间的友谊，使得他对美国海军发展持续关注，这也是他的海权思想意识产生的一个重要原因。作为对友谊的致敬，库柏把《领航人》《红海盗》等海洋小说献给舒布里克作为礼物。舒布里克对库柏的影响，尤其是对库柏的海洋文化战略、海权意识的影响尤为深刻。舒布里克长期服役于美国太平洋舰队，曾经参加 1812 年美英战争以及美墨战争，是美国海军的高级将领。库柏的另一位挚友查尔斯·威尔克斯领导了美国历史上著名的殖民探险之旅，1838—1842 年，探险者穿越整个美国西部、最终抵达南极大陆和南冰洋地区。威尔克斯同库柏的友谊同样深厚，从两者之间的来往信件可以看出，舒布里克和威尔克斯等海军将领常常给库柏写信并交流美国的海军发展动态。因此，库柏对海权之于国家命运、海军之于美国政权的重要关系的理解，必定比旁人更透彻深刻。

　　此外，库柏的家庭成长环境也对库柏的政治意识和权力意识的形成产生了潜移默化的影响。库柏的父亲是一个有影响力的议员，家庭经常接触和交往的是当时美

---

① Taylor，A. 1993. James Fenimore Cooper Goes to Sea：Two Unpublished Letters by a Family Friend. *Studies in American Renaissance*，pp. 43-54.

② Philips，M. E. 1912. *James Fenimore Cooper*. New York：John Lane Company，p.216；Clymer，W. S. 1908. *James Fenimore Cooper*. Boston：Small，Maynard & Company，p.13.

国最有影响力的政治精英，譬如美国的开国元勋约翰·杰伊（John Jay）和亚历山大·汉密尔顿（Alexander Hamilton）等。而库柏的妻子苏珊家族同样具有深厚的政治背景：苏珊的祖父曾经是纽约的大法官和州长，也曾是独立战争时期纽约保皇党的主要领导人。这样的成长环境无疑对库柏的政治意识、权力意识特别是军事意识的形成起到潜移默化的影响。

二、民族独立解放诉求的历史语境

库柏的海权思想意识产生也受美国独立解放诉求这一历史语境的影响。库柏成长的年代正值美国独立、自由和民族解放浪潮风起云涌的时代，摆脱英国的殖民枷锁，赢得美国的独立和解放，是 19 世纪美国政治的主旋律，而拥有一支强大的军队，是实现民族独立解放的有力保障。因此，库柏对美国海权控制的诸多思考不是孤立的，而是同当时美国加强海军力量建设、维护海上权益的整体战略和行动举措相联系的。

其实美国从立国之初，对海权就比较重视，这是美国的扩张主义得以实施的重要基础。在美国的大陆军海军分部建立之前，乔治·华盛顿就已经认识到建立一支殖民地海军的重要性，从而在大海上争取独立战争的主动权。远在大陆会议通过建立一支海军的决议之前，华盛顿就利用自己作为大陆军总司令的特殊身份，招募了 8 艘小船作为海上作战力量，这只海上力量可以作为大陆海军的前身。这只舰队的功过得失对美国大陆海军的组建产生了影响（Volo，2007：57）。美国大陆海军的具体创建时间很难确定，不过，历史学家一致认为大陆议会于 1775 年 10 月 13 日正式通过了组建一支正规的美国海军的议案。1775 年 11 月 10 日，海军委员会提议建立海军战队，由大陆会议下属的海军委员会负责美国海军力量的建设（Volo，2007：60）。12 月 3 日，海军上尉约翰·保罗·琼斯在新建立的大陆海军"艾尔弗雷德号"舰艇上第一次升起标志联合殖民地的"大联合旗"（张友伦，2002：11）。然而同以英国皇家舰队为代表的欧洲强大舰队相比，美国海军的实力比较薄弱，几乎可以说是不堪一击。

正是美国薄弱的海上力量，使得美国的开国元勋们看到加强美国制海权的重要性和必要性。直到 1775 年，作为美国大陆军总司令的华盛顿对海上和陆上联合作战几乎一无所知，因为华盛顿将军之前的军事经历几乎都是在西部边疆。然而幸运的是，总司令拥有一些骁勇善战的指挥官，他们有着丰富的航海经历，谙熟海权以及海上航运的重要性（Nelson，2010：17），正是他们的工作让华盛顿看到一支海上力量的重要性和必要性。华盛顿将军于是积极支持小股海上力量发动袭扰英国海军的行动，因为他知道当时美国国会还没有同意实施海上行动。尽管在经历了重重困难之后，美国大陆海军终于在 1775 年得以建立，但华盛顿对是否能够组建一支同英国和法国的强大海军相抗衡的美国海军没有信心。尽管如此，华盛顿从未停止过建立一支真正的海军力量的梦想（Nelson，2010：18）。1780 年，华盛顿将军给时任法国公使热内写信时说，"除了借钱，在这些海岸线上维持一个持续的海军力量优势是我们最感兴趣的议题。这将立刻使敌人采取防御措施，通过消除他们试图占领土地的想法，从而消除他们发动战争的动机"。（Nelson，2010：19）当法国援军到达美国港口时，华盛顿毫不掩饰他对控制海权的重要性的看法。在他让拉斐特侯爵转给法国罗尚博伯爵（Comte de Rochambeau）的《共同行动计划备忘录》中的第一条款，就是强调海权的重要性："无论是什么一个行动，无论在什么情况下，维持海军力量的优势是一个基本原则，这是任何一次希望获得成功的最终依赖的基础。"（Nelson，2010：19）而海权控制在美国国家战略中的重要地位，尤其得到被称为"弗吉尼亚王朝"中的托马斯·杰弗逊、詹姆斯·麦迪逊（James Madison）、詹姆斯·门罗（James Monroe）、约翰·亚当斯（John Adams）等开国元勋的重视。担任第一届国务卿、第二任副总统和第三任总统的托马斯·杰弗逊是美国历史上一位不可多见的具有远见的政治家，正是这位总统认识到太平洋贸易和战略的重要性。他时时遥望着密西西比河以西的大片荒芜的土地，视线越过落基山脉直达太平洋的波涛。杰弗逊总统上任伊始，就想确立美国对西北太平洋和俄勒冈等太平洋沿岸领土的占领，为此他安排国会拨专款 2500 万美元，选择他的私人秘书梅里韦瑟·刘易斯（Meriwether Lewis）担任探险队的首领，威廉·克拉克（William Clark）担任副指挥，开始了 1804—1806 年向西至太平洋沿岸的探险活动。此外，杰弗逊还在《托马斯·杰弗逊传》（*The Portable Thomas Jefferson*）一书中表达了他对海洋的重视，他认为"水手比产业工人更具有价值"（Jefferson，1977：384），他还认为美国海上力量的"薄弱将招来欺辱和他国的伤害"，因此美国"需要组建一支美国海军"，因为"如果没有海上力量的话，我们的海岸线将遭受可怕的损失"（Jefferson，1977：385）。可见杰弗逊对海权和海洋商贸重要性和必要性的深刻认知。

美国独立之后，英国不但没有减轻对美国的海上封锁，还不断加强对美国的海上贸易和海上航线的封锁和禁运。为了封堵美国国际贸易的发展，阻止美国融入国际社会，在 18 世纪后十年到 19 世纪初的头十年，英国实施了一系列的政令，例如，1793 年英国枢密院严令海军扣留同交战国法国进行海上贸易的中立国船只(张友伦，2002：73)，1806—1807 年枢密院又颁布多项谕令，完全禁止以美国为主的中立国同法国进行贸易，并抓捕和没收所有船只和货物 (帕特森，1989：76-77)。更令美国人愤慨的是，英国还强征美国海员服役 (帕特森，1989：78)。当时的美国国务卿詹姆斯·麦迪逊的意见最能代表美国人对英国强征美国水手这一行为的愤慨："这个做法在原则上是反常的……在实践上是惨无人道的……是极为可恶的凌辱。"(帕特森，1989：78) 英国人在大西洋上的暴虐行为加剧了美英之间的对立和矛盾。英国对美国的海上封堵使美国深深意识到加强海权控制的重要性和迫切性。作为对英国和法国的贸易报复，杰弗逊总统颁布了《禁运法》及针对英国和法国的《停止通商法》等一系列反制措施，从而 "维护了美国的独立和主权的尊严，第一次显示美国在海上的自主权"(张友伦，2002：109)。而麦迪逊执政时期，英美两国因海洋权益而产生的矛盾和争斗达到不可调和的地步，从而引发了 1812 年的英美第二次战争。

库柏正是在英国对美国的封锁和压制变本加厉、美国对英国的海上压迫到达极限状态的时代背景下成长并开始了他的海军生涯和作家生涯的。因此，库柏的海军生涯顺应了国家海洋权益发展的时代需要，他的《美国海军史》和《美国杰出海军军官生平志》的书写呼应了当时美国海权建设的直接需要，它服务于美国的国家整体利益。

三、海洋民族主义的影响

库柏的海权思想产生的另一个重要原因就是库柏深受当时的海洋民族主义和爱国主义的强烈影响。菲尔布里克在他的《詹姆斯·费尼莫尔·库柏与美国海洋小说的发现》一书中论述说，"19 世纪上半叶，海洋在美国人心中的神圣地位如同 18 世纪海洋在英国人心中的地位那样"(Philbrick，1961：3)。而在 1812 年美国同英国的战争中，美国出人意料地赢得了诸多正面海战，这场出乎意外的胜利使美国民众的爱国热情和海洋民族主义空前高涨。1813 年，当时一个著名杂志这样评价说："我们海军的辉煌战功点燃了新的神圣的国民精神，使得我们当中卑微的人竟然能大胆地向世界宣称他也有一个祖国。"(Philbrick，1961：2-3) 在海洋民族主义和爱国主义情绪空前高涨的时代旋律下，库柏扬起了他生命中海洋旅程的风帆。1806—1807年险象环生、无比刺激的第一次海上经历以及1808—1811年的海军经历使库柏不仅把大海看作个人冒险的竞技场，而且也当作国家荣誉的场所，这一经历使他一生对海军的事务持续关注。作为职业的海军军官，库柏必定对一支强大海军的问世充满了期望，而海军的任何荣誉的赢得必定使作为职业军人的库柏深感自豪。1812年，即库柏刚刚从海军离职之后第二年，第二次美英战争爆发。我们完全有理由推测，这次美英海战对作为职业海军军官的库柏的激励和影响，肯定比普通美国民众要强烈得多。这场战争中美国海军的杰出表现激发起库柏狂热的海洋民族主义和爱国主义情感，这在《美国海军史》一书中得到了忠实的记录。库柏在该书第二卷第十章中无不自豪地高度评价1812年美英海战对美国的空前影响，他认为这次美英海战"在海战史上开创了一个新纪元"，"连英国最骁勇善战的舰长也已承认一个新的强权即将在大海上崛起"（Cooper，1839 II：479）。

四、美国霸权扩张战略的影响

库柏的海权思想意识的产生还受到美国霸权扩张战略思维的影响。美国是一个以扩张为属性的国家，"扩张主义——地理的、经济的、政治的、文化的——是殖民时代以来美国经历的核心"（帕特森，1989：4）。美利坚民族也是嗜好扩张的民族。美国从一个年轻的共和国变成一个全球性的超级帝国，这其中扩张是一条贯穿始终的主线，扩张也构成美国主流白人文化的重要特征。美国的扩张主义不是19世纪末20世纪初才突然出现的，它是世界历史特别是欧洲近代历史发展过程的产物。"在某种意义上说，新大陆的'发现'就是欧洲文明向世界扩张的结果，而北美十三州殖民地则是英国商业扩张的产物"（王晓德，2000：174）；"北美殖民地乃至后来的美国积极从事的横越北美大陆的扩张是洲际商业扩张这一长链中的一个环节"（杨生茂，1991：28）。"美国人是接过了英国扩张主义的接力棒"，因此，"扩张意识一开始就在移民始祖的行为中表现出来，他们一踏上新大陆，便开始了向西拓殖的过程"（王晓德，2000：176）。"在独立战争胜利结束以后，美国的资本主义，通过对印第安人、墨西哥人以及各个欧洲殖民列强的打击，大大地扩张了它的领土，从在东部海岸一小长条土地逐渐发展成为一个横跨大陆的广大地区。"（佩洛，1955：19）不仅横跨美洲大陆，美国的领土和势力范围还延伸到海外，势力范围囊括阿拉斯加、夏威夷、萨摩亚、菲律宾、古巴、加勒比地区等海外领土。

美国在扩张的过程中, 借助军事、经济、文化、外交等非常规手段, 不断扩大美国的势力范围。

美利坚民族的侵略扩张属性的形成, 源于扩张主义理论——"天命论"思想的熏陶和影响。"天命论"起源于 16—17 世纪登陆新大陆的盎格鲁-撒克逊人的清教"宿命论"思想。其基本内涵为: 美国是世界的"山巅之城"; 美国人相信, 他们是世界上"最优秀的民族", 美国文明是"最先进的文明", 而美国以外的文明则是"落后的文明", 美国人作为"上帝的选民", 作为"最优秀的民族", 他们受上帝的指派和委托, 对人类社会的发展和人类自身的命运肩负着神圣的、不可推卸的责任, 他们负有影响其他民族且促进其繁荣、进步和民主的神圣使命。为此, 他们认为自己有责任有义务推广美国所谓的先进文明, 传播美国所谓的先进制度和文化, 从而达到教化和净化落后、野蛮的文明, 进而达到拯救世界文明的终极目标。"天命论"作为美国外交史上一个著名的词汇, 最早是由鼓吹扩张理念的杂志主编约翰·奥沙利文 (John O'Sullivan) 在 1845 年 7—8 月号的《民主评论》(Democratic Review) 和 1845 年 12 月 27 日的《纽约晨报》(New York Morning News) 上就兼并德克萨斯这一问题而提出, "……这种要求的权力来源于我们的天定命运, 它允许我们扩展领土, 并拥有上帝给我们的整个大陆, 以进行我们的自由和联邦自治政府这一伟大实验……"。也就是说, "命运赋予美国的使命是不仅要进行教海, 而且还要把更多的土地和更多的人置于其管辖之下"(布卢姆, 1988: 441)。尽管"天命论"在美国历史上的不同时期具有不同的表现形式 (吴昊, 1998: 85), 但其内涵基本一致, 其理论的出发点和根本归属是服务美国的扩张战略。纵观美国的发展历史, 可以看到, 地域扩张和商业扩张一直是贯穿美国外交政策的主线, 扩张"是美国外交史上最永恒的主题"(杨生茂, 1991: 27)。美国从英国的殖民地变成全球唯一的超级大国, 这其中扩张主义一直贯穿帝国发展的始终。从美国独立战争时期的政治家和开国元勋到后来的美国总统, 无不受身披"天命论"外衣的扩张主义思想的深刻影响, 并为了美国利益、国家安全和所谓的全人类的福祉, 积极推行侵略扩张战略。革命时期的政治家本杰明·富兰克林认为美国"需要不断地获取新土地来开辟生存空间", 托马斯·杰弗逊认为美国需要"向整个南美移民"(王晓德, 2000: 179), 而约翰·昆西·亚当斯在 1787 年公开宣称, 新共和国"命中注定"要"扩张到全球 1/4 的北部 (北美洲)"(张友伦, 2002: 235)。后来, 总统詹姆斯·门罗、西奥多·罗斯福等美国政治家, 无一不挥舞着扩张主义的虎旗。纵观美国发展历史可以清晰看出, "从美国早期的'孤立主义'到后来的'门户开放政策'，再到'二战'前的'中立政策'，实质上都是美国在实力有限的情况下，在其力所能及的范围内进行扩张的具体政策"（吴昊，1998：88）。

在侵略扩张思维的影响下，美国社会文化中处处弥漫着扩张、探险、商业开拓等浓烈气息。而库柏生活的 19 世纪前半叶也毫不例外，因为"大陆扩张在 1815 年之后的 30 年变成了一个口号"（帕特森，1989：104），扩张成为 19 世纪美国压倒一切的主旋律。库柏更是深切感受到扩张主义的强烈氛围。就在库柏的文学生涯刚刚起航不久，美国历史上就发生了一件影响深远的大事，这就是"门罗宣言"的出笼。正如马汉所言："1812 年战争结束后不是很久，发生了一起在我国对外政策史上是划时代的、对于我国海军有着至关重要的影响的事件，这就是门罗主义的提出。"（马汉，1997：387）门罗主义是 1823 年 12 月由美国第 5 任总统詹姆斯·门罗在国情咨文中提出的美国对外政策的原则，其核心是"美洲是美国人的美洲"，其他欧洲列强不能染指美洲事务。门罗主义提出的目的是"阻止和进一步排斥欧洲列强势力在西半球的政治影响，使美洲和欧洲'脱离接触'，从而为美国在西半球的扩张扫清道路"；"门罗主义的提出为美国争夺西半球的霸权的斗争提供了最初的完整的理论准备"（罗荣渠，2009：205），也标志着美国对外霸权扩张的开始。从此以后，美国政府放开手脚，迈开了侵略扩张的步伐，名正言顺地把拉丁美洲纳入了美国的势力范围内。可以推测，当时的詹姆斯·门罗政权一定是在竭力打造一支所谓能庇护美洲利益的武装力量，而受此鼓动，国内政治舆论一定是在制造声势，煽动美利坚民族的海洋民族主义和爱国主义情感。极为巧合的是，库柏那部"扩大了爱国主义主题"（宋兆霖，1982：42）的海洋小说《领航人》正是在 1824 年发表，几乎和"门罗主义"同步。《领航人》正好是关于美国海军将士同英国殖民者浴血奋战的爱国英雄故事。在故事中，库柏希望美国能拥有许多艘像《领航人》中"敏捷号"军舰那样性能优良的战舰，以增强美国的海军力量和战略威慑力。可以推断，当时美国狂热的政治舆论思想和扩张野心，在一定程度上对库柏的海权思想的产生起到了鼓动作用。因此，从 19 世纪 20 年代起，库柏才会撰写了多部饱含美国海权思想的海洋小说以及《美国海军史》等关于美国海军题材的作品。

综上所述，库柏的海权思想是在美国独立自主浪潮和海洋民族主义与爱国主义情感不断高涨、政治权力不断崛起、对外扩张的野心不断膨胀、新兴大国地位不断巩固的时代背景下，逐渐产生形成的。19 世纪前半叶，在美国独立自主和国家追求强盛、大国野心昭然天下的大背景下，库柏展望一支强大的美国海军的横空出世，展望美国的海上贸易和航运能力的蓬勃发展，从而为美国的政治、经济和社会的加速发展提供坚实的武力和物质保障，这体现了库柏强烈的海权思想、海洋民族主义和国家意识。毫无疑问，库柏的海权思想，在当时美国独立自主和大国诉求的特定时代背景下，对积极构建国家权力、提升新兴国家实力和地位等方面起到了促进作用。然而，库柏的海权思想是狂热的，带有帝国霸权和扩张的强烈色彩，因为他鼓吹把美国建成"海洋上一个令人畏惧的国家"，变成一个令人恐惧的霸权国家。在美国大国地位不断提升、政治野心不断膨胀的时代背景下，库柏的海权思想在内容与形态上不可避免地打上了美帝国崛起进程中的种种烙印。

第四章　库柏的海洋书写与帝国扩张意识

库柏在边疆小说和海洋小说中呈现了两种地理景观或者两个"边疆"：西部广袤的陆地和浩瀚的海疆；小说人物活动的场所也从广袤的西部边疆扩展到茫茫无际的海洋。历史地看，库柏的西部小说正是美国史学中影响深远的"边疆假说"的文学注解；同其扎根于"边疆"传统的西部小说一样，库柏的海洋小说通过建构美国的太平洋、大西洋国家叙事来拓殖太平洋、大西洋"边疆"；西部小说和海洋小说不仅充实、强化了"边疆假说"，而且还进一步拓展了美国的疆域意识和国家意识，使其从西部陆地延展到浩瀚的蓝色海洋。

无论是边疆小说还是海洋小说，库柏试图通过小说人物在西部广袤的大陆和浩瀚的海洋上的移动，通过人员、舰船、资本、物资在陆地和海洋上不断地流动或移动，从而在地理版图和文学版图上为美国在陆地与海洋的存在勾勒地理标识，同时他也试图在美利坚民族的认知心理版图上确立美国人在陆地与海洋存在的合法性，进而增强了美国人对陆地和海洋的地理认同和归属感。因此，从这个意义上讲，库柏的小说参与了国家建构进程。事实上，美国正是通过人员、物质、资本在陆地和海洋上的不断移动，通过这种难以触摸的、特殊的帝国主义形式，把帝国势力范围从西半球移动到东半球、从大西洋延伸到太平洋和南极地区。

第一节　从"陆地荒野"到"海洋荒野"

在库柏的边疆小说、海洋小说、历史小说、战争小说、世态小说等小说类型中，边疆小说与海洋小说是主要类型，也是其高耸的文学丰碑的两块基石。就其边疆小说而言，由《拓荒者》《最后的莫希干人》《大草原》《探路者》和《猎鹿人》组成的边疆小说五部曲无疑最能代表其边疆小说艺术的最高成就。事实上，库柏的海洋小说也毫不逊色于他的西部边疆小说，同样具有不朽的艺术价值，只不过未曾得到同其边疆小说一样高的关注度。其实，即使仅仅凭借《领航人》《红海盗》《火山口》《海狮》等十多部海洋小说，相信库柏也同样可以成为一名重要的小说家而在美国文学史乃至世界文学中占据一个重要的地位。

很显然，当我们探讨库柏的边疆小说和海洋小说艺术时，"边疆"是一个无法绕开的话题，这方面的研究不少，如学者罗伯特·斯皮勒认为"库柏是边疆精神的继承者"（Spiller，1963：26），而学者韦恩·富兰克林也认为"边疆定居吸引了他的注意力，也决定了他的眼界"（Franklin，1982：6）。尽管以斯皮勒和富兰克林为代表的学者都研究过库柏小说中的"边疆"主题及其意义建构机制，然而他们的研究缺乏用历史的眼光来观照库柏小说中"边疆"的内涵，他们也未把库柏的"边疆"建构同美国史学中具有广泛影响的"边疆假说"放在一起进行联动考察，况且他们的研究大多局限于库柏的西部小说，却极少论及其海洋小说，因此略显遗憾和不足。历史地看，《皮袜子故事集》同以美国历史学家弗雷德里克·特纳为代表的边疆学派是同宗同源的：它不仅在文学和文化上为"边疆假说"做了丰富而详实的注解，而且为美国边疆的建立和边疆不断向西推进培育了人文地理想象的基因。无独有偶，在《领航人》《红海盗》《火山口》《海狮》等众多海洋小说中，"边疆"拓殖的痕迹也同样清晰可辨，然而这一点也往往被学界忽略。事实上，同扎根于"边疆"传统的西部小说一样，库柏的海洋小说通过建构美国的太平洋、大西洋国家叙事，不仅强化了"边疆"意识，而且进一步拓展了美国人的疆域观念和国家意识，使其从西部陆地延伸到浩瀚的蓝色海洋。

一、西部书写："陆地荒野"的垦殖

美国历史学界普遍认为，美国的边疆对美利坚民族性格、国家的形成和美国文明的发展均产生了深远和持久的重要影响。美国边疆史学家雷·比林顿（Ray Billington）在《向西部扩张：美国边疆史》（*Westward Expansion: A History of the American Frontier*）一书中阐述边疆对美国文明所产生的重要影响时论述道：

> 今天只要一提到"边疆"这个词，对着迷于西部电影电视的一般美国人来说，就会在脑海中浮现出欢快的幻影：脸上涂着油彩的印第安人，穿着艳丽服装的姑娘拉着手摇风琴，百发百中的牛仔神枪手和作恶多端的歹徒；他们都在西部骄阳照耀的晴空下纵情欢乐。边疆的确是富有浪漫色彩的土地，但它在塑造美国独特文明中起了作用。……然而，在使这个国家的人民及制度"美国化"方面，没有任何力量比占领美洲大陆所必需的三百年间沿定居地西部边缘反复再生的文明所起的作用更大。（比林顿，1991：9）

边疆史学的核心代表人物弗雷德里克·特纳在 1893 年发表的《边疆在美国历史上的意义》（"The Significance of the Frontier in American History"）这篇具有广泛影响力的论文中也同样论述了边疆在美国文明塑造中的重要意义："美国历史在很大程度上是对于大西部的拓殖史。一片自由土地的存在，它的持续萎缩，以及美国拓殖的不断西进，解释了美国的发展进程。"（特纳，2011：1）特纳强调大西部在美国历史发展中的重要作用，因此他认为，"要真正理解美国的历史，只有把视线从大西洋沿岸转向大西部"（特纳，2011：2），转向美国的陆地边疆，转向对美国拓殖时期的历史的研究，才能深入了解美国特性，才能洞悉美国成功的奥秘，这个奥秘发源于边疆，因为"美国的社会发展不断在边疆从头反复进行。这种不断的重生、美国生活的流动性、西部拓殖带来的新机会以及与简单原始社会的不断接触，培育了支配美国性格的力量"（特纳，2011：2）。

在特纳的"边疆学说"（Frontier Thesis）理论中，美国的边疆主要指大西部。"最开始，边疆指的是大西洋沿岸。它从地理位置上来说的确是欧洲的边疆。越往西推进，边疆的美国特征就越明显"，"边疆的开拓就意味着逐渐摆脱欧洲的影响"（特纳，2011：4）。因此在数百年的发展历程中，美国人不断地把边疆从大西洋沿岸的殖民地拓展到阿巴拉契亚以西和密西西比河以西，直至到达太平洋沿岸的加利福尼亚和俄勒冈，然后又突破被认为是美国西部边界的太平洋，进一步延伸到夏威夷、阿拉斯加、萨摩亚等亚洲太平洋地区，从而使得美国疆域向西延伸这一所谓"独特性"得到进一步的显示。

毫无疑问，以特纳等人为代表的"边疆假说"为美国领土扩张奠定了思想舆论理据，然而在美国领土向西扩张的历史进程中，历史学家并非单兵作战，同他们并驾齐驱的还有以库柏为首的美国小说家。只要细读库柏的西部边疆小说就可以清晰地发现，这些小说（其实也包括他的海洋小说）本质上同特纳等人所宣扬的"边疆假说"同根同源。库柏的边疆书写在展现美国的边疆开拓者是如何征服陆地荒野（也包括"海洋荒野"[①]）的同时，也通过西部地理景观描摹来建构"风景的政治"（毛凌滢，2014：70），来展示边疆拓殖历程是如何锻造美利坚民族性格和民族精神，如何塑造美国人激进的个人主义、乐观主义、物质主义、实用主义等价值取向以及它

[①] "海洋荒野"同"陆地荒野"是相对应的概念。不过，同"陆地荒野"一样，"海洋荒野"也同样让人联想起海洋的广袤、孤寂、崇高等特质，更能激发人的征服与占有的欲望。文中"海洋荒野"和"海洋边疆"的意义大致相近，在文中交替使用。

们如何形成了国家意识和观念。

在《大草原》中，库柏为美国人呈现了一幅辽阔的、一望无际的北美大草原景象。北美大草原（the Great Prairie, or the Great Plain）位于落基山脉以东至密西西比河之间，北至加拿大中部，南至德克萨斯州。北美大草原东西长 800 公里，南北长 3200 公里。总面积约 130 万平方公里，主要包括美国的科罗拉多州、堪萨斯州、蒙大拿州、内布拉斯加州、新墨西哥州、北达科他州、俄克拉荷马州、南达科他州、德克萨斯州和怀俄明州等当时尚未开发垦殖的州。北美大草原上那漫无边际、参差不齐的荒草，漫过东部林地，覆盖了长有稀疏的橡树的平原，一直延伸到裸露出岩石的丘陵地带，织就了一幅变化多端、美丽丰富的大地毯。在这里，青草和野花狂野地生长着。在《大草原》中，欧洲的拓荒者们在"广阔的路易斯安那成为业已巨大的美国领土"（Cooper, 1859: 9）的历史扩张时期，在"希望的幻影，突然地暴富的野心"（Cooper, 1859: 11）的驱使下，企图到西部这片辽阔的尚未开发的"处女地"去实现他们的梦想。这片处女地"东西长 500 英里，南北长 600 英里"（Cooper, 1859: v），是"一片广阔的平原，延绵不绝，一直延伸到落基山脉"（Cooper, 1859: 12）。

在《拓荒者》中，库柏对纽约州的地理景观做了详尽的描绘，尤其是对纽约北部的奥赛格湖区（Otsego Lake）的历史由来及其山峦、湖水做了详细的描绘。在小说的绪论中，库柏尤为自豪地介绍奥赛格湖区的历史，"纽约只有一个奥赛格县，萨斯奎哈纳河只有一个源头（即奥赛格湖，笔者注）"（Cooper, 1851: v）。库柏接着还介绍了奥赛格湖区的地理属性，"奥赛格湖区长约 9 英里，宽度大小不一，有的地方宽半英里，有的地方宽 1.5 英里。湖水很深，很清澈，其源头是由千千万万条小溪汇集而成。在湖区脚下的河床不到 30 英尺高，而其边沿则分散在层峦叠嶂的群山、间隙和岬角之间"（Cooper, 1851: vii）。当马默杜克·坦普尔法官（Judge Marmaduke Temple）一行下山朝着坦普尔顿赶去的时候，他们被奥赛格湖区的美丽迷人的风光深深震撼了：

> 他们眼前立即出现一个平原，平平整整地闪耀着亮光，这个平原坐落于层峦叠嶂的群山之间。这些山峰险峻，尤其是平原两边、主要位于森林中的山峰更是险峻峥嵘。处处可以看到高低不一、长短不齐的岬角，打破了千篇一律的自然轮廓或者背景；绵长而宽广的雪地，在没有房屋、树木、栅栏或者其他固定物的映衬下，非常像洁白的云彩铺设在地面上。一些黑

色的、流动的斑点在平坦的地面上若隐若现，伊丽莎白知道这是许多出入于坦普尔顿的雪橇。在平原的西边界，那些山峰虽同样高耸屹立，但少了些许的峻峭，这些山峰向后倾斜，变成不规则的山谷和峡谷，有的甚至形成了狭长的可以耕作的平地和盆地。尽管常青树仍然在这片山谷中的许多山峦上随处可见，但远处的群山上起伏波动的山毛榉和枫树林，让眼睛得到些许休息调整。而且很快就要看到土壤了。对面山上的丛林中偶尔会发现一些白色的点，但森林中的顶部环绕的烟雾说明那里有人居住。人们开始了劳作。（Cooper，1851：40）

这一居高临下的全景式俯瞰，强调了奥赛格湖区地形地貌的多样性、不规则性以及景观的错落有致，相信必定令坦普尔法官以及众多的读者对奥赛格湖区印象深刻。实际上，这个居高临下、俯瞰湖区的位置，正好是一个可以控制全局的有利地位，从中我们不难觉察出叙述者高高在上的架势，更准确地说是看出其试图征服、掌控或者开发奥赛格湖区的勃勃野心。

在《最后的莫希干人》中，库柏对美国边疆的地理景观做了全景式的描绘，"广阔的"且"不可穿越的"森林里参天大树挺立①；延绵不息的"圣水湖"绕过无数岛屿，穿过叠叠群山，又继续向南伸展了十多里格（2）；"无数的湖湾"、"奇形怪状的岬角"和"数不清的岛屿"点缀在群山之间（162）；高低不平的湖滩间又形成高低不平的旷野。大陆上的河水非常"任性""千姿百态""无拘无束"（57），"它一会儿飞溅，一会儿翻腾；那儿在蹦跳，这儿在喷射；有的地方白得像雪地，有的地方绿得像草坪；这边，它形成深深的漩涡，隆隆声震撼着大地；那边，它又像条小溪似的荡漾着微波，发出低声的吟唱"（57）。在小说中，库柏对哈德森河沿岸的水域、森林、溪流、高山平台、悬崖峭壁、岩石以及霍里肯湖一带的风景也做了全景式的描绘。总之，北美大陆上神秘的原始森林、峻岭的高山、广袤的平原、辽阔的草原、平静的湖泊、飞泻的瀑布、湍急的河流，无不成为西部边疆上一个个独特的人文景观和地理标识。

库柏为何在上述边疆小说中不遗余力地描摹西部边疆的人文地理景观呢？事实上，库柏描绘边疆自然景观同后殖民时代的美国渴望建立一个独立的、基于"新大陆"的美国新身份密切相关。库柏试图通过对西部边疆地理景观的全景式描绘来改

---

① 詹·费·库柏. 2001. 最后的莫希干人. 宋兆霖译. 南京：译林出版社. 1. 后文凡自同一著作的引文，随文标注出处页码。

造粗狂荒芜、尚未开垦的西部边疆，通过"高山哥特式"和"森林哥特式"手法来"赞美美国荒野的崇高"，使其由原来的杂乱荒芜变得文明有序，变得更具有浪漫、高贵和庄重的气质，使之符合美国的新口味和新追求，这客观上增强了美利坚民族对北美大陆的地理认同感和国家意识。事实上，库柏的小说犹如绘制精良的北美地图，倘若一名画家或者地图绘制者在绘制 19 世纪的北美地形地貌图，那么库柏的西部小说是很好的地理参考书。从这个意义上说，库柏是一名优秀的美国文学地理景观画家，他不仅为美国大众和读者呈现出 19 世纪北美大陆的地貌景观，重要的是他为美利坚民族的地理认同和国家认同做了铺陈和引领。

库柏小说中如诗如画、具有浪漫色彩的陆地风景（甚至也包括海洋景观），对于开创 19 世纪美国文化民族主义来说也是一个极为重要且首要的资源，同时它也构成了 19 世纪美国文化独立、文化自信和共和国荣誉的综合体系中必不可缺的要素。事实上，他的小说深深影响了 19 世纪前半叶美国文化艺术景观的发展。1822 年，为了发展和繁荣美国民族文化事业，库柏在纽约成立了"面包与奶酪俱乐部"（Bread and Cheese Club）。当时一群志同道合、趣味相投的作家和画家，如威廉·布莱恩特、威廉·邓拉普（William Dunlap）、萨缪尔·莫尔斯（Samuel Morse）等人，为了发展美国的文艺事业，为了增强民族的文化自信，建构美国的文化身份而聚集在"面包与奶酪俱乐部"里。事实上，库柏的小说深深影响并激发了部分作家和画家的创作。根据库柏研究权威詹姆斯·比尔德的研究和考证，库柏同这些画家或者作家的关系非常密切，而这些画家受库柏（还包括布莱恩特和欧文）的影响也非常深刻。与库柏同一时代的著名画家，如上文提到的威廉·邓拉普、托马斯·科尔（Thomas Cole）和萨缪尔·莫尔斯等人，直接从他的小说中获取创作题材和灵感，他们甚至纷纷为他的小说制作了精美的插图，甚至几乎库柏的早期小说，尤其是《间谍》《拓荒者》《最后的莫希干人》《大草原》中每一个主要的场景，都被迁移到画布上[1]。

总之，库柏边疆小说书写的历史价值就在于，它们不仅在文学和文化上为"边疆假说"做了丰富而详实的注解，而且帮助构建了 19 世纪美国的文化地理景观，为美国边疆的建立和边疆不断向西推进培育了文化地理想象的基因。这些配有精美地理插画的边疆小说，配上小说主角们的民族主义和英雄主义气概，赋予了北美荒寂

---

① Beard, J. F., Jr. 1951. Cooper and his artistic contemporaries. http://www.oneonta.edu/external/cooper/articles/nyhistory/1954nyhistory-beard.html[2017-9-1].

的陆地景观崇高和俊美的美国气质，从而为美利坚民族认同、美国身份建构奠定了重要基础。

二、海洋书写："海洋荒野"的拓殖

如前所述，库柏的西部边疆书写不仅是美国"边疆假说"在文学中的注解，他的边疆小说书写还是其构建美利坚民族国家意识的重要手段。可见作为小说家的库柏的确为美国边疆拓殖事业做出了贡献。但如果我们对库柏的文学艺术的评价仅仅停留于此的话，那今后美国文学、文化史甚至美国边疆史研究恐怕会留下许多遗憾。一个往往被人们忽略的事实是，库柏不仅在他的西部边疆小说中拓殖美国的"边疆"，他甚至在其已经被忽视而逐渐淡忘的海洋小说中开辟了另一个全新的、更为重要的"边疆"——海洋。这个新"边疆"，并非仅仅包含库柏研究学者菲尔布里克所指的文学意义上库柏"发现海洋小说"（*Cooper and the Literary Discovery of the Sea*[①]），或者像伊格莱西亚斯所说的库柏"发明海洋小说"（*Invention of Sea Story*）（Iglesias，2006：1）这个新小说类型，而且还涵盖了地理学、政治学意义上对新的国家疆域的拓展。因此，从这一个意义上说，库柏在文学想象上不仅延展了美国文学"边疆"的界限，而且也突破了美国历史上关于"边疆"的认知界限，从而在意识上帮助强化了美国的地理疆域意识、国家意识甚至帝国意识。对于这一点，目前国内外有关库柏的研究论著中鲜有提及。

重新审视特纳的"边疆假说"，我们会发现其中存在一个极为严重的不足：他并没有把美国东部的大西洋纳入美国边疆体系或者美国的"势力范围"。特纳在论述美国边疆的界限时反复强调，"最开始，边疆指的是大西洋沿岸"（特纳，2011：4），但是，"要真正理解美国的历史，只有把视线从大西洋沿岸转向大西部"（特纳，2011：2），并且"越往西推进，边疆的美国特征就越明显"（特纳，2011：4）。特纳的上述论点充分说明他根本没有把大西洋纳入美国边疆的拓展范围，事实上特纳一再强调大西洋是"欧洲的边疆"，他认为美国人需要远离大西洋这个欧洲的边疆而转向大西部，进而"逐渐摆脱欧洲的影响"（特纳，2011：4）。据此来看，特纳的"边疆假说"着重强调的是垦殖西部陆地边疆，而他却完全忽视了向东开拓"海洋荒野"；很明显，

[①] Philbrick，T. 1989. Cooper and the literary discovery of the sea. In G. A. Test（Ed.），*James Fenimore Cooper: His Country and His Art*，Papers from the Bicentennial Conference（pp.12-20）. Oneonta and Cooperstown: State University of New York.

他重视的是黄色的陆地边疆对美国文明发展的重要意义，但他却严重忽略了蓝色的"海洋边疆"对美国文明发展的重要意义和巨大影响，这显然是他的"边疆假说"中一个极为严重的缺陷。

虽然史学家特纳忽略了"海洋荒野"的存在，但作家库柏却深刻地洞察到包括大西洋在内的"海洋荒野"同美国命运之间的纽带联系。库柏曾经在《美国人的观念》第二卷中旗帜鲜明地指出美国人的边疆生产生活必将从西部回到东部，即"西部移民大潮总会有回潮的时候，所有在艺术、生产制造、商业等各方面的探险行为都必将从西部回到东部海岸"（83-84）。由此可见，库柏"向海洋进军"的前瞻性观点恰恰是对特纳的"边疆假说"的进一步拓展和深化，它不仅突破了美国边疆仅仅止于西部大陆的历史观点，而且认为美国边疆范围还应该扩展到浩瀚的海洋。库柏敏锐地洞悉到未来美国崛起的奥秘：美国的未来是在大海上，美国政治、经济、文化生产的重要舞台一定要回到东部海岸，回到大西洋甚至包括太平洋在内的广阔无垠的流动空间上来。那是美国兴盛与衰亡的关键所在。事实上，作为一个传统意义上的大西洋国家，美国正是在大西洋西海岸边的 13 个殖民地的基础上发展壮大起来，并逐渐发展成为当今的世界唯一超级大国的。

库柏一直凝望着东部的茫茫大海，丈量着美国潜在的海洋边疆。在库柏的早期海洋小说三部曲《领航人》《红海盗》《海妖》中，库柏详细记录了18—19世纪美利坚民族在东部茫茫海疆上的生产生活活动。在这些海洋小说中，人物活动的场所从西部的荒野转移到了东部广阔的碧波之上。在海洋小说三部曲中，库柏呈现的是美利坚合众国在大西洋广阔的流动空间上的成长历程，展现的是美国漫长的海岸线和星罗棋布的港湾，勾勒的是美国人民的海洋民族形象和民族性格，颂扬的是美利坚民族的海洋民族主义和英雄主义。在库柏的中后期小说《海上与岸上》《火山口》《海狮》中，库柏展示的是美国更为扩大的国际存在，这里美利坚民族的足迹不仅仅是在大西洋，还扩展到浩瀚的太平洋和南极地区。库柏不断地拓展美国的海洋存在，把美国塑造成一个从传统的大西洋国家逐渐变成一个向太平洋、向南极不断延伸国家实力和势力范围的太平洋强权。在从大西洋向太平洋的跨越中，库柏的国家意识和帝国意识也得到进一步的强化和拓展。

三、占有与拓殖：陆地书写与海洋书写的共同主题

综观库柏的西部小说和海洋小说，不难发现，对土地或者边疆的拓殖与占有一

直是这两类小说中反复出现的主题。无论是西部小说《拓荒者》还是太平洋小说《火山口》，都反复出现对陆地边疆和海洋边疆的垦殖定居的情节。这说明疆土的拓殖和扩张一直是库柏小说关注的中心主题。

《拓荒者》故事一开始，就围绕森林中被射杀的鹿的所有权的问题展开。紧接着，小说第二章又继续引出关于坦普尔地产的所有权和归属权的争议问题。故事正是围绕坦普尔地区究竟属于美国人、英国人还是印第安人来展开叙述。而小说中，坦普尔法官还试图经营开采银矿并规划移民和定居点。小说的最后还穿插哈德森河两岸的殖民定居等内容。在库柏的另一部边疆小说《边疆居民》（The Borderers，or，The Wept of Wish-Ton-Wish：A Tale，1829）中，西部垦殖定居以及土地所有权的主题再次出现。故事发生在 17 世纪下半叶，讲述的是以北美开拓者马克·希思科特上尉（Mark Heathcote）为代表的美国白人殖民者同北美印第安人——纳拉干塞特人、莫希干人、佩科特人、万帕诺亚格人——之间为了争夺康涅狄格领地而展开激烈的战争。马克·希思科特上尉从马萨诸塞湾殖民地迁移到康涅狄格领地进行殖民定居。以科南切特（Conanchet）和梅特科姆（Metacom）为首领的纳拉干塞特部族和万帕诺亚格部族，为了抵御美国白人殖民者对印第安人的领地——康涅狄格的侵吞和占领，展开了长期艰苦卓绝的斗争。最后，白人殖民者和以基督教为代表的白人文化完全占了上风，而印第安人及印第安文化被无情地征服，康涅狄格领地被完全占领，纳拉干塞特部族和万帕诺亚格部族最后也可悲地消失灭迹了。而《最后的莫希干人》更是一部记载 18 世纪中叶英法两国为争夺北美殖民地的所有权而在哈德森河的源头和乔治湖一带进行大屠杀的历史文本。在英法 7 年战争中，英法殖民者为了掠夺印第安人的土地而共同对印第安人实行骇人听闻的种族灭绝政策。他们用高价收购印第安人的头皮，用《圣经》麻醉印第安人的斗志，用枪支来恐吓胁迫落后的印第安人，用欺骗手段恶毒地挑拨起印第安各部之间的矛盾，使部落间互相残杀，最后达到消灭印第安人的目的。《最后的莫希干人》中钦加哥（Chingachgook）原为莫希干族的大酋长，他的部落就是在白人殖民者的枪炮和奸计下惨遭覆灭的。他曾向老友纳蒂·邦波（Natty Bumppo）伤心地诉说道：

> 英国人来到这儿之前……我们的部落团结一致，我们生活得很幸福。盐湖给我们鲜鱼，森林给我们麋鹿，天空给我们飞鸟，我们娶了老婆，而老婆又给我们生了孩子。……那些荷兰人登陆后，把火水给了我的人民，一直到让他们喝得天地也分不清……后来他们就被迫离开了自

己的土地，一步步被赶离了可爱的河岸，最后落到了这样的地步：我作为一个首领和大酋长，也只能从树缝里见到阳光，而一直不能去看一下自己的祖坟！（28）

不幸的是，连他唯一的后嗣昂卡斯（Uncas），也死在同为印第安人的马瓜（Magua）刀下。同莫希干族的遭遇一样，受法国殖民当局利用的怀安多特族也惨遭灭绝。

在库柏的海洋小说中，侵占领土、建立海外殖民地的主题依然延续。在太平洋小说《火山口》中展示的是美国白人殖民者如何在遥远的太平洋夏威夷群岛上建立殖民地的故事。小说中，白人殖民者马克，犹如欧洲的殖民先驱哥伦布、费尔南多·麦哲伦（Fernando de Magallanes）、鲁滨逊等人一样，在一个寸草不生、完全不适宜定居的火山岛上，通过自己的努力，竟然开拓建立了一个繁荣的、伊甸园式的海外殖民帝国。可见，殖民者为了达到开掘、垦殖和占领土地的目的，不惜采用各种暴力或者非暴力方式和手段，通过战争、掠夺、征服、殖民、诱骗、胁迫、归化等手段，不断攫取和占领土地。在《海狮》中，帝国征服和殖民扩张的领地已经跨越了浩瀚的大西洋、太平洋而抵达遥远的南极地带，帝国掠夺和猎杀的对象是生活在南极的温顺的海豹，或者说是犹如白鲸和海豹一样无辜的、毫无反抗能力的民族。

从《拓荒者》到《火山口》和《海狮》可以看出，库柏的帝国意识是一贯的，占有更多的美洲大陆或者美洲以外的疆土，以确立对一片片领地或者领海的管理开发权力，从而确立美国对陆地边疆和海洋边疆的所有权，进而建构起一种权力话语，这种权力话语，用学者沃伦·莫特利（Warren Motley）的术语来说，就是建立"亚柏拉罕式的"美国"边疆父权"（Motley，1987：1）。莫特利在研究库柏的西部边疆小说的基础上得出一个结论，"与关注《皮袜子》故事里的荒野相比，库柏往往更聚焦于父权制边疆的建立"，"其革命小说和海洋小说中的主题也是父权的确立问题"（Motley，1987：2）。因此，库柏在小说中对陆地边疆和浩瀚的海疆的开掘垦殖，其实是建立父权话语，这个父权话语的本质是建立一种帝国权力话语，其终极目的是确立对边疆的所有权和管辖权。

库柏为何对陆地疆土和海洋疆土的垦殖和占有如此着迷呢？只要审视一下库柏的家庭成长环境，就不难发现，他的父亲对库柏的帝国权力话语的形成影响颇深。库柏的父亲威廉·库柏是美国边疆垦殖开拓的杰出代表。在威廉·库柏的时代，国家扩张同个人的成就是密切相连的，库柏的父亲尤其是持有这种观点的美国人，他们把国土的扩张同个人事业成败紧紧联系在一起。因此，库柏的父亲成为美国西部运动的开路先锋，最后成功地成为纽约库柏斯敦镇的建立者之一。作为一个在北美大陆开拓进取的代表，威廉·库柏身上深深地打上了美国帝国扩张精神的烙印。威廉·库柏生活的时代，即库柏的早年时期，美国社会处于一个"土地垦殖定居和土地投机活动极为活跃的时期"（Cooper，1810：i）。美国独立革命一结束，二十几岁的威廉·库柏就"醉心于美国纽约的土地以及其他地方的土地买卖，从此以后直到1809 年去世，他主要的职业就是一直在他自己的土地上以及在同别人合伙买卖的土地上打理垦殖定居事务"（Cooper，1810：i）。经过苦心经营，威廉·库柏成为"美国垦殖定居土地最多的美国人"（Cooper，1810：8）。威廉·库柏记录自己在纽约奥赛格地区拓荒垦殖历史的《荒野生存指南》（*A Guide to the Wildness*，1810），即是这一时期美国边疆拓殖历史的一个典型的缩影，而威廉·库柏则成为千千万万个野心勃勃地在美国大陆上开拓的殖民者的典型代表。《荒野生存指南》为我们呈现如下情景：当北美开拓者威廉于 1785 年来到当时的奥赛格地区时，奥赛格地区"崎岖杂乱、起伏不平""毫无人烟""无路可循"；当时他"孤身一人，离家三百英里，没有面包、肉甚至其他食物，唯一可以维持生存的是火和钓鱼"；伴随他的只有"忧郁的荒野"（9）。在这样不利的、恶劣的环境下，威廉·库柏以不屈不挠的开拓精神，像英国殖民者鲁滨逊一样，"探索这个地区，并形成了未来的垦殖计划"（9）。最后，他在极为艰苦的条件下坚持实施垦殖计划，硬是把这片不毛之地变成了一个适合定居的小镇，小镇人口达到八千人，还建立了学校、研究院、教堂、会馆、道路和市场等基础设施（11）。威廉·库柏作为殖民开拓者的鲜活形象，必然在儿子心中留下了深深的、永不磨灭的印记。正如学者罗柏特·斯皮勒所说的那样，"从他父亲那里，库柏明白了各式各样的关于土地占有制理论的意义"（Spiller，1963：6）。

然而詹姆斯·库柏生活的时代使得他对边疆土地的占有极为不利。当库柏的《拓荒者》于 1823 年出版时，他对祖上流传下来的家业的拥有已经不如父亲在世时那么稳固了。库柏家庭成员的不断离世等一系列的家庭变故也不断削弱了他对家庭产业的掌控。正是在这样不利的环境下，库柏对家族领地的所有权也被不断削弱。后者对他的影响是明显的，这使得他在边疆小说和海洋小说中反复呈现土地所有权和归属的问题。因此，对土地的占用自然而然地成为库柏小说中一个重要主题，这一主题一直是一个不变的主题（Franklin，1982：5）。在库柏的小说中，无论是边疆小说还是海洋小说，库柏通过小说人物的旅行和历险，通过人物在陆地和海洋上的不断流动或者移动, 通过资本和物质的不断流动或者移动, 为美利坚民族建立一种在陆地和海洋的存在感, 继而建立对陆地和海洋的占有权或者拥有权, 从而在文学版图和心理版图上为美国的存在确立一种合法性。事实上, 美国正是通过人员、物资、资本在美洲大陆、欧亚大陆和大西洋、太平洋、印度洋等世界海洋甚至宇宙空间的不断跨大陆跨洲际的移动而建立起目前世界上唯一的超级帝国。

需要强调的是, 除了反复出现的占领主题之外, 在库柏的边疆小说中常常出现海洋小说中经常复现的意象: 茫茫无定、渺渺无垠、充满无限可能性的大海。库柏虽然在书写陆地边疆, 但他其实一刻也没有离开过海洋, 而且他的陆地边疆书写中随处可见大海的意象。库柏习惯性地运用海洋的比喻和类比来描绘荒野中的森林以及樵夫的生活, 而他却几乎不用森林或者荒野的意象来描绘大海。与大海密切关联的比喻和类比尤其反复出现在他的西部边疆小说中, 如在《大草原》中, 这样的比喻无处不在:

> 站在山峦的顶部, 眼睛会因为眼前千篇一律、令人心生寒意的凄凉的景观而感到疲惫。陆地与海洋没有什么不同, 海水不停地翻腾涌动, 但等暴风雨开始减弱之后, 海面归于平静。陆地和海洋拥有一样起伏的表平面, 一样没有异物的遮蔽阻挡, 同样一望无际。……地面随处可见一棵棵从低洼处长出来的高高的树木, 光秃秃的树枝四处延伸, 就像孤独的船只一样; 远处出现两三处圆形的灌木丛在薄雾蒙蒙的地平线上若隐若现, 犹如大海上的岛屿, 使人产生强烈的错觉。(Cooper, 1859: 14-15)

在库柏看来, 大海与荒野有着天然的相似之处, 荒野也同大海一样茫茫无定、缥缈无垠。海洋与荒野的相似之处还远不止这点。在库柏眼中, 在北美大陆的荒野上的旅行者如同在茫茫大海上航行的孤独的船只一样, 年迈的皮袜子离开营地, "孤独地在荒芜的陆地上前行, 像一艘大胆的船只离开了它的港湾, 进入无路可循的茫茫大海"(Cooper, 1859: 29)。在野草和芦苇遍地疯长的荒野上, 旅行者"犹如一艘没有罗盘、在广阔的湖面上航行的船只"(Cooper, 1859: 302)。在荒野上生存, 如同在大海上生存一样, 需要在荒野和海洋上维持生计的人们具有非凡的知识和技能。饱经风霜、经验丰富的边疆居民"以同样的机智, 同样的神秘的观察能力", 通过蛛丝马迹来发现和判断印第安人的行踪, 而"水手同样以相同的方式来知晓远处的帆船"(Cooper, 1859: 232)。

需要指出的是,西部荒野和茫茫的大海作为库柏的小说中人物活动的主要场所,都是美国文化空间以及地理空间上的两个形态虽然不同但性质却相同的地理景观。它们像两个独特的场域,汇集了有关文化、权力、政治、身份等众多复杂的政治文化因素。一言概之,荒野和大海在小说中并非仅仅提供故事背景,它们同森林里的樵夫和大海上的水手一样,参与了美利坚民族国家叙事进程。从更大意义上讲,荒野和大海帮助塑造了美利坚民族精神和民族性格,因为美利坚民族正是在同包括大海和荒野在内的大自然的生存斗争中,才形成了美国国民性中最重要的特性——扩张主义、冒险精神、乐观主义、个人主义等。同时,茫茫无际、飘渺无垠的海洋和广袤无垠的西部荒野不但没有使美国人认识到他们的局限性,相反,茫茫的大海和广袤的荒野却不断激发起他们征服荒野、征服大海的无穷的欲望,从而为美国霸权扩张的本性培育了适合其茁壮成长的沃土。

第二节　"大西洋边疆"的垦殖

作为大西洋小说的重要组成部分,库柏早期海洋小说三部曲《领航人》《红海盗》《海妖》不仅是国家叙事的重要组成部分,而且也直接体现其大西洋边疆的拓殖意识。

作为一个传统意义上的大西洋国家,美国同大西洋、欧洲有着深远的历史渊源。事实上美洲正是近代欧洲殖民进程的产物。跨越美洲和欧洲之间的大西洋不仅是欧洲的传统势力范围,同时也是美国的势力范围,这是美国存在的基础前提,因为美国正是在大西洋西海岸的 13 个殖民地基础上发展起来的。在 19 世纪,新兴的美国若要获得欧洲的承认,必须要确立其在大西洋边疆的存在。而要展示其在欧洲的存在,就必须跨越浩瀚的大西洋,因为"广阔的大西洋既是一个贸易通道,又是反对欧洲掠食者的屏障"(帕特森,1989:29)。库柏的大西洋小说不仅跨越了被认为是美国文学和文化想象源泉的西部边疆,同时还为美国文学在海洋版图上确立了地理坐标;大西洋小说逾越了欧洲人的心理障碍,在思想和文化意识层面为包括大西洋在内的海洋存在奠定了重要基础。

一、大西洋小说与国家型构

库柏一边在《美国人的观念》等著作中吹奏"向大西洋进军"的号角,一边开掘着大西洋这片"海洋荒野"，书写着美国的大西洋国家叙事。在 19 世纪 20—30 年代所创作的海洋小说三部曲《领航人》《红海盗》《海妖》中，美国的建国历程在波涛汹涌的大西洋上展开一页页叙述，大西洋不仅成为国家叙事的重要场所，甚至成为民族成长的重要训练场，它帮助塑造了美利坚民族性格，锻造了民族精神，成为民族国家成长叙事的重要参与者。

在《领航人》中，故事主要发生在临近大西洋东海岸、靠近英国近海的区域。小说描写了几名北美殖民地的海军将士跨越浩瀚的大西洋，突袭到英国的近海一带同英国殖民者展开海上战争。从情节来看，小说描述的是北美殖民地同大英帝国在大西洋公海上进行独立革命战争的故事。从小说的结尾来看，北美殖民地赢得了大西洋海战的胜利，美利坚合众国最终赢得了革命的胜利，并且建立了美国海军。《红海盗》讲述的是发生在大西洋两岸的故事：令人闻风丧胆的海盗头子"红海盗"和他的海盗船在大西洋上同英国殖民者展开一场捍卫民族独立、自由和解放的斗争。尽管他是一名凶残的海盗头子，但他不以掠夺和抢劫财物为目的，而唯独对劫持英国的舰船最感兴趣，在他战胜并俘获了英国帆船"飞镖号"时，他"一只脚以一种超自然的力量踩踏在了英国的国旗上，而他以能降下这面旗帜而感到光荣"（494-495）。《海妖》讲述的是殖民地人民为了建立独立的、不受英国控制的商贸体系而在大西洋上同英国殖民者展开追逐与反追逐的英勇斗争的故事。

在库柏的海洋小说三部曲中，大西洋成为美利坚民族同大英帝国英勇斗争的主要战场和前沿阵地，成为民族性格和民族精神的理想训练场所，也成为宣扬海洋民族主义的流动舞台。由此可见，库柏的海洋三部曲无疑是美利坚民族向"大西洋荒野"挺进的历史史诗，小说中航行在浩瀚的大西洋上的舰船，如"阿瑞尔号"、"红海盗号"和"海妖号"等正是驶向"大西洋荒野"的"国家之舟"，它们在领航人、海德格尔、蒂勒等美国水手的娴熟驾驭下，在大西洋的碧波之上，在同"征服号"等代表大英帝国至高权威的皇家军舰的追逐和反追踪中，犹如一个个精灵，神出鬼没，行踪缥缈，常常戏弄英国皇家海军军舰于无形之间，成为摆脱以英国为首的西方列强对殖民地的压迫和社会不公的完美象征，成为美国独立自由精神的完美化身；美利坚民族的海洋民族主义、英雄主义，则在领航人、海德格尔、蒂勒、汤姆长子等水手的身上集中展现出来；美利坚民族崇尚冒险、敢于竞争、崇尚自由的海洋性格则通过水手们在大西洋、太平洋"荒野"上的一次次逾越而不断得到训练和锻造。从这个意义上讲，大西洋、太平洋"荒野"如同西部荒野一样，成为美利坚民族性格和精神的训练场和铸造场。

在《海妖》和《海上与岸上》等小说中，库柏通过展示美国在大西洋、太平洋上的跨大洋跨大洲的海洋商贸活动，充分展示了美国的国际形象。事实上，美国正是在跨越大西洋同欧洲进行政治、经济和文化的交往过程中不断确立与巩固自己的国家地位的。《海妖》呈现了 18 世纪初北美殖民地同世界各国的国际贸易活动的繁荣景象。从小说第二卷第五章关于走私犯的海外商贸活动的路线图来看，他们的走私商船队"到过许许多多的国家和地区，见过各种各样的自然景观，经历过各式各样的气候"（62），史德瑞芙特还一一描述了她从事走私贸易活动所覆盖的地理轨迹，"她去过亚得里亚海沿岸，欧洲从直布罗陀海峡到卡特加特海峡之间没有一处没有去过"（61）。从她的叙述中我们了解到，彼时与北美殖民地进行贸易往来的国家和地区至少有比利时、意大利、西班牙、非洲、中国福建、远东等，这说明 18 世纪殖民地时期美国的海外贸易路线已经遍及世界各地，美国人同世界的联系和交往已经比较广泛。

在《海上与岸上》中，库柏全景式地呈现了 18 世纪末到 19 世纪中叶美国海外贸易的恢宏图景，尤其是跨大西洋的贸易图景。1798 年，迈尔斯乘坐"危机号"商船以法国港口比斯开湾起航，途经南斯和伦敦，并于 1800 年途经马德拉群岛、巴西里约热内卢、南美火地岛、厄瓜多尔等地。从迈尔斯的航海地图来看，迈尔斯已经跟随美国的商船穿越了东半球和西半球，横跨了太平洋和大西洋。

在上述海洋小说中，库柏通过描述美国人在大西洋、太平洋上的跨洋商贸活动来构建一个广阔的"海洋空间"①，以建立美国的国家形象和国际存在。《海妖》呈现了 18 世纪初北美殖民地参与国际贸易活动的景象。当时美国买卖的货物有远东的象牙、比利时梅希林花边、意大利托斯卡纳区的绸缎、非洲的鸵鸟羽毛、西班牙的商品，以及中国福建的武夷茶。在《海上与岸上》中，库柏通过描写小说主人公迈尔斯的几次跨太平洋、大西洋远洋历程来全景式呈现 18 世纪末到 19 世纪初美国的海洋开拓历程。如此一来，描述美国水手、商人、舟船、货物以及美国资本在浩瀚无垠的太平洋和大西洋流动空间上的移动或流动，若用亨利·列斐弗尔（Henri Lefebvre）在《空间的生产》（*Production of Space*）中使用的术语来描述的话，库柏"生产"了一个"表象的空间"（representational space），在这个空间里，商船、捕

---

① "海洋空间"这一概念由施坦伯格提出，它同"陆地空间"相对应，See Steinberg, P. E. 2014. *The Social Construction of the Ocean*. Cambridge：Cambridge University Press，p.10.

鲸船和水手成为意义深远的"镜像"和"符号"，成为这个"表象的空间"里的"居民"和"占用者"（Lefebvre, 1991: 39）。显然，正如列斐弗尔所言，库柏"描述这个空间，然而不仅仅只是描述而已"，而是想象美国人能够"体验"、"支配"、"改变"和"占用"这个空间（Lefebvre, 1991: 39）。从更大层面上讲，在这个"海洋空间"里，逐渐兴起的帝国通过人、物和资本在这个流动空间上的移动来不断地审视着它与太平洋、大西洋那些遥远海岛的政治关系，也正是在"海洋空间"被生产的过程中，以科芬、海德格尔、迈尔斯为代表的美国水手（还包括商人、探险家、传教士、旅行者等）以及以"危机号"和"黎明号"为典型的美国商船也变成不断扩大的美国地理版图上的地理浮标，成为国家形象和身份的重要象征符号，美国形象也正是通过这些不断移动的"非语言符号和标志"而不断得到强化。

二、大西洋书写的政治文化渊源

大西洋在美国建国历程、西方文明发展乃至"世界发展中是一个关键的章节"（Bailyn, 2005: 4），尤为重要的是，19 世纪美国的国家认同、国家形象建构同大西洋关系尤其密切，因为大西洋"承载着同样的国家价值：她是过去辉煌历史的展台，是国民性格的训练场，是获取国家财富和权力的场所"（Philbrick, 1961: 1）。菲氏的论述非常中肯，大西洋对美国建构的确具有非常重要的价值和意义。首先，作为一个传统意义上的欧洲国家，美利坚合众国正是基于分布在大西洋西海岸的 13 个殖民地而建立起来的。浩瀚的大西洋提供了美利坚民族成长所必需的海洋资源，如丰富的渔业和星罗棋布的港湾，海洋经济因此也成为美利坚民族最初的经济命脉。

美国国家地位和形象的确立也同大西洋密切联系。作为一个新兴的国家，美国如果要摆脱欧洲列强（主要是英国）的控制，则需要逾越和突破大西洋的天然屏障。在当时落后的航海科技条件下，大西洋成为阻碍美国连接欧洲的天然屏障。因此，从美国建立后到第二次英美战争结束后，美国尚未完全融入欧洲的体系，无法得到包括英国在内的大多数欧洲国家的承认。美国无法逾越浩瀚的大西洋的另一个重要的原因是大英帝国在政治、经济和外交上对新兴的美国的百般阻挠。美国建国后，英国仇视新兴独立的美国的建立，因而在政治上、经济上、外交上对新生的美国进行全面封锁，英国也阻碍其他国家同美国的国际交往。英国尤其在两个方面对美国的海洋商贸活动进行压制。一是自 1793 年起英国枢密院严令海军扣留同法国进行海上贸易的中立国船只（张友伦，2002：73），二是强征美国海员服役（帕特森，1989：78）。英国对美国的百般压制和阻挠使得美国无法融入欧洲体系，也无法完全得到欧洲的承认，从而阻碍美国的新国际形象和国际地位的建立。因此，为了融入欧洲社会，为了维护美国的国家利益，美国需要积极地在大西洋（甚至太平洋）上参与同欧洲的政治、经济、文化交往，以强化美国作为主权国家的地位以及在海洋上的存在。事实上，18世纪末到19世纪前半叶这一段时间，参与大西洋事务在很大程度上标志着美国作为一个新兴的主权国家得到国际社会的认同。因此，如何跨越连接美洲大陆和欧洲大陆之间的大西洋，如何融入欧洲体系，成为美国政治家们的重要议题，也成为19世纪中叶之前美国外交优先考虑的重要事情。因此，为赢得在大西洋上的话语权，美国人像库柏的海洋三部曲中的"汤姆长子""红海盗"等英雄一样，同英国进行了第二次战争。在这场战争中，美国在大西洋上的出色表现赢得了美国在大西洋上最强对手英国的尊重。这次英美战争使美国赢得了通往大西洋的自由通道，同时也开启了美国融入欧洲的战略机遇期，美国抓住了这一战略机遇期，并在国际贸易方面不断取得重要突破。从1815年英美二次战争结束到美国内战爆发之前这段美国"海洋黄金时期"，美国凭借在大西洋上的优越表现，国家实力、国际地位和国际影响力得到迅猛增强，从而真正赢得了欧洲列强的承认。因此，大西洋成为美利坚民族自豪感及国家荣誉和地位的主要展示平台，成为展示民族形象和民族身份的重要舞台和阵地。从某种意义上说，美国正是因为突破了浩瀚的大西洋的重重阻隔，才真正融入了欧洲的体系，并加入欧洲列强瓜分世界的行列中。

正因为大西洋承载着美国价值和国家荣誉，注定大西洋成为美利坚民族集体无意识的重要渊源，成为美国海洋民族主义的活源头。因此，库柏从西部陆地书写转向大西洋书写，除了受海洋民族主义的影响之外，无疑也受这一沉积的集体无意识的深情呼唤。正是在大西洋的呼唤下，库柏热情地奔向她，不仅投入她的怀抱[①]，而且还为她书写了恢宏的大西洋国家叙事史诗。他的大西洋书写，无疑构成今天西方历史文化领域"已经成为一门显学""成为一个全面研究领域"（Greene，2009：4）的大西洋历史研究中的一个重要组成部分。

---

① 1806年，库柏乘上商船前往英国。随后将近一年的时间里，他随船前往西班牙等欧洲国家；1808年1月，他加入海军；1809年11月，他被调任到纽约港负责招募水手；他的军衔也一路从海军准尉升至海军上尉。

第三节 "太平洋边疆"的垦殖与帝国意识的拓展

库柏的西部边疆书写到大西洋书写的转变正是库柏的边疆意识和帝国意识由陆地向海洋不断延伸的一种映射。然而库柏的边疆意识、帝国意识并未停止于大西洋，而是继续延伸到更为遥远的太平洋，甚至更广。在库柏众多的海洋小说中，《火山口》《海狮》等多部小说的场景是发生在世界上最大、最深、边缘海和岛屿最多的太平洋。故事的主角或在浩瀚的太平洋上探险，或在太平洋上从事商业垦殖活动，或在遥远的、尚未有人知晓的南极地区捕杀海狮。小说场景从大西洋到太平洋再到南极的不断延伸，这一动态变化无疑也折射出库柏的海洋意识由浅蓝走向深蓝并向纵深延展的变化趋势，反映了他的边疆意识和国家意识的不断延展，体现了他的帝国意识的不断强化的过程。这一变化客观上也契合美国领土向太平洋沿岸不断扩展的历史轨迹。19 世纪中叶，随着美国人对于太平洋重要性的认知不断深化，美国对太平洋控制权的争夺也相应进入一个新阶段，四十年代爆发的美墨战争，就是为了争夺太平洋沿岸的出海口；而这一时期针对俄勒冈、加利福尼亚等地区的争夺，同样不乏太平洋地缘战略的考虑。正是在美国人向"太平洋荒野"开拓扩张的步伐不断加快的背景下，以库柏、麦尔维尔为首的海洋小说家，积极投入美国垦殖"太平洋边疆"这一神圣的"天命"中来，他们为普及推广太平洋地区的人文地理知识，为强化美国人头脑中的太平洋印象和想象而竭力做着思想文化方面的开创性工作。于是，麦尔维尔于 20 世纪 40 年代中后期接连发表了《波利尼西亚三部曲》（"Polynesian Trilogy"）——《泰比》《奥姆》《玛迪》，而库柏于 1847 年发表了太平洋小说《火山口》，1849 年发表了《海狮》。

一、"像鲁滨逊一样拓殖"

在欧洲和美国的太平洋殖民扩张活动如火如荼进行，尤其是美国的扩张不断深化的时代背景下，库柏的太平洋拓殖意识在此过程中也得到不断的深化和拓展，其表现就是他的海洋小说中的故事场景从早期的大西洋转向太平洋和南极地区。库柏早期的海洋小说例如《领航人》、《红海盗》和《海妖》等，其故事主要场景大多在大西洋沿岸，而中晚期的海洋小说中太平洋的书写和呈现变成一个重要的内容。无论是《海上与岸上》还是《火山口》或者《海狮》，故事叙述的重要场所和背景已经从早期的大西洋沿岸转移到太平洋上的波利尼西亚和南极地区，小说人物活动的轨迹也从大西洋浅海移动到太平洋甚至遥远的南极地带。库柏早期和中晚期小说中故事场景的变化，从客观上来说也契合美国不断深化和拓展的扩张轨迹。在美国扩张意识不断深化的过程中，边疆意识也得到不断的延展。在此过程中，美国人对太平洋边疆重要性的认识也自然地得到巩固和强化。

　　殖民地的开发：在美国的太平洋印象不断巩固、太平洋边疆的扩张不断深化的背景下，库柏于 19 世纪 40 年代发表了以《火山口》和《海狮》为代表的太平洋小说。《火山口》创作于 1847 年，时值美国为争夺太平洋沿岸的领土而同墨西哥开战期间。《火山口》以南太平洋为故事发生的背景和人物活动的主要场所。小说的故事情节为：1793 年，小说主角马克 16 岁时开始了水手的生涯，他不像《海上与岸上》的迈尔斯那样需要在船上度过漫长的学徒生涯，因为他很快就适应了水手的生活，并且在 19 岁时就成为二副。然而航海生涯开始不久，他就遭遇了危机：他跟随一艘专门从事太平洋贸易的美国商船进行远洋贸易，不幸的是，船只在一次太平洋远洋贸易途中搁浅在波利尼西亚群岛中的珊瑚礁上。在随后的日子里，他和他的船友鲍勃决定在太平洋孤岛上"像鲁滨逊一样拓殖"（71）。他们开始在珊瑚岛上自力更生，饲养牲畜，种植植物，竟然把一个贫瘠的、不适合生存的珊瑚岛变成肥沃的生机勃勃的美国后花园。后来，珊瑚岛上爆发了一次强烈的地震，火山随之猛烈地喷发，不仅形成了新的岛屿，而且他所在的岛礁和火山岛居然被抬升了，岛礁变得更大更宽。一个全新的世界由此而诞生了。地震造就了一个新世界，随后马克努力经营着这个"新大陆"。这个珊瑚岛俨如他的殖民地一样，他在岛礁上行使殖民地总督的职能：他在岛礁上命名新的山峰、植被。于是，整个"新大陆"变成了一个崭新的殖民地。后来美国移民源源不断涌入这个"新世界"，岛上殖民者的队伍不断繁衍，殖民者的子嗣数量也不断壮大。作为殖民地的总督，马克在岛上建立了完善的政府机构、法律法规，发展农业、捕鲸业等。后来，由于新的移民的不断涌入，岛上的人口急剧膨胀，新的矛盾和问题不断出现，马克最终被废黜总督的职位。后来，整个岛屿上贪污、腐败、政党倾轧等政治和社会问题不断加剧，一个天堂般的新世界变成一个堕落的地狱。最后，这个新世界由于火山爆发而沉入海底彻底消失了。

　　其实在《火山口》中，库柏的殖民意识和帝国意识显露无遗。首先，库柏在小说的序言部分就明确表示：他要为美国的海外利益开疆拓土，因此库柏选择太平洋这一区域作为故事叙述的主要场景，并对此做了详细的解释。库柏论述说，因为尽管前人，包括众多探险者已经先于他在太平洋地区做过许多探索，但他们"从未听说过珊瑚岛，换言之，他们对这一区域是一无所知的"（i）。因此，从这个意义上讲，库柏在太平洋的新疆域的开掘是具有开拓性的。其次，库柏把自己同库克以及哥伦布等英美历史上被誉为伟大殖民者的殖民先驱做了对比，以突显和强调他的太平洋殖民事业的开拓性和超越性。库柏写道：

> 在 1796 年，太平洋不像今天一样广为人所熟知，库克虽然在 20 年前开展过举世闻名的太平洋之旅，其有关太平洋的记录也展现在世人面前，但库克的记录有许多地方有待证实，尤其是其中的细节。事物的第一个发明者或者发现者往往获得巨大的名声，但却是后来之人花费精力来解释说明这些经过。尽管我们今天比哥伦布的时代更了解美国，但我们的知识还是那么的局限，哥伦布所开拓的伟大事业仍然处于初级阶段。（38）

库柏把自己同库克和哥伦布相提并论，其中的意义不言而喻：意大利探险家和殖民者哥伦布为了西班牙的殖民利益而发现了美洲，英国殖民者和航海家库克为大英帝国的海外利益进行了三次太平洋殖民探险，而库柏自己为美帝国的海外殖民扩张事业——太平洋边疆的垦殖——也不甘落后。况且，殖民者库克和哥伦布的殖民事业尚存诸多待解的问题，譬如库克关于太平洋殖民探险的许多记录还有待证实，言外之意就是，库克的太平洋探险日志有些不一定是事实，有可能是虚构的；而哥伦布所开拓的伟大事业还处于初级阶段，言外之意就是，哥伦布的殖民事业仅仅是开了个头，更大的更辉煌的成就还需等待后来之人来创造。而那个后来的、但不乏超越精神的殖民者就非库柏自己莫属了。由此可见库柏对开垦美国的海外殖民地这一宏伟的、神圣的事业是如此信心十足，同时又显现出咄咄逼人的姿态。库柏是如何垦殖太平洋殖民地，并超越欧美殖民历史上那些"伟大的"殖民先驱们的呢？库柏的所有殖民努力和帝国梦想都是通过小说主人公马克那不可思议的殖民行径来实现的。

首先，马克以令人惊叹的毅力和百折不挠的信念在寸草不生的太平洋珊瑚岛上开发垦殖殖民地。当马克因太平洋商船搁浅而被困在珊瑚礁中时，他和他的随从鲍勃并非像笼中之鸟一样陷入困顿之中，而是千方百计地设法生存下来。于是他们计划寻找一个无人居住的荒岛，用自己的双手来开辟未来，继而像"鲁滨逊一样垦殖开发"（61），设法在珊瑚岛上活下来。当他们被迫栖居在一个无人居住的因火山爆发而产生的珊瑚礁上时，他们被珊瑚礁上光秃秃的、荒凉的景象"震惊了，伤痛了"
（61）。这个珊瑚岛的糟糕状况远远比《鲁滨逊漂流记》中的英国殖民者鲁滨逊垦殖
的荒岛条件要差千万倍：

> 首先，鲁滨逊拥有一个岛屿，而我们仅有珊瑚礁；其次，鲁滨逊的荒
> 岛上有泥土，而我们只有光秃秃的岩石；再次，鲁滨逊的荒岛上有淡水，
> 而我们什么也没有；最后，鲁滨逊的荒岛山上有高耸的树木、绿油油的草，
> 这个珊瑚岛上一束草都没有。（72）

这个珊瑚岛上光秃秃的，寸草不生，"看不到树、灌木或草之类的东西"（66）。
总之，这个珊瑚礁的糟糕景象"用'光秃秃'和'荒凉'两个词最能确切地描绘"
（66）。这个岛因火山喷发而形成，盐分非常重，明显不适宜植物或者生命体生长。
然而就是在远比鲁滨逊所处的条件更加恶劣、更加糟糕的极端环境下，马克克服常
人难以克服的困难，以超人的意志，把一个根本不适合生存的太平洋火山岛开发了
一个生机勃勃的美国"后花园"。例如，珊瑚岛上没有适合植物生长的泥土，他就用
飞鸟排泄在石头上的粪便和小猪因寻找食物而从珊瑚礁的地壳里供起来的残余部
分，加上海藻、火山灰、腐殖土等，混合成泥土的替代物，然后用船上带来的西瓜、
西红柿等种子，种植在火山口中还没有形成地壳的小孔中。令他们高兴的是，几天
之后，他们的庄稼开始破土发芽了。如此一来，通过塑造一个比家喻户晓的英国殖
民者鲁滨逊更加强大、更富开拓性的美国殖民者马克的形象，库柏使美国在太平洋
地区的扩张活动更加令人印象深刻。

　　其次，马克在珊瑚岛上播撒以草种子为代表的美国农作物，传播殖民文化。马
克所乘坐的船只，本是为了美国的商业扩张事业而去的，是要到中国这个被西方蔑
称为所谓的"异教徒"国家（25）去从事檀香木贸易。这艘商船除了为扩大美国的
海外商业利益而进行跨太平洋的国际贸易之外，恐怕还履行另一项隐秘的任务，那
就是肩负播撒美国文明和价值观的所谓神圣　"天命"，因为这艘船上装有美国的草
种、西红柿种、西瓜种子等农作物。除此以外，船上还装载有猪、羊等美国的家畜。
很难想象，除了向亚洲及太平洋地区移植和推广美国的农业产品，向这些美国人所
谓的"异教徒"国家和地区传播代表美国的价值观念的农作物，在思想文化上推广
美国民主以达到殖民的终极目的之外，还存在其他的理由。当马克在南太平洋的珊
瑚岛上栽种草种子、大豆、豌豆、玉米、黄瓜、西红柿、洋葱时，他是在撒播殖民

文化的种子，因为以草种子为代表的植物更能代表美国的民主价值观念。在惠特曼的诗歌《草叶集》中，惠特曼创立了经典的意象——永不枯萎衰败、代表美国民主和价值观念的芳草。它们生命力强大，生机盎然，无穷无尽，因此惠特曼赞叹道："持久不死的根，高高的叶瓣，啊，冬天将不会把你冻死，/娇柔的草叶啊，/你每年都会重新萌发，你会从你退却的地方再现"（惠特曼，1991：195）因此，只要有草的地方，就有美国的民主价值存在。马克的船上之所以带有大量的草种，是因为船长"把这些草种作为恩惠给予他想要访问的岛屿的原住民，并通过他们再赠送给今后过往的航海家。"（87）可见，无论是船长，还是马克，无时不在想着撒播美国的种子。传播美国思想文化的神圣"天命"。当马克在珊瑚岛上播撒下草种子后，野草在原来光秃秃的、寸草不生的珊瑚岛上遍地生长，"根也到处蔓延"（130），最后，整个荒岛俨然一个"大草原"，"绿油油一片"（336），有的草地有"膝盖那么高"（342），有的草地有"齐人的胸部那么高"（378）。正是在太平洋的岛礁上，象征美国民主价值观的草种生根发芽，并迅速蔓延到夏威夷、关岛、萨摩亚、阿拉斯加等太平洋广大地区。

最后，马克在珊瑚岛上履行一名殖民总督的职责：命名岛礁，组建政府，建立法制。当马克在因地震而新抬升的珊瑚岛上视察时，他开始为珊瑚岛上的岛屿和水道命名，如他把环绕珊瑚岛的航道名为"Armlet"（183），把距离火山口三里格的通道称为"希望通道"（184），把航道交汇处的岩石命名为"分叉点"（184）。马克为珊瑚岛的地理景观命名的行为，其本质上就是一种殖民行径，是对珊瑚岛行使殖民管辖权。而当鲍勃把这个岛屿称为"国家"，当马克后来被众多殖民者推选为总督，并在这个殖民地上组建政府、建立法制时，太平洋上的珊瑚岛成为美国真正意义上的海外殖民地。

呈现美国殖民者马克在太平洋上的珊瑚岛开发殖民地这样的殖民活动，使得亚洲太平洋地区的地理知识得到普及，这无形中加深了欧美人对太平洋地区的印象和想象；塑造一个比英国殖民者鲁滨逊更加强大、更富有开拓性的美国殖民者马克的形象，使得美国的海外殖民扩张活动更深入人心。从某种意义上讲，库柏的太平洋书写帮助推广了太平洋的人文地理知识，加强了欧美国家的太平洋想象，从而使亚洲太平洋地区成为美欧列强觊觎的重要目标，继而变成列强巧取豪夺和殖民扩张的对象。

太平洋岛国的种族归化：在美国历史上，移居新大陆的欧洲白人统治者在处理种族之间的关系时将肤色作为评判种族文明与野蛮、优秀与堕落、统治与被统治的标准，他们进而将"白人至上"作为价值评判的标准，从而将黑人、印第安人等民族视为劣等民族，把黑人视作低贱的、纯粹的奴隶，又将印第安人视为美国扩张的绊脚石，必欲除之而后快，从而导致了美国历史上一幕幕种族歧视、种族屠杀、种族迫害的悲剧和惨剧。据历史记载，16 世纪以来到美洲的欧洲殖民者给当地印第安人带来的是毁灭性的灾难。据统计，殖民时期，西班牙所属的领地有 1300 万印第安人被杀，巴西地区有大约 1000 万人被杀。到 1890 年，美国印第安人的数目已从早先的 150 万余人锐减到少于 25 万人（丁则民，2001：123）。美国西进运动中又有 100 万左右印第安人被杀。印第安人长期遭到屠杀、围攻、驱赶、被迫迁徙等迫害。在殖民者进入新大陆之前，美洲已经有了数个印第安人建立的奴隶制大帝国并且产生了古老的美洲文明和印第安文明。然而令人遗憾的历史事实是：这些灿烂的美洲古文明和印第安文明被来自欧洲的殖民者所毁灭，难以驯化的印第安人作为人类几大人种之一，整体上被基本灭绝。而黑人在美国历史上的悲惨遭遇也是令人发指。16 至 19 世纪，欧洲殖民者从非洲劫运大批黑人奴隶到美洲，其中半数以上运入今美国境内，主要在南部诸州的棉花、甘蔗种植场和矿山当苦工，深受白人种族主义者的残酷剥削和虐待。1861 至 1865 年南北战争后，虽然从法律上废除了奴隶制度，但是黑人仍受种族歧视和压迫，三 K 党的暴行严重威胁着黑人的生命安全。

在小说中，库柏对印第安人、黑人以及太平洋岛屿上的波利尼西亚人的种族歧视倾向也暴露无遗。他把太平洋上的波利尼西亚民族同美洲大陆上的土著印第安人和黑人等同起来，这不仅是他强烈的种族意识的表现，也是其种族归化意识的具象表现，其目的无非是强调美国"白人的责任"和上天赋予的"天命"，从而为美国在太平洋岛国的开疆拓土和帝国事业的合理性、正当性辩护。例如，小说中库柏把美国人皮特在太平洋岛上娶的土著女人和他的哥哥尤努斯（Unus）称为印第安人，他说"皮特娶了一个印第安老婆"（238）。库柏还把土著人与黑人相提并论，他问他遭遇船难之前的船友、后来也到达珊瑚岛的比尔，"有黑人和你一起来吗，我指的是土著"（288）。而作为白人的皮特则把自己的土著妻子蔻称为"Peggy"。Peggy 首先让人联想到"peg"一词。Peg 表示木腿、木桩或者尖的木钩子等外形奇特的小物件，这些尖锐的东西有时让人产生厌恶或者恐惧之感，譬如木头钉子，这隐晦地传达了白人皮特对土著岛民的厌恶之感。其次，Peggy 让人轻易地联想到"猪"的英文词汇 piggy，意为"猪仔"或者"像猪一样"。此称谓也同样隐晦地表达了美国白人对太平洋上的岛民的侮辱和贬低, 即波利尼西亚人同猪一样愚蠢和愚昧。在库柏看来, 美国白人代表的是文明与开化的形象, 而远离美国本土的波利尼西亚民族则作为文明的美国人的对应物, 从而产生了两级化的形象: 天堂—地狱、纯真—愚昧、文明—野蛮。小说中, 库柏把土著人全部称为"野蛮人"(238)。当太平洋的土著保护和捍卫自己的领土时, 他们因为一直坚定地阻止美国的太平洋扩张, 阻止马克的殖民行径而被以马克为代表的美国白人视为敌人, 因此在描述太平洋上的岛礁的捍卫者时, 库柏对这些人心存厌恶, 例如, 他在描述土著首领沃利(Waally)时用了"可怕的""恐怖的"等词语, 把其捍卫领土的行为称为"伤害"(235), 把首领称为"冷酷无情的独裁者"(273), 把沃利所领导的部族社会称为"暴政"(273)。既然太平洋岛上的土著像美洲大陆上的印第安人和黑人一样是如此让美国白人感到厌恶、反感及至恐惧, 既然美国白人有意蔑称太平洋岛屿上的波利尼西亚人建立的政权为"暴政", 那波利尼西亚人自然也必将像美洲大陆上的众多印第安部族一样, 成为美国人殖民和征服的对象了。因此, 对所谓的愚昧、野蛮、堕落的太平洋岛民的教化、救赎、殖民和镇压则变成了像库柏或者马克一样的美国白人的圣神"天命"。

库柏把南太平洋岛屿上的土著居民等同于印第安人和黑人, 不仅是他强烈的种族意识和种族歧视的体现, 更是他殖民意识和帝国意识的重要体现。在库柏的眼中, 太平洋上的波利尼西亚人同美国的黑人和印第安人毫无两样; 波利尼西亚民族就像美国的黑人和印第安人一样, 是愚昧、落后和尚未开化的愚民, 是应该被教化、征服和奴役的对象。很明显, 作为一个知识分子, 库柏有意混淆了美国本土和海外异域的地理差异, 刻意模糊了太平洋波利尼西亚群岛的族群同美洲大陆上的印第安人和黑人族群之间巨大的差异。库柏这样刻意混淆波利尼西亚人、印第安人和黑人之间的巨大差异, 无疑暴露了他的种族归化意识, 即认为波利尼西亚人应该被归化为美利坚民族的一部分。既然波利尼西亚人都已经被归化为印第安人和黑人一样的民族, 那波利尼西亚群岛上的岛国自然就被视为美帝国的一个组成部分了。或许, 这才是库柏有意混淆种族差异的终极目的。

美国的太平洋交流史的重构: 库柏不仅虚构了夏威夷历史, 他甚至还重构了美国与太平洋岛国交往的历史。这不仅是他的国家叙事的一个重要策略, 同时也是他的国家意识的突出体现。让我们回顾一下夏威夷王朝的历史: 夏威夷于 1959 年才正式成为美国的一个州。在夏威夷归化美国之前, 夏威夷王朝在民族国家形成乃至王国统一的道路上也经历了血雨腥风。最早发现夏威夷群岛的是西班牙人, 但最早让欧洲人认识夏威夷群岛的是英国人詹姆斯·库克船长。库克于 1778、1779 年两次访问夏威夷，并出版了航海日志，之后西方列强频频光顾和染指夏威夷。在西方文化尤其是基督教文化的影响下，夏威夷社会在来自夏威夷岛的酋长卡美哈梅哈（Kamehameha）的领导下由封建割据、战乱纷争的部落社会开始走向民族国家统一的道路。王朝统一战争从 1795 年开始，于 1809 年结束（Townsend，2011：41-42）。在这 15 年的政治斗争中，卡美哈梅哈一世（Kamehameha I）用库克船长带来的洋枪洋炮统一了夏威夷，最终于 1810 年建立了由卡美哈梅哈一世为国王的具有西方民主特色的君主制王国。夏威夷王朝的历史一开始就同西方紧密相连，而夏威夷王朝最后也在西方（尤其是美国）的政治干预和西方文化的腐蚀之下被颠覆。19 世纪 20 年代起，英美传教士来到夏威夷；50 年代起，美国就开始干预夏威夷的内政；1898 年，夏威夷被美国兼并；1959 年夏威夷成为美国第 50 个州（Townsend，2011：44）。然而在小说中，库柏对夏威夷历史的改写是显而易见的，他通过描述两个部族首领奥罗尼（Ooroony）和沃利之间的权力斗争来虚构王朝的权力斗争史。奥罗尼是马克统治的太平洋殖民地上的一个原住民首领，他唯马克马首是瞻，对殖民者百依百顺，为殖民者提供各种便利和帮助。而沃利则是马克的殖民地附近的岛屿上另一支土著力量的首领，他是奥罗尼的死敌，时刻挑战奥罗尼的权威，随时同奥罗尼争夺这一地区的领导权。当马克占领了这一地区并建立殖民地之后，奥罗尼由于得到了马克的帮助，在同沃利的权力斗争中取得了压倒性优势。但随着殖民地的发展从鼎盛走向衰落，沃利最终取代了奥罗尼而成为这一地区的绝对统治者，奥罗尼的部族最终被沃利领导的部族吞并，后来沃利的儿子做了统治者。事实上，奥罗尼和沃利之间的斗争桥段正是改写了卡美哈梅哈一世和他的挑战者卡赫克里（Kahekili）之间的权力斗争史[①]。

不仅如此，库柏甚至还重构了美国人到达夏威夷的时间。历史上，第一批美国新教传教士到达夏威夷的时间大约在 1820 年[②]。然而在小说中，库柏把美国人卷入夏威夷历史的时间设置在 1797 年，即小说的故事时间，这比历史上英美等国进入夏威夷的时间整整提前了近 30 年，从而使夏威夷的历史早早地变成美国国家

---

① 关于卡美哈梅哈一世的权力斗争历史，See Howe，K. R. 1984. *Where the Waves Fall：A New South Sea Islands History from First Settlement to Colonial Rule*. Honolulu：University of Hawaii Press，pp.154-158.

② 1820 年 3 月 30 日，第一批美国新教传教士到达夏威夷，之后众多传教士接踵而来，See Jarves，J. 1843. *History of the Hawaiian or Sandwich Islands*. Boston：Tappan and Dennet，p 220；Alexander，W. 1936. *A Brief History of the Hawaiian People*. New York：American Book Company，pp.173-175.

历史叙述的一部分。库柏重构夏威夷历史，并且把美国人在夏威夷群岛上的拓殖史同夏威夷的历史进行重叠交织，其根本目的，正如学者阿普利尔·金特里（April Gentry）所言，无非是"试图建立一种美国在太平洋存在的连贯叙述"[①]。他通过虚构、重构夏威夷王朝的历史，把夏威夷历史隐秘地、合法地变成美国国家叙事的一部分。库柏通过自己的文学想象，把夏威夷王朝的历史归化为美国天然的、不可或缺的历史的一部分。

总之，库柏有意把美国历史同个人的殖民历史相重叠，刻意将波利尼西亚民族同印第安人和黑人相混淆，故意把美国的海外殖民历史同夏威夷的历史相重叠，从而使美国在波利尼西亚群岛上的存在变成了美国国家叙事的连续篇章。库柏的国家意识和帝国意识昭然若揭。他积极地为美国的海外利益服务，为美国在太平洋边疆的开发垦殖处心积虑；他在美国海外的太平洋岛礁上建立殖民地，为美国在海外建立殖民地竖立了一面旗帜，为美帝国的海外霸权扩张指明了方向。然而太平洋殖民地从繁荣走向最后的毁灭，从某种意义上也体现了库柏对帝国扩张行径的反思，同时也体现了他的帝国意识的矛盾性：作为帝国的一份子，库柏展望美国在海外开疆拓土，建立一个理想的、由美国主导掌控的乌托邦社会，并藉此来实现美国的理想和美国梦；但作为一名耶鲁大学的高材生，一个具有人文道德关怀的知识分子，库柏对美国式民主以及当时急剧膨胀的海外扩张表示了一定程度的担忧。这在《火山口》中也得到一定程度的影射。另外，在美国独立建国之初，对于国家经济发展的方式和途径的选择问题，在联邦政府高层产生了巨大的争论。对于究竟是重农抑商、还是农商并举，以托马斯·杰弗逊和亚历山大·汉密尔顿为首的联邦政府意见分歧很大（恩格尔曼，2008：350）。这一历史问题也在小说中得到象征性的映射。小说中的太平洋殖民地农商并举，既发展商业（如檀香、茶叶贸易、捕鲸业、渔业等），同时也发展农业（如养殖牛马等家畜）。而太平洋殖民地最后由于引进了法律、报业和宗教等领域的新殖民者，社会逐渐出现了政党倾轧、腐败等现象，并最终导致整个安定繁荣的殖民地分崩离析。这一情节也同 19 世纪 30—40 年代库柏所处时代的美国社会极为相似，要知道库柏就曾经因为政党倾轧问题和私人财产所有权问题同美国报界闹出恩怨和矛盾，双方最终对簿公堂[②]。作者借此在小说中大量穿插对太平

---

① Gentry，A. 2002. Created space：The crater and the Pacific frontier. http://www.oneonta.edu/external/cooper/articles/other/2002other-gentry.html[2015-8-7].

② 库柏同辉格党的政治纷争、恩怨和矛盾，See Waples，D. 1938. *The Whig Myth of James Fenimore Cooper*. New Haven：Yale University Press，pp. 116-226.

洋上的殖民地的政治经济制度的隐晦评论，就是对当时美国民主政治的一种讥讽和影射。而太平洋殖民地从产生、发展到衰落、消亡，折射出的正好是库柏对当时美国式民主政治制度的担忧，而太平洋殖民地的最后消亡，难道不正是库柏对美国民主政体发出的一种警示和映射吗？

二、太平洋书写的历史渊源

从源头上看，库柏的太平洋书写是对欧洲拓殖太平洋历史的传承和延续。从历史发展来看，太平洋的历史就是西方奴役亚洲和太平洋地区的历史。1513 年，西班牙占领者瓦斯科·德·巴尔博厄（Vasco de Balboa）在巴拿马地峡的达里恩（Darien）山顶看到浩瀚的太平洋。之后，葡萄牙航海家麦哲伦环球航行，横渡太平洋，其舰队将其命名为"太平洋"。17 世纪，荷兰航海家埃布尔·塔斯曼（Abel Tasman）发现塔斯马尼亚岛、新西兰和斐济。18 世纪，欧洲的殖民探险活动高潮迭起。1767 年，英国航海家塞缪尔·沃利斯（Samuel Wallis）发现了塔希提岛，成为发现此岛的第一个欧洲人。18 世纪晚期，以英国探险家詹姆斯·库克和法国探险家路易斯·德·布干维尔（Louis de Bougainville）为代表的欧洲殖民探险活动，揭开了近现代欧美列强染指亚洲和太平洋地区的序幕；从 19 世纪初开始，在美国总统托马斯·杰弗逊的领导下，美国开始进军太平洋，1804—1806 年由刘易斯与克拉克率领的太平洋远征军（Lewis and Clark Expedition）以及 1838—1842 年由威尔克斯率领的太平洋、南极探险活动，都是典型史料。就文学价值而言，库克在三次太平洋探险活动中对太平洋诸多岛屿和部落社会的生产生活、水文、洋流、植被等做了大量详细的记录，随后他的船员陆续出版了许多探险日记[①]。1771 年，布干维尔出版了广为人知的旅行日志《世界环游记》（Voyage autour du monde，A Voyage Round the World，1771）一书。这本书描述了阿根廷（当时的西班牙殖民地）、巴塔哥尼亚、塔希提岛和印度尼西亚（当时的荷兰殖民地）的地理、生物和人类学知识信息。这本书的出版在欧美引起了不小的轰动，特别是对塔希提岛国的描述。在他的笔下，塔希提岛被描绘成为人间天堂，那里的人天真而淳朴；在这里，男人和女人生活在幸福的

---

① Kippis, A. D.D.F.R.S and S.A. 1830. *A Narrative of the Voyage Round the World*. Boston：Published by N.H. Whitaker；Rickman, J. 1781. *Journal of Captain Cook's Last Voyage to the Pacific Ocean*. London：Printed for Newberry, the corner of St. Paul's Church Yard；Forster, J. R, LLD. F. R. S and S. A.1778. *Observations Made During A Voyage Round the World*. London：Printed for G. Robinson, in Peter-Noster-Row；Redyard, J. 1783. *Journal of Captain Cook's Last Voyage to the Pacific Ocean*. Hartford：Printed and folded by Nathanial Peter.

地方，远离文明的堕落。库克的探险日记和布干维尔的《世界环游记》中关于天堂般的塔希提岛和岛民的描述为 18 世纪欧洲的启蒙思想的萌芽奠定了思想基础，这也为库柏和麦尔维尔等作家的波利尼西亚文化想象奠定了基础。布干维尔笔下太平洋岛民的形象刻画，无疑为库柏的小说中的人物描写提供了良好的文学参照，因为在库柏的太平洋小说《火山口》中，波利尼西亚群岛上的土著正是高尚与野蛮的杂合体。

库柏的太平洋书写也是美国的扩张主义和商业主义的产物。从 18 世纪末美国建国开始到 19 世纪末，在整个美国的政治、社会乃至文化中，涌动着一股强劲的从大西洋西岸向西到太平洋扩张的暗流。在美国历史上，在最伟大的太平洋探险家和旅行家之一、被称为"美国的马可波罗"的约翰·莱德亚德（John Ledyard）的影响和游说下[1]，杰弗逊总统主导的 1804—1806 年刘易斯与克拉克远征军首次完成西部到太平洋的往返考察，这次考察为日后美国领土向太平洋沿岸扩张做出了重要的贡献。到 19 世纪 30—40 年代，美国向西到太平洋的扩张达到一个黄金时期，例如，四十年代爆发的美墨战争，就是为了争夺太平洋沿岸的出海口；而这一时期针对俄勒冈、加利福尼亚等地区的争夺，同样不乏太平洋地缘战略的考虑。尤其值得一提的是，其中美国海军军官查尔斯·威尔克斯领导的探险队伍，在 1838—1842 年穿越整个西部，到达了南太平洋的最南端，最终抵达南极大陆。在此历史语境下，库柏创作了《火山口》和《海狮》等书写太平洋和南极的海洋小说，为美国的异域想象尤其是太平洋想象不断提供养分。

从源头上看，库柏的太平洋书写是欧美诸国拓殖太平洋历史的传承和延续，同时也是对拓殖太平洋历史的一种致敬，尤其是对美国在亚洲和太平洋地区的殖民扩张的积极呼应，这一点在《火山口》和《海狮》中能找到清晰的明证。例如，在《海狮》的前言中，库柏充分地表达了他对美国和欧洲的太平洋殖民先驱的顶礼膜拜之情："佩里、萨宾（Sabines）、罗斯、富兰克林、威尔克斯……以及其众多勇敢的法国人和俄国人，值得我们最崇高的敬意，因为没有战争或者胜利能比得上水手所遇

---

[1] 被称为"美国的马可波罗"的莱德亚德是美国历史上最伟大的太平洋探险家和旅行家之一。作为参与库克船长第三次航行的水手，他是第一个涉足北美西海岸及太平洋东海岸的美国人。1783 年约翰·莱德亚德出版了名为《库克船长探索西北航道的太平洋最后之旅》（*Journal of Captain Cook's Last Voyage to the Pacific Ocean*）。这本当时深受欢迎的日记为美国人开启了太平洋知识的窗户。他的日记对时任美国驻法大使的托马斯·杰弗逊影响深远。See Randolph，T. J. 1829. *Memoirs，Correspondence and Private Papers of Thomas Jefferson*，1 Vol. London：Henry Colburn and Richard Bently，p.58；Sparks，J. 1828. *Memoirs of the Life and Travels of John Ledyard*. London：Henry Colburn，pp. 203-204.

到的危险以及他赢得的征服能带给他更多的声誉了。"（9）在众多库柏膜拜的探险家中，库柏特别提到他好友查尔斯·威尔克斯，因为威尔克斯在1838—1842年的太平洋探险活动对库柏的太平洋书写则产生了直接的、深远的影响，这不仅仅因为他俩是亲密无间的好友①，尤为明显的是库柏在小说中大量评述或直接引用威尔克斯在完成太平洋探险活动后撰写的《美国探险队故事》（*Narrative of United States Exploring Expedition During the Years 1838-1842*）（威氏还出版了《世界环游记》）一书的内容②。这方面的例证不少，如在小说第十四章，库柏提到"威尔克斯告诉我们地球上存在一个广阔的被冰覆盖的大陆"（Cooper，1860：217），在十九章中再次提到了威尔克斯关于南极的描述（Cooper，1860：303）。很明显，"威尔克斯的《美国探险队故事》为库柏提供了所需的材料，特别是细节"（Gates，1950：1070）。库柏在小说中直接评述威尔克斯的太平洋探险，一方面证明威尔克斯的太平洋探险活动对库柏的太平洋书写的影响是直接的，另一方面也说明库柏的太平洋书写是在19世纪30—40年代美国拓殖太平洋和南极的政治背景下发生的，因此可以说他的太平洋书写是美国的太平洋国家叙事的重要篇章，是美国殖民扩张的文化宣言书。由此可见，库柏的太平洋书写是欧美的太平洋殖民扩张活动影响下的文化产品。正是因为托马斯·杰弗逊为首的美国政治家对太平洋的战略价值的前瞻性判断，才直接促成了刘易斯以及查尔斯·威尔克斯等人的太平洋探险活动的实施，这些太平洋殖民扩张活动为库柏和麦尔维尔等作家的太平洋书写源源不断地提供丰富的文学想象和创作素材，而作家的太平洋书写则反过来又不断强化美国人的太平洋想象和印象。正是在文学、文化和政治因素的综合影响下，美国人觊觎太平洋的野心长久不衰，最终美国跨越了浩瀚的太平洋，侵吞了夏威夷、关岛、萨摩亚等太平洋岛国。21世纪的今天，美国的"太平洋战略"与"太平洋幻梦"持续上演：出生于夏威夷的美国总统贝拉克·奥巴马（Barack Obama）2009年11月14日在日本东京发表亚太政策演讲，宣称美国——一个传统意义上的大西洋国家——为"太平洋国家"，称自己为美国首位"太平洋总统"；前任国务卿希拉里·克林顿（Hillary Clinton）也在 2011

---

① 关于库柏的第一部海洋小说《领航人》的创作佚事就是发生在威尔克斯家的家庭晚宴上，See Cooper, J. F.（grandson）. 1922. *Correspondence of James Fenimore Cooper*. 2 Vol. New Heaven：Yale University Press. I. pp.52-53. 威尔克斯同库柏之间一直保持着密切的书信往来，书信的内容几乎都是关于库柏的海洋小说创作以及美国海军事务方面的内容，also see Cooper, J. F.（grandson）. *Correspondence of James Fenimore Cooper*，I. pp.52-53，146-147，150-154，179-182，203-206，251-254.

② 库柏对此书赞不绝口，称"这是一本非常了不起的书"，See Cooper, J. F.（grandson）. *Correspondence of James Fenimore Cooper*. 2 Vol. New Heaven：Yale University Press. II. pp. 526-527.

年 11 月 10 日的美国《外交政策》（Foreign Policy）杂志上以"美国的太平洋世纪"为题阐述了美国作为太平洋国家的政治立场。

　　总而言之，透过美国在北美大陆、太平洋、大西洋拓殖和扩张历史的经纬，可以清晰地看出，正是以库柏为首的美国作家同杰弗逊总统等美国政治家、历史学家、商人、旅行者、水手、西部拓荒者以及探险家的共同努力，才使得美国人的边疆意识不断延伸，相应地，美国的国家意识也在不断膨胀。

第五章 库柏海洋书写的思想价值与美学特征

库柏不仅是整个美国文学与文化事业的先驱，而且还是海洋小说、边疆小说、历史小说等众多小说类型的创始人。然而长期以来，国内外学界对库柏的研究几乎全部集中在以《皮袜子故事集》为主要代表的西部边疆小说上，而库柏的海洋小说则被束之高阁，遭受冷遇。其实，学界并没有完全认识到，库柏小说中超过三分之一的作品都是海洋小说，他们忽视了库柏海洋小说的内在价值。对此窘境，美国海洋文学专家菲尔布里克在《詹姆斯·费尼莫尔·库柏与美国海洋小说的发现》一书中评述说："事实上，库柏对海洋之于美国过去和未来的重要意义的认识要远远超过他对边疆的知识和兴趣点。在当时的英国人和美国人看来，库柏小说艺术的最高成就主要在于他的海洋小说。"（Philbrick，1961：ix）因此，毫不含糊地讲，即使库柏仅仅凭借这 10 多部海洋小说，他也同样可以成为一名重要的小说家而在美国文学史上占有重要的地位。在今天来看，库柏是一个被严重低估的作家，他的海洋小说艺术以及他的社会政治思想，为美国文学和文化留下了丰富的遗产，而这些丰厚的遗产，还有待人们重新发掘。正如学者马里厄斯·比利（Marius Bewley）无不公允地评价那样，"库柏一直被低估了，他同霍桑、詹姆斯以及麦尔维尔一样是 19 世纪美国最重要的小说家之一"（Long，1990：194）。库柏传记作家罗伯特·龙也做出了同样的评价："没有库柏，美国小说就没有基础。"（Long，1990：194）事实上，没有库柏开辟的海洋小说传统，大概也不会有麦尔维尔等作家的海洋小说成就。因此，全面审视库柏的小说艺术尤其是他的海洋小说艺术价值，深入分析他的社会政治思想及其对美国思想文化所产生的深远影响，具有重要的理论价值和现实意义。

总的来说，库柏的海洋书写在两方面为美利坚民族留下了宝贵的遗产。

首先，在思想意识形态方面，库柏的海洋书写积极参与了美国的海洋文化、海权思想意识以及海洋民族主义等海洋政治话语的建构与流通。第一，他的海洋小说成功开掘浩瀚的"海洋荒野"，在大西洋、太平洋广阔的流动空间之上建构征服、扩张牟利性的美国海洋文化。尤其需要强调的是，库柏从西部边疆小说到海洋小说创作的转变正好反映了他的文化意识的转向，即从陆地边疆意识转向海洋意识；库柏强调美国的艺术生产活动应该从西部回到东部海岸，即美国的海洋文化应该超越西部边疆文化，这是研究美国思想文化史时需要重新审视的一个具有引领性的重要事件，站在历史与现实的结合点上来判断和评价，其影响无论如何评价也不为过。第二，库柏的海洋书写不仅宣扬海洋民族主义，而且也宣扬海权思想意识：他在作品中竭力建构一个强悍的、以海洋作为平台的国家权力身份；他提倡建立一支强大的具有战略威慑力的海军，呼吁建立海上商业王国，强调海上贸易与航运是美国繁荣昌盛的重要途径和保障，宣扬美国"未来走向世界的通道是在大海上"，鼓吹"美国必将成为海洋强国"的海权思想。库柏的海权思想为美国海权建构做了观念上的启发，为海权思想的发展奠定了思想基础，为美国的霸权和扩张预设了海上道路，对美国的发展具有划时代意义。

其次，在文学艺术方面，库柏开创了美国海洋小说优秀传统，这一传统被后来的美国海洋小说家继承并发扬光大。库柏在小说中以美国本土海洋素材为基础，以大海为故事主要背景，以水手为主要角色，以浪漫主义和现实主义作为故事基调，生动地展现了人与大海、人与自然、人与社会以及人与自我的复杂关系。这些小说无论主题和情节，还是人物塑造，都是 19 世纪前半叶美国浪漫主义文学的杰出典范，也代表了当时美国海洋小说的最高成就。库柏的海洋小说不仅拓展了美国文学想象的空间，也在文学艺术层面为美国形象建构做出了重要贡献。库柏的海洋小说传统及其文艺本土化的创作思想还深深影响了包括麦尔维尔在内的美国海洋书写，甚至也照亮了英国海洋小说家康拉德的海洋书写的方向。

第一节　库柏的海洋书写的意义和影响

库柏的海洋书写的影响至少体现在以下三个方面：一是帮助拓展了对美国的边疆的传统认知，二是库柏的海权意识也对美国"海权论"的形成产生了深远的影响，三是对美国海军历史书写具有重要的价值和意义。

一、对"边疆论"认知边界的拓展

美国在发展进程中形成的边疆传统对美利坚民族的民族习性、民主政治影响深远。美国人"从大西洋冲到太平洋，但沿途留下了点点滴滴的民族特性"（比林顿，1991：下卷：425），这些就是拓荒者传给后代的最重要的遗产。向西部扩张至少在两个方面改变了个人和社会机制的行为：其一，"边疆的'进取'精神"使边疆"呈现了一派进步气象，影响着人们和他们的制度"（比林顿，1991：下卷：434）。其二，西部的拓荒传统不断向东部传播，进而影响了东部。西部的物质财富也不断地向东流（比林顿，1991：下卷：427），使得进取精神和进步成为美国特性和美国精神中永久性的组成部分（比林顿，1991：下卷：428）。

库柏正是在文学和文化领域继续书写美国边疆传统、撒播边疆文化的典型代表人物。尤为重要的是，库柏是美国的边疆意识从西部大陆延伸到茫茫海疆这一重要转变过程中一个非常关键的人物。他的小说中的故事场景从西部大陆移动到大西洋和太平洋广阔的流动边疆上，使美国人对边疆的关注不再局限于西部大陆，而是从西部大陆转移到浩瀚的海疆之上。他的小说中的人物、物品和船只在陆地和海洋上的跨大陆、跨大洲、跨大洋的移动，使得流动性（mobility）成为美国特性中一个重要组成部分，而正是这种移动性或流动性增强了美国人在西部大陆和茫茫大海上的存在感和地理归属感。

需要强调的是，如果说 1890 年美国边疆的消失促使美国人意识到美国的西部边疆已经消耗殆尽，好日子已经到头，从而使美国人对消失的边疆的忧虑进一步加深，进而在政治上、心理上和经济上对他们产生影响，使他们"一直在政治上、心理上、经济上适应不扩张的国土的生活"（比林顿，1991：下卷：434）的话，那库柏的西部边疆小说无疑为美国人保存了一份对西部拓荒那段激动人心的岁月的历史记录和美好回忆。然而美国人也无需为西部边疆的消失而烦恼不已，因为库柏的海洋小说正好为美国向所谓的"新边疆"——浩瀚无际的海疆——的拓展指明了新的方向，同时也铺就了一条新的通道，这条通道就是海洋通道。库柏在海洋小说中提出"海洋是美国走向世界的重要通道"的观点，帮助美国人重新认识和审视他们的新边疆；他的海洋小说中积极宣扬和传承的海洋民族主义和英雄主义，帮助激发了美国人开发海洋新边疆的勇气和激情。美国人于 19 世纪末才真正迈出海外领土扩张的步伐，因此库柏于 19 世纪前半叶提出的美国必须走"海上通道"和"美国的未来是在大海上"的思想，无疑是空前的和超前的，对美国的发展来说是划时代的，其影响毫无疑问是深远的。

在库柏海洋文学创作以前，在美国建国后很长一段时间，"重陆轻海"一直是美国内政外交政策中的一个重要倾向，海洋的战略地位和战略价值一直被忽略，或者没有被意识到。早在 1630 年，殖民地领袖约翰•温思罗普就已经为美国的发展定下了基调，"我们将成为整个世界的山巅之城"（布尔斯廷，1993：3）。这里的"山巅之城"在此有两层意义：其一，美国要成为陆地大国之首；其二，美国不仅要成为地球上所有国家之首，而且也要成为"海洋强国"，因为世界包括陆地和海洋。但是，美国人没有意识到这一点，可能连约翰·温思罗普本人也未意识到"海洋强国"这一层含义；当美国建国时，开国领袖乔治·华盛顿和本杰明·富兰克林都强调西部的存在对美国经济发展的重大作用，强调西部是劳动力的"安全阀"（斯蒂尔，1988：242）；托马斯·杰弗逊总统时期的施政纲领就强调"鼓励农业生产""发展商业为农业服务"（张友伦，2002：92-93）。

到 19 世纪后半叶，以美国史学家特纳为首的美国边疆历史学派抛出了"边疆论"，强调西部边疆对美利坚民族性格、国家的形成和美国文明的发展均产生了持久和深远的重要影响，强调西部对美国社会的发展和美国文明型构具有重要意义。边疆史学家弗雷德里克·特纳在 1893 年发表的《边疆在美国历史上的意义》一文中较为系统而详细地阐述了西部边疆在美国文明发展中的重要意义和影响："美国历史在很大程度上是对于大西部的拓殖史。一片自由土地的存在，它的持续萎缩，以及美国拓殖的不断西进，解释了美国的发展进程。"（特纳，2011：1）以特纳为首的美国边疆历史学派在美国历史研究中具有重要的影响。不过，正如本书第四章第一节所论述的那样，在特纳等人的边疆史学理论视阈中，美国的边疆主要特指大西部，譬如特纳在论述美国边疆的界限时反复强调，"要真正理解美国的历史，只有把视线从大西洋沿岸转向大西部"（特纳，2011：2）因为"越往西推进，边疆的美国特征就越明显"（特纳，2011：4）。据此来看，以特纳为首的边疆历史学家的"边疆假说"理论着重强调的是垦殖西部陆地边疆，而却完全忽视了"海洋边疆"的潜在价值；很明显，这一理论重视的是黄色的陆地边疆对美国文明发展的重要意义，但却严重忽略了蓝色的"海洋边疆"对美国文明发展的更为重要意义和价值，这显然是"边疆假说"中一个极为严重的缺陷。

虽然史学家特纳忽略了"海洋荒野"的存在，但作家库柏却深刻地洞察到包括大西洋在内的"海洋边疆"同美国命运之间的纽带联系。库柏在《美国人的观念》第二卷中旗帜鲜明地指出美国人的生产生活的重心必将从西部陆地回到东部海洋："西部移民大潮总会有回潮的时候，所有在艺术、生产制造、商业等各方面的探险行为都必将从西部回到东部海岸。"（83-84）由此可见，库柏"从西部回到东部海岸"的前瞻性观点恰恰是对特纳的"边疆假说"的进一步拓展和深化，它不仅突破了美国边疆仅仅止于西部大陆的历史观点，而且认为美国边疆范围还应该扩展到浩瀚的海洋。库柏敏锐地洞悉到未来美国崛起的秘密：美国的未来在大海上，美国的重要舞台是大西洋和太平洋等世界大洋。因此，库柏提出的"海洋是美国走向世界的通道"的观点，不仅帮助美国人重新认识了"边疆论"的新内涵，深度拓展了美国边疆的新边界，而且也帮助美国强化和明晰了海权意识，无疑为美国的霸权和扩张铺设了海洋通道。因此，库柏的海洋书写，毫不夸张地说，为美国的过去、现在以及未来的发展铺设了海洋路径，为美国的战略发展起到了"领航人"的作用，具有划时代的意义。1898 年美西战争爆发，美国才真正从陆地通向海外世界，从此，西部边疆意识逐渐被海洋意识所取代。

二、对"海权论"的形成的影响

库柏的海权思想意识也对美国"海权论"的形成产生了深远的影响，尤其是对 19 世纪末美国海权理论之父、海军战略家艾尔弗雷德·马汉的"海权论"产生了重要的影响。

美国海权理论的代表人物是美国海军历史学家和海军战略家马汉，他于 1888 年出版了关于海权理论的奠基之作《海权对历史的影响（1660—1783）》。该书在美国乃至欧洲引起了巨大的轰动，产生了持久和广泛的影响力。马汉迄今一直被认为是最具有影响力的海军战略理论家之一，是迄今最权威的关于海军战略的学者，"是美国最伟大的作家"，是"使美国走向强大之路的人"（Moll，1963：131）。马汉出生于美国西点军校一个军官家庭，他从小喜欢博览群书，"真正的唯一兴趣是读书"（Moll，1963：133），特别对军事、历史等知识兴趣浓厚。根据军事学者的研究考证，马汉家里的书房收藏有许多军事、历史、战争等方面的书籍（陈舟和邓碧波，2009：3）。1885 年，马汉到美国新建的位于安纳波利斯的美国海军军事学院任教，讲授海军历史和海军战略学。为了准备即将给学生讲授的新课程，他"开始阅读任何可以得到的历史书"（Moll，1963：134），最终在讲稿的基础上，形成了他的《海权对历史的影响：1660—1783》一书，并于 1890 年出版发行。此后他又写了多部关于海权理论的书籍，如《马汉论海战》（*Mahan on Naval Warfare：Selections from the Writings of Rear Admiral Alfred T. Mahan*）、《海权对法国革命和帝国的影响 1793—1812》（*The Influence of Sea Power upon the French Revolution and Empire，1793-1812*）、《海权同 1812 年战争的关系》（*Sea Power in its Relations to the War of 1812*）等关于海权理论的著作，产生了巨大的世界影响力。在马汉阅读过的军事和历史书籍中，是否包括库柏那部非常详实而权威的《美国海军史》以及其他渗透着浓浓海权意识基调的小说呢？答案显然是肯定的，证据就是，美国海军研究专家麦迪逊把库柏的《美国海军史》同艾尔弗雷德·马汉于 1890 年发表的《海权论》相提并论，认为"库柏的《美国海军史》是艾尔弗雷德·马汉于 1890 年发表具有影响力的关于海权著作之前唯一最重要的、最具影响力的关于美国海军史的著作"（Madison，1982：17）。因此，我们有充分理由推测，以读书作为唯一兴趣、并且喜欢阅读军事、历史和海上传奇的马汉一定阅读了前人关于海军历史方面的著作，而库柏的《美国海军史》是马汉之前最重要和最有影响力的海军史作品，因此他没有理由不去阅读。那马汉是否真正看过库柏的著作呢？根据军事学者的考证，在马汉的阅读书单上，库柏的历史小说竟然赫赫在列！马汉尤其喜欢读海上传奇和"美国小说家库柏以美国历史为题材写的《间谍》《领航人》等长篇小说。这些书里的故事令小马汉极为心醉神迷，这也许可以解释为什么他对大海、对海军如此迷恋和向往"（陈舟和邓碧波，2009：3）。因此，毋庸置疑，马汉不但深入地阅读了库柏众多的海洋小说，尤其仔细地阅读了他的《美国海军史》，因为在马汉的《海权论》出版之前，库柏的《美国海军史》是当时关于美国海军历史的文献中极为有限的最为权威的参考书籍了。因此，在阅读了库柏的众多弥漫着海权思想意识的著作之后，马汉必定深受启发和影响。因此，毫不意外的是，库柏在他的海洋小说和《美国海军史》中清晰表达的海洋意识和海权思想，同马汉提出的"海权论"是如此惊人的相似。这说明它们是同宗同源，一脉相承的。这也是库柏对美国"海权论"产生重要影响的直接证据。

综上所述，库柏的海权思想以及他对美国海军建设的伟大构想对马汉的海权论的问世产生的影响，是有据可寻的，是毋庸置疑的。库柏的"海洋是美国走向世界的通道""美国将崛起于大海上""商业大国必定是海洋大国"等主张，对马汉的海权论以及美国 19 世纪末的海外扩张以及全球霸权都产生了重要影响。然而令人遗憾的是，史学家、政治家以及军事战略家们在研究美国的海洋扩张战略时，往往只重视马汉的海权论的价值，而尚未系统研究马汉海权思想的历史文化渊源，因此忽略了库柏的海权思想意识的重要贡献。事实上，史学家、政治家以及军事战略家更应重视曾经作为海军官员的作家库柏的海权思想及其对美国海洋战略的划时代影响，应该重新认识和评价库柏的政治思想。从今天来看，美国从 18 世纪末建国到现在200 多年，就已经成为全世界拥有最强大的军事实力的唯一超级大国和唯一海上霸主。毫无疑问，当"美国之舟"在全球海洋上肆无忌惮地游弋时，19 世纪的库柏正是美国海洋霸权思想战略的"探路者"和"领航人"。

三、对美国海军史研究的贡献

库柏在美国文学及文学史中的地位是不容置疑的，他是美国小说的主要开创者，也是第一个享有国际声誉的美国作家，然而他的影响不仅仅局限在小说领域，而且还扩展到海军历史研究领域。库柏以《美国海军史》和《美国杰出海军军官生平志》的成就，成为美国海军历史研究中一个具有重要影响的海军历史学家。美国海军历史研究专家怀特希尔曾这样高度评价库柏在美国海军历史研究中的重要地位：

> 库柏作为海军历史学家的地位和重要性是不容置疑的。毕竟，他是第一个系统地研究从最早的殖民地海战开始到后来的海军活动的人。托马斯·克拉克于一八一五年开始撰写海军史，但他只是简要地叙述革命时期的历史，主要是作为正在进行的战争的前奏来处理；一八一六年发表的悼念海军的作品《海军纪念碑》和《海军殿堂》，重点是描述一八一二年战争的攻势；查尔斯·戈尔兹伯勒已经计划撰写一个完整的美国海军史，但是一八二四年出版的《美国海军纪事》第一卷也仅仅停留在北非海战的描述上，没有向前推进，而他的写作计划也没有完成。库柏的海军历史书写则全面覆盖了美国海军历史的全部，并取得了成功。（Whitehill，1954：468-469）

另一位美国海军研究专家麦迪逊同样高度赞赏库柏为美国海军历史书写所做出的历史性贡献，他甚至把库柏的《美国海军史》同马汉的具有世界影响力的"海权论"系列著作相媲美，认为"库柏的《美国海军史》是艾尔弗雷德·马汉于1890年发表关于海权的具有影响力的著作之前唯一最重要的、最具影响力的关于美国海军史的著作"（Madison，1982：17）。麦迪逊认为库柏的海军历史书写是开创性的，之前是没有先例的；他分析库柏之前的美国海军历史书写中存在的种种问题和弊端，认为"17世纪以前没有作家专注于独立的国家海洋历史的书写，主要是因为没有独立的美国海军：大多数海军机构都是正常的商船航运活动的产物，或者仅仅作为整个军队的分支机构而存在"（Madison，1982：17）。也就是说，17世纪的美国海军史书写缺乏必要的历史条件，即没有独立的美国海军。到了18世纪，"一些海军历史著作的主题只限于海事事务，这些早期作品的内容缺乏可信度，形式也比较宽泛"（Madison，1982：18）。但即便在美国革命期间创建海军之后，也还没有足够的素材激发海军事件的独立记录。诚然，在独立战争期间，美国也曾遭受过地中海沿海的北非海盗的袭扰，为此美国人还发动了两次同北非海盗的战争，但也许人们认为美国海军在地中海同北非海盗的海战无足轻重，因此缺乏专门撰写纪念美国同北非海盗战争的相关作品。1812 年，直到美国参与了同世界上最强大的英国海军对抗的第二次英美战争，美国的民族主义、爱国主义才被激发出来，美国海军历史的书写才真正找到一个合适的机会，美国海军书写历史也进入一个崭新的阶段。然而，正如麦迪逊所言，这一时期的海军历史书写依然面临重重问题，特别是浮夸的言辞充斥报端，使得海军的历史无法得到真实地呈现：

> 美国海军写作时代已经开始了，然而战后的这些年代却被海军"丰碑"、"圣殿"和"一般观点"等夸张叙事所淹没了，其目的是通过一系列史诗般的写作来美化年轻的美国海军，而其夸张的写作恰恰使之远离了历史真实。虽然这种夸张的悼词可以称为叙事，但它没有提供任何有价值的历史评论。
>
> （Madison，1982：19）

这些虚假浮夸、主题匮乏的历史叙事充斥着当时的海军历史著作，这让库柏极为反感，他对这些虚假夸张的历史汇编极为不满，于是库柏开始了自己的海军历史撰写工作，并成功地完成了美国海军的第一个综合叙事史。

同 19 世纪前半叶美国海军历史著作中没有统一的主题、在编年表和关注焦点上杂乱无序的特点相比，库柏的海军历史书写特色鲜明，那就是内容全面、数据可靠、主题鲜明集中。库柏版的《美国海军史》的特点就是真实可信；他在叙述历史时，总以一种客观公正的叙事基调来讲述历史故事，有时尽管穿插一些军官的轶事，但客观公正的立场很少受到影响。只要通读一下库柏的美国海军历史叙事就可以发现，库柏的海军历史简明扼要，他的海军历史叙事本质上是一系列简明扼要的海上行动记录，偶尔会穿插一些个人评论，并以脚注或其他适当方式补充涉及的美国海军军官的简短个人经历。他严格地解释船舶评级方法，总是试图对船舶、枪支和人员等武装力量的效能做出公正的评估。

库柏的海军历史书写有别于同类题材的海军史书写的一个显著的特征是材料的真实性和论证的客观性，这也为库柏之后的海军历史书写确立了写作样板。库柏撰写的海军史中关于海军军官、舰船、海战的内容都是真实的，这主要源于库柏曾经作为海军一员的独特个人经历，以及他同许多海军军官之间建立的亲密个人友谊，如库柏同美国海军准将威廉·舒布里克以及美国海军军官查尔斯·威尔克斯等人关系密切，这确保他在写作中遇到问题时能及时问询和求证，力保材料的真实性和叙述的客观性。库柏同《美国海军史》以及《美国杰出海军军官生平志》中涉及的一些主角的私密关系使得他不仅能获得第一手真实资料，而且在写作的过程中能较为客观地叙述人物和历史事件，对此，怀特希尔做了详细的阐释：

> 分别于 1839 年 5 月 10 日于费城由利和布兰查德出版、于 5 月 30 日于
> 伦敦由理查德·宾利出版、于同年于巴黎出版的两卷本《美国海军历史》
> 在研究和组织材料方面代表了一个重要的成就。看来库柏至少使用了一些
> 海军部信函集和大量的船长信件，他当然使用当代报纸和小册子，但他的
> 大部分信息来自他于《美国海军史》中的戏剧人物，其中的许多人是当他
> 在海军服役期间还健在的人，其中许多人是当他在撰写海军历史时还健在
> 的人。（Whitehill，1954：472-473）

由此可见，库柏的历史写作基于广泛阅读已经出版的同类历史著作、手稿，以及访谈写作当时尚健在的海军官员和将领，如他最好的朋友威廉·舒布里克，他的前任指挥官以及约翰·琼斯的中尉理查德·戴尔等人，这保证了历史事实和史料的真实性和可信度。通过比较不同的口头和书面报告，库柏得出了经过理性分析和仔细斟酌后的事实和结论。库柏对历史事实的求真求实态度达到苛刻的程度，"证据表明在这个时期没有其他的美国海军历史著作能像库柏的海军历史书写著作一样进行了这么严格的调查和分析。库柏推敲每个叙述、比较每个作者或叙述者，权衡每件事实"。（Madison，1982：22）

事实上，库柏在海军历史书写中开创了一种历史写实的方式，他以忠于历史、忠于事实、忠于材料的写作方式来书写美国的海军历史，从而使他的《美国海军史》成为美国海军历史发展研究著作中一部非常权威的必读参考书，并由此建立了他作为美国海军历史学家的崇高美誉，正如怀特希尔所言：

> 库柏作为海军历史学家的声誉不仅仅是因为历史事件发展的先后顺
> 序，而是因为他没有像记者那样急于发表作品而成为海军历史书写第一人。
> 他是以个人经验，以及与参与他所描述的事件的许多海军军官的友谊而成
> 为海军历史书写的第一人。凭借这个幸运的背景，他仔细探索了所有可用
> 的信息来源，以一种公正不倚的态度来平衡那些矛盾的证据，以便能呈现

他切身看到或者体验到的真相，而不是呈现一系列吸引公众的目光的动人画面。人们通过颂歌、广告、雕塑和奖牌等方式来自由地纪念 1812 年战争中美国人的胜利。人们纷纷用丰富夸张的语言来编撰"荒诞的故事"。但在 1839 年，当库柏终于完成了《美国海军历史》时，书中丰富夸张的语言和"荒诞的故事"的缺席恰恰意义重大。恰恰相反，库柏以一种朴实的、概要式的、批评式的方式来呈现历史叙事，书中甚至没有哪怕可以允许接受的主观色彩。（Whitehill，1954：469）

以上论述可以看出，实际上库柏在历史书写中坚持的是历史唯物史观，因而广泛运用真实的历史素材，对此，库柏在 1824 年版的第一部海洋小说《领航人》中评论道："我们要写的事情纯粹是人，和这个供他们活动的美好的天地。我们不去写人们身上那些玄而又玄、难以捉摸和自相矛盾的东西，而是写他们那些看得见摸得着的方面，这样人人都能明白我们的真意。"（Cooper，1824：88-89）因此，在《美国海军史》和《美国杰出海军军官生平志》中，库柏把历史叙述的重点放在海军军官身上，他着重关注的是美国海军军官的高尚人格，他尤其关注美国海军从最早开始的发展历程。他作为海军中的一员，他熟悉大海，他熟悉海军军官和水手，他熟悉他的海洋小说中的角色，他想要歌颂的是真人真事，他要颂扬的是这些人的真实的个性和鲜活的人格。与大多数历史学家一样，库柏的关注点是海洋历史舞台上的演员，而不是幕后的战争准备工作。不过，作为朋友和同时代人，他熟悉这些演员，正是由于这一点，一个多世纪之后他的《美国海军历史》流传下来并成为经典著作。就在今天，当代美国海军军官依然高度评价库柏的《美国海军史》："库柏的历史不是没有错误，但更为主要的是，其中的大多数史实都是第一记录，而且这些记录一样可靠，他所描述的同我掌握的史实完全一致。"（Whitehill，1954：478）这一评价充分说明库柏的海洋书写的价值和影响今天依然存在，并将继续影响未来美国的海洋历史书写。

第二节　库柏海洋小说的美学特征与艺术价值

作为美国海洋小说的开创者，库柏开拓了美国文学想象中的海洋空间。他的海洋小说立足于美国本土海洋素材，以大海作为故事主要场景，以水手为主要角色，生动地展现了人与大海、人与自然、人与社会以及个人与他人的复杂关系。这些小说无论主题、情节与语言，都是 19 世纪前半叶美国浪漫主义文学的杰出典范，也代表了当时美国海洋小说艺术的最高成就，具有重要的艺术价值，并且对后来的英美海洋小说创作产生了重要的影响。具体来讲，库柏海洋小说的艺术特色主要体现在两个方面：一是美国的航海素材的历史化运用，二是浪漫主义与现实主义相结合的叙事基调。库柏为美国海洋小说创作所积累的成功经验和创立的艺术创作标准，为之后的美国海洋小说创作实践留下了宝贵的遗产，这一丰厚遗产被以麦尔维尔为代表的美国海洋小说家继承并发扬光大。

一、美国航海素材的历史化运用

库柏在海洋小说领域的开创性，首先体现为他在小说创作中发掘并运用美国的海洋题材。从传统意义上讲，作家的经历、艺术视野与想象力往往大都被限定在陆地上，因此文学想象的空间大都是在陆地，关注的对象大都是陆地空间上的森林、湖泊、草原、城市、荒野等。有的作家，虽然其想象力能够延伸到大江大海，但由于其海洋经历有限，作品中虽然不乏海洋的描绘，但意境及气势还是有所欠缺。因此，在库柏之前，美国的海洋文学尤其是小说成就是比较有限的，而库柏的海洋小说的问世大大改变了这一格局。

库柏海洋小说的一个主要艺术特色就是美国的航海素材的历史化运用，这也是他创作时遇到的一个巨大挑战。在 1852 年版的《红海盗》中，库柏旗帜鲜明地谈到这个巨大的难题：

> 不管小说的场景是关于陆地还是海洋，这个国家的历史对美国小说家的帮助甚少，事实上，很难在这块大陆上找到一个单一的航海事件，使某一部想象性的作品具有一点独特的魅力，这一独特的魅力源自尘封的历史事实。美国的编年史中有关这些历史事件的记述是如此惊人地匮乏。毫无疑问，这一境况的产生主要因为美国国民刻板的性格，特别是那些喜爱航海的人们。（Cooper，1852：vii）

如何从尘封的历史中去找到文学创作的素材，尤其是如何从如此短暂的美国历史中去寻找创作的灵感，更难的是如何找到某一个单一的航海事件，让其成为作家创作出具有吸引力的作品的灵感来源，是摆在库柏面前的巨大挑战。由此可见，库柏决意要开创的美国海洋文学传统不同于以往的任何作品，在没有任何文学先例及可行经验和历史经验的指导下，留给库柏的只有编造恰当的人物和事件，并把小说置于美国海洋生产生活历史的大背景中。于是在早期的大西洋小说《领航人》、《红海盗》和《海妖》中，库柏开始了艰难的尝试和突破。从之前的章节讨论中可知，《领航人》是基于美国独立战争时期的海上战争经历而创作的，《红海盗》也是关于殖民地时期美利坚民族为追求独立解放而同母国英国发生海战经历，《海妖》则是关于殖民时期美国的海洋商业活动的历史记录。到了创作的中期，库柏把《海上与岸上》置于 18 世纪末 19 世纪初的美国全球海洋商贸的壮阔历史语境中。到了创作的晚期，库柏把《火山口》置于 19 世纪中叶美国的海外殖民扩张尤其是太平洋地区的拓殖的历史背景之中，而《海狮》也是关于美国的海外殖民扩张尤其是在大洋洲和南极地区的扩张活动叙述。这在之前的美国小说中是找不到先例的。因此可以说库柏开创性地运用了美国海洋生产生活中的典型历史素材，并赋予其民族的、政治的和历史的丰富意蕴。

二、浪漫现实主义的开创性运用

当面临如何开拓性地在美国文学中运用海洋题材的困境时，除了海洋历史题材的选择问题之外，库柏还遇到了另一个前所未有的挑战，即如何处理小说的情感基调和叙事基调。

在菲尔布里克看来，库柏在运用美国的海洋题材时所面临的最主要问题是如何处理小说的基调问题（Philbrick，1961：49-52）。谈到核心的故事基调问题，这也是库柏面临的一大难题，因为在欧洲的海洋小说传统中还没有令人满意的先例可供借鉴。在欧洲的海洋小说源流中，英国的海洋小说传统可谓源远流长，从 18 世纪丹尼尔·笛福的《鲁滨逊漂流记》到托比亚斯·斯摩莱特的《蓝登传》再到司各特的《海盗》，无不是英国海洋小说优秀传统中的一颗颗璀璨的明珠。然而无论是《鲁滨逊漂流记》，还是《蓝登传》，都存在各种问题。譬如托比亚斯·斯摩莱特（Tobias Smollett）的小说中讽刺意味浓厚，然而讽刺性现实主义既不适合 19 世纪美国小说中需要构建的乐观、浪漫、崇高的情感基调，也不适合塑造美国艺术的新品位和建构一种有别于旧世界的、新的艺术趣旨。

为了处理海洋小说的情感基调，库柏选择在具有美国特性的海洋传奇小说中弘扬美国航海时期的海洋民族主义，并为这些小说确立了崇高、理想的基调。例如，在早期海洋小说三部曲《领航人》、《红海盗》和《海妖》中，小说人物汤姆·科芬、海德格尔和蒂勒等人，无不具有硬汉子般的强人精神，无不具有崇尚力量的品格，无不具有崇尚自由的天性，无不具有强烈的个体意识、冒险意识和开拓意识，无不具有强烈的悲剧意识，无不具有崇高的英雄主义气质，更不乏激情、浪漫和壮美心态。然而尽管如此，库柏依然面临的问题是，已知的美国航海历史对这种崇高的、高昂的情感基调持否定的态度，传统的历史叙述模式则认为这样的情感基调是荒唐的。

因此，要解决这样的棘手问题，库柏尝试在早期的海洋小说三部曲中采用浪漫现实主义笔调，在营造浪漫而高昂的艺术基调的同时，运用现实主义的写实手法，描写普通水手的生活经历。不过，困难和挑战依然并存，因为在欧洲的小说传统中也同样无先例可遵循。在库柏看来，甚至瓦尔特·司各特的《海盗》都不能称为真正意义上的海洋小说，因为在司各特的小说中，海洋只是作为一般性的如画般的风景和背景出场，而并非走向小说的前台，成为故事叙述的重要支撑力量。这也是库柏对司各特不满意的地方。倘若按照此标准，那笛福的《鲁滨逊漂流记》从真正意义上讲也很难称为一部真正的海洋小说，因为故事刚刚开始海上航行就结束了；在该小说中，发生在船上的故事情节寥寥无几，这些关于人物与大海、人物与船只关系的描写不仅少得可怜，而且这些有限的描述甚至是模糊不清的。另外，这些小说中的水手同陆地上的人也毫无两样，根本体现不出水手所特有的独特个性。在库柏看来，真正的严肃意义上的海洋小说应该是这样的：海洋描写应该是小说故事的主要场景，海洋甚至要成为故事的其中一个主角，小说的主要运行机制是舰船与海浪，小说的主要角色应该是水手，对他们的言行举止的刻画应该像完美的技术参数般精确；重要的是，这样的小说应该同陆地文学一样令读者沉醉其中而流连忘返。因此，英国小说家斯摩莱特的海洋小说中对大英帝国海军和庞大的国家机器的讽刺性笔调，在库柏看来是不符合美国海洋小说弘扬海洋民族主义和爱国主义的高昂基调的，而司各特的小说《海盗》中的浪漫主义基调也远远达不到库柏真正的海洋小说的标准（Philbrick，1961：50）。库柏还看到了斯摩莱特和司各特小说的另一个不足之处：缺乏专业航海知识的辅助。两者的不足成为库柏小说创作的突破点和创新点，同时也是挑战。

结果是他战胜了这一巨大的挑战。我们知道，库柏要写第一步海洋小说的直接动机是要写一部比司各特的《海盗》更真实、更鲜活的关于大海、水手、舰船的海洋小说。事实上是，库柏的第一部海洋小说《领航人》的部分章节读起来更像是一个航海能手对司各特小说所做的重新修改。《领航人》和《红海盗》中更关注大海、舰船和水手描述的精准和故事的真实可信度。作为职业水手，库柏对海洋生活的细节的真实可信的描写是训练有素的。因此，要做到海洋题材描述的真实可信对库柏来说不难，这毕竟是他的职业素养，但在他看来，准确真实的叙述更需要针对那些普通读者的兴趣而设计。即便如此，要做到细节描述的真实也是有挑战的。以往的航海题材小说是虚幻的作品，其中充满了奇异怪诞、不可能的自然景观。一般读者群体对这类浪漫传奇很感兴趣，读者已经习惯了传统故事的口味。因此，在海洋小说中采用写实手法，的确是一个冒险的行为。不过，作为一名拥有五年水手经历的作家，库柏对大海有着深刻的了解和认识，因此他比一般描写海洋的作家对大海的变化和海洋的秉性有着更加深邃的洞察力。他的海洋小说不仅细致入微地展现大海的变化无常，以及其对人物心理的微妙的影响，还能栩栩如生地展现大海、船只、水手的内在特征，因为作为一名水手，他对这些细微变化的捕捉力、洞察力和感受力是其他没有水手经历的作家无法获得的。库柏在描写大海、船只以及水手时，总能够把浪漫的想象同细节的真实性完美地结合起来。

总而言之，在没有任何成功的文学经验可以提供借鉴的不利条件下，库柏在美国小说中艰难地开辟出一片宽阔无垠的海洋领地，为美国海洋小说创作积累了至少两条成功经验：一是浪漫主义和现实主义相结合的创作手法；二是确立了艺术基准，即崇高的基调、人性化的水手和为情节冲突服务的背景描写。这些艺术创作标准为库柏之后的美国海洋小说创作实践留下了宝贵的文学遗产，特别是留下了可供之后的美国小说家借鉴的艺术范例。

三、美国文学本土化传统的开创

库柏开辟的美国海洋文学传统也成为美国文学传统中重要的源流之一，这一传统的核心要素之一就是坚持美国文学的本土化特色，在文学创作中忠实于美国的历史、文化和传统，在选用文学素材时要优先运用美国的素材和题材，并坚持真实、客观的原则。19 世纪早期，当爱默生为了创建独立的美国民族文学而在《论美国学者》（ *The American Scholar* ）、《论自然》（ *Nature* ）、《论自助》（ *Self-Reliance* ）等作品中摇旗呐喊时，库柏已经开始探索创建独立民族文学的路径和方向了，他在小说《欧洲拾零》第一卷中明确提出美国的"文艺尚需获得，文学品味尚需建立"（Cooper，1838 I：95）。然而对于构建一个什么样的美国文学品味、选用什么样的创作素材这一问题，当时深受欧洲文艺思想影响的美国文艺界尚未形成统一的观念，甚至还围绕美国的素材是否具有美学价值这一问题发生过激烈的文艺争鸣。

　　然而对于库柏而言，美国的素材不仅适合小说创作，而且还具有重要的美学价值，理应加以发掘，并运用到文艺创作中去。因此，当挥舞民族文学和文化独立大旗的一些美国报刊"呼吁新兴美国作家们挑战英国文学的霸主地位"，"呼吁美国作家摆脱对英国文学的奴役性模仿，号召美国作家采用美国题材，比如美国海军的胜利以及美国海军英雄等历史素材"时（Philbrick，1961：43），在1822年5月第4卷的《文学与科学宝典》上，库柏撰文呼吁建立独立的民族文学，呼吁美国的小说家应该记述"在休憩和平常交往中经常运转的家庭礼仪、社会和道德的影响，以及在许多人口地区构成我们的独特特征的众多的地方特色"（Cooper，1822b：336）。

　　库柏在遴选美国素材时还遵循客观化和本土化的创作原则。首先，库柏认为，小说家要遵循历史发展的规律，不能编造历史事实。换言之，即美国小说家在创作中要尽可能运用本国的历史素材，要在创作中坚持本土化、客观化的倾向。而对于被视为海洋历史学家的库柏来说，海洋小说题材的真实可信对于小说艺术而言显得尤为重要，这一点在第一部海洋小说《领航人》中显露无遗。在1824年版的《领航人》第一卷的前言中，库柏在比较历史学家和传奇小说家的差异时强调坚持历史真实性的必要性：

　　　　历史学家和传奇小说家的特权是不一样的，这理应使他们同样地尊重各自的权利。可以允许传奇小说家粉饰一个可信的虚构故事，但绝对不允许他使用不大可能的事实；而历史学家的责任是如实记录发生的事实，而并不涉及事实所造成的后果，其声望是建立在具有充分根据的事实之上，并靠他的权威性来证实他的真实性。（Cooper，1824 I：v）

可见库柏关心的是历史事件的真实性，对他来说，虚假是不能容忍的政治偏见和艺术谬论。简而言之，库柏强调海洋小说创作中同样也要坚持创作素材的客观真实性。

　　需要指出的是，库柏在小说创作中坚持美国题材和创作素材的真实性原则，是同他一贯坚持的历史唯物史观分不开的，这一点可以在太平洋小说《火山口》中得到清晰的体现。《火山口》呈现了人类社会和历史发展的四个周期性阶段，即产生、发展、衰落、消亡，这完全符合历史唯物主义中关于历史发展的客观规律。对于库柏的唯物史观和世界观，学者阿克塞尔拉德（Allan Axelrad）在他的《历史与乌托邦：库柏的世界观研究》（*History and Utopia: A Study of the World View of James Fenimore Cooper*）一书中做了详细的分析和论述。阿氏通过细读《火山口》而得出以下结论：库柏认为历史具有自己的发展模式并受一定因素制约。在库柏的思想体系里，时间和社会变化具有循环性的特点，历史的周期性发展中存在一系列特定的阶段；周期循环的早期的一个阶段接近理想社会，而随着循环的更替，另一个阶段接近反乌托邦社会。一个社会越像乌托邦社会，其意识形态越容易被接受；一个社会越接近反乌托邦社会，其意识形态越被反对（Axelrad，1978：ix-x）。文明的发展和衰落也同样具有周期性，本质上也重复自然和时间的周期性变化规律（Axelrad，1978：1）。阿氏的研究证明库柏坚持历史的真实性，坚持历史发展的客观规律性，因此他以艺术化的方式传递出他的历史唯物史观，通过小说创作来艺术化、隐喻化地反映美国历史发展规律，试图为美国政治发展隐晦地提出自己的政见。正是因为他在小说中坚持历史真实性，才使得他的作品成为研究美国历史的"圣经"，成为"美国研究"和"历史文化"理论批评家心中的"宠儿"。

不过，尽管库柏坚持美国文学的本土化创作的道路，但是库柏还是认为美国年轻的历史给作家的文学创作带来许多麻烦和挑战。库柏认为挑战主要来自两个方面：一是美国历史在某些方面让人广为熟知，因此为文学创作留下的想象空间不足；二是美国历史在某些方面的素材极为匮乏，同样也限制了作家的艺术想象。就前者所带来的挑战，库柏在 1832 年版《莱昂内尔·林肯》（*Lionel Lincoln; or, The Leaguer of Boston*）的前言中做了充分的说明：

> 也许没有一个国家像美国一样，其历史几乎不适合诗意的插图。从最早的殖民时期开始，印刷一直在广泛使用，地方和国家一直在鼓励宣传准确知识。因此，美国的编年史中既没有未知的也没有模糊的时期；所有的一切不仅被人知晓，而且被广泛地熟知，以致没有留下任何东西让想象力可以发挥。（Cooper，1832：v）

他也在 1860 版的《海妖》的前言中重申了美国作家在选择运用历史素材时所碰到的困难和挑战："这个国家的所有历史都如此新近，如此熟悉，以致每一个对历史具有想象力的创新，即便没有完全遭受鄙夷的目光，也都遭受世人冷淡地对待。"（Cooper，1860：v）在库柏看来，因为美国历史太过于短暂，所以美国人对美国历史都不陌生，但是这恰恰限制了作家的想象力自由驰骋的广度和深度，因此有关历史题材的作品就缺乏吸引力，故无法获得成功。上述引文也反映了库柏对如何在美国文学艺术作品中恰当地运用或融入美国历史素材问题的关切和思考，这也成为他后来实验性地开创包括海洋小说在内的美国小说传统的重要激励因素之一。

正如前文所述，库柏在美国文学的本土化道路上遇到的第二个挑战就是美国历史中缺乏对一些历史事件的记录，尤其是海洋历史的记录的匮乏，更是给他本人的海洋小说创作带来了更大的麻烦。因此，正是在缺乏具有魅力的航海历史事件的详细记载这一不利的条件下，库柏冒险"开辟了一条新的航线"（Cooper，1852：vii），创作了十多部海洋小说，从而成功地开创了美国海洋小说的本土化传统。这些小说充分运用美国海洋历史中的点滴素材，插上库柏那富有浪漫想象力的翅膀，从而为美国文学如何成功但不乏吸引力地运用美国历史文化素材这个棘手问题进行了积极而卓有成效的探索，并积累了丰富的文学经验，从而为后来的美国小说艺术发展指明了方向，那就是坚持美国文学的本土化创作道路。

就坚持美国文学的本土化、充分运用美国历史文化素材而言，库柏可谓是身体力行，树立了典范。为了形象而立体地在小说中历史化地呈现自殖民时期以来美国的海洋生产生活历史片段，重构真实的美国海洋历史图景，库柏在海洋小说中主要以不同的形式和多样化的方式广泛运用美国历史素材：其一，在小说中出现真实的历史人物。以《领航人》为例，小说中神秘的领航人格雷先生就是一位戴着神秘面纱的美国海军英雄约翰·琼斯，小说不同的章节中都提到了他，比如他的出生地苏格兰，他参加的海上战争等。除了历史人物约翰·琼斯戴着神秘的面纱出场以外，《领航人》中涉及的历史人物还有：法国国王路易十六（Louis XVI）、英国国王查理一世（Charles I）和乔治三世（George III）、美国总统乔治·华盛顿等。库柏同时代的文学家也在小说中频频出现，如英国诗人托马斯·帕西（Thomas Percy），库柏的好友、艺术家和剧作家邓拉普，美国诗人威廉·布莱恩特等。这使小说的历史感和时代感增强，让小说的真实性和历史性得以强化。其二，作者直接评论历史事件。在《领航人》第一章中，库柏就对独立战争的背景做了详细的说明："英国人长期以来声称对这片海域有管辖权……然而英国对这一海域的管制超出了常理所能容许的限度，因此常常引起武装冲突。"（1）其三，小说中的人物还评论真实的历史事件。例如，小说主角霍华德上校把历史人物盖乌斯·裘力斯·恺撒（Gaius Julius Caesar）和奥利佛·克伦威尔（Oliver Cromwell）称为叛乱分子、蛊惑家和暴君（131）；他还积极评价乔治·华盛顿将军为一个"品行端正""有教养的人物"（92）。

在《红海盗》中，喜剧人物霍姆斯庞（Homespun）谈到英法七年战争等历史事件（23-24）。如此一来，库柏让小说人物参与到真实的历史的事件中来，从而使小说成为历史编年史不可或缺的一部分。

总之，库柏的海洋小说成功开辟了美国文学本土化的传统，小说中的海洋历史大部分源于美国真实的历史，小说中的人物既是历史见证者，也可是历史进程的参与者，库柏总是在海洋小说创作中坚持历史的真实性和创作题材的本土化原则。

四、对英美海洋小说的影响

如前所述，在没有优秀的文学经验可供借鉴的不利条件下，库柏在美国小说中艰难地开辟出一片海洋领地，并为美国海洋小说创作创立了浪漫现实主义的艺术标准，为美国海洋小说创作留下了宝贵的遗产，这一丰厚的遗产被以麦尔维尔为代表的美国海洋小说家继承并发扬光大。

大量证据表明，库柏对麦尔维尔的海洋小说创作的影响极其深远。1852 年，麦尔维尔在悼念库柏的书信中动情地写道："库柏的作品是我最早的文学记忆，在我的童年时代，它们对我的心灵产生了一股生动的、催人觉醒的力量。"（*Memorial of James Fenimore Cooper*，1852：30）这说明在童年时期，库柏对麦尔维尔的影响就已经开始了，因此可以说，库柏的小说对麦尔维尔的文学创作之路起到了思想启蒙的作用。实际上库柏与麦尔维尔之间的关系非比寻常。首先，两人都曾经做过水手，而且都有着极为相似的经历：库柏于 1806—1807 年在父亲的安排下乘"斯大林号"到英国，开启了自己的水手生涯；而麦尔维尔在 1837 年乘"圣劳伦斯号"到英国。其次，两人都写了数量众多的海洋小说。更为重要的是，库柏同麦尔维尔家族具有非常密切的渊源，尤其是同麦尔维尔母亲一边的关系紧密。根据库柏传记作者罗伯特·龙的考证，库柏不仅同麦尔维尔的舅舅彼得·甘斯沃尔特（Peter Gansevoort）是同学和终生好友，而且与麦尔维尔的大哥甘斯沃尔特·麦尔维尔（Gansevoort Melville）也非常熟悉，甚至同麦尔维尔的表兄格特·甘斯沃尔特（Guert Gansevoort）也具有渊源（Long，1990：181）。因此，我们完全有理由相信库柏对麦尔维尔的影响是显而易见的，也可以找到充分证据证明库柏对麦尔维尔的海洋小说创作产生了影响。事实上，两人的海洋小说存在许多相似之处。第一，两人在 19 世纪 40 年代都写了几部南太平洋小说：库柏写了《海上与岸上》和《火山口》，而麦尔维尔写了波利尼西亚三部曲《泰比》《奥姆》和《玛迪》；第二，库柏海洋小说中的年轻主角同麦尔维小说中年轻的主人翁具有惊人的相似之处。罗伯特·龙就认为，库柏的自传性小说《海上与岸上》中的青年主角迈尔斯同《白鲸》中男主角以窦玛利（Ishmael）的出海方式如出一辙，两个主角的海洋历程都源自小说家的初次海洋经历（Long，1990：182）。罗伯特·龙继而得出这样一个结论："库柏为麦尔维尔的海洋小说创作提供了一种可以参照的传统，也为麦尔维尔小说中水手热爱船只、远离陆地的叙述，大海的烟波浩渺和神秘莫测的描写以及小说中的宗教元素的设置做了预设。"（Long，1990：182）而其他学者也同样认为库柏对麦尔维尔的影响是显而易见的。譬如菲尔布里克就认为库柏的《海狮》对麦尔维尔的《白鲸》产生了重要影响。他列举了两本小说中相似的情节和描写：核心航海群体和详细的捕鲸描写、生命之旅、宗教主题以及小说中的象征意义等（Philbrick，1961：265）。库柏对麦尔维尔的影响在麦尔维尔写的一篇关于《海狮》的文学评论中也得到进一步证实。在《白鲸》发表前的1849年，麦尔维尔发表了关于《海狮》和新版本《红海盗》的评论，他高度评价了库柏所特有的高超叙事能力，认为"没有任何对孤独和灾难场景的描写能超过这部小说中如此恢宏的场景描写"，他甚至还承认自己从《海狮》的故事中"吸取许多智慧"（Dekker & Williams，2005：255）。

　　总而言之，没有库柏的《红海盗》和《海狮》等优秀的海洋小说开山之作，麦尔维尔的《白鲸》等重要海洋小说作品就很难问世，或者说很难达到那样的艺术高度。正如菲尔布里克所言："麦尔维尔的文学生涯之所以能起航，十有八九要归功于库柏以及他的同时代作家，他们在19世纪前半叶建立并保持了海洋小说风尚，从而使得麦尔维尔把自己的海洋经历转变成艺术素材。"（Philbrick，1961：266）

　　库柏的海洋书写不仅对包括麦尔维尔在内的美国海洋书写产生重要影响，而且也为欧洲（主要是英国）的海洋书写带来丰富的启示，而深受库柏的海洋小说启发的欧洲作家正是以约瑟夫·康拉德为首的英国海洋小说家。康拉德创作了包括《"水仙花号"上的黑水手》、《青春》（1898）、《台风》（Typhoon，1902）等多部海洋小说，成为英国乃至世界知名的海洋小说大师。康拉德公开撰文表示库柏的海洋小说艺术对他自己的海洋小说创作产生了深远影响。他在1898年6月4日的《瞭望》（Outlook）期刊上发表题为"海洋小说"的文章，高度评价库柏的海洋小说艺术成就，他认为库柏以"真正的艺术直觉"来创作海洋小说；他还评价了库柏的海洋小说中海洋背景描写的重要意义，"库柏小说中的自然不仅仅是框架，它是生存必不可少的一部分。他能听到它的声音，他能理解它的静寂，他能在小说中带来只有诗歌观念中才有的措辞贴切和准确的效果"（Dekker & Williams，2005：293）。康拉德还认为库柏是一个真正洞悉大海奥秘的人：

> 他热爱大海，并且对大海的认知完美无缺。在他的海洋小说中，海洋同生活相互渗透，在人类的生存问题中，大海以微妙的方式存在于人们的生活中；由于其恢宏的气势，大海常常触动着渴望发动战争和一味追求利益的人类，并且超越他巨大的孤独感。他的描写具有气吞山河、纵览乾坤的恢宏气势，显示了他的广阔的视野。瑰丽的落日，宁静的星光，宁静与狂暴的大海，孤寂的海水，寂静的海岸，以及那些与大海朝夕相处、同大海休憩与共的人们的机智和警惕，无不成为他描写的对象。（Dekker & Williams，2005：293）

因此，尽管有许多人对库柏的小说艺术持批评的眼光，但康拉德却不以为然，他无不公允地评述道：

> 他熟悉水手的习性，他洞悉大海的秉性。虽然他的方法可能会经常出错，但是他的艺术是真实的，真实存在于他的心中。有效地呈现真实的办法就是使用诗意的描绘手法，而这正是他所拥有的——只不过他是通过他那个时代所特有的从容的方式来表达而已。（Dekker & Williams，2005：293）

康拉德对库柏小说艺术所做的积极评价，很明显是针对以马克·吐温为代表的现实主义流派对库柏小说艺术的诋毁[1]。尽管英国拥有悠久的海洋小说传统，但康拉德尤其对库柏的海洋小说艺术高度推崇，表明他由衷赞赏库柏的海洋小说艺术成就。因此，从康拉德对库柏小说艺术的跨越时空的积极回应，可以看到两位伟大的海洋小说家之间存在某种渊源关系。因此，若对这两位作家的海洋小说艺术开展对比研究，相信一定会找到更多有意义的新发现。

总而言之，在没有任何好的文学经验可以提供借鉴的不利条件下，库柏在美国小说中艰难地开辟出一片海洋领地，为美国文学走向世界成功开辟了海洋路径，从而为美国文学的国际化以及本土化做出了巨大的贡献。

---

① 1895 年，马克·吐温在《北美评论》上发表负面批评文章《费尼莫尔·库柏的文学败笔》，该文认为库柏的小说存在许多严重缺陷，没有艺术价值，见 Twain, M. 1895. Fenimore Cooper's Literary Offences. *North American Review*, clxi,（July）: 1-12. 后文将详细探讨这篇评论。

第六章　库柏的海洋书写与批评接受史

詹姆斯·库柏是 19 世纪美国小说的先驱，他开创了美国历史小说、城市小说、边疆小说等多种文学题材，创作了《皮袜子故事集》等 20 多部历史小说和边疆小说。同时，库柏也是美国海洋小说的开创者，他创作了《领航人》《红海盗》《海妖》《海上与岸上》《火山口》等 11 部海洋小说和《美国海军史》《美国杰出海军军官生平志》等非小说类海洋题材作品。总体上看，国外对库柏的边疆小说、历史小说的研究成果已比较丰富，但对其海洋小说的研究和关注有待进一步加强和深化。相对而言，国内迄今为止对库柏的研究比较有限，目前也尚无库柏的研究专著出版。

从整体上看，库柏在国外的批评和接受随着时代的变化而经历了起伏和跌宕。从 19 世纪 20 年代初到世纪末，评论界就存在两种截然相反的观点，一些评论家纷纷赞赏库柏的小说艺术和成就，然而另外一些评论家则对库柏的小说艺术持批评甚至否定的态度。从 1820 年到 1851 年，即从库柏的早期小说发表开始到库柏去世，这两种针锋相对的声音就交织在一起。1824 年，在库柏的《拓荒者》发表几个月后，当时北美一家杂志《大西洋杂志》（*Atlantic Magazine*）就杜撰了一段图书编辑和出版商之间进行的假象性对话，这则对话或许能从某种程度上反映库柏在美国的批评接受状况：

> 编辑："主啊，看看这都是些什么垃圾？"
>
> 出版商："库柏先生的小说的模仿者发手稿给我们要求出版；他们的要价很高，想要分享一半的利润。由于这些作品非常受欢迎，所以这些作家都认为，小说中只要有蛮荒之地、印度人、豹子和非法占地者等元素，他们可能同样会获得成功。"①

一方面，评论家对库柏小说在国内外大受欢迎表示欢呼。《尼罗每周记事》（*Nile Weekly Register*）称库柏的大获成功证明"谁读美国书？"的讥讽是彻头彻尾的错误

---

① 关于 19 世纪库柏的批评与接受史状况，See Dekker，G. & Williams，J. 2005. *James Fenimore Cooper：The Critical Heritage*. NewYork：Routledge. 本章关于库柏学术批评史的相关叙述，受惠于此书的相应内容，在此对作者表示诚挚的感谢！此书中的引文皆为作者自译，后文凡出自此书的引文，随文标注出处页码，不再一一说明。

（Dekker & Willimas，2005：1）。以别林斯基、麦尔维尔、康拉德为代表的大批俄、英、美、法、德的著名作家或艺术家纷纷赞美库柏的小说艺术成就，譬如苏俄文艺理论批评大师别林斯基曾这样高度评述库柏的艺术成就："许多人认为库柏是司各特的模仿者，然而，这纯属无稽之谈。库柏是一个完全独立的、原创性的、天才的作家，他同苏格兰小说家一样伟大。库柏是为数不多的真正一流的作家。他创造了那些将名垂千古的人物和角色。"（Dekker & Willimas，2005：201）

1852 年，麦尔维尔在纪念库柏的悼文中无不动情地说："库柏的作品是我最早的文学记忆，在我的童年时代，它们对我的心灵产生了一种生动的、催人觉醒的力量。"（*Memorial of James Fenimore Cooper*，1852：7）康拉德也同样高度评价库柏开创的海洋小说艺术："他知道他的角色，他熟悉大海。他的方法可能会经常出错，但是他的艺术是真实的。真实就在他心中。"（Dekker & Willimas，2005：293）

另一方面，也有许多人批评甚至诋毁库柏的艺术成就，马克·吐温是这方面的典型代表。1895 年，马克·吐温在《北美评论》（*North American Review*）上发表言辞犀利、火药味十足的评论文章《费尼莫尔·库柏的文学败笔》（"Fenimore Cooper's Literary Offenses"），认为库柏的小说存在许多严重缺陷，没有艺术价值，马克·吐温指出《猎鹿人》在某页有 114 处败笔，共犯 18 宗罪，此外他还列举了小说的种种所谓的缺陷。人们批评库柏及其作品的原因大致有二：一是库柏同 19 世纪 30 年代"辉格党"占领舆论阵地的报业界的政治矛盾以及同自己的同胞关于"三英里地角"的争议在一定程度上损害了他的学术声誉。二是马克·吐温、威廉·豪威尔斯（William Howells）等现实主义作家以及詹姆斯·洛厄尔等作家对浪漫主义作家持有偏见。这两个方面的负面评价在一定程度上影响了库柏的学术声望，从而降低了人们对库柏及其作品的关注度，导致库柏研究自 19 世纪后半叶以来陷入历史低谷。

不过，20 世纪 20—30 年代以来，戴维·劳伦斯（David Lawrence）以及学者罗伯特·斯皮勒等对库柏小说的革命性评价以及积极推介使库柏重新回归大众的视野。1923 年，劳伦斯的经典文集《美国文学经典研究》（*The Studies in Classic American Literature*）的出版对 20 世纪的库柏研究具有里程碑意义，因为劳伦斯在文集中把"皮袜子故事"称为"不折不扣的美国神话"（Lawrence，2014：56）；他认为库柏是一个真正令美国为之感到骄傲的人，是一个在更深的无意识的层面上表达了美国种族的神话的象征诗人。劳伦斯这一革命性评价使库柏重新回归人们的视野，同时也预示着库柏研究热潮的来临。尽管如此，以戴维·劳伦斯和马克·吐温为代表的两种不同声音同样贯穿于 20 世纪的库柏批评与接受历史中。

总之，将近两个世纪以来，库柏在欧美的批评接受状况伴随着时代的变迁和文学思潮的更迭而呈现曲折起伏的状态。为了更加全面、更为详细地了解库柏的批评接受史，下文将从库柏作品在美国、欧洲和中国的批评与接受史等几个方面分别加以说明。

第一节　库柏在美国的批评与接受史

库柏在美国文学批评与接受史的第一时期发生在 19 世纪 20—50 年代，第二时期从 19 世纪末开始到整个 20 世纪，第三时期从千禧年持续到现在。

一、库柏与 19 世纪美国文学批评

库柏在美国的批评和接受的第一时期发生在 19 世纪 20 年代至 50 年代初，阵地主要是当时以《北美评论》(*North American Review*)、《档案》(*Port Folio*)、《美国季刊》(*American Quarterly*)、《纽约镜报》(*New-York Mirror*)、《纽约客》(*New Yorker*) 和《美国文学纪事》(*United States Literary Gazette*) 等为代表的期刊。

一方面，早期评论界对库柏小说在国内外广受欢迎表示赞赏，并积极评价库柏历史题材小说的开创性，威廉·加德纳（William Gardiner）是这方面的代表。威廉·加德纳分别于 1822 年 7 月和 1826 年 7 月在《北美评论》上发表了两篇具有重要影响力的评论文章，该评论也许是库柏从美国批评界获得的最好、最全面、最具深度、同时对库柏来说也是最受益的评论文章。第一篇文章主要以《间谍》一书为观察点，全篇并未提及"库柏"的名字，仅以"我们的作者"或"《间谍》的作者"代称。第二篇评论内容更为全面，主要是针对《最后的莫希干人》的评论，同时还提及了《拓荒者》，并对继《戒备》之后的五部小说进行解读。总体上看，加德纳肯定了库柏在美国小说史上的重要地位。他在 1822 年 7 月版的《北美评论》文章中称赞库柏为"美国的司各特"（"American Scott"）(275)，称赞他"奠定了美国浪漫传奇小说的基础，而且是第一个配得上'伟大的美国小说家'称谓的作家"(277)。他还借助《间谍》为美国历史传奇小说的题材和素材的自足性进行了强有力的辩护，其批评话语为此后库柏小说的创作指明了方向，对库柏的小说艺术产生了深远的影响。先看 1822 年 7 月刊载在《北美评论》上的这篇题为《间谍》（"The Spy"）的评论文章，在此文中加德纳首先指出库柏小说中的不足之处：

他的失误在于，总的来说，是缺乏经验，但是恐怕我们还要加上草率
了。除了不可饶恕的草率外，没什么可以解释那个在开始时情节设计精良、
但在结尾时却混乱不堪的结局……随意而粗俗的表达，甚至不合逻辑的句
子比普通作家出现得更频繁。（Gardiner，1822：275-276）

接着，加德纳指出库柏小说的另一缺陷是对于细节的过度刻画：

一个仍然需要考虑的主要缺陷是，过度刻画的细节没有想象力发挥的
余地。列举一些不重要的事实——仅仅是必要的结果——并且冗长地描述
了确切的语调、外观和手势，这些只表达了一些东西或根本什么都没有传
达，这种或那种情感的精确变化，以及在每一个微不足道的时刻展示的微
小蔑视或微笑，都是对风格的极度削弱，一旦读者注意到时就产生了可笑
的效果。（Gardiner，1822：278）

然而瑕不掩瑜，他也毫不掩饰对库柏的赞誉之情，认为《间谍》为美国历史传
奇小说的自足性奠定了重要基础：

《间谍》并非是一部由平凡人写的作品，我们不会冒昧对作者提升作品
的能力设定限制，《戒备》的作者在此次尝试中已经充分证明。他值得高度
的赞扬，我们甚至可以说，未来的荣耀，一个因开拓一条新的道路、开辟
一个储藏无尽的财富的金矿的荣耀将属于他。总之，他奠定了美国传奇故
事的基础，是第一个真正堪称杰出的美国小说家称号的作家。（Gardiner，
1822：275）

在 1826 年 7 月的《北美评论》上发表的另一篇题为《库柏的小说》（Cooper's
Novels）的评论文章中，加德纳以《最后的莫希干人》为观察视点，高度赞赏库柏
的小说艺术。文章开篇便对库柏在美国小说史上的地位做出了高度的评价：

库柏先生在撰写美国小说方面具有独特的优势，这些小说人人都爱看，
当然我们也一定会不时做一些评论。在过去五六年里，他每年向读者提供
五、六百页篇幅的小说，因此我们有权认为他公开将高雅文学作为职业。
我们现在没法说他不擅长写作，或甚至说没有一些优点。然而，不管落后
于我们的理想标准多远，或者不管我们将他在活着的作家中列在第几位，
公众的声音早已证实了他作为美国小说家的称号，此头衔仅仅凭《间谍》

作者的身份就可以成立。我们中没有一个人已经完全能够在一定作品中完胜他；至少到目前，我们认为没有什么理由不允许他保持杰出小说家的称谓。（Gardiner，1822：150-151）

他首先简要地概述库柏作品中十足的创新性和神秘感：

上述的五个故事（《间谍》《领航人》《莱昂内尔·林肯》《拓荒者》《最后的莫希干人》）展现出各种各样的原创角色和小说事件，这使得作者完全有资格够得上作为具有伟大的创造力的作家的赞许；尽管它们有各种缺点，但它们有一种小说的救赎之美，拥有一种使想象力不断升华的能力和使人们对虚构的人物和虚拟的场景的兴趣不断增加的力量。……确实，如果让我们依据自己的判断，说出这位优秀作家的特色是什么，我们会毫不犹豫地说是故事发展的迅速性、情节的生动性和小说叙事机制的原创性。……他编织了神秘的网络，使我们的心智被吸引到要去解开这些线索；在解开谜团的过程中，我们的注意力始终被吸引到快速变化的场景和意想不到的事件上而不走神；我们发现自己在一个陌生的国度里旅行。（Gardiner，1822：151-153）

加德纳还肯定了库柏在美国自然风光的描摹上的成功之处：

其中一些作品中如诗如画的自然风光的描述比比皆是，且充满狂野的美国地理景观的显著特征。它们证明作者亲自在伟大的自然学校里学习过，他在模仿大自然的奢华和壮丽方面最为成功。他选择以恢宏的布局在宏大的布景上绘画；用来填充、柔化和点缀真实的场景的无数的微不足道的美景却完全被忽视了。他总是显示出一种夸张的创作趋势；他的目的是创造一种引人注目和令人震惊的效果，尽管在尝试中经常令人困惑。（Gardiner，1826：154）

加德纳还积极评价了库柏小说中丰富多彩的人物和角色：

虚构的人物类型繁多，表现出作者细腻的观察力。不管什么阶层，如果没有过多赘述，他们的热情都一直高涨。并且我们很乐意和这些人交谈，因为他们没有被设定为仅仅属于上层阶级。例如，当我们踏进一个时尚的客厅的那一刻，我们发现那里的绅士有着如此生硬的礼仪和如此庸俗的良好的教养,他们的交谈是如此乏味,如此轻率,如此矫情,以致我们非常高兴能从优雅的社会中逃脱,并与我们的作者一起走进树林,或者走到邻近的旅馆,在那里我们很可能会遇到一个可以用自己的方式无拘无束地谈话的人。(Gardiner,1826:154)

尽管加德纳也批评库柏在小说人物塑造方面的一些缺陷,如在女性人物塑造方面的缺陷:

作者问为什么我们既不满意爱丽丝女性般的胆怯,也不为矜持高贵的科拉感到骄傲?我们的回答主要是因为同样的原因,我们对伊莎贝拉·辛格顿和弗朗西斯·沃顿,或对凯瑟琳·普罗登和塞西莉亚·霍华德同样感到不满;出于同样的原因,我们对《拓荒者》和《莱昂内尔·林肯》中所有女主角都不满。因为她们全都缺乏优雅和随和感,缺乏温婉的仪态、真实的细腻感,缺乏率真的精致美,而这些都属于她们的阶层所特有的东西;或者换句话说,因为根据我们的理解,她们没有一个人展现出我们希望她们展现出的样子,即一个有着良好教养的淑女形象。(Gardiner,1826:164)

尽管加德纳也抱怨库柏对印第安人的形象刻画过于虚假,过于理想化,如他评述道,"我们抗议库柏给我们呈现一个虚假的、理想化的印第安人物形象"(Gardiner,1826:167),并给出冗长文本分析,纵然如此,加德纳对库柏的总体评价是赞扬多于批评,而他批评的目的是希望库柏能创作出更多优秀的作品,他呼吁大家为这个代表美国小说地位和成就的作家找出问题以期望他在小说艺术上精益求精,借此传播美国小说家的名声:

事实是,我们主要关注作者的错误,因为库柏先生技巧已经很成熟,不用我们来赞扬;而且,我们希望在对待美国本土文学主题上,公众的品位不仅要正确引导,而且如果可能的话,我们的任何建议都能对公众的品位产生影响。目前的作品中存在一些缺陷,使得这些作品不完整,我们希望作者能用他的非凡的能力相称的方式写出完美无缺的作品,并借此远播美国小说家的名声。(Gardiner,1826:197)

另一方面,评论家对库柏传奇小说的批评意见也非常尖锐,甚至藐视有加。评论家怀疑虚构的故事可能会败坏新兴国家纯洁的心灵,核心的问题是评论家认为库柏小说艺术存在矛盾性，认为库柏一方面强调美国文学创作素材的丰富性，而另一方面却在创作历史传奇时采用虚构的手法，并借鉴和模仿司各特所代表的欧洲小说传统。

总的说来，这一时期库柏的批评接受史主要分三个阶段、围绕三个问题展开。第一阶段是 19 世纪 20 年代到 30 年代，评论界主要围绕传奇小说究竟是需要真实性还是虚构性这两种矛盾的观点：第一种认为库柏的传奇小说不够真实，代表人物是刘易斯·卡斯（Lewis Cass），他在《北美评论》（1828）上撰文认为《最后的莫希干人》中人物不真实，有虚假性；与此相反，第二种认为库柏小说细节过于真实，从而牺牲了传奇故事的情感成分，代表人物是加德纳，他在 1822 年 7 月刊出的《北美评论》上如是评价：

> 《间谍》的作者并没有表现出自己具有感动温柔的情感的力量。这种神秘的感觉可以打开激情的秘密源泉，可以融化一个人的内心到让他泪眼涟涟，如果没有这种感觉，最杰出的故事虚构将无法完成，我们不是说他没有掌控这种能力，而是他还没有向我们证明他有这种能力。……虽然他对自然风光的描述都是美国的，事实上还不错，但只表现出西方世界最明显的自然特征，没有深刻的道德感的印记。（Gardiner，1822：276-277）

这两种不同的评论声音相互交织，此消彼长，共同构成库柏早期小说批评中一道奇异的文学景观。

此外，19 世纪 20 年代后期库柏文学批评的一个特点是评论界更多关注库柏的海洋小说。例如，1824 年 12 月版的《纽约镜报》上发表一篇未署名文章评论库柏的《领航人》，文章首先批评欧文"没有意识或领会到他对国家的最高使命"，然而当评论转向库柏时，语调急转直上，认为"库柏却在《间谍》和《领航人》两部小说中呈现了爱国主义和高尚品质，因此唤起了美国人的自豪感，激发了美国人的最佳能量"：

> 在之前的小说中（即《间谍》），他记录了美国陆地上的一些荣耀；在这部小说中（笔者注：即《领航人》），他充分展示了高超的技能和果敢的特征，这是未来美国在海上取得辉煌的关键因素。斯莫莱特曾经出过海，但库柏从身体到精神上都活脱脱是一个水手形象。海洋构成他小说中的真正的元素——甲板是他的家……每一次事件——从追踪护卫舰

到捕鲸船出发，都一览无余地呈现在我们眼前，好像我们实际上参与了船员的所有操作流程和对话……每个海洋场景都刻画得如此精妙……以至于笛福本人在某些方面被我们作者远远地抛开。（*New-York Mirror*, 1824:151）

但与此类积极的正面评论相反，一些评论则批评库柏海洋小说中的拜伦式英雄书写惯式，如小说家、诗人格伦维尔·梅伦（Grenville Mellen）在 1828 年 7 月的《北美评论》上抱怨海洋小说《红海盗》中对"红海盗"的描写"有太多的诗意"，"是个温和的罪犯，不像一个逃犯"：

对我们来说，"红海盗"的描写令人反感，对他的描述附带太多的诗意。在所有方面，这不是一个长期以来一直生活在危险和堕落境况中的人、一个最好的时光都是在莽撞和绝望中度过的人的自然特性。在他的作品中，或许有太多的绅士般温和的恶棍，而以实玛利式的人则太少了。（Mellen，1828：142）

第二阶段是 19 世纪 30 年代到 40 年代，以《北美评论》、《纽约镜报》、《新英格兰杂志》（*New-England Magazine*）、《尼克博克杂志》（*Knickerbocker Magazine*）为代表的期刊纷纷对库柏这一时期的社会批评或政论小说《亡命徒》（1831）、《刽子手》（1833）、《告美国同胞书》（1834）、《侏儒》（1835）、《欧洲拾零：英国篇》（1837）、《返乡之旅》（1838）、《故乡风貌》（1838）进行严肃的评论和政治审查。美国评论家一向很冷漠地排斥库柏的共和主义政治倾向，因此库柏在传奇小说中讨论政治主题这一做法遭到美国评论界一致的攻击，评论家普遍认为在传奇小说中掺杂政治主题是一种艺术犯罪，尤其是受"辉格党"操控的报纸借库柏的社会批评立场对他进行长达八年的政治攻击，使库柏名誉遭受严重损毁，文学声誉因此骤降，实在是一件令人遗憾的事情。1832 年 2 月，《纽约镜报》发表一篇关于《亡命徒》的未具名的负面评论文章：

我们喜欢《间谍》、《拓荒者》、《最后的莫希干人》、《领航人》和《红海盗》，它们都是非常好的小说，这对我们国家来说是一个荣幸。然而，当糟糕的《亡命徒》出现在我们面前并期待得到非常全面的好评时，我们必须反对……它是一本伟大的小说吗？……目前看来，这本小说缺乏太多的素材。（*New-York Mirror*，1832：262）

1832 年 7 月，历史学者普雷司科特在《北美评论》上发表了题为《19 世纪美国文学》（"19th Century American Literature"）的评论文章，他总体上赞赏库柏的小说艺术，但认为《亡命徒》的缺陷是没能很好地直面美国社会状况：

> 库柏的重大缺陷是他没能把握好社会的状况；我们认为他无能为力，因为他一再失败，我们认为这是毫无疑问的。这样的缺陷似乎是教育不完善以及缺乏对良好社会的熟悉的自然结果。但是，这最后一个因素不该归咎于库柏先生，因为无论出于任何目的，他的晚年生活体验必然大大扩大他的社会观察领域。然而他的小说中有相应的提升吗？（Prescott, 1832: 190-191）

1833 年 10 月版的《大都会杂志》（Metropolitan Magazine）上发表了一篇关于《刽子手》的未署名的批评味道浓烈的评论文章：

> 我们害怕[库柏]在旧世界旅居太久了，因此沉迷于古代的偏见和封建的仪式，进而放弃这些健康的意境，背离了年轻、光荣、伟大的国家的良好发展事业，堕落蜕化，追求腐烂的、令人作呕的口味。……哦！堕落得如此厉害！不公正、荒谬、世袭弊端和邪恶的权力在小说中得到呈现并贯穿小说的始终，但在结论中，作者首先蹒跚而行，然后在权力面前弯腰、卑躬屈膝，拒绝以牺牲来圆满地结尾。虽然神坛已经准备好了，然而他也难逃受害者和偏见的指责。我们没有想到这来自美国人，更没有想到这竟然出自美国作家库柏之手。（Metropolitan Magazine, 1833: 409-410）

1834 年 8 月，《新英格兰杂志》发表一篇关于《告美国同胞书》的未具名的火药味十足的评论文章，认为库柏的信件"荒谬""虚假""愚蠢"：

> 如果古老的说法是真实的——上帝希望毁灭的人，他首先剥夺他的智慧——我们建议库柏先生写下遗言，清理自己的房产，因为他的时间已经到了。他的晚期两三部无法阅读的小说导致我们形成不祥的猜想：他的天才放弃了他；但这封荒谬的信使我们认为他的常识是溃败的伴侣……这封信第一部分从头到尾都是虚假和病态的表演，主导库柏先生写作的是他的激情而不是理性，这极其愚蠢，不友善到极点，也是不理智和不道德的。……没有什么比引用一个著名的批评能更好地描述这封信的第二部分："它包含

很多很好、而且很新的内容，但新鲜的不好，而好的并不新鲜。"
（*New-England Magazine*，1834：154-156）

1835 年，《尼克博克杂志》发表关于《侏儒》的匿名评论文章，把这部小说批评得一无是处：

> 我们无法描述这部小说，因为这是完全难以形容的……我们高度期待，急切地希望看到接下来的书页将比之前的更好。但这是妄想！我们注定要失望……这部小说的内容……据说是讽刺……但无法辨别出来。它既没有连贯的故事情节，也缺乏细致的叙事手段。一切都是那么阴沉、扭曲和不自然。（*Knickerbocker*，1835：152-153）

1838 年 10 月，在政治上因保守而闻名的《北美评论》编辑弗朗西斯·伯恩（Francis Bowen）在《北美评论》上发表了言辞苛刻的评价，他以《返乡之旅》为攻击的靶子，抨击库柏的共和政治思想：

> 自称是一个坚强的共和党人，他已经耗尽了谩骂他的同胞的礼仪和性格的力量；他们把库柏的描述当作真理，不了解优雅社会的第一个原则，他们比一个野蛮的国家的国民好不到哪里去。如果这就是共和主义的朋友，她也许可以祈祷上帝来拯救她。库柏先生在过去三四年间的作品似乎不是由灵感激发而作，而是受愤怒的驱使。它们充斥着不必要的政治诉讼，充满了鄙视和仇恨的表达。（Bowen，1838：488）

伯恩甚至对库柏的写作能力表示怀疑，他尤其批评库柏的人物塑造能力低下：

> 作品人物用如此夸张的色彩被描绘出来，这显示出作者的写作技巧缺陷和错误感知能力，但绝不是真正的错误和愚蠢——也有足够严肃的部分——讽刺是有意设计的。事实上，库柏先生描绘的人物，除了两三个例子外，其余的人物仅仅是笨拙的形象，没有生命力可言；他们的对话令人无法忍受，这在真实的男女间是不可能出现的；他们的行为也不可思议，毫无浪漫可言。在库柏先生的思维中，人们不会说话；现实生活中的男女傻瓜，远远比库柏想象中要少很多。（Bowen，1838：489）

1839 年 1 月，《纽约评论》（*New-York Review*）发表关于《故乡风貌》的未署名评论，该评论从头到尾充斥着对库柏的尖锐的、恶意的批评：

> 《故乡风貌》仍然是一个更恶毒的作品。他像一个罗马皇帝一样，把大众整合在一起，然后一下子把他的报复讽刺的斧头砍在整个城市和社区之上。……他以一本小说的人物作为便捷的伪装，把自己的国家特别是自己出生地纽约大都会里的人们以及社会世态刻画得比以往任何外国雇佣的作家都更阴暗、更虚伪。……作为一个美国人，我们本以为他可能会宽容地看待我们的缺点……但他没有以仁慈之心来写作，他也没有这样考虑。……整个小说基调是以牺牲我们自己的方式来吹捧外国的世态和风俗……每一页都攻击我们的东西：我们的建筑，我们的文学机构，我们的科学协会，我们的政治周年纪念活动，我们的外国大使，我们的法律，我们的自由和我们的生活方式……它傲慢到极点……我们无比悲愤地抛弃这些书卷。作为我国的朋友，作为正义的朋友和文学挚友，我们真诚地希望库柏先生没有写过这部小说；尤其是当每个美国人都为他感到自豪的时候，它们却损害了他的声誉。(*New-York Review*，1839：214–217)

总之，这一阶段评论界对库柏小说的批评声音比较尖锐、刺耳，主要针对库柏小说中的政治主题和库柏的民主共和政治信仰展开，认为历史小说和政治批评不能混为一谈。

第三阶段是 19 世纪 40 至 50 年代初，尽管库柏在这一阶段一共创作了 10 多部小说，但评论界几乎忽略了库柏的存在，直到库柏逝世后评论界才逐渐对库柏的艺术成就重新进行评估，美国出版商乔治·帕特南(George Putnam)和威廉·布莱恩特在这方面起到了导向作用。这一时期对库柏小说的评论结果是促使《档案》和《北美评论》等当时最具影响力的杂志认真反思并严肃地辩论美国历史文化是否能为历史传奇小说提供足够多的丰富的创作素材等一系列问题，这些讨论和争鸣积极推动了美国小说的发展。1841 年 9 月，《纽约镜报》发表关于《猎鹿人》的未具名的评论，认为库柏是个天才的美国作家：

> 按照一般惯例，作者的最后作品通常比他的第一部作品质量差，但库柏是个例外。摆在我们面前的这本书肯定是多年来他写得最好的。库柏先生有这么多真正的优点，以至于让我们在赞美他时，常感到巨大的愉悦感，不过我们不得不说，赞美人并不总是能带来愉悦感的。他是美国任何小说

家中最具原创性的思想家；他是他们中最具男性气概，最有活力和独立精神，具有无与伦比的叙述能力和无法企及的、炽热的爱国情怀……在《猎鹿人》中，我们很高兴地说，一些批评家，包括我们自己在内，都没有发现受到冒犯的那些特质。……让他继续写一些像《猎鹿人》这样的作品，阐释美国历史、风景和社会世态，以他自己的主题来建立他的名声，他一定会赢得比现在所享有的声誉更高的名望。……已经证明他是一个天才，很快人们就会这样认为的。（ *New York Mirror*，1841：295）

然而，当库柏的《卡斯蒂尔的梅赛德斯》于 1840 年出版后，当时著名的传记作家、编辑、文学批评家埃弗特·杜伊金克（Evert Duyckinck）于 1841 年 1 月在《大角星》杂志（ *Arcturus* ）上发表了题为《库柏先生》的批评文章，他以历史与小说的关系为出发点，分析了《卡斯蒂尔的梅赛德斯》中的风格问题：

> 对许多人来说，我们认为这部小说的形式对于它的阅读构成一个无法逾越的障碍……在其他方面，它既不比作者的其他作品更好也不会更坏……小说的风格通常是笨拙和令人困惑的，甚至为了达到清晰明了的效果，作者煞费苦心地描述细节。他没有给读者留下任何可以理解的东西，但留下的永远都是想要读者理解的动机；后一个句子通常是对前一个进行繁杂的解释；还有一些冗长乏味的丰富知识和建议。（Duyckinck，1841：92）

总体上看，19 世纪早期的文学评论界对库柏的小说存在一些误读，他们往往只关注美国小说创作中美国素材的选择问题和历史传奇的属性问题，却没能看到库柏的成功不是因为司各特，而是因为他成功地开创了具有美国特性的文学传统。

需要特别指出的是，在 19 世纪众多的评述过库柏及作品重要性的美国作家同行中，有五六位作家或批评家对库柏的评述具有永久性的价值或者影响，这几个重要作家为埃德加·爱伦·坡、弗朗西斯·帕克曼（Francis Parkman）、赫尔曼·麦尔维尔、詹姆斯·洛厄尔、布雷特·哈特（Bret Harte）和马克·吐温。他们或是推崇库柏的小说，积极评价库柏的小说艺术，高度赞赏库柏的小说成就；或是贬损库柏的小说艺术，批评库柏小说中的种种所谓的"缺陷"。这两种截然相对的批评的声音互相交织，成为 19 世纪美国文学、文化和历史批评中一个较为独特的艺术景观。

1843 年 11 月，埃德加·爱伦·坡在《格林汉姆杂志》(*Graham's Magazine*)上发表题为《〈怀恩多特〉评论》("*Wyandotte* Review")的评论文章。作为 19 世纪著名的文学编辑、文学批评家和诗人，埃德加·爱伦·坡的评论大致代表了那个时代的库柏评论的基本基调：既承认库柏故事叙述的杰出能力，同时又指出库柏在小说主题设置和女性人物塑造方面的缺陷：

> 这是一个森林主题；当我们这样说的时候，我们保证这个故事是一个很好的故事，因为库柏先生从来没有在森林或海上失败过。像往常一样，兴趣并不在情节上，实际上，我们的小说家似乎无视，或者没有能力来设置情节，而是主要取决于主题性质。其次，取决于一种类似《鲁滨逊漂流记》一样的细节描述。第三，取决于经常重复的半文明的印第安人的形象描绘。当我们说兴趣首先取决于这个主题的性质时，我们的意思是说，荒野生活主题是内在和普遍的兴趣之一，在各个阶段都能吸引人们的心灵；一个关于海洋生存的主题，在吸引关注度的能力上也是无可比拟的。但是无论成功与否或受欢迎与否，因为这个主题，我们当然可以预期，失败可能被认为是作者愚笨低能的全部证据。(Poe，1843：261)

坡认为"这个故事没有什么原创性；恰恰相反，它极其平常"(Poe，1843：262)，他甚至还批评小说中的文体的缺陷，认为小说"最明显和最莫名其妙的错误是文体"(Poe，1843：263)，他甚至不遗余力地列举出了小说中的多处文体错误。坡对文学评论的自信，以及他对所有作家和读者类型的轻松归类，给人的印象是，他是一个知道自己想什么就按什么规则想问题的批评家。事实上，他不止一次地改变自己对库柏小说中优点和缺陷的看法。像大多数 19 世纪的评论家一样，他对库柏作品中庄严和崇高的海洋描写场景以及西部小说中的崇高气质的荒野描写做出的积极回应是库柏大受欢迎的原因之一，但他也犀利地指出库柏小说中存在的问题。大多数批评家正像爱伦·坡一样游走在肯定和否定库柏小说艺术的两个极端。

与爱伦·坡的批评意见相左，传奇小说家、诗人威廉·西姆斯(William Simms)于 1842 年在《玉兰花》(*Magnolia*)上发表题为《库柏的小说》("Cooper's Novels")的评论，他认为库柏是一个遭受严重迫害的伟大作家：

> 我们是认为库柏先生是一个遭受冤屈和迫害的人。我们认为他的同胞对他非常不公正——他们不仅表现出不客气，而且狼心狗肺，而且倾听

那些无数侮辱他的人格和他的名声的恶毒的诽谤，并向这谴责的言辞、非礼和忘恩负义的行为表示肯定和支持。……我们并不认为他是完全没有缺陷的——恰恰相反，我们把库柏先生看作一个非常审慎的人，一个具有坚定的意志、急躁的性情和高度自尊心的人，他不断陷入会带来错误和令人恼怒的言行。我们建议在这个问题上权衡优劣——公平地看待他自己和同胞之间的关系，并看看正义的天平究竟如何放置。（Simms，1845：210）

西姆斯认为"库柏的小说是美国迄今为止最为大胆、最好的关于传奇小说的尝试"（Simms，1845：211）。文章最后还对库柏的爱国主义和共和主义政治信仰表示高度的尊重和崇拜。

同西姆斯的积极评价相似，美国历史学者弗朗西斯·帕克曼对库柏的评价也代表了当时积极的批评声音。1852 年 1 月，帕克曼在《北美评论》上发表了题为《詹姆斯·费尼莫尔·库柏的作品》（"James Fenimore Cooper's Works"）的长篇评论文章，他非常全面、公允、客观地评价库柏的艺术特色、成就和问题：

还没有哪位美国作家的作品像詹姆斯·费尼莫尔·库柏一样被人广泛阅读。他的小说几乎被翻译成所有的欧洲语种。而且，我们知道但却很难去相信——他们可能已经被翻译成波斯语出现在伊斯法罕市场上。我们甚至在西西里偏远山区的一个小村庄里看到一些库柏小说，它们被反复翻阅以至于有的都磨损了。……在所有美国作家中，库柏是最富有原创性、最彻底的美国作家。他的艺术天分从上帝种植的土壤中吸取营养，并且蓬勃发展，虽然狂野，但是像雪松一样强壮。他的书卷是一面反映这种粗野的跨大西洋自然的忠实镜子，在欧洲人看起来是如此奇怪和新鲜。大海和丛林场景一直是他的同胞最显眼的成就；库柏正是在海洋和森林里最得心应手。它们的精神启发了他，它们的形象镌刻在他的心上；他们所养育的美国同胞——水手、猎人、先驱者——以活生生的形象和真实的生活方式出现在他的小说里。（Parkman，1852：147）

尽管库柏小说的风格遭到广泛的批评，但帕克曼认为这些批评家的批评水准是不专业的：

库柏并非那些业余评论家的宠儿。事实上，这样的批评并不适合他的情况。评论家应该用更深层次的原则来衡量他的作品，而不是仅以他的小说风格就来评判，而是以他的小说实质和精髓为评价标准。他是粗糙的钻石中最粗糙的那一颗，但价值则超过一颗宝石，虽然它的侧面可能不会如此耀眼透亮。（Parkman，1852：147）

同时，他以《大草原》为例，指出了库柏小说中存在的问题："《大草原》是《皮袜子故事集》最后一部，是一部充满缺陷的小说。这个故事非常不真实，而且也很无趣。风景照不如前几部的图片那样真实，而且似乎表明库柏与西方的偏远地区的人们很少或根本没有交集。"（Parkman，1852：157）帕克曼在评论《最后的莫希干人》时赞赏小说散发出来的真实、清新的气息：

> 这本书散发着真正的游戏趣味；它呼出松树的气味和山风的新鲜气息。黑暗崎岖的风景像画家画布上的图像一样在画家眼中节节攀升，或者说它更像是自然本身的反映。但它不仅仅是物质形式的渲染，这些木质画像也是最受尊重的。它们散发着生命本能的野性，散发着孤独、危险的诗歌气息。（Parkman，1852：155-156）

赫尔曼·麦尔维尔也是支持和赞赏库柏小说艺术成就的作家和批评家中的重要一员。1849 年 4 月，麦尔维尔在《文学世界》上发表评论文章公开赞扬库柏的最后一部海洋小说《海狮》的艺术特色，称赞库柏是"我们的国民小说家"：

> 《海狮》是个很有魅力的标题，真的。即使作为库柏的最后一部小说，其内容也没有因为标题给它带来的光辉而黯然失色……可以想象，很少有关于孤独和恐惧的描述能够超越小说中许多宏伟场景的描写。读者会想起威尔克斯笔下所描述的美国探险船所经历的骇人的冒险经历和斯科斯比的格陵兰叙述……我们热烈推荐《海狮》。即使那些最近因为跟风的缘故而加入谴责我们的国民小说家的行列的人，也将会在库柏最后一部小说中找到最令他快乐的篇章。（Melville，1849：370）

1850 年，麦尔维尔在《文学世界》上再次发文积极评价库柏的《红海盗》：

> 目前，我们认为对库柏的《红海盗》的任何批评都是不必要的。因为很久以前，在内陆地区，当我们在对《红海盗》进行不加批判的阅读的时

候, 我们就像成千上万的后代一样, 享受着它以如此令人愉悦的方式为我们带来的阅读乐趣。(Melville, 1850: 277)

无论如何, 赫尔曼·麦尔维尔并不怀疑库柏的创作主题或库柏在小说加工处理中所展示的艺术天分, 正如库柏研究专家菲尔布里克所论述的那样, 《海狮》以其令人难以置信的想象力、涉及世界观和相匹配的文学方法, 为麦尔维尔的文学创作提供了一个 "文学利维坦" (literary Liviathan) (Philbrick, 1861: 260), 为他的海洋小说艺术提供了一个关键的参照模式。或许《白鲸》正是一部向《海狮》的作者致敬的经典作品。

但是, 詹姆斯·洛厄尔、布雷特·哈特和马克·吐温等人显然不赞成麦尔维尔、帕克曼等人对库柏小说艺术的积极评价, 与此相反, 他们发出刺耳的负面批评声音来贬损、诋毁库柏的小说艺术, 成为库柏学术批评史中一支阴晦的、黑暗的力量。作为哈佛大学语言学教授和《北美评论》的编辑, 洛厄尔关于文学批评的声音在当时具有一定的影响力。他在 1848 年出版的《批评的谎言》(A Fable for Critics) 中以诙谐、幽默的口吻评述了美国文学界 20 多位作家——爱默生、梭罗、库柏等的优点与不足, 是马克·吐温之前严厉批评库柏的作家之一。他认为库柏 "一直在做着下流的勾当", "一直在从事拙劣的抄袭" (Lowell, 1848: 48); 他认为库柏小说中的 "女性人物千篇一律", 且 "像篮球地板和草原一样平淡无奇" (Lowell, 1848: 49), 因此他也同库柏的敌人一样认为 "库柏并非美国的司各特" (Lowell, 1848: 48)。洛厄尔对创造出纳蒂·邦波这个角色的天才作家有着极高的欣赏, 但是当库柏有时模仿自己早期作品的时候, 洛厄尔认为所有库柏塑造的人物或多或少都是他早期一部伟大作品的复制, 因此他认为库柏始终在模仿他的早期作品, 而从未真正超越它们。

在所有批评和诋毁库柏小说艺术的声音中, 马克·吐温的批评声音最刺耳最尖锐。在 1895 年 7 月刊出的《北美评论》上, 马克·吐温发表了举世闻名的题为《费尼莫尔·库柏的文学败笔》的批评文章。文章开篇引述耶鲁大学和哥伦比亚大学的文学教授对库柏的盛赞, 然后批评他们 "没读过库柏的小说就发表意见是错误的" (283)。接着, 马克·吐温以《猎鹿人》为例, 认为在所有的 115 条艺术禁忌中, 《猎鹿人》共犯了 114 条, "破了纪录"。然后他列举小说中 18 条违背文学艺术规则的罪证 (共 19 条文学艺术规则), 并进行猛烈抨击:

1. 故事没有完成一件事或达到某个目的。

2. 各个章节都没有放对地方，没有推动故事发展。

3. 没有鲜活的人物。

4. 人物没有个性。

5. 对话死板。

6. 人物的性格没有表现在言行中。

7. 人物言行比较粗鄙。

8. 向读者展现出了作者的无知。

9. 作者没有合理设计奇迹。

10. 读者对其中的人物毫无好感。

11. 读者无法预知的紧急情况中人物束手无策。

12. 没有提出建设性意见，仅仅是靠近它。

13. 措辞不当。

14. 冗杂。

15. 省略了必要的细节。

16. 形式浮夸。

17. 语法错误。

18. 不够简洁直观。（Twain，1895：2-3）

马克·吐温讽刺性地将这些所谓"罪证"归结为库柏的天分问题，即库柏明明没有艺术天分，却常常要在作品中显摆他那些幼稚的技巧：

> 库柏的创造天分并不怎么样，但他似乎热衷于此并沾沾自喜。确实，他做了一些令人感到愉快的事情。在小小的道具箱内，他为笔下的森林猎人和土人准备了七八种诡计或圈套，这些人以此诱骗对方。没有什么比利用这些幼稚的技巧达到了预期的效果更让他高兴的了。其中一个他最喜欢的就是让一个穿着鹿皮靴的人踩着穿着鹿皮靴敌人的脚印，借以隐藏了自己行踪。这么做使库柏磨烂不知多少双鹿皮靴。他常用的另一个道具是断树枝。他认为断树枝效果最好，因此不遗余力地使用。在他的小说中，如果哪章中没有人踩到断树枝惊着两百码外的印第安人和白人，那么这一节则非常平静，那就谢天谢地了。……尽管附近有上百种

东西可以踩，但这都不足以使库柏称心。他会让这个人找一根干树枝；如果找不到，就去借一根。事实上，《皮袜子故事集》应该叫做《断树枝故事集》。（Twain，1895：3-4）

他对库柏小说艺术的诋毁的确是无人能及的：

> 这是一件艺术作品吗？它没有发明，亦没有秩序、系统、顺序、结果；它没有生命，没有兴奋至极，没有扣人心弦，似乎无关现实；人物的言行令人摸不着头脑，前后不一致；幽默很可悲，悲伤却是有趣的；它的对话——无法形容；它的爱情场面令人厌恶；其英文是语言的犯罪。除去这些，剩下的是艺术。（Twain，1895：12）

马克·吐温认为，库柏甚至毫无常识，他更怀疑库柏的海军经历：

> 库柏有过航海经历——当过海军军官。但是他却煞有介事地告诉我们，一条被风刮向海岸遇险的船，被船长驶向一个有离岸暗流的地点而得救。因为暗流顶着风，把船冲了回来。看看这森林术，这行船术，或者叫别的什么术，很高明吧？库柏在炮兵部队里待过几年，他应该注意到炮弹落到地上时，要么爆炸，要么弹起来，跳起百英尺，再弹再跳，直到跳不动了滚几下。现在某个地方他让几个女性——他总是这么称呼女的——在一个迷雾重重的夜晚，迷失在平原附近的一片树林边上——目的是让邦波有机会向读者展示他在森林中的本事。这些迷路的人正在寻找一个城堡。他们听到一声炮响，接着一发炮弹就滚进树林，停在他们脚下。对女性，这样的情节描述毫无价值可言，但对可敬的邦波就完全不同了。我想，如果邦波要是不马上冲出来，跟着弹痕，穿过浓雾，跨过平原，找到要塞，我就再也不知道什么是"和平"了。是不是非常聪明？如果库柏不是对自然规律一无所知，他就是故意隐瞒事实。比方说，他的精明的印第安专家之一、名叫钦加哥的（我想，该读作芝加哥）跟踪一个人，在穿过树林的时候，脚印就找不到了。很明显，脚印是再也没法找到了。无论你还是我，都猜不出，怎么会找到它。但对钦加哥可完全不同。他没迟疑多久。他改变了一条小溪的流向，在原来泥泞的河床上，那人的鹿皮鞋印竟然历历在目。在其他情况下，脚印一定被水冲得荡然无存，但在库柏笔下这里流水竟然冲不掉脚印！对，当然不会冲掉啰！因为只要库柏给读者显示一下他在森

林中的本事，永恒的自然规律也会失效。（Twain，1895：4-5）

马克·吐温的讽刺、挖苦和消极评价尤其值得我们思考，因为他对《拓荒者》和《猎鹿人》中的段落进行的即兴式的评论，其负面影响是无法估量的。正是因为以马克·吐温为首的批评家批评、诋毁甚至否定库柏的小说艺术，库柏的文学声誉才急坠直下，成为导致库柏小说在 19 世纪相当长一段时间内陷入沉寂的一个原因。

斯人已逝，但艺术流芳。1851 年 9 月 14 日，库柏逝世。1851 年 9 月 25 日，由华盛顿·欧文任主席的库柏纪念委员会成立。在当天的筹备会议上，华盛顿·欧文、威廉·布莱恩特等当时著名的文学界人士纷纷诵读了对库柏的纪念信。欧文认为库柏的离开"令人震惊"，他"在美国文学上留下了难以弥补的空缺"（*Memorial of James Fenimore Cooper*，1852：7）。布莱恩特在信中说："不仅美国，而且我们所处的文明世界和这个时代失去了其中一颗最耀眼的珠宝。然而令人忧心的是，只有这样的人躺在坟墓里时，人们才能对他们的功绩做出公正的评价。"（*Memorial of James Fenimore Cooper*，1852：8）值得一提的是，1851 年 10 月 7 日晚间，纽约历史协会也通过决议隆重纪念库柏的逝世。经过几个月的精心筹备，1852 年 2 月 25 日，库柏悼念活动隆重举行。美国众多的政治家、文学家、批评家、社会名流、普通大众汇聚于纽约市政厅，隆重纪念这位美国作家的伟大的一生。这样为一个作家的去世而举行大型的、隆重的纪念活动在美国历史上还从未有过。美国政界、文艺界的名流纷纷发表纪念演说，或是以书信的方式来表达对这位国民作家的怀念之情。这次纪念大会上的纪念演说和书信最后汇集成《库柏纪念文集》（*Memorial of James Fenimore Cooper*，1852）出版。

美国国务卿丹尼尔·韦伯斯特主持库柏的悼念大会，并首先发表悼念演讲，他说：

> 库柏的作品推崇高尚的情操，拥戴良好的道德规范，维护公正的阅读趣旨；我还要补充，他所有的著作都充满真正的爱国主义精神，是完全地地道道的美国味。正是出于这些原因，我荣幸地来到这里，在这个场合，谦卑地提议建立一个纪念库柏的塑像或者纪念碑。库柏不仅在美国国内，而且在国外为美国文学的声誉做出了巨大的贡献。（*Memorial of James Fenimore Cooper*，1852：24-25）

作为库柏悼念委员会主席, 华盛顿·欧文在开场介绍时说, "库柏是一个天才作家。他的小说允许他赢得每一个美国人的热爱、尊重和钦佩"。华盛顿·欧文、威廉·布莱恩特、拉尔夫·爱默生、亨利·朗费罗、小理查德·达纳、帕克曼、赫尔曼·麦尔维尔等作家以不同形式纷纷表达对库柏逝世的哀悼之情, 同时也纷纷就库柏的小说艺术表达了由衷的敬仰。

麦尔维尔在写给库柏纪念委员会的悼念信中表达了他对库柏先生的崇拜和敬仰之情:

> 我过去没有荣幸认识或见到库柏先生本尊, 所以对他的人格是无知的; 尽管他去世了, 但仍同以前一样永远活在我心中。在我的记忆里, 他的作品是我读过的最早的作品之一; 在我的少年时代, 他的作品在我的心灵深处催生出一股强烈的、令人觉醒的力量。让我感到痛苦的是在他的晚年, 他在国内的名声由于某些原因遭受到了轻微的、暂时的影响。(*Memorial of James Fenimore Cooper*, 1852: 30)

小说家小理查德·达纳也来信对库柏的小说艺术报以积极的评价:

> 我们许多人还清晰地记得《间谍》的问世是如何搅动了我们的神经, 对我们产生了多大的影响, 我们又是如何把库柏与他的小说紧密联系在一起的。……自从那以后, 我们一直在跟随着库柏的步伐穿行在丛林里, 跟随库柏航行在大海上。难道我们不是比之前更爱栖居在他所描绘的那个空旷的、有男人气概的、充满活力的大自然中吗?(*Memorial of James Fenimore Cooper*, 1852: 32)

美国文艺领袖拉尔夫·爱默生在悼念信中说, 虽然他"从未有幸见到库柏, 但是几乎同其他说英语的人一样, 欠库柏一个旧账, 因为《拓荒者》的问世给他带来欢乐的时光"(*Memorial of James Fenimore Cooper*, 1852: 32)。库柏的挚友霍桑在悼念信中无不动情地写道:

> 没有一个人比我更有资格出席库柏先生的悼念大会, 因为这么多年以来我对库柏先生的作品的崇拜是发自内心的, 是丝毫不动摇的; 今天令人欣慰地看到我们国家的文人志士团结在一起, 虔诚地为库柏的逝世而举行隆重的悼念仪式。广大民众可以宽心地期待, 从今往后, 美国文学将会获

得一个迄今为止还没有得到承认的分量和价值，因为时间和库柏的离世使它变得神圣起来。(*Memorial of James Fenimore Cooper*，1852：33)

著名诗人朗费罗也来信对库柏的艺术成就高度评价，他写道："美国欠库柏一个巨大的感恩，尤其是所有的作家们都应该以最敏捷的速度来表达对库柏的感激之情。我所到过的任何欧洲国家中没有人不认识库柏；在一些欧洲国家中，甚至库柏就是美国文学的唯一代表。"(*Memorial of James Fenimore Cooper*，1852：34)

除了文学家之外，美国历史学界也纷纷给库柏悼念委员会来信表达他们对库柏离世的哀挽和崇敬之情。美国历史学家弗朗西斯·帕克曼在写给库柏纪念委员会的悼念信中这样评述库柏：

> 我一直对库柏的著作特别钦佩。它们是我儿时的陪伴，虽然距离我翻阅他们至少已过去了九到十年，但他的几部小说的场景和角色已经被他的艺术效力印在我的脑海里，我发现有时很难将它们与我过去经历的回忆区别开来。我可以毫不夸张地说，库柏在决定我的生活和追求的过程中有着很大的影响。(*Memorial of James Fenimore Cooper*，1852：34-35)

浪漫派历史学家威廉·普雷司科特在寄给库柏纪念委员会的悼念信中写道：

> 从最广义的意义上说，没有人像库柏那样成功地把文明的和野蛮的美国人物肖像画画得那么好，或者给予美国的风景如此耀眼和忠实的描摹呈现。他的作品本能地体现了美国的精神，这既可以在那些对事实的描绘中得以展现，也可以在那些无尽的幻想式的创新中清晰地体现出来。他的优点不仅在英语世界里得到了认可，而且在整个欧洲也得到了承认，因为每一个旅行者都看到库柏的小说被翻译成欧洲的语言，它们同英语文学世界的大师们的著作摆放在一起。(*Memorial of James Fenimore Cooper*，1852：31)

作为库柏悼念活动的重量级嘉宾，美国浪漫主义诗人威廉·布莱恩特则在悼念大会上做了总结性发言。他发表了"关于詹姆斯·费尼莫尔·库柏的生平、性格和天才的演讲"("Discourse on the Life，Character，and Genius of James Fenimore Cooper")的重要追悼词，追悼词篇幅近40页，布莱恩特回顾了库柏璀璨的一生，赞扬了库柏真诚、坦率和高尚的人格，称他"就像一颗外表坚硬、内心软糯的肉桂"，待人温和，广交善友。悼词的最后，他动情地说道：

> 他已经离开了我们！但他的天才的作品在生动的语言中保存下来，并且在语言所赖以存在的脆弱的物质器官中保存下来。它们属于不朽的心灵和腐化的躯体的共同后代，因此注定要持续流传下去，即便不是永恒的，也是无限期的。他在他的伟大的小说中所呈现的英雄主义、荣誉和真理，所展现出的人与人之间的同情心，表现出来的所有善良、伟大和优秀的品质，都在那些具有鲜明个性的小说人物身上体现出来，以至于我们把他们当作我们的朋友和最爱。他塑造的坦率和慷慨的男人，温柔和高贵的女人，将会永垂不朽。（*Memorial of James Fenimore Cooper*，1852：73）

正如霍桑在悼念信中所说的那样，"时间和库柏的离世让美国文学变得神圣起来"，也许，我们也可以说，时间和死亡让库柏和他留传下来的小说艺术开始变得神圣和不朽。

值得一提的是，库柏的离去也在美国海军内部产生了震动。在库柏的追悼大会上，美国海军学院的创建者、美国海军秘书长乔治·班克罗夫（George Bancroft）也强调了库柏的海洋书写的重要价值，他特别肯定了库柏为美国海军事业做出的杰出贡献，认为"库柏的《美国海军史》为美国留下了最令人钦佩的、其他任何国家都无法拥有的同样题材的作品"（*Memorial of James Fenimore Cooper*，1852：16）；他认为"库柏在海洋上如鱼得水，没有一个人能像他这样如此纪念我们的海军的英雄事迹，更没有一个人能像他一样如此描写大海上的生活"（*Memorial of James Fenimore Cooper*，1852：74-75）。

总而言之，批评和否定的声音在 19 世纪的库柏文学批评和接受史中此起彼伏。但有一点可以肯定：由于 19 世纪缺乏一整套行之有效的、严谨的文学批评体系和批评话语，因此文学批评家在评论库柏的小说艺术时各执一词、各抒己见，并习惯性地陷入库柏与司各特比照的俗套中，因此很难形成和谐、统一的声音。令人无不遗憾的是，在马克·吐温等人充满火药味的、尖锐的批判声音响起后很长一段时间内，库柏的作品沦为儿童文学的附庸，而库柏小说的春天的再次到来，要等到美国作家戴维·劳伦斯的欢快、激昂的批评声音响起，不过时空要转到 20 世纪 20 年代了。

二、库柏与 20 世纪美国文学批评

库柏在美国的批评和接受的第二时期是从 19 世纪末开始到整个 20 世纪。在 19 世纪下半叶相当长一段时间里，在所有西方文化占主导地位的国家中，库柏的作品已经沦为儿童文学经典读物了。但在严肃的成人作家和新时期的专业评论家来看，司各特和库柏的旧式的历史传奇小说似乎过于幼稚，不过，这样的批评似乎过于极端化。

从 19 世纪末到整个 20 世纪，经过漫长的沉寂期的库柏小说艺术迎来了明媚的春天。专业从事文学批评的教授，如耶鲁大学教授托马斯·劳恩斯伯里（Thomas Lounsbury）撰写的《库柏传》（James Fenimore Cooper，1886）和哥伦比亚大学教授布兰德·马修斯（Brander Matthews）撰写的《文学入门》（Gateways to Literature，1912）都积极评价库柏的文学艺术成就，其中劳恩斯伯里的《库柏传》是现代第一部专门研究库柏的专著。20 世纪 20—30 年代以来，以戴维·劳伦斯和学者罗伯特·斯皮勒为代表的作家和学者对库柏小说的革命性评价使库柏重新回归人们的视野。1923 年，劳伦斯的经典文集《美国文学经典研究》的出版对 20 世纪的库柏研究具有里程碑意义，因为劳伦斯在文集中积极评价库柏的小说艺术，认为《皮袜子故事集》构成了美国的奥德赛，而纳蒂·邦波就是奥德修斯"（Lawrence，2014：54）。此外，劳伦斯认为《皮袜子故事集》探讨关于"血肉兄弟反目"和"蛇与上帝"等永恒主题，因此《皮袜子故事集》堪称"不折不扣的美国神话"（Lawrence，2014：56）。劳伦斯对库柏的高度赞许，使人们对库柏的印象发生了重大改变。因此，劳伦斯的革命性评价使库柏重新回归人们的视野，也预示着库柏研究高峰的来临。此后，专业文学评论家亨利·史密斯（Henry Smith）、理查德·李维斯（Richard Lewis）等文学批评家也开始积极评价库柏的小说艺术成就。

比劳伦斯的重要论文稍逊，但同样具有开创性影响的是新版的《美国民主党》（The American Democrat），这个由作家亨利·门肯（Henry Mencken）作序的新版本于 1931 年出版，后来由罗伯特·斯皮勒补充了新的序言。这一层编辑的关系本身就意义非凡。门肯是 20 世纪美国著名的编辑和学者，而斯皮勒是著名的学者，他倾注其前半生来建立库柏对美国社会批评的重要性的有关认知体系，并为现代库柏的学术研究创建传记和文献基础。由斯皮勒系统编撰的《詹姆斯·库柏作品参考文献》（A Descriptive Bibliography of the Writings of James Fenimore Cooper，1934）为现代库柏研究者提供了第一份详细的库柏研究文献索引。

尽管如此，以戴维·劳伦斯和马克·吐温为代表的两种不同声音同样贯穿 20 世纪的库柏研究。20 世纪 30—50 年代，文学批评的"形式主义"倾向又使库柏研究陷入低谷，因为库柏散漫的历史叙事文本并非那些注重文本的内在机制而忽略历史文化等外在因素的"新批评"践行者们理想的自足文本，因此库柏作品自然遭受冷遇。不过，50—80 年代"美国学"的兴起以及"文化历史批评"的兴盛，真正把库柏研究推向巅峰，因为库柏作品以其丰富的历史性、文化性和思想性而成为学者研究美国早期历史、社会和文化的"圣经"，库柏从此迈入美国文学经典的殿堂。90 年代中期以来，生态文学批评理论再次使库柏研究焕发出新的生机，因为库柏作品中大量关于北美大陆的地理景观书写及隐含其中的生态忧患意识让美国生态学者认识到库柏在美国生态批评中的先驱地位。然而库柏小说中女性角色的单一化甚至缺失以及少数族裔的消极形象又使库柏成为女性主义和族裔研究学者的批判对象。总之，20 世纪以来，库柏的批评研究伴随着时代的变迁和多元化的文学思潮的更迭而呈现曲折起伏的状态。

第二节 库柏在欧洲的批评接受史

就纯粹的、严肃的文学艺术评论而非政治批评而言，库柏在欧洲的文学声誉非常高。如同在美国受到非凡的赞许那样，在英国，库柏也获得文学批评界很高的赞誉。有趣的是，大西洋两岸的库柏批评史有时竟然惊人的相似。与在美国一样，库柏在英国也被认为是陆地景观的忠实描绘者和冒险小说大师，也被认为是海洋小说的开拓者，库柏的海洋小说在英国甚至比其同行斯摩莱特的海洋小说更受欢迎。

欧洲的批评家对库柏早期小说的评论也多是赞扬性的。早期的英国评论非常频繁，大多持积极的态度。《戒备》只收到一份美国的评论，但注意到这部小说的三份英国期刊普遍对《戒备》持欢迎的态度，没有人认为该书的作者是美国人；至少七本期刊注意到《间谍》，六本期刊对《领航人》做出不同程度的评论，八份期刊曾对《红海盗》进行过评论[①]。英国的期刊评论坚持认为，除了海洋小说，库柏是司各特的最佳模仿者。在美国，没有期刊能像库柏小说的英国出版商科尔本和本特利发行的《新月刊》（*New Monthly Magazine*）杂志一样热情洋溢地评论库柏的早期作品。

---

① 以上关于库柏小说的英国期刊评论的数据引自 Dekker, G. & Williams, J. 2005. *James Fenimore Cooper: The Critical Heritage.* NewYork：Routledge, p. 20.

在英国，库柏的海洋小说同斯摩莱特的作品经常被人们相提并论。英国的报刊对库柏的喜爱一直持续到《美国人的观念》出版前。此后，英国人开始对《美国人的观念》中激情宣扬的共和主义进行广泛的批评和质疑。

尽管如此，英国主流期刊并没有关注库柏的早期小说。《爱丁堡评论》（*Edinburgh Review*）完全忽略了库柏的小说，这一状态一直持续到《美国人的观念》出版才改变。1826年《季刊评论》（*Quarterly Review*）仅仅简短地提及库柏的小说艺术，之后一直保持沉默直至1837年。当时，苏格兰传记作家约翰·洛克哈特（John Lockhart）在评论库柏的《欧洲拾零：英国篇》时谴责库柏的性格和共和主义倾向；《布莱克伍德爱丁堡杂志》（*Blackwood's Edinburgh Magazine*）仅仅发表了英国小说家和文学批评家约翰·尼尔（John Neal）的既尖酸又羡慕的评论；甚至带有辉格党政治倾向的《威斯敏斯特评论》（*Westerminster Review*）直到1829年才开始评论库柏的作品。不过，英国期刊比美国期刊更加坚定地认为库柏是除海洋小说之外司各特最好的模仿者。

在法国、德国、意大利、西班牙和俄罗斯等欧洲国家，库柏也广泛地受到批评家和读者的欢迎。尤其在法国，库柏的共和思想一直是其受法国人敬仰的根本原因。法国巴黎当时最有影响力的学术刊物《环球报》（*Le Globe*）上发表了署名为F.A.S.、标题为《美国：美国文学与库柏先生的小说》（"the United States：American Litearature，Novels of Mr. Cooper"）的评论文章，文章认为正是库柏的作品才使法国人注意到美国文学的存在。文章还高度评价了库柏小说的原创性。

库柏在苏俄的影响力也非常广泛，他尤其在苏俄主流作家之中享有极高的声誉。此外，库柏的作品还被翻译成法文、德文、意大利文、西班牙文、俄文甚至波斯语等文字而广为流传。

一、库柏在英国的批评接受史

对于19世纪前半叶的英国文化艺术圈来说，库柏是一个陌生的、名不见经传的外国作家，无论他多么才华横溢，他都无法赢得当代英国读者的青睐，因此处处遭受冷遇。对于库柏在英国文学和文化圈遭受的不公正待遇，在一项关于1829年前美国文学的调查中，散文家和文学评论家威廉·哈兹利特（William Hazlitt）道出了其中的原委：同他的同时代作家华盛顿·欧文相比，欧文是英国文学圈的"宠儿"，他"从他的情人——英国大众——那里获得了令人嫉妒的宠爱"（Dekker & Williams，2005：28），而库柏却从来没有获得过评论家热情的拥抱。这一天壤差别的根源，正如哈兹里特说的那样，因为欧文"在敏感性和和原创性上不足"，他仅仅是"我国经典作家"的最为成功的模仿者；与此相反，库柏富于"原创性"（Dekker & Williams，2005：28）。哈兹利特的评论很可能是 19 世纪上半叶的英国评论中关于库柏和美国文学的最佳文章。但正是库柏的"原创性"，他的特色鲜明的"美国性"，他流露出的赤裸裸的民族主义和坦率的性情，使他成为英国文学批评界攻击的对象。因此，在 19 世纪的英国文学批评中，尽管有一部分评论家像哈兹利特一样热情拥抱库柏的小说艺术，但大多数文学批评家，如玛丽亚·埃奇沃思（Maria Edgeworth）、威廉·萨克雷（William Thackeray）、利·亨特（Leigh Hunt）和洛克哈特等人，普遍对库柏的小说艺术持批评和否定的态度。

另外，众多批评家在评论库柏的小说艺术时，往往落入把库柏与司各特相提并论的旧俗套。这些伟大作家和评论家的共同问题在于，他们缺乏一个能够解释或评判包括他们自己的小说在内的文学批评话语体系，因此在评价库柏的小说艺术时，往往从自己感兴趣的章节入手，犯了以偏概全的错误，无法从整体上把握库柏的小说创作的特点。同大多数评论家一样，英国读者对库柏作品的反应很复杂，甚至自相矛盾。下面以库柏小说发表时间为基本线索，以英国文学批评界对库柏小说评论的先后顺序为纲要，扼要介绍 19 世纪英国文学评论界对库柏小说的批评与接受史概况。

1820 年，库柏的处女作《戒备》出版，但反应平平；一年之后的 1821 年，库柏的第二部小说《间谍》出版，随即在大西洋两岸引起了一阵骚动。1823 年，《档案》杂志上发表了一篇题为《〈间谍〉述评》（"Review on *The Spy*"）的未署名评论，文章认为该小说"是一部美国传奇小说，是一部关于美国的故事"（*Port Folio*，1823：226）；1823 年，爱尔兰小说家玛丽亚·埃奇沃思在《档案》第 16 卷上发表一封给美国读者的公开信，信中她这样对她的美国朋友写道：

> 我不赞同你的看法，我不认为它是哗众取宠的表演。我们在家庭中大声朗读这部小说，尽管它在风格和结构上有许多奇特的错误，而且每次在描述人物的言行举止时都让人感到厌倦，然而我们发现这部小说非常有趣，从描述社会世态到描述对我们来说是新的社会形态，都是完全独立的美国价值观。我们认为这是部伟大的天才的作品。（Edgeworth，1823：86）

紧接着，她赞赏了小说中的爱尔兰角色贝蒂（Betty），认为"她是我见过的最忠实和最精致的爱尔兰人之一，具有独有的特征，而且代表了整个阶层"（Edgeworth，1823：86）。但接下来，她对小说人物——间谍的设置表示极大的不满，因为她反对"间谍式英雄"，认为"诗歌或散文都不能使间谍成为一个英雄的角色"，认为"把一个间谍提升成一个英雄是不切实际的"：

> 无论是诗歌还是散文都无法把间谍刻画成一个英雄人物。从《伊利亚特》的多伦到安德烈少校，从安德烈少校到华盛顿这一人物的设置，都证明了将间谍刻画成英雄是不可行的。尽管所有的英雄都厌恶绞刑——绞刑台是光荣的，而且可能会被安全地放在舞台上——但是就算是莎士比亚也不会冒这个险吧？（Edgeworth，1823：86）

在 1826 年 7 月第 2 期刊登在《英国评论》（British Critic）上的一篇题为《美国小说》（"American Novel"）的匿名评论文章也表达了同样的观点，认为库柏"缺乏常识地把一个英国上校当成一个完全小偷小摸的蠢蛋，是一个荒谬的尝试"（British Critic，1826a：431）。

1823 年，《皮袜子故事集》第一部《拓荒者》出版，同年 3 月，《档案》杂志第 15 卷上发表了一篇未署名的评论文章，文章赞赏库柏把历史传奇故事同美国边疆定居过程中的精致的环境描写相结合的超凡能力：

> 这实际上可能被称为历史，因为历史学家几乎没有找到一个正确而生动地描绘我们荒野的第一个定居点的作品。冒险家遭遇并经受了各种各样的困难险阻，他们首先打破了无边无际的森林的沉默，并为太阳光线洒向地面打开了一个通道，它们已经很久没有拜访过地面了。所有不同国家、不同性格和不同职业的人一下子汇聚在同一个篝火旁，同呼吸共命运；他们在驯服野蛮的自然时所展示出来的坚毅，以及他们取得的令人难以置信的胜利和进步——这些都是《拓荒者》的新鲜主题。（Port Folio，1823：230-231）

1826 年 7 月刊出的《英国评论》上一则未具名的"启示"中，作者赞赏了《拓荒者》中真正的英雄邦波鲜明的形象和个性，作者还比较了邦波和《领航人》中的水手科芬的诸多相同点（British Critic，1826b：437）。

1825 年，《莱昂内尔·林肯》出版，当时英国著名文学刊物《文学公报》（Literary Gazette）于同年 3 月刊出一篇未署名的评论，评论了库柏的爱国主义和美国特性："这部小说与北美战争中的早期活动的历史有关，特别是因为其中所显示出来的美国特性而引人注目, 这个特性相当大程度上是反英国的, 并显示出真正的共和主义特质。"(*Literary Gazette*, 1825: 149) 当时的小说家、诗人和评论家约翰·尼尔 (John Neal) 于 1824 年、1825 年在《布莱克伍德爱丁堡杂志》上发表了两篇评论, 评价包括《莱昂内尔·林肯》在内的库柏小说艺术。尼尔对库柏的评论融合了俏皮话、敏锐的洞察力和对库柏才华的嫉妒。他这样评价道:

> 欧文并不是唯一一个受到偷窃指控的人——他偷脸和眼睛——还有尼尔和库柏——他们俩都偷走了他的百叶窗, 还和他的印第安人一起玩恶魔游戏。然而, 尼尔仅仅"攫取了想法", 并且自己加工处理, 直到划伤自己的手指。但是库柏则尽其所能地偷取已经做好的扫帚! (Neal, 1824: 426)

在 1825 年 9 月发表于《布莱克伍德爱丁堡杂志》上的另一篇评论中, 尼尔对《莱昂内尔·林肯》非常失望, 并对所谓的"真正的美国小说"表示怀疑, 但同时又抱着一种矛盾复杂的心态:

> 我们从来没有赞赏过库柏先生, 他的同胞高估了他; 他太亲切了, 一个好人, 他所受的欢迎应该是大打折扣的; 我们从来没有赞扬过他。但我们对这本书感到失望, 非常失望。虽然这不是我们需要的东西, 但它是一种类型, 一种阴影, 有点像它特有的形状; 也许是"即将到来的事件"的"阴影", 谁知道呢! 可以肯定的是, 这不是一个真正的北美故事, 但是我们去哪里可以找到一个真正的北美故事? 在地球上真有这样的事吗? ……虽然库柏先生的这部小说与他的名声不相符, 但我们不能太苛刻, 因为毕竟, 正如我们之前所说的, 如果它不是一个真正的北美故事, 但它非常像; 如果它不是我们一直渴望的一模一样的东西的话, 那它或许是先行者的阴影。(Neal, 1825: 323)

1826 年,《最后的莫希干人》出版问世, 就在英国引起了巨大的反响。同年 4 月, 当时英国具有广泛影响的《文学公报与作家纪事》(*Literary Gazette and Journal of the Belles Lettres*) 发表了一篇未署名的评论, 评论的基调是积极的、正面的:

> 这并不是我们第一次对库柏的作品表达真诚的赞许了。我们面前的这部小说将大大提升美国小说家的声誉。从来没有任何一本小说中的印第安人物像库柏的小说中一样被塑造得如此独特、有趣, 被刻画得如此真实、

栩栩如生。（*Literary Gazette and Journal of the Belles Lettres*，1826：198）

1826 年 5 月份，尼尔在《伦敦杂志》（*London Magazine*）上发表了题为《最后一部美国小说》（"the Last American Novel"）的评论文章，批评了库柏艺术才华"枯竭"，因此创作出如此"低劣的"作品："《最后的莫希干人》显然是库柏先生表现最糟糕的作品。他这几年已经过了文学创作的盛年，即便作品质量不差，但至少已经过了丰产期……作品一年比一年糟糕，现在变得干瘪、肤浅，质量低劣。"（Neal，1826：27）

1827 年，《皮袜子故事集》中的《大草原》和海洋小说《红海盗》出版问世。两部小说的出版在评论界引起不小的轰动，英国期刊纷纷发表评论文章，连司各特这样具有影响力的英国大作家也发表评论观点。1827 年，英国出版商科尔伯恩（Colburn）出版发行的《新月刊》（*New Monthly Magazine*）上刊登了一篇题为《印第安生活小说》（"Tales of Indian Life"）的未具名文章，作者认为《大草原》的成功在很大程度上要归功于司各特开创的历史小说传统：

> 毫无疑问，库柏在一定程度从"威弗利故事集"中得到提示，但仅此而已。他的小说属于同一类型，但并没有进一步模仿，也没有方法来模仿。在很多方面他远远不如司各特爵士，但是在运用他的特别能力——简洁的描述能力方面，他优于司各特。（*New Monthly Magazine*，1827：79）

文章接着赞扬《大草原》对美国文学发展的意义，认为"这部小说和库柏的其他作品的最根本的优点是美国性，小说中的精神和场景都是美国特有的，它们都属于未来将会变得强大的美国文学的初级阶段"（*New Monthly Magazine*，1827：82）。作者甚至赞赏"库柏是一个真正的诚实的美国人；他的小说在很大意义上给他的国家带来荣誉；正是由于这个原因，我们坚信库柏的小说将在英国大受欢迎"（*New Monthly Magazine*，1827：82）。

库柏的第二部海洋小说《红海盗》出版后不久，英国著名的历史传奇小说家瓦尔特·司各特在日记中赞赏库柏的小说艺术才华。在 1828 年 1 月 14 日和 28 日的两则日记中，司各特爵士称赞了《红海盗》的艺术特色，并赞扬库柏是一位很有天分的作家：

> 我读了库柏的新作《红海盗》，所有的故事都发生在海上。作品里面有太多的航海术语；事实上，这一种语言超越了一切。不过，人们一旦对一

种描述感兴趣，就会轻易接受一大堆他们不明白的东西。"美索不达米亚"这一甜蜜的词语，在其他作品和说教中都有其魅力。他很有天赋，具有强大的人物构想能力，并且能切中要点。我发现，他总能想到同样的点子，这让人们痴迷。帆樯杆优雅的形状，绳子的花纹以及直抵天空的绳索，这些都让人们津津乐道。（Scott，1891：525）

在第二篇日记中，司各特爵士继续称赞《红海盗》的艺术特色："我也读过库柏的《大草原》——我觉得这部作品比《红海盗》还精彩。在《红海盗》的故事里，你永远不会上岸，而且你必须懂得很多航海术语才能充分理解这部作品。不过，这一点也真是十分巧妙。"（Scott，1891：530）1828 年 1 月，《伦敦杂志》上刊载了一篇评论《红海盗》的未署名短文章，文章这样评论道：

> 《红海盗》是一部海洋小说，作者把海洋当作他创作的要素。船是故事的女主角，男人和女人不过是他作品情节里的附属。他使舰船充满生命力，用对待爱人般的热情来描述船在水面上的航行的动人姿态。他从多个层面展示了舰船的完美无缺，不仅给读者带来愉悦的享受，同时也赢得了读者温暖的同情心。除了精彩地描写船只船舶之外，库柏先生还完美地呈现了他对水手的认知——一个真正的水手，一个只同他所踩踏的甲板、他所扬起的风帆同呼吸共命运的两栖生物，一种不能同舰船分开而独立存在的动物。（London Magazine，1828：101）

1828 年，库柏的非小说类作品《美国人的观念》问世，作品中流露出库柏炽热的爱国主义以及美国共和主义政治倾向，使得库柏遭受来自英国的最广泛的攻击和诋毁，这成为库柏在英国的批评接受史中的一个重要的转折点。攻击这本书的许多评论家纷纷蔑视这部作品，然而，美国评论家的集体沉默则表明了美国人与库柏直言不讳的共和主义的尴尬处境。其实，透过这部作品的评论或可审视 19 世纪 20 年代英美两国复杂的文化关系。1828 年 7 月，科尔伯恩出版发行的《新月刊》发表了题为《美国人的观念》的匿名评论文章，道出了排斥这本书背后的深层政治原因：

> 美国著名小说家库柏先生目前试图为我们呈现他的同胞、他们的礼仪和制度的正确的看法，而他的做法却受到这个国家的一些批评家的嘲笑，以及遭受一些人极无道德的谩骂。英格兰具有类似西班牙或奥地利那种恭顺的政治体制，因此这些国家普遍对共和体制怀有根深蒂固的仇恨，尤其

仇恨美国的共和体制……英国人认为美国人对国家的热爱是一种犯罪；而对自由的热爱，在任何地方都是一种可恨的异端邪说。多年过去了，每一个保守党的出版物，从《季刊》到《布莱克伍德》，在他们自己的侮辱人格的教条里，都在尽力强化对美国的厌恶感。但凡美国值得仿效的地方，如在经济型政府、严格打击徇私、利益和贿赂方面，这些优点被否定，或者事实被故意颠覆；她的错误被放大，然而至关重要的是，基于政治立场，英国本应该彻底了解与这个崛起的帝国相关的真相，但他们都根据实际情况尽量遮蔽和欺骗。（*New Monthly Magazine*，1828：164）

在道出其中的复杂英美文化关系后，文章指出了英国批评界对库柏的两个指控："第一个指控是对他的国家太过赞扬"，"第二个指控是他对英国有偏见"（*New Monthly Magazine*，1828：165）。作者最后认为，有才华的人应该阅读并仔细斟酌和反思库柏的《美国人的观念》。1828 年 6 月，《文学公报》刊出一篇匿名文章，批评《美国人的观念》中的盲目乐观和吹嘘，并认为库柏是一个"笑柄"："《美国人的观念》本身是极度膨胀的例子，不仅仅是虚荣，更是无限度的吹嘘。我们经常谴责这种愚蠢放纵的倾向，这在英国人的性格中很普遍。"（*Literary Gazette*，1828：385）作者认为库柏满嘴都是在吹牛，认为"这种令人作呕的吹嘘对每一个有品位和判断力的读者都是一种冒犯"；作者还认为如果库柏继续坚持小说和传奇故事的创作的话，那他"会让他的出生地蒙羞"，"并使自己成为一个共同的笑柄"（*Literary Gazette*，1828：387）。1829 年 6 月，《爱丁堡评论》上刊登了一篇未具名评论，讥讽《美国人的观念》的故事叙述方式是一种"极佳的服务于精妙的夸张和讽刺的工具"，认为作品中的主人公是"我们无论在生活中还是在作品中曾经遇到的最令人讨厌的人物，而且最不可信"，因为他是"我们本该选择的最不能代表我们可能拥有归属感的国家的人"（*Edinburgh Review*，1829：478）。

作为浪漫主义时期具有影响力的英国散文家和文学评论家，威廉·哈兹利特对库柏的态度是矛盾的，他既批评库柏，同时又对库柏的艺术才华大加赞赏。1829 年 10 月，他在《爱丁堡评论》上匿名发表了一篇名为《美国文学——钱宁博士》（"American Literature—Dr. Channing"）的文章，以评论威廉·钱宁（William Channing）的《布道与论文》（*Sermons and Tracts*）为契机，论述了美国文学的发展概貌，其中他特别提到库柏。在此文中，威廉·哈兹利特对库柏赞赏不已，认为"在后期的美国作家中，能在英国获得一些名声的作家，除了钱宁博士，我们只能回忆起华盛顿·欧文先生、布朗先生和库柏先生"（Hazlitt，1829：125）。但是，他批评库柏过分坚持对事实的还原，对细节的描写过于细致，以至于怠慢了情节的发展：

> 库柏先生描绘了生活中的事物，但是却不去推动故事前进。当他执著于最微小的细节，围绕一件事情解释其所有的前因后果时，故事就停滞不前了。这些细节的叠加是经过精心设计的，并没有将画面形象地表达出来，反而分散妨碍了注意力。他并不是他的素材的主人，而是它们的苦力工人：他饱受幻想型癫痫症之苦。他认为自己被他小说家的性格所束缚，他要说真相，全部的真相，完完全全的真相……库柏先生似乎没有意识到注意力和事物的无限可分性；他也没有意识到在个体表现中，"删节"才是合适的或者说可取的。（Hazlitt，1829：125）

由此可见，哈兹利特认为库柏的小说叙述过于冗长琐碎。他进一步解释道：

> 诗歌与传奇小说并不需要陷入细枝末节之处，而是通过更加快速的前进以及对更加引人注目的结果的直观扫视来弥补细节。我们的作者将真相或实事求是作为流行小说的唯一元素，在规模和发展动力方面存在不足。其生动而又精准的景物描写与行为描写带有乏味之感，因为他所描述的二分之一是没有意义的，是无关紧要的部分；他的写作大纲很坚固，但是写作手段却只有几个；他笔下那些最引人注目的情景并不是按照原本的情况叙述的，而是多了一层焦虑，似乎他对作品模式以及环境的焦虑多于对灾难的焦虑。（Hazlitt，1829：128）

哈兹利特虽然对库柏的小说中对于细节的过度铺陈提出了批评，但同时肯定了库柏对事件的忠实描述，他认为"这并不是库柏先生的过错：他一直都是忠实的，只不过有时乏味了一些；而精确的代价就是变得枯燥乏味"（Hazlitt，1829：129）；他认为《领航人》是库柏"最好的作品"，是同类作品中的"一部杰作"（Hazlitt，1829：129）。哈兹利特尤其欣赏库柏的独创性，同时进一步肯定了库柏的忠实于自然的描述，并且提倡模仿自然，称其为瓦尔特·司各特爵士与库柏两位作家取得成功的重大秘诀：

> 他很有独创性。我们希望我们，特别是我们的美国同胞能够"一行一行，一条一条"地铭记这一原创思想，它是多么的珍贵，多么的无价！在

世界艺术、文学和科学方面，大自然中的哪怕一丁点都有剽窃的价值。瓦尔特·司各特爵士的成功令人羡慕但却不令人嫉妒，他最大的秘诀就是抄写自然而不是抄写书本。（Hazlitt，1829：129）

英国散文家利·亨特于 1831 年 4 月 7 日在《闲谈者》（Tatler）第二卷上也发表了有关《领航人》的评论，与哈兹利特一样，他既肯定了库柏对细节，尤其是对人物服装的细节刻画，但他同时又批评库柏描述太多读者不感兴趣的细节：

> 我们很了解大海，也知道它有多危险，而且对小说最精彩的段落有着非同一般的兴趣：我们读到的一些内容给我们留下了更加深刻持久的印象。我们不太喜欢这个作家关于本国的描绘，尽管他的刻画一直都很精巧，甚至常常有更高深的意义。他在服饰描述上很精细，而这恰恰是瓦尔特·司各特爵士追随者的共同缺点，当然在他们之中，库柏先生无疑是做得最好的，而正是这一优点令他从同类作家中脱颖而出。瓦尔特爵士不仅凭借自己精湛的描写技巧，还根据人物所处的那个遥远的时代以及人物相关的特征来刻画服饰的细节。我们对时尚的外衣下摆，或者绅士是如何避免坐到下摆并没有特别感兴趣，即使这个绅士是华盛顿也没用。（Hunt，1831：737）

利·亨特也是落入了把库柏同司各特相提并论的俗套。他批判库柏和瓦尔特·司各特爵士对女性形象的描写，认为他们对女性的理解十分粗浅，因而他们笔下的女性形象在多数时刻非常沉默，甚至根本不像一个有血有肉的人物。在批判的同时，利·亨特提出了女性沉默的原因：

> 库柏先生笔下的女性恰好是瓦尔特爵士那些冷漠的近亲，她们忧郁的气质给你们留下深刻印象，因为她们比瓦尔特爵士笔下的女性更符合我们所理解的美国女性的特征，在我们的预想中，她们更像彭斯和拉姆塞笔下美丽的乡村女性。她们就像玻璃柜中的女人，除了在评价和训斥自己的仰慕者的时候，其他时间都是安安静静的。至少这是我们细读库柏先生的几部小说后留下的印象，前几部小说是这样的，如果没有弄错的话，现在这一部（笔者注：《领航人》）更是如此。（Hunt，1831：737）

1834 年，《告美国同胞书》出版发行，1835 年 4 月，《爱丁堡评论》上刊发了一篇题为《美国诗歌》（"American Poetry"）的匿名短评，高度评价美国文学的突出成绩，尤其高度赞赏库柏的小说艺术：

> 我们会问，我们是否已经热烈地倾慕库柏小说中的一切真正精美的东西？海洋帝国已经承认他的地位，并为他欢呼。在寂寞的沙漠中，或在未涉足的大草原中，或在野蛮的印度人中间，或在几乎不那么野蛮的定居者中间，我们同样承认他的统治力。"在那个圈子里，没有人敢同他一比高下"。
> （*Edinburgh Review*，1835：23）

1837 年，库柏完成了他在欧洲游历期间的见闻录《欧洲拾零：英国篇》；同年10 月，司各特的女婿和传记作家洛克哈特在《季刊评论》上发表了诋毁库柏的性格和共和主义的长文。所有关于库柏的欧洲评论中，也许洛克哈特的文章在美国是最引人注目的，他这样评价道：

> 但我们否认这两个命题。第一个与自己有关的命题，只是蔑视；至于第二个，我们必须说，若要公道地评判我们在文学作品中或社会上碰到的所有美国的东西，我们从来没有遇到像这本书所展示的虚荣、愚蠢和谎言。我们说谎言，因为（无论是否是库柏先生的意图）他的无知和假设在每一刻都背叛了他，他的错误陈述如此严重，有时甚至精心设计，以至于所有一切看起来都是虚假的。我们非常怀疑这本书是否值得我们关注。作为一个文学作品，它真的不值得蔑视。它的风格、主题和布局都是琐碎、轻率和让人困惑的。除了无知以外，它没有实质内容，除了恶意，它没有什么深层内涵。它既不包含有智慧的美国人能够对我们的行为做出判断的事实，也不包括那种直言不讳的英国人可能会从中受益的批评。事实上，标题完全不正确。这本书的主题不是英国，而是费尼莫尔·库柏先生；每一个对象或话题都同库柏的感受和品位严格联系起来，不幸的是，由于他狭隘的思想所招致的疾病——即一种嫉妒、挑剔、酸楚的自我主义——因而产生了可以公正地称为虚荣的自传。（Lockhart，1837：327-328）

紧接着，他批评挖苦库柏的政治信仰：

> 显然，库柏先生把他从贵族和绅士那里得到的所有关注都归功于斯宾塞先生写给他的辉格党朋友们的信，然而他不是很友好地回报那些贵族和

绅士。保守党的圈子，我们敢说，从来没有听说过这样的西方名人。我们在他离开后很久才意识到他来拜访我们是种荣耀，当我们听到一个辉格党人碰巧遇见库柏的时候，他在餐桌上同我们分享了库柏粗俗和无礼的许多例子，让我们忍俊不禁。但是，如果保守派听说过库柏，库柏就从不会走进他们的餐厅或客厅一步。（Lockhart，1837：348）

1846 年，《印第安人》出版，随之而来的是广泛的批评声音，批评他把小说和政治批评混为一谈。1846 年 8 月，著名作家萨克雷在《伦敦晨间纪事报》（*Morning Chronicle*）上发表评论批评库柏的性格以及库柏的共和主义思想：

> 简而言之，他野蛮的本性与文明生活的一般气质融合得如此糟糕，他对平等和独立的真正精神的理解也是如此糟糕，正是这些精神规范了破败的旧世界的绅士之间的关系，这些都是这三卷本的小说里充分论述的问题……美国的思想中根深蒂固的两个抽象原则的斗争……一方面是平等的原则，另一方面是财产权，这两个原则实际上受第三个原则的控制，即多数人通过简单的决议来控制、强迫和束缚少数人的权利。由于沉溺于这些错误的思想，利特尔佩奇先生和他的叔叔（或者更确切的说是库柏先生）在寻找各种各样的滥用职权的机会，他们几乎可以随意地谴责他们为之骄傲的土地上几乎所有的政治制度和行政职能……特罗洛普、狄更斯和其他欧洲文人从来没有在这些观点上更强烈地或更粗俗地发表过意见。我们认为这些观察中可能有很多是事实，而且这些观点比较温和，因此无疑将得到一种善意的接受。然而对于这本书来说，我们必须注意到，虽然它以通常流行的小说形式印刷，但这是我们读到的那种最没有生气的小说。事实上，我们看不到活泼的一面，小说描述的事件稀少而平常，而且对话都关注政治和社会问题。（Thackery，1846：6）

在尖刻地批评了库柏的政治信仰之后，1847 年 10 月 9 日，萨克雷甚至还滑稽地仿写了《最后的莫希干人》，并将仿写小说命名为《星条旗》（*The Stars and Stripes*），无非是进一步挖苦讽刺库柏的小说艺术。

1849 年，库柏的最后一部海洋小说《海狮》出版。之后，英国著名海洋小说家约瑟夫·康拉德高度盛赞库柏的海洋小说艺术：

> 与此同时，在大西洋的另一边，另一个人用真正的艺术才能描写海洋。

他不是无敌的年轻英雄；他是成熟的人类，尽管对他而言，冒险和努力的压力也注定必在继承和婚姻中结束。对于詹姆斯·费尼莫尔·库柏来说，自然不是框架，它是存在的重要组成部分。他可以听到它的声音，他可以理解它的沉默，他可以在他的小说中用一种诗歌所独具的贴切巧妙和确切无误的效果向我们解释两者，他的声誉——虽不如他的当代同行那么辉煌，但也同样广为流传——主要基于海洋小说之外的小说成就。但他热爱大海，凝望着大海，他完美地理解海洋。在他的海洋故事中，海洋与生命相互交融、互相渗透；它是存在问题中一个微妙的要素，而且，它所有的伟大在于它永远与人类接触，人类为了战争或利益的缘故而常常跨越它巨大的孤独。他的描述具有无比威严的姿态，显示出广阔的视野。他的海洋描写包罗万象：落日的斑斓色彩，星光的宁静，平静和风暴的各个方面，海水的伟大的孤独，海岸的静谧，以及那些随时保持警惕、时常面临海洋带来的幸运与威胁的人们。他理解这些人，他洞悉海洋的一切。①

对于库柏的海洋小说与现实主义的关系，康拉德也有着清晰而独到的认识：

> 虽然他的方法可能会经常出错，但是他的艺术是真实的，真实存在于他的心中。有效地呈现真实的办法就是通过诗意的描绘手法，而这正是他所拥有的——只不过他是通过他那个时代所特有的从容的方式来表达而已。他有着简单心灵……他的同情心很广泛，他的幽默是真实的，而且完全不做作——他的艺术也同样如此。（Dekker and Williams，2005：293-294）

康拉德的评论仍然属于 19 世纪英国的库柏批评传统：它不仅具有很高的印象主义批评烙印，而且在海洋强国精神的影响下，康拉德特别珍视库柏的海洋小说而不是其他小说类型。在 20 世纪的戴维·劳伦斯对《皮袜子故事集》做出现代革命性的解读之前，似乎没有任何一个英国评论家比康拉德做得更好了。

二、库柏在法国的批评接受史

就库柏作品的接受而言，最具有同情心、最能接受库柏的欧洲读者是法国人。

---

① Conrad J. 1898. Notes on life and letters. https://ebooks.adelaide.edu.au/c/conrad/joseph/c75nl/chapter8.html [2018-1-28].

在 1836 年至 1852 年，法国的戈瑟兰公司（Gosselin）出版了三十卷库柏作品。库柏小说法文版在法国的畅销说明库柏在法国深受欢迎。库柏在法国被广泛接受的其中一个重要的、有别于其他欧洲国家的原因，是法国信仰自由主义的知识分子能真正理解库柏的民主共和政治思想。受到了卢梭和托克维尔等政治改革思想熏陶的法国人在许多方面比他们的英国和美国兄弟更能理解库柏的共和主义政治思想。在法国，库柏的共和主义倾向是他广受欢迎和赞许的原因之一；然而在美国，报刊和评论界对小说家库柏涉足政治话题反应冷漠，他们把浪漫传奇小说家库柏公然涉足政治话题看作一种粗鲁无礼的行为，因此在对待库柏的共和主义思想时，美国评论界陷入了尴尬境地。正如美国诗人威廉·西姆斯（William Simms）所评述的那样："没有人会想到去批驳库柏先生的观点，但所有人似乎都对一个文学人冒昧谈论政治见解的无礼感到印象深刻。"（Qtd Dekker & Williams，2005：17）而在英国，这一因素恰恰是库柏饱受质疑和攻击的根源所在。

在法国，库柏批评的主要阵地是当时在欧洲声誉和影响力都极高的《环球报》。1827 年，《环球报》发表了先锋作家、文学评论家圣伯夫激情洋溢、高度赞许库柏的两篇评论。这两篇评论文章分别刊发在 1827 年 6 月 19 日和 1827 年 7 月 2 日的《环球报》上，文章署名为 "F.A.S."，其标题为《美国：美国文学和库柏先生的小说》。其作者坚持将库柏的作品视为具有民族共和主义气质的艺术佳作。文章认为最早的美国文学沿着英国的路径不知不觉地爬行，这些早期的作品最大的问题就是缺乏原创性，只能一味模仿英国的文学创作路径和传统，即便是当时已经在欧洲享有广泛声誉的美国小说家华盛顿·欧文，在圣伯夫看来，也缺乏原创性：

> 我们把华盛顿·欧文列入美国作家的行列，实在是勉强得很。尽管他出生在新世界，尽管他曾经在旧世界里追求他的文学归化路径，但他没有认识到在自己的国家能够开辟一块新的、丰富的文学领域，反而远离这个新领域，费劲地收获欧洲文学中遗留下来的趣味，发现更多过时的、被过度开发的文学范式。单靠几张关于国家的素描，这种近乎漫画式、完全是关于城市品位的描写，成就了欧文的文学声誉。但他依然坚持进一步对前宗主国致敬。一个来自被嘲讽挖苦的国家的厚颜无耻的男子可能会向宗主国学画画，但如果他只用他的画笔来恭维式地画一位不能信任的主人的肖像或卑躬屈膝地照抄照搬，这能有什么好处？（Dekker and Williams，2005：121-122）

因此，在圣伯夫看来，像华盛顿·欧文此类在欧洲已经享有广泛声誉的美国作家，算不上有才华的真正原创性的作家，因为他除了简单地照搬和移植英国乃至欧洲的古旧的、过时的文学范式，实在是没有什么出彩的地方。然而当他谈到库柏时，顿时话锋一转，盛赞库柏是一位有才华的、真正原创性的美国作家：

> 正是在这个时候，库柏展示了自己的才能。因此，正是库柏的早期作品真正广受欢迎并大获成功，才第一次让法国公众注意到美国文学。我们很高兴这些作品是小说，因为我们认为小说是最合理和最富有成果的文学形式。库柏被称为司各特的模仿者，据说库柏从苏格兰吸取了灵感。我们宣布：我们完全不能理解这个判断的依据，这是一个相当平淡无味的判断。共和主义者所描绘的全新文化，以及苏格兰男爵从旧纪事片中挖掘出的封建风俗，我们看不出这两者存在什么相似之处。如果我们比较两位作者描绘人性的忠实度，在不同年龄和不同气候条件生成的不同习俗下，他们对人性的刻画总是相同的。我们还没有发现，《艾凡赫》的作者已经完全享有他的风格，以至于一个人若不模仿瓦尔特·司各特爵士就不能模仿人性这个大模型！（Dekker & Williams，2005：122）

在谈到库柏小说中恢宏的人物设置时，他饱含赞誉之词：

> 然而，在美国的每一个地方，人们都会感受到辛勤劳作的精神，勇于面对一切困难，在海洋和旷野上追求财富。在旷野和文明的边界上，先驱者们摆脱了旷野的限制，这两种影响铸就了奇怪的男人，他们结合了这两种对立秩序的恶习和美德。而且，在旷野的深处，存在着一种几乎未知的、慷慨的、凶猛的、狡猾的、勇敢的、独立的和野蛮的人类种族，他们被剥夺了一个以前属于自己的领地，被殴打，但从未被奴役，对于他们来说文明更像是一场吞噬的火焰，而且这样的种族到处都存在，他们像被包围在火圈中的蝎子一样，直到被人们消灭。因此，我们发现三个伟大的人类种族在同一片土地上混合，所有的欧洲种族在无数的移民中得到呈现，非凡的殖民化进程，冒险的战争，文明的惊人的进步，光荣和硕果累累的革命。最后，一个巨大的人民群众的大规模移动——所有这些都构成了库柏小说的人物。（Dekker & Williams，2005：122）

在谈到库柏小说的情景设置时，他也是不吝赞美之词：

一整个大陆仍然尚未完全开发，它拥有如此广泛的所有气候特征；大陆上覆盖着原始森林和空点，拥有城市和平原；大陆被连绵不断的山脉连续切割；大陆上巨大的河流和海洋般大小的湖泊点缀其间；文明正是在这些盛大的水域和整个荒野中迈步前进；尤其是尚未开化的自然同文明有序的自然形成强大的对比——这些都构成库柏小说的背景设置。（Dekker & Williams，2005：123）

在圣伯夫看来，库柏小说中的人物是如此丰富，背景设置又是如此广博，加上库柏又是一个天才的作家，因此他没有理由再去模仿外国模式，因为他有着自己的模特，这个模特就是得天独厚的北美大陆：

作为一个天才，库柏知道自己已经拥有如此巨大的财富，难道他还会考虑模仿外国模特？不，北美大陆就是他唯一的模特。他看到他们，他对他的良知说："我也必须成为一个画家。"如果我们现在比较两个小说家之间的差异，不是在比较一个原创和副本的差别，而是在两个强大的对手之间论高下，我们应该说我们更喜欢美国人，而不是苏格兰人。（Dekker & Williams，2005：123）

因此，在圣伯夫看来，库柏不是司各特的学生和模仿者，他甚至远远比司各特更加高明。接着，他以库柏的小说《间谍》为例，详细论述了库柏的小说的原创性，认为小说"情节动人、栩栩如生"，认为间谍这个角色"是个原创的构思，作品富含强烈而深刻的道德观念"（Dekker & Williams，2005：124）。接着圣伯夫以《拓荒者》为例，论述了库柏对小说艺术非凡的把控能力，"看看在这个由拓荒精神所主导的居住地上发生了多少惊天动地的故事情节！瞧一瞧作者又是以一种令人不动声色的方式在把控着小说的情节发展"（Dekker & Williams，2005：124），在他看来，库柏的《拓荒者》的艺术水准也是一流的：

在《拓荒者》中，库柏以一种多么炽热的情感，一种多么真实的描绘，一种多么富于魅力的细节来描绘整个定居点上的整个异质社会的丰富特征！他把各种尚未完全被吸收同化的习俗汇集在一起进行对比；他呈现了那种由定居点建立者所实施的具有父权制和共和制性质的封建社会的特征；他也呈现了森林的快乐和危险，他甚至还描绘伟大的房子里的火炉边！库柏向我们展示了一个内部的景观，但这是一个新的定居点的内部景观，

里面的每一边都远离荒野的景象。（Dekker & Williams，2005：124）

在评述完《拓荒者》之后，圣伯夫接着评论库柏的海洋小说《领航人》中的艺术特色。他认为库柏在叙述发生在英伦三岛的海岸上大胆探险的故事中，以他的国家的名义，似乎希望采取一种文学的方式来占有一个英格兰长期以来一直声称已经垄断的要素——海洋小说。紧接着，他分析了《领航人》中人物的原创性设计，特别是令人印象深刻的汤姆·科芬的鲜明形象：

> 汤姆·科芬的角色塑造远远比斯莫莱特的水手更富有原创性，他似乎是真正的杰作。库柏擅长传达这种诚实和粗鲁的感觉，他对他的国家的海洋的不同寻常的爱，他同心爱的帆船合二为一的整个身份特征，所有这些使汤姆成为一个完全富有魅力的人。而且他的死亡是多么冷静，多么果断，同他遭受蹂躏的船只一起消失在茫茫大海上，好像要让他比他的船活得更长久些是永远不可能发生的事情，仿佛他的存在同那些很快被引导的木板紧紧捆绑在一起不能分开——对于这样一个非凡的人物，这样的结局是如此的恰如其分，又是如此具有尊严！（Dekker & Williams，2005：125）

分析了汤姆·科芬的形象之后，圣伯夫接着分析库柏的边疆小说五部曲。圣伯夫认为《最后的莫希干人》《大草原》《拓荒者》"形成了气势恢宏的荒野史诗"，"单单凭此[库柏]就可以进入当代作家的第一梯队"，因为作品中"所有一切都是原创性的，场景和角色更是如此"（Dekker & Williams，2005：126）。他认为小说的许多场景描写真实而准确，"还有什么比忠实更引人注目？库柏描写丛林冒险生活的事件是多么让人眼花缭乱！现代文明与印第安人的原始风俗之间的对比是多么令人震撼！行动中场景的变化又是多么让人惊叹！"（Dekker & Williams，2005：127）他还分析了小说中的"丛林之子"——鹰眼、皮裹腿等令人印象深刻的人物形象，认为"他们是如此诚实、善良，总是如此朴实而高贵，总是让人意想不到的真实"，他评论道：

> 他们是印第安人与白种人之间的调停者，他存在于野蛮与文明之间，他身上汇聚文明与野蛮之间所有好的一切。他超脱于任何一种社会关系，他也不属于任何一种社会关系，他独属于自己的领地。他独自一人，他说，因为上帝让他孤独……文明的空气让他窒息；定居点会让他迷失自我。……他虔诚不屈，他爱人类，很高兴为人类做善举，但同服务人类相比，他更

喜欢充当自然的奴仆。他坚持自己的本色，自豪地成为一个"没有十字架血"的人，而且更喜欢同红色皮肤的为伴，因为他相信他们的生活更接近自然界。他深深地尊重一切属于自然的事物，把所有的自然事实视为神圣意志的表达。人类每一次尝试改变自然，甚至协助大自然，他认为都是对自然施暴，因为他相信自然的完美只会为人的手所玷污。他属于自然，更像一个大自然的诗人，他是卢梭的第一个梦想的体现。（Dekker & Williams，2005：127）

1828 年 4 月，刊登在《环球报》上的另外一篇关于《红海盗》的书评中，圣伯夫对库柏的第二部海洋小说《红海盗》中的大海、水手和船只的精彩绝伦的描写也是赞不绝口：

> 像斯莫莱特一样做了水手之后，库柏希望像《蓝登传》的作者一样描述海洋生活的习俗和场景；但是他用更加诗意的方式，或者更多的爱来描述航海生活。没有人比他更了解海洋，更熟悉它的声音、颜色、平静和风暴；没有一个人像他一样生动而真实地捕捉到船只的感觉以及舰船与船员之间情同手足的关系。他丝毫不差地呈现了这些不可定义的、深刻的感觉。如同《领航人》中的"阿瑞尔号"一样，《红海盗》中的"海豚号"从它的龙骨感受到下面的海浪，自从船员的脚踏上它的甲板的那一刻起，它似乎已经拥有了生命。有时它是一只海鸟，用优雅的翅膀别除泡沫卤水，有时，它又是一匹战马，威风凛凛，站立沙场！……恕我斗胆直言，在这部小说中，舰船是两个最重要的角色，"海豚"号甚至远比"红海盗"更有趣。
> （Dekker & Williams，2005：130-131）

在法国，除了圣伯夫这样的文坛才俊对库柏的小说艺术由衷地赞赏之外，就连巴尔扎克这样的世界级文学大师也同样高度赞赏库柏的小说艺术。1840 年 7 月 25 日，巴尔扎克在《巴黎评论》（*Paris Review*）上发表文章评论《探路者》：

> 库柏是我们这个时代唯一一位能同瓦尔特·司各特相比肩的作家：他不是司各特，但他有自己的才华。在现代文学上他能拥有如此崇高的地位主要得益于他的两个天赋：成功刻画大海和水手；理想化地描绘美国雄伟壮观的陆地风光。真的无法想象《领航人》和《红海盗》以及其他小说——《探路者》《最后一个莫希干人》《拓荒者》《大草原》《猎鹿

人》——的作者竟然是同一个人！……《皮袜子故事集》是一座丰碑，一个雄伟的道德上的雌雄同体，她发源于野蛮状态，是文明的产物。只要文学不会消亡，她将永远流传。我不知道瓦尔特·司各特的非凡的作品中是否也塑造了同样宏大的、生活在草原和森林中的英雄形象。（Dekker & Williams，2005：207）

对库柏描绘北美陆地风景的高超能力，巴尔扎克也是赞不绝口：

对森林、河流和瀑布的描绘，以及被"大蛇"钦加哥、年轻水手贾斯帕和"皮裹腿"邦波挫败的野蛮人的阴谋诡计的精彩描述，构成一幅幅奇妙无穷的画卷，犹如库柏之前的那些作品中的描绘一样，是如此独特！从来没有书面语言能如此接近绘画艺术。这正是文学风景画家应该学习的流派；所有艺术的秘密都在这里。这个神奇的散文不仅向我们的心灵展示了河流、河岸、森林和树木，而且成功地为我们呈现了细微的环境和整体的感觉。那个在大海上因成功刻画海洋的广袤无垠而曾经让你激情澎湃的天才，现在又向你展现了原始的森林，让你在探查那些躲藏在树林里、水中、岩石下面的印第安人的行动过程中再次激动而颤抖不已。当孤独与你说话的时候，当永恒的阴影所伴随的静谧安抚你的时候，当你在丰富的植被上徘徊的时候，你的内心都是满满的情感。随着故事的推进，危险自然而然地上升，一切都是那么自然地推进，毫无人为的迹象。你好像感觉到你自己也在这些巨型树木之下屈身追踪一个软皮鞋的踪迹。这些危险同大陆上的地理景观是如此紧紧相随，以至于你要仔细检查岩石、树木、急流、树皮独木舟、灌木丛，你自己化身为大陆的一部分，或者它进入你，或者你融入它，而你竟然不知道这种变化，这种天才的工作是如何实现的？然而你觉得不可能将土壤、植被、水域、辽阔的土地、地理地貌同激发你的兴趣分开。小说人物就是本真的面目，是盛大的场景中你所看到的真人小事：与印第安人的相遇，同野蛮人的战争和战斗并非单调无味。他们有别于库柏的其他小说的同样设置，对于堡垒的描绘，和平时期的人物刻画，目标场景的呈现，都是杰作。我们感谢作者选择谦卑的人物。除了小说中的年轻女性角色，她们不够真实，其特征是令人痛苦地编造出来的，而且也毫无用处。除此以外，其他人物都是那么自然。（Dekker & Williams，2005：208）

在盛赞库柏描绘自然景观方面的超凡能力之后，巴尔扎克比较了库柏与司各特有何不同："一个是自然的历史学家，另一个[司各特]是人类的历史学家；一个通过意象达到光荣的理想，而另一个通过行动来实现理想，尽管没有忽视诗意——艺术的高级祭司——的表达"（Dekker & Williams，2005：210）。从上述巴尔扎克对库柏的评价可以看出，巴尔扎克也是非常赞赏库柏的小说艺术的，他甚至感谢他对小说艺术所做出的不朽贡献。不过，巴尔扎克的评论其实并没有太多新意和创意，同当时众多对库柏的程式化的评论一样，巴尔扎克也同样陷入库柏——司各特比照的旧俗套。

另一位法国女作家也同样对库柏的小说艺术高度赞赏。同巴尔扎克一样，乔治·桑（George Sand）也是库柏的崇拜者，她对库柏小说艺术的高度评价，或许代表了19世纪欧洲文学评论界对库柏小说艺术的最积极、最赞许的声音。1856年，她在法国巴黎的《桌子旁边》（Autour de la Table）上发表了评论，积极评价库柏的艺术成就，在她看来，库柏和司各特是两个截然不同的作家：

> 人们总是把库柏与司各特相提并论。对库柏来说，这的确是一个巨大的荣耀。但也有人声称，库柏只是伟大的大师的完美和善意的模仿者。这不是我自己的感觉。实际上，库柏肯定受到司各特的形式和方法的影响，但他是否会吸收了其他形式的东西呢？当一种小说风格受到好评时，便立即成为公共财产；但风格只是一种观念的外形，一个人以自己的时代的风格来着装，是无需模仿任何人的。原创性不会被适当和精美的外部形式所窒息；相反，它更自由地在它内部移动。（Dekker & Williams，2005：271）

乔治·桑比照了司各特和库柏的共同点之后，认为库柏的小说艺术比司各特更具鲜明的个人特色：

> 但正是在把库柏的小说同瓦尔特·司各特的小说艺术进行类比的过程中，我被库柏塑造的具有鲜明个性的人物所震撼。这位亲爱的人物，在小说中首先以《间谍》的名义，然后是《亡命徒》，最后是《猎鹿人》，它完美展示了库柏最深刻的思想，它不但没有吞噬了他，反而穿透了思想的最深处。在库柏时代，个体比社会群体更具优越感，也许个体比作为诗人的司各特更具优越感，尽管作为一个技巧精湛的文艺工匠，司各特是至高无

上的。邦波这个慷慨、天真和富有理想主义模式的旷野流浪者，先后以"童子军"、"向导"、"探路者"、"猎鹿人"、"鹰眼"、"长枪"和"皮鞋"为名字，正是库柏创造出来的人物，这一人物使得库柏超越了自己。（Dekker & Williams，2005：271-272）

在谈到库柏的海洋小说成就时，乔治·桑也同样为库柏高超的海洋小说艺术所倾倒：

> 在《火山口》《海狮》等海洋小说中，令人兴奋的旅程和对冒险的兴趣竟然像制作精良的官方报告和有据可循的事实一样，能吸引我们的注意力。这些叙述的形式是如此合乎逻辑，如此正确无误，以至于它无需作者做细节性或差异性描述，或者做出各种尝试就能说服他的读者分享他的情感。然而，有必要认识到，在这些叙事中的几个地方，情感不需要专注力就能传递；壮丽的场景刻画效果仅仅通过丰富的语言表现力就能实现。在此类型的小说中，我找不到比极地海洋更好的描写……这不再是一个为了达到高潮的效果而虚构的或刻意营造的戏剧性危险，这是一个可预见和预言的危险，但由于基于具有充分根据的现实幻觉而彻底地引起了读者的注意，使得这像真实发生的事情一样让他感到痛苦。正是通过这种非凡的文学手段，正是以这种精巧的形象和表达方式，叙述者才会影响你。（Dekker & Williams，2005：272）

在乔治·桑来看，库柏在海洋小说中所塑造的水手、海盗角色和形象，都堪称海洋小说艺术的最高典范：

> 在他的海洋小说中，他描述了航海寻找新世界的水手的冒险精神，他们在伟大的海洋航行中遇到的前所未有的危险之中所展现出的冷静和镇定，为了夺取赏金和定居点而在遥远的岛屿上忍受可怕的孤独；在那里，他描述了水手跟海盗的冲突、海盗之间的剥削、面对大自然这个天然的对手时展现出的勇武、国家财产的监护人；他也刻画了那些流亡的殖民者的勤奋，无论是以他们国家的名义还是为了自己的财富而勤劳奔波；他们的足迹踏遍了宇宙中的每一个礁石，踏遍每个雪域，就像随时喷发的火山，以其最可怕的吞噬一切的洪荒之力，成为无处不在的原始生命的征服者，成为自然本身的征服者。（Dekker & Williams，2005：274）

在乔治·桑看来，库柏因开创了非凡的海洋小说艺术而应该像伟大的美国开国元勋一样受到他的美国同胞的尊敬和爱戴，就凭借这一艺术成就他就可以像美国开国元勋一样流芳百世、名垂青史：

> 美国对库柏的感恩应该同富兰克林和华盛顿几乎一样多：因为如果这些伟人通过立法和武力的手段创造了美利坚，那库柏则通过平易近人的方式来讲故事，他在整个大海上撒播了这个消息，通过有趣的故事和他的爱国情怀以及对国家的忠诚，向四海八荒传递了美利坚建国的消息。（Dekker & Williams，2005：274）

库柏在小说艺术上取得的巨大成就使他成为众多欧洲小说创作者心中的模仿对象，人们争相模仿他的海洋小说、航行历险、同印第安人的战争等，创造出形形色色的边疆小说和海洋小说，然而，在乔治·桑看来，无论这些人如何跟风，库柏只能被模仿，但永远不会被超越：

> 感谢这些模仿者，我们可以随时想象在最遥远最孤寂的地方旅行，并了解最凶残的生物和最奇怪的人的生活方式。但是无论我们在这些叙述中可以找到什么样的教训和喜悦，库柏的模仿者都会错误地认为，只要持续仿写，他们可以取代他……然而仅仅只要阅读库柏最早的作品就能感受到这些仿制品的原型的无与伦比的优越性。（Dekker & Williams，2005：276）

三、库柏在俄国的批评接受史

尽管库柏在欧洲大陆受到广泛的欢迎，但对库柏的热情和好评并没有激发这些国家的主流文学批评。然而在俄国却是个例外，因为库柏尤其在苏俄主流作家中享有极高的声誉和名望，亚历山大·索尔仁尼琴（Александр Солженицын）、安东尼·契诃夫（Антон Чехов）、列夫·托尔斯泰（Лев Толстой）、高尔基等主流作家纷纷发表关于库柏小说的评论，例如索尔仁尼琴于 1971 年出版的《1914 年的 8 月》（August 1914）中的一篇文章中谈到了库柏的"纳蒂·邦波"；在契诃夫的小说和托尔斯泰的两部作品中同样提及到了库柏（Dekker & Williams，2005：33）。这些作品中对库柏的提及虽然没有什么重要的文学批评价值，但它们确实表明了《皮袜子故事集》已经融入当时主流文学阶层的文化生活中。到 19 世纪末，同英美的境况一样，库柏的小说沦为儿童文学经典，这在契诃夫和索尔仁尼琴的故事里都有暗示。不过，令人欣慰的是，1910 年俄国十月革命的枪炮声拯救了遭受尴尬境遇的库柏作品，或许库柏小说中隐含的共和主义思想正是当时激进的俄国革命家在思想舆论宣传方面所需要的助燃剂；1923 年，高尔基在《探路者》的俄文普及版的前言介绍中，把文盲纳蒂・邦波视为人民群众的杰出代表，这显然是针对新的文化群众的宣传需要（Dekker & Williams，2005：34），不过这恰恰说明库柏的小说在俄国的重要影响力。

库柏在俄国的重要性在过去的一百多年之前就开始显现，和其他大多数国家一样，他在俄国的鼎盛时期是在 1825 年至 1845 年间。当时俄罗斯文坛的另外两位主将普希金和莱蒙托夫都十分钦佩库柏的小说艺术成就。别林斯基曾记录道，莱蒙托夫认为"库柏比司各特更加伟大，他的传奇故事更具有深度，更加具有艺术的完整性"（Dekker & Williams，2005：34）。在莱蒙托夫的著名故事《塔曼》（"Taman"）中，这个时代的英雄，非常像库柏笔下的拜伦式英雄"海妖"。毫无疑问，库柏的《皮袜子故事集》让作为荒野诗人和高加索风景诗人的莱蒙托夫和普希金等作家备受鼓舞和启发。在 19 世纪早期和中期的俄国文学中，他们参与书写了俄国哥萨克与高加索文学建构，而库柏的美国荒野描写艺术以及纳蒂・邦波的气息都可以在高加索文学中深切地感受到。

19 世纪俄国文学批评的阵地主要是在《祖国纪事》（*Ome-чест-вен-ные записки- Notes of the Fartherland*）期刊上。正如法国的《环球报》扩大了库柏在法国知识分子中的影响一样，19 世纪中叶在俄国知识分子阶层富有影响力的《祖国纪事》杂志力推库柏的小说，该杂志不仅刊载了库柏小说的俄文版，而且还刊登这些小说的批评文章，从而扩大了库柏在俄文艺界的影响力。当时富有影响力的俄国作家如帕维尔・安年科夫（Павел Анненков）、亚历山大・赫尔岑（Александр Герцен）和尼古拉・车尔尼雪夫斯基（Николай Чернышевский）都在这本杂志上不同程度地提到了库柏对他们的创作产生了积极影响（Dekker & Williams，2005：35），而当时《祖国纪事》的编辑正是才华横溢的革命民主主义文学批评家别林斯基，他对普希金、莱蒙托夫和尼古拉・果戈理（Николай Гоголь）的强力帮助和提携，以及他很早就对伊凡・屠格涅夫（Иван Тургенев）和费奥多尔・陀思妥耶夫斯基（Фёдор Достоевский）创作才华的认可，为俄国文学的创建做了许多奠基性的工作。但非常遗憾的是，库柏在英国和美国的文学界并未获得像在苏俄文学界那样优厚的待遇，否则库柏的学术声誉和文学影响力也许就不仅仅是现在这个程度了。遗憾的是，库柏在法国获得的声望也只能够使他在英语国家获得轻微的益处，然而他在俄国所享有的文学声誉以及在其他欧洲国家受到的普遍欢迎对他在美国基本没有带来任何益处，否则美国文学史书写或许又是另一番不同的景观。

在俄国文艺评论界中，别林斯基对库柏的评价最具有代表性。作为19世纪最具影响力的俄国评论家，别林斯基只有通过错误的法语和俄语翻译来了解库柏的作品。健康的劳损和忙碌的文学新闻事业妨碍了他对《探路者》进行详细的分析，但是他将其描述为"现代艺术的胜利"。别林斯基同莱蒙托夫的看法一致，他们私底下认为库柏比司各特更伟大，虽然公开宣称他们俩是平等的。在别林斯基看来，库柏不仅和司各特、果戈理平起平坐，而且在库柏最好的作品中，他甚至可以和莎士比亚相媲美（Dekker & Williams，2005：35）。1839年，别林斯基在《莫斯科观察家报》（"Moskovskii Nablyudatel"）上发表了一篇题为《亡命徒》的评论，他这样评述道：

> 库柏出现在瓦尔特·司各特之后，被许多人视为门徒和模仿者。但是，这是完全可笑的。库柏是一个完全独立的、原创的、天才的作家，与苏格兰小说家一样伟大。他是少数的真正一流的作家。他创造的各种事物与人物，都将成为任何时代的文学的楷模。他是一个年轻的国家的公民，在一片新兴的土地上兴起，与我们自己的世界完全不同，由于这种情况，他创造了一种特别的美国小说类型——美国平原小说与海洋小说。事实上，除了库柏之外，还有哪位作家能把美国一望无垠的平原刻画得如此壮观？平原上覆盖着比人高的草地，水牛在广阔的森林中穿行，而密林深处隐藏着的红皮肤的美国孩子们正在陷入相互的矛盾冲突中，或陷入与另一群白人进行的残酷的争斗中，你能够在库柏小说之外找到这些壮观的描写吗？就海洋小说和舰船描写而言，他同样是如鱼得水：他知道船上每条绳索的名字；像最有经验的领航员一样，他明白了它的每一个动作；像一个熟练的船长一样，当他们攻击一艘敌对的船只，或者在逃跑之前，他知道如何驾驶它；在船甲板的狭窄范围内，他能够创造出最复杂的、同时也是最简单的戏剧。人们对这个戏剧的力量、深度、活力和壮丽感到惊讶；然而，尽管如此，戏剧中的一切似乎如此安宁、平静、舒缓和普通。他是一个伟大、美妙而强大的艺术家！人们由此得出一个错误的结论：库柏只有在描写大草原、森林或海上时才会得心应手，如果他将他的小说场景转移到旱地，

那么他肯定会无所适从。但是，这位伟大的艺术家并不害怕这些批评，相反，他让自己强大的鹰翼展翅飞翔，飞行在异国的大陆与天空上，与在自己祖国上空盘旋时具有相同的姿态。这个证据是在《亡命徒》中找到的，库柏将小说背景选择在威尼斯。几乎所有的期刊都重申库柏是描写美国和海洋的杰出小说家，认为他将小说设置在欧洲环境却是个失败，认为《亡命徒》是一部乏味的小说……然而现在这本小说早已被人们广泛阅读，这些奇妙的人物仍然浮现在我们眼前，这样的人物只能由一个伟大的作家的想象力创造出来。多么伟大的人物！多么精妙的角色！他们和我是如此的密切，我是多么热切地渴望能梦到他们！（Dekker & Williams，2005：201-202）

在比较库柏和司各特时，别林斯基明显是倾向于库柏的。1841 年，当别林斯基在《祖国纪事》上评论库柏的《探路者》时，他这样评论道：

> 由于库柏是在瓦尔特·司各特之后开始写小说的，他被认为是司各特的模仿者，就算将他看作一个杰出的小说家，也是位于司各特之下的。但这是一个严重的错误。群众的意见和结论不是出于事情的核心，而是从外部情况来考虑的，也就是说，他们不从作家写作的水平入手，而是从他何时开始写作，他的小说卖得如何，谁赞美过他们批评过他们等方面入手来评判。库柏丝毫不逊于司各特。他的作品内容丰富而复杂，色彩鲜艳而明丽，感情强烈而浓郁，不经意间就征服了读者的心灵。库柏超越司各特的地方就在于他从近乎虚无中创造出巨大而雄伟的建筑，以简单的创作素材和贫乏的资源创造出了伟大和无限之物，库柏懂得如何去创造。事实是，瓦尔特·司各特甚至不应该被拿来和库柏进行比较：他们每个人都以自己的方式实现伟大，每个人都是独一无二的。（Dekker & Williams，2005：203）

同年，别林斯基在《祖国纪事》第 15 期上发表一篇题为《诗歌的分类与流派》（"The Division of Poetry into Kinds and Genres"）的评论中甚至把库柏的小说艺术同莎士比亚相提并论：

> 在这里，像莎士比亚一样，库柏表现出自己对人类心灵进行深刻阐释的能力，他是刻画人类灵魂世界的大师。他能够清晰而精准地表达出不可表达之物，融合外在与内在，他的《探路者》是小说形式的莎士比亚戏剧——是唯一一部使用这种类型创作而成的作品，是现代艺术在史诗

领域的胜利。而对于这一切，这部小说的成功毫无疑问是因为——除了作者的伟大创作天才之外——重要的戏剧性时刻，每一行叙述都像穿透切割的水晶的一束束阳光那样耀眼。（Dekker & Williams，2005：206）

但他稍显遗憾地表示他从未写过对《探路者》的详细分析，因为这是他最喜欢的库柏小说。更令人感到遗憾的是，他关于库柏的评论是仓促的。当他缺乏研究的时间和视野时，他倾向于从印象批评的视角来审视库柏作品中奇特的技法，在这方面，别林斯基认为库柏不仅可以与司各特分庭抗礼，而且在他最好的作品中，库柏甚至可以同莎士比亚平起平坐。然而，如果这些华丽的评论能够出现在广大西方读者面前尤其是英美读者面前，那它们或许能够改善西方批评界对库柏长期的消极负面的评价。

1923 年，高尔基也曾经就《皮袜子故事集》写下了一段短暂但令人难忘的话，它属于马克思人文主义传统，从更宽泛的意义上讲，它属于别林斯基、乔治·桑、布莱恩特和库柏等作家所遵循的国际自由主义传统：

> 作为"新世界"中森林和大草原的探险家，他为人们开辟了新的天地，随后人们谴责他是犯罪分子，因为他已经侵犯了雇佣军，他拥有自由意识，有别人无法理解的行动准则。一直以来，他在一个国民还尚未开化的国家中从事传播物质文化、宣扬地域扩张文化的伟大事业。他发现自己竟然无法适应自己曾为之开发第一条道路的这一文化境况。（Dekker & Williams，2005：36）

总之，在 19 世纪的库柏文学批评与接受史中，尽管存在着时间、语言和政治方面的屏障，库柏的小说艺术仍通过历代欧美文艺评论家的评论而流传下来。尽管前人的评价有时会对我们研读库柏的作品有帮助，但更多时候这些评价成为我们阅读库柏作品的一部分阻碍。如果今天我们以批评的眼光来看待 19 世纪关于库柏的评论和接受史评价，它们或许能帮助我们更好地理解库柏及其作品，但同时也可以让我们看清在研读库柏作品时自己阅读视阈和阅读经验中存在的种种缺陷和不足。

四、欧美的库柏研究著述导引

纵观近两个世纪以来欧美的库柏及其小说的批评和接受研究成果情况，国外

（尤其是英美）的库柏的研究著述可谓汗牛充栋。归纳起来，国外库柏研究成果大致可分为四大类：第一类是关于库柏的传记研究方面的成果，第二类是关于库柏的作品研究方面的成果，第三类是关于库柏的社会政治观及其哲学思想研究方面的成果，第四类是研究库柏的批评接受史方面的成果。

第一类是关于库柏的传记研究方面的成果。耶鲁大学教授托马斯·劳恩斯伯里著的 *James Fenimore Cooper*（1883）是第一部库柏传记，但因素材有限因而不够权威。此后，对库柏生平的研究不断深入，代表著作有：马塞尔·克拉韦尔（Marcel Clavel）撰写的 *Fenimore Cooper: Sa Vie et son Oeuvre: La Jeunesse, 1789-1826*（1938）对库柏的早期生活和早期作品进行研究；詹姆斯·格罗斯曼（James Grossman）撰写的 *James Fenimore Cooper: A Biographical and Critical Study*（1949）详细研究了库柏的学术发展史。20 世纪 80—90 年代以来，关于库柏的传记不断问世，这体现了学术界对库柏作为经典作家地位的一致认同的趋势。关于库柏的代表性传记有：唐纳德·林格（Donald Greene）写的 *James Fenimore Cooper*（1988）和罗伯特·龙（Robert Long）撰写的 *James Fenimore Cooper*（1990）；21 世纪以来，库柏传记研究进入一个崭新的阶段，标志性成果为韦恩·富兰克林于 2007 年完成的库柏最新传记的第一部分 *James Fenimore Cooper: The Early Years*（2007），为库柏 36 岁前的生活经历提供了翔实的、标准的文献，应该是迄今为止库柏传记中最权威的参考文献。关于库柏的书信方面，库柏的孙子詹姆斯·库柏（James Cooper）编写的两卷本 *Correspondence of James Fenimore Cooper*（1922）和库柏研究权威詹姆斯·比尔德（James Beard）编撰的 *The Letters and Journals of James Fenimore Cooper*（1960-1968）（6 卷本）全面收录了库柏的私人日记、家庭佚事和书信，为全面研究库柏提供了第一手珍贵的史料。关于库柏学术生涯及家族史研究方面，库柏的女儿苏珊·库柏（Susan Cooper）撰写的 *The Cooper Gallery; or, Pages and Pictures from the Writings of James Fenimore Cooper*（1865）提供了关于库柏小说创作渊源翔实而宝贵的参考资料；威廉·克莱默（William Clymer）撰写的 *James Fenimore Cooper*（1908）提供了库柏同海军准将舒布里克之间的亲密私人关系的资料；玛丽·菲利普（Mary Phillips）撰写的 *James Fenimore Cooper*（1913）提供了库柏时代详细的人、事、物等资料；埃塞尔·奥特兰（Ethel Outland）撰写的 *The "Effingham" Libels on Cooper: A Documentary History of the Libel Suits of James Fenimore Cooper, Centering Around the Three Mile Point Controversy and the Novel Home as Found*（1929）是第一个研究库柏"三英里地角矛盾"的论著；亨利·博因顿（Henry Boynton）撰写的 *James Fenimore Cooper*（1931）侧重库柏的早期生活和他的性格特征；詹姆斯·华莱士（James Wallace）撰写的 *Early Cooper and His Audience*（1986）描述了库柏早年生活及其文学创作史；休·麦克杜格尔（Hugh MacDougall）的专著 *Cooper's Otsego County*（1989）研究库柏小说中的地名与库柏斯敦的早期历史的渊源关系；艾伦·泰勒（Alan Taylor）获得普利策奖的专著 *William Cooper's Town: Power and Persuasion on the Frontier of the Early American Republic*（1996）主要记载了库柏的祖先创建库柏斯敦的历史，以及库柏如何在作品中呈现这些历史片段。

　　第二类是关于库柏的作品研究。自 20 世纪 20 年代以来，库柏作品研究的新成果层出不穷，研究不断具体和宽泛，研究角度也呈现多样化特点，代表成果有：戴维·劳伦斯的专著 *Studies in Classic American Literature*（1923）革命性地分析了"皮袜子故事"的思想和艺术性，认为它们代表美利坚民族的集体意识，是民族的创世神话；而库柏权威专家罗伯特·斯皮勒编撰的 *A Descriptive Bibliography of the Writings of James Fenimore Cooper*（1934；rpt. in 1968）为现代库柏研究者提供第一份详细的库柏作品研究文献；阿尔维德·舒伦贝格（Arvid Schulenberger）著的 *Cooper's Theory of Fiction: His Prefaces and Their Relation to His Novels*（1955）专门研究库柏小说前言与库柏文艺观之间的密切关系；托马斯·菲尔布里克撰写的 *James Fenimore Cooper and the Development of American Sea Fiction*（1961）是第一部对库柏的海洋小说进行研究的著作；凯伊·豪斯（Kay House）著的 *Cooper's Americans*（1965）研究库柏对女性、印第安人、黑人以及其他族裔的观点；库柏研究专家乔治·德克尔（George Dekker）撰写的 *James Fenimore Cooper: The American Scott*（1967）分析了库柏小说艺术特色，考量司各特对库柏的影响以及库柏对司各特小说艺术的超越；德克尔的另一本著作 *James Fenimore Cooper: The Novelist*（1967）为全面研究库柏作品的重要论著；亨利·佩克（Henry Peck）的专著 *A World by Itself: The Pastoral Moment in Cooper's Fiction*（1977）、诺尔·瓦尔蒂亚拉（Nalle Valtiala）著的 *James Fenimore Cooper's Landscapes in the Leather-Stocking Tales and Other Forest Tales*（1998）以及罗素·纽曼（Russell Newman）著的 *The Gentleman in the Garden: The Influential Landscape in the Works of James Fenimore Cooper*（2003）均从生态批评与环境文学的视阈来分析库柏的西部小说中的景观描写以及小说中所蕴含的生态意识；史蒂芬·雷尔顿（Stephen Railton）

写的 *Fenimore Cooper : A Study of His Life and Imagination*（1978）运用西格蒙德·弗洛伊德（Sigmund Freud）的心理分析理论考察库柏小说人物的心理机制及库柏的内心世界；韦恩·富兰克林的专著 *The New World of James Fenimore Cooper*（1982）分析了库柏的边疆意识及其小说中的边界意识；沃伦·莫特利（Warren Motley）著的 *The American Abraham : James Fenimore Cooper and the Frontier Patriarch*（1987）分析了库柏小说中边疆父权和帝国话语的建构。论文集方面，玛丽·坎宁安（Mary Cunningham）编写的论文集 *James Fenimore Cooper : A Re-Appraisal*（1954）收录了美国历史学会和纽约历史学会的历史学家对库柏小说中历史文化符码的权威解读；威廉·范霍文（William Verhoeven）编撰的论文集 *James Fenimore Cooper : New Historical and Literary Contexts*（1993）侧重从历史文化批评的视阈来解析《皮袜子故事集》中所蕴含的有关 18 世纪英、法在北美的殖民历史印记和印第安文化符码；唐纳德·达内尔（Donald Darnell）写的 *James Fenimore Cooper : Novelist of Manners*（1993）从世态小说的角度分析了库柏小说中的人生百态；西格纳·韦格纳（Signe Wegener）著的 *James Fenimore Cooper versus the Cult of Domesticity : Progressive Themes of Femininity and Family in the Novels*（2005）分析了库柏的家庭观。

21 世纪以来，库柏研究新成果不断涌现。利兰·皮尔森（Leland Person）编著的 *A Historical Guide to James Fenimore Cooper*（2007）和杰弗里·沃克尔（Jeffrey Walker）的专著 *Teaching Cooper, Writing Cooper*（2007）以及安娜·克劳萨默（Anna Krauthammer）撰写的 *The Representation of the Savage in James Fenimore Cooper and Herman Melville*（2008）都为 21 世纪库柏研究最新成果，前两者汇集库柏研究权威专家，譬如麦克威廉斯、富兰克林以及沃克尔等关于库柏作品的批评性解读论文，包括库柏的妇女观、种族观等，后者则对比研究了库柏和麦尔维尔小说中的野蛮人形象。不过，国外大量的作品研究成果侧重于"皮袜子故事"的不同视阈的解析，而对库柏的海洋小说等其他作品的研究明显不足。

第三类是关于库柏的社会政治观及其哲学思想方面的研究成果。罗伯特·斯皮勒撰写的 *Fenimore Cooper : Critic of His Times*（1931）是第一部研究库柏的社会和政治思想的权威著作。此外，多萝西·韦普尔斯（Dorothy Waples）撰写的 *The Whig Myth of James Fenimore Cooper*（1938）考察库柏同当时辉格党控制的美国报界的矛盾冲突；约翰·麦克威廉斯（John McWilliams, Jr）的专著 *Political Justice in a Republic : James Fenimore Cooper's America*（1972）系统研究了库柏的政治观点以及他与 19 世纪美国政治现实的矛盾与抗争；艾伦·阿克塞尔拉德的专著 *History and Utopia: A Study of the World View of James Fenimore Cooper*（1978）论述了库柏的历史唯物主义哲学观点；罗伯特·克拉克（Robert Clark）编著的 *James Fenimore Cooper: New Critical Essays*（1985）和铃木大辅（Taisuke Suzuki）著的 *The Literary World of James Fenimore Cooper: His Works and Their Relation to His Beliefs*（1992）主要从政治的角度分析库柏的政治哲学观。此外，沃伦·沃克尔（Warren Walker）的专著 *Cooper's Yorkers and Yankees in the Jeffersonian Garden*（1980）和唐纳德·林格（Donarld Ringe）的专著 *The Bravo: Social Criticism in the Gothic Mode*（1991）从不同角度阐释库柏的社会政治观。

第四类是关于库柏的批评接受史研究方面的成果。著作方面，法国学者马塞尔·克拉韦尔（Marcel Clavel）著的 *Aix-en-Provence: Imprimerie Universitaire de Provence*（1938）以及其后来的论文（1951；1956）梳理了库柏在法国的学术批评史；沃伦·沃克尔编写的 *Leatherstocking and the Critics*（1965）主要汇编了学者对《皮袜子故事集》的批评史；库柏研究专家德克尔和威廉姆斯编写的 *James Fenimore Cooper: The Critical Heritage*（1973，rpt. in 2005）为系统研究 19 世纪库柏在欧美的批评接受史提供了详实而宝贵的第一手资料；沃克尔编写的 *Reading Cooper, Teaching Cooper*（2007）梳理了库柏批评与接受史研究中的许多新材料，并为课堂教学与研究提供了有益的参考意见。关于库柏批评与接受史研究的论文，成果也非常丰富。罗伯特·斯皮勒的论文 "Second Thoughts on Cooper as a Social Critic" 系统回顾了从 1931 到 1951 年 20 年间库柏研究的历史；凯伊·豪斯的论文 "Cooper's Status and Stature Now" 分析了库柏在国外的批评史；德国学者伊姆加德·艾格（Irmgard Egger）的论文 "The Leatherstocking Tales as Adapted for German Juvenile Readers"（1984）从文学道德、政治等角度分析了库柏的小说在德国青少年中的反响；澳大利亚学者理查德·帕斯卡（Richard Pascal）撰写的 "Hawkeye and Chingachgook in the Outback: James Fenimore Cooper in Australian Literature"（1989）综述了库柏在澳大利亚的接受史；西班牙学者乌尔瓦诺·安古洛（Urbano Angulo）的论文 "El Ideario Político y Social de James Fenimore Cooper"（1982）和 "James Fenimore Cooper: Entre la populalridad y la transformación textual"（1993）概述了库柏小说在西班牙的翻译和接受等情况；俄罗斯学者塔玛拉·洛加乔娃（Tamara Logacheva）的论文 "James Fenimore Cooper--200 Years of

Admiration"（2003）分析了 200 年来库柏在俄罗斯的批评接受史；中国旅美学者张爱萍的论文 "James Fenimore Cooper：A Rediscovered American Writer in China"（2001）分析了中国西部开发背景下库柏在中国的接受状况。在论文集方面，克拉克（1985）、艾伦·戴尔（Alan Dyer）（1991）、范霍文（W. Verhoeven）（1993）以及利兰·皮尔森编写的 *A Historical Guide to James Fenimore Cooper*（2007）等著作则汇编了 19~20 世纪库柏批评接受史方面的新资讯。

另外，从研究平台来看，库柏研究学者还专门成立了"库柏研究会"（Cooper Society），并建立了专门的网站，网站的内容详细而全面，不仅提供了库柏生平资料、库柏家族成员史、库柏斯敦研究文献、纽约历史文献、库柏小说文本集，还提供了全球库柏研究学者发表的最新论文和专著、库柏在全球的批评和接受史、影视传媒中的库柏以及库柏教学资源；网站还定期提供库柏国际会议的最新会讯，为库柏研究提供了真正意义上的最及时、最全面、最权威的研究资讯。

此外，美国学术界还定期召开库柏专题研讨会，深入研究库柏的小说艺术。自1990 年以来，美国文学协会（ALA）的年会上专门设置库柏小组研讨会（Cooper Panels），截至 2017 年 11 月，库柏小组研讨会已经连续举办了 16 届。美国纽约州立大学奥尼昂塔分校（SUNY Oneonta）自 1978 年举办第一届库柏专题研讨会（SUNY Oneonta Cooper Seminars）以来，每隔两年举办一届库柏专题研讨会，截至 2017 年 3 月，研讨会已经连续举办了 20 届。

第三节　库柏在中国的批评接受史

与国外研究相比，国内库柏作品的接受相对比较晚。库柏在国内的接受史同其作品的译介大致同步，最早发生在上世纪 20 年代。1929 年，世界书局出版社出版了曾虚白先生编撰的《美国文学 ABC》，此书介绍了包括库柏在内的 15 位美国作家的生平和作品。1934 年，库柏小说的第一个中文译本《最后一个莫希干人》问世，从那时起，库柏几乎在中国出版的美国文学的每本选集和入门介绍书中一直是标准选择；1959 年由金福先生翻译、中国青年出版社出版的《最后一个莫希干人》问世。

库柏作品在中国的接受热潮真正发生在 20 世纪 80 年代。1982 年，漓江出版社版本的《最后一个莫希干人》和白滨先生翻译、外国文学出版社版本的《猎鹿人》出版；同年，山东人民出版社出版了高长荣先生翻译的《哈尔维·彪奇》（即《间谍》）；1983年，浙江人民出版社出版了著名翻译家宋兆霖先生翻译的《间谍》；1983 年，中国青年出版社出版了陈兵等人翻译的《最后一个莫希干人》版本；1984 年，湖南人民出版社出版了饶健华先生翻译的《领航人》；1987 年，上海译文出版社出版了宋兆霖先生翻译的《最后的莫希干人》；1988 年，漓江出版社版的《最后的莫希干人》出版。

20 世纪 90 年代以来到现在，库柏在中国的接受进入一个新的发展阶段，上述作品的其他中文版本也相继发行。以《最后的莫希干人》为例，目前我们至少可以找到 10 个中文版本，譬如 1996 年安徽文艺版、1999 年译林版、2000 年北岳文艺版、2001 年浙江少年儿童版、2001 年译林版、2003 年天津人民版、2003 年上海外语教育版、2007 年光明日报版、2007 年长江文艺版、2014 年花城版。1996 年，人民文学版的《猎鹿人》也出版问世。以上库柏作品的众多中文版本的问世说明库柏作品并未随着时间的推移而被人们淡忘，相反，一版接一版的中译本不断吸引着库柏爱好者以及库柏研究学者的眼光。不过，令人遗憾的是，到目前为止，库柏作品的中文译本中最常见的依然是《最后的莫希干人》《猎鹿人》《间谍》和《领航人》等四五部作品，以及其他少部分选译本，鲜见其他作品的中文全译本，这说明库柏小说的译介工作开展得还不够，说明国内的库柏研究还具有较为广阔的提升空间。

就库柏作品的研究和评论来看，从整体上看，目前除了以王守仁教授等学者合作新编的《美国文学史》（2000）为代表的美国文学史以及其他同类文学史著作中有关于库柏的边疆小说的章节之外，尚未发现库柏研究的专著，更谈不上专门研究库柏的海洋小说的著作了。从库柏研究与评论上看，根据 CNKI 论文数据库统计，从 1980 年起截至 2017 年 11 月，以"库柏"为关键词查询，一共才找到大约 40 篇论文；从数据库显示结果看，有关库柏的研究论文每年发表的数量仅仅为 1—2 篇，这说明国内的库柏研究无论是数量还是质量都非常低，说明库柏在国内并未引起学者们广泛的兴趣，或者说国内学者并未真正认识到库柏在美国文学史上的重要地位，因此国内的库柏研究还存在着广阔的拓展空间，新的学术增长点也非常丰富。从以上检索到的论文的关注焦点看，国内有限的研究论文几乎全部集中在库柏的《皮袜子故事集》边疆小说上，学者们纷纷从小说语言艺术、主题意蕴、人物塑造、原型批评、生态文学、种族主义、个人主义、后殖民批评、战争文学、文学与政治关系、小说本土化、电影文学等视域来研究库柏的西部小说，其中分析小说中的人物塑造的代表论文有：《试论'皮袜子'故事的主题和人物》（1982）、《库柏——美国文学的奠基人》（1982）、《没落民族的夕阳挽歌：解读〈最后的莫希干人〉中昂卡斯的悲剧》（2012）、《19 世纪美国文学中'新亚当'形象之新探》（2012）、《19 世纪美国白人文学经典中的印第安形象》（2006）等；其中分析小说艺术特色的代表论文有：《美国文学史上的经典之作——〈最后的莫希干人〉艺术论》（2000）、《从〈最后的莫希干人〉看库柏小说的土著语言特色》（2001）等；从后殖民批评的视阈来分析库柏的西部小说的代表论文如 "Toward a Discourse of Hegemony——A 'Post-Colonial' Reading of James F. Cooper"（2001）；研究库柏小说对美国西部小说模式的影响的代表论文有《库柏与美国西部小说》（2004）；从文本与政治的关系来研究库柏的西部小说中的风景书写与政治的论文有《风景的政治——库柏小说的风景再现与民族文化身份的建构》（2014）；此外，近年来，从生态文学批评、文学伦理学批评、空间批评、个人主义思想、文学本土化、文化杂糅等多元文学批评视阈来解读库柏的小说及其意蕴的论文也常见于国内各种期刊上；也有论文从电影文学和战争文学的视阈来研究库柏的西部小说。总之，近年来，随着现当代文学批评理论的多元化发展，学者们研究和关注库柏作品的视阈也呈多元化、多维度的趋势。不过，从上述研究现状看，学者们关注的重点依然是库柏的西部边疆小说，而像库柏的海洋小说以及非小说等其他文学类型则几乎处于被忽略乃至遗忘的境地，而对库柏的文艺观、社会思想等方面的研究工作也几乎没有开展。

在前人研究的基础上，近几年来，我本人开始收集整理国内外库柏研究最新资料，尝试进一步探索和发现库柏研究中存在的问题，并以此为研究的起点和突破的基础，从而决定把研究的重心从他的广受关注的西部小说转移到他被忽略的海洋小说上来。经过几年的研究积累，本人陆续发表了数篇关于库柏海洋小说的系列研究论文，例如《库柏的海洋文学作品与国家建构》（《外国文学评论》2011 年第 1 期）、《库柏海洋小说中的海洋民族主义思想》（《外国文学研究》2011 年第 5 期）、《库柏海洋小说中的海权思想》（《外国文学》2011 年第 5 期）、《忠诚还是背叛——论库柏〈领航人〉中的伦理两难及其历史隐喻》（《外国文学研究》2013 年第 5 期）、《论库柏小说中的海洋文化型构》（《首都师范大学学报》2014 年第 3 期）、《从陆地到海洋——库柏小说中的"边疆"及其国家意识的演变》（《外国文学研究》2017 年第 3 期）等，并在此研究基础上发展形成了我的博士论文《詹姆斯·库柏的海洋书写与国家想象》，这也是国内第一篇研究库柏小说的博士论文。近年来，也有一些学者加入到库柏研究队伍的行列，开始关注库柏的海洋小说，例如论文《海洋小说〈领航人〉中的空间书写与身份认同》（2016）就是数量不多的研究库柏海洋小说与空间书写的新成果。据最近了解，目前国内有几位年轻的在读博士生也正在从事有关库柏的小说艺术以及他的政治思想方面的研究，这些都是令人欣慰的现象。

可以预见，随着文艺思潮的不断更新以及多元文学和文化批评理论的不断推陈出新，世界文学经典作品的阐释将会因此而重新焕发新的生机和活力；作为美国文学的开拓者和奠基人的库柏，其作为美国经典作家的地位和重要影响将会得到更多人的认同，新时代以及多元化发展的文学和文化批评理论也将赋予库柏及其作品以新的、丰富的时代内涵和意蕴。

附录一：库柏生平纪事

1789 年　1789 年 9 月 15 日，库柏出生于新泽西州的伯灵顿，父亲为威廉·库柏，母亲为伊丽莎白·费尼莫尔，库柏为家中第十二个孩子。

1790—1801 年　库柏一家搬到纽约州库柏斯敦镇。1801 年，他在库柏斯敦镇上公立学校；1801 年，他作为寄宿学生在纽约奥尔巴尼的牧师托马斯·埃利森家里学习。

1803—1805 年　1803 年 13 岁的库柏进入耶鲁大学学习；1805 年因一系列恶作剧被驱逐出耶鲁大学。

1806—1807 年　库柏的父亲安排他上"斯大林"号商船当水手，商船到达英国和地中海沿岸，为库柏的航海生涯做了准备。

1808—1809 年　1808 年 1 月 1 日，库柏加入美国海军，并获海军准尉军衔。从 1808 年 8 月到 1809 年 10 月，库柏在安大略湖前哨军事据点 OSTAGE 驻扎。1808 年，他父亲逝世后，他继承了 5 万美元财产，并同他的兄弟姐妹一起继承了他父亲遗留下来的价值 75 万美元的房产。

1811—1813 年　1811 年 1 月 1 日，库柏同苏珊·狄·兰西结婚。他同年从海军辞职。第一个孩子伊拉莎白于同年 9 月出生，两年后夭折；第二个女儿苏珊·库柏于 1813 年 4 月出生。

1814—1819 年　1814 年搬家到库柏斯敦，1817 年在斯卡斯代尔的安吉文农场定居。1815 年，女儿卡罗琳出生；1817 年，安妮·夏洛特出生；1819 年玛利亚出生。1819 年，库柏四个兄弟全部去世后，他成为整个家族的实际掌管人，并为了振兴家族事业而做了一些土地投机。

1820—1822 年　1820 年，第一部小说《戒备》出版；1821 年小说《间谍》出版，一夜之间成名。携全家人搬到纽约，并成立了"面包与奶酪俱乐部"。

1823—1825 年　1823 年，《皮袜子故事集》第一部《拓荒者》出版；1824 年，第一步海洋小说《领航人》出版；同年儿子保罗出生。1825 年，小说《莱昂内尔·林肯》出版。

1826—1828 年　1826 年，《最后的莫希干人》出版，好评如潮。离开美国前往欧洲；在巴黎定居，在法国享受著名作家的声誉。1827 年《大草原》和《红海盗》

出版，更加奠定了他作为著名作家的地位和声誉。1828 年，发表《美国人的观念》。

1829—1832 年　在欧洲大陆广泛游历。1829 年发表《边疆居民》；1830 年发表海洋小说《海妖》；1831 年发表政治小说《亡命徒》；1832 年发表《黑衣教士》。

1833—1836 年　回到美国。1833 年发表《刽子手》；1834 年发表《告美国同胞书》；1835 年发表讽刺动物小说《侏儒》。1836 年，库柏搬到库柏斯敦，并一直住到逝世；同年《瑞士见闻札记》出版。

1837 年　卷入"三英里地角"纠纷案，从此卷入同美国报界的恩恩怨怨；《欧洲拾零：法国篇》和《欧洲拾零：英国篇》出版。

1838—1839 年　1838 年出版《欧洲拾零：意大利篇》、《论美国民主》和《库柏斯敦编年史》，同年还出版了《返乡之旅》和《故乡风貌》。继续遭受美国报界的批评和责难，已经被迫应付随之而来的法律诉讼。1839 年《美国海军史》出版。

1840—1841 年　《皮袜子故事集》最后两部《探路者》和《猎鹿人》分别于 1840 年、1841 年出版。

1842—1844 年　1842 年海洋小说《两个船长》和《双帆船》出版；1843 年《怀恩多特》和《内德·迈尔斯》出版；1844 年，《海上与岸上》及续集《迈尔斯·沃林福德》出版。

1845—1846 年　出版《利特尔佩奇手稿》系列政治小说：1845 年，《萨坦斯托》和《戴锁链的人》出版；1846 年《印第安人》出版。

1847—1849 年　1847 年《火山口》发表；1848 年《杰克·蒂尔》和《橡树园》发表；1849 年《海狮》发表。

1850—1851 年　1850 年，最后一部小说《花样》发表。继续撰写《纽约史》和《曼哈顿史》；健康状况恶化，于 1851 年 9 月 14 日逝世。

1852 年　纽约为库柏逝世进行了盛大的悼念仪式，华盛顿·欧文、霍桑、麦尔维尔、爱默生等大文豪纷纷发表悼词或悼念信件赞扬他的文学才华和艺术成就。威廉·布莱恩特发表了第一个关于库柏生平的评论文章《关于詹姆斯·费尼莫尔·库柏的生平、性格和天才的演讲》（"Discourse on the Life, Character, and Genius of James Fenimore Cooper"）。

附录二：库柏作品目录

一、小说类

《戒备》：*Precaution*. New York：A.T. Goodrich & Co.，1820.

《间谍》：*The Spy：A Tale of the Neutral Ground*. New York：Wiley and Halstead，1821.

《拓荒者》：*The Pioneers；or The Sources of the Susquehanna*. New York：Charles Wiley，1823.

《领航人》：*The Pilot：A Tale of the Sea*. New York：Charles Wiley，1824.

《莱昂内尔·林肯》：*Lionel Lincoln，or，The Leaguer of Boston*. New York：Charles Wiley，1825.

《最后的莫希干人》：*The Last of the Mohicans：A Narrative of 1757*. Philadelphia：Carey and Lea，1826.

《大草原》：*The Prairie：A Tale*. Philadelphia：Carey，Lea，and Carey，1827.

《红海盗》：*The Red Rover：A Tale*. Philadelphia：Carey，Lea，and Carey，1827.

《边疆居民》：*The Borderers；or，The Wept of Wish-ton-wish：A Tale*. Philadelphia：Carey，Lea，and Carey，1829.

《海妖》：*The Water-Witch；or，the Skimmer of the Sea：A Tale*. Philadelphia：Carey and Lea，1830.

《亡命徒》：*The Bravo：A Tale*. Philadelphia：Carey and Lea，1831.

《黑衣教士》：*The Headenmauer；or，The Benedictines，A Legend of the Rhine*. Philadelphia：Carey，Lea，and Blanchard，1832.

《刽子手》：*The Headsman；or，The Abbaye des Vignerons*. Philadelphia：Carey，Lea，and Blanchard，1833.

《侏儒》：*The Monikin*. Philadelphia：Carey，Lea，and Blanchard，1835.

《返乡之旅》：*Homeward Bound；or，The Chase：A Tale of the Sea*. Philadelphia：Carey，Lea，and Blanchard，1838.

《故乡风貌》：*Home as Found*. Philadelphia：Lea and Blanchard，1838.

《探路者》：*The Pathfinder；or，The Inland Sea*. Philadelphia：Lea and Blanchard，1840.

《猎鹿人》：*The Deerslayer；or，The First Warpath*. Philadelphia：Lea and Blanchard，1841.

《两个船长》：*The Two Admirals：A Tale*. Philadelphia：Lea and Blanchard，1842.

《双帆船》：*The Wing-and-Wing；or，Le Feu-Follet：A Tale*. Philadelphia：Lea and Blanchard，
　　1842.

《内德·迈尔斯》：*Ned Myers；or，A Life Before the Mast*. Philadelphia：Lea and Blanchard，
　　1843.

《怀恩多特》：*Wyandotte；or，The Hutted Knoll：A Tale*. Philadelphia：Lea and Blanchard，
　　1843.

《海上与岸上》：*Afloat and Ashore；or，The Adventures of Miles Wallingford：A Sea Tale*.
　　Philadelphia：Lea and Blanchard，1844.

《迈尔斯·沃林福德》：*Miles Wallingford：Sequel to Afloat and Ashore*. New York：Burgess，
　　Stringer，1844.

《萨坦斯托》：*Satanstoe；or，The Littlepage Manuscripts，a Tale of the Colony*. New York：
　　Burgess，Stringer，1845.

《戴锁链的人》：*The Chainbearer；or，The Littlepage Manuscripts*. New York：Burgess，Stringer，
　　1845.

《印第安人》：*The Redskins；or，Indian and Injin：Being the Conclusion of the Littlepage
　　Manuscripts*. New York：Burgess，Stringer，1845.

《火山口》：*The Crater；or the Vulcan's Peak：A Tale of the Pacific*. New York：Burgess，Stringer，
　　1847.

《杰克·蒂尔》：*Jack Tier；or，The Florida Reef*. New York：Burgess，Stringer，1848.

《橡树园》：*The Oak Openings；or，The Bee-Hunter*. New York：Burgess，Stringer，1848.

《海狮》：*The Sea Lions；or，The Lost Sealers*. New York：Stringer，Townsend，1849.

《花样》：*The Ways of the Hour：A Tale*. New York：G. P. Putnam，1850.

二、非小说类

《十五岁的故事》：*Tales for Fifteen；or，Imagination and Heart*. New York：Charles Wiley，
　　1823.

《美国人的观念：一位欧洲单身汉旅行者偶得》：*The Notions of Americans，Picked up by a
　　Traveling European Bachelor*. Philadelphia：Carey，Lea，and Carey，1828.

《告美国同胞书》：*A Letter to His Countrymen*. New York：John Wiley，1834.

《瑞士见闻札记》： *Sketches of Switzerland, Part Second.* Philadelphia：Carey，Lea，and Blanchard，1836.

《欧洲拾零：法国篇》： *Gleanings in Europe：France.* Philadelphia：Carey，Lea，and Blanchard，1837.

《欧洲拾零：英国篇》： *Gleanings in Europe：England.* Philadelphia：Carey，Lea，and Blanchard，1837.

《欧洲拾零：意大利篇》： *Gleanings in Europe：Italy.* 2Volumes. Philadelphia：Carey，Lea & Blanchard，1838.

《论美国民主》： *The American Diplomat；or，Hints on the Social and Civic Relations of the United States of America.* Cooperstown，New York：H. & E. Phinney，1838.

《库柏斯敦编年史》： *The Chronicles of Cooperstown.* Cooperstown，New York：H. & E. Phinney，1838.

《美国海军史》： *The History of the Navy of the United States of America.* Philadelphia：Lea and Blanchard，1839.

《伊利河战役》： *The Battle of Lake Erie.* New York：H. & E. Phinney，1843.

《萨默斯巡航记》： *The Cruise of Somers.* New York：J. Winchester，1844.

《美国杰出海军军官生平志》： *Lives of Distinguished American Naval Officers.* Philadelphia：Carey and Hart，1846.

《纽约史》： *New York；or，The Towns of Manhattan.* New York：William Farquhar Payson，1930.

《早期批评文集》： *Early Critical Essays, 1820-1822.* Facsimile reproduction from *The Literary and Scientific Repository, and Critical Review.* with an introduction and headnotes by James Beard，Jr. Gainesville，Florida：Scholar's Facsimile & Reprints，1955.

三、书信集

Cooper，J. F.（grandson），Ed. 1922. *Correspondence of James Fenimore Cooper.* 2 vols. New Heaven：Yale University Press.

Beard，J. F.，Ed. 1960-1968. *The Letters and Journals of James Fenimore Cooper.* 5 vols. Cambridge，Mass：Harvard University Press.

参 考 文 献

埃默里·埃利奥特. 1994. 哥伦比亚美国文学史. 朱通伯译. 成都: 四川辞书出版社.

安德鲁·兰伯特. 2005. 风帆时代的海上战争. 郑振清, 向静译. 赵楚校. 上海: 上海人民出版社.

贝阿德·斯蒂尔. 1988. 美国西部开发纪实: 1607—1890. 张禹九译. 北京: 光明日报出版社.

曹云华, 李昌新. 2006. 美国崛起中的海权因素初探. 当代亚太, (5): 23-29.

陈思和. 2000. 试论 90 年代台湾文学中的海洋题材创作. 学术月刊, (11): 91-98.

陈舟, 邓碧波. 2009. 马汉. 昆明: 云南教育出版社.

程人乾. 1996. 论近代以来的世界民族主义. 历史研究, (1): 56-68.

丹尼尔·布尔斯廷. 1993. 美国人开拓历程. 中国对外翻译出版公司译. 北京: 生活·读书·新知三联书店.

丁朝弼. 1994. 世界近代海战史. 北京: 海洋出版社.

丁则民, 黄仁伟, 王旭等. 2001. 美国通史(第三卷): 美国内战和镀金时代 1861—19 世纪末. 北京: 人民出版社.

段波. 2011. 库柏的海洋文学作品与国家建构. 外国文学评论, (1): 90-98.

段波. 2011. 库柏海洋小说中的海权思想. 外国文学, (5): 96-103, 159.

段波. 2011. 库柏小说中的海洋民族主义思想探析. 外国文学研究, (5): 99-106.

段波. 2013. 忠诚还是背叛——论库柏《领航人》中的伦理两难及其历史隐喻. 外国文学研究, (5): 101-110.

段波. 2014. 论库柏海洋小说中的海洋文化型构. 首都师范大学学报(社会科学版), (3): 115-120.

段波. 2017. 从陆地到海洋: 库柏小说中的"边疆"及其国家意识的演变. 外国文学研究, (3): 92-103.

段汉武. 2009. 《暴风雨》后的沉思: 海洋文学概念探究. 宁波大学学报(人文社会科学版), (1): 15-19.

弗雷德里克·特纳. 2011. 美国边疆论. 董敏, 胡晓凯译. 北京: 中国对外翻译出版有限公司.

广东炎黄文化研究会编. 1997. 岭峤春秋——海洋文化论集. 广州: 广东人民出版社.

黑格尔. 2006. 历史哲学. 王造时译. 上海: 上海书店出版社.

亨利·朗费罗. 1985. 朗费罗诗选. 杨德豫译. 北京: 人民文学出版社.

怀特·惠特曼. 1991. 草叶集. 赵萝蕤译. 上海：上海译文出版社.

杰克·伦敦. 2006. 海狼. 孙法理译. 呼和浩特：远方出版社.

雷·艾伦·比林顿. 1991. 向西部扩张：美国边疆史. 周小松，周帆，周镜译. 北京：商务印书馆.

李剑鸣. 2000. 美国独立战争爆发前的政治辩论及其意义. 历史研究, (4): 73-87, 191.

李剑鸣. 2002. 美国通史第一卷：美国的奠基时代 1585-1775. 北京：人民出版社.

梁芳. 2011. 海上战略通道论. 北京：时事出版社.

刘海平，王守仁主编. 2000. 新编美国文学史(1—4 卷). 上海：上海外语教育出版社.

龙夫. 2004. 大海的倾诉：日本学者论海洋文学的发展. 海洋世界, (7): 22-23.

罗荣渠. 2009. 美国历史通论. 北京：商务印书馆.

马丁·范克勒韦尔德. 2010. 战争的文化. 李阳译. 北京：生活·读书·新知三联书店.

马汉. 1997. 海权论. 萧伟中，梅然译. 北京：中国言实出版社.

麦尔维尔. 2007. 白鲸. 曹庸译. 上海：上海译文出版社.

毛凌滢. 2014. 风景中的政治——库柏小说的风景再现与民族文化身份的建构. 外国文学, (3): 70-78.

聂珍钊. 2006. 文学伦理学批评与道德批评. 外国文学研究, (2): 8-17.

聂珍钊. 2010. 文学伦理学批评：基本理论与术语. 外国文学研究, (1): 12-22.

聂珍钊. 2011. 文学伦理学批评：伦理选择与斯芬克斯因子. 外国文学研究, (6): 1-13.

曲金良. 1999. 海洋文化概论. 青岛：青岛海洋大学出版社.

石莉，林绍花，吴克勤等. 2011. 美国海洋问题研究. 北京：海洋出版社.

斯坦利·L. 恩格尔曼，罗伯特·E. 高尔曼. 2008. 剑桥美国经济史(第二卷)：漫长的 19 世纪. 高德步，王珏译. 北京：中国人民大学出版社.

宋兆霖. 1982. 库柏——美国文学的奠基人. 外国文学研究, (1): 40-44.

托克维尔. 1991. 论美国的民主. 董果良译. 北京：商务印书馆.

托马斯·帕特森. 1989. 美国外交政策上册. 李庆余译. 北京：中国社会科学出版社.

王晓德. 2000. 美国文化与外交. 北京：世界知识出版社.

维克多·佩洛. 1955. 美帝国主义. 易争真，王落彦译. 北京：世界知识出版社.

沃浓·路易·帕灵顿. 2002. 美国思想史 1620-1920. 陈永国，李增，郭乙瑶译. 长春：吉林人民出版社.

吴昊. 1998. 美国战略思维中的"使命观". 国际政治研究, (2): 84-90.

杨生茂. 1991. 美国外交政策史：1775—1989. 北京：人民出版社.

杨中举. 2004. 从自然主义到象征主义和生态主义——美国海洋文学述略. 译林, (6): 195-198.

詹·费·库柏. 2001. 最后的莫希干人. 宋兆霖译. 南京: 译林出版社.

詹姆斯·库柏. 2007. 领航人. 饶健华译. 武汉: 长江文艺出版社.

张德明. 2014. 海洋文化研究模式初探. 宁波大学学报(人文科学版), (1): 1-6.

张爽. 2006. 美国民族主义——影响国家安全战略的思想根源. 北京: 世界知识出版社.

张友伦. 2002. 美国通史(第 2 卷): 美国的独立和初步繁荣 1775—1860. 北京: 人民出版社.

张陟. 2009. "海洋文学"的类型学困境与出路. 宁波大学学报(人文科学版), (3): 16-19.

赵君尧. 2007. 海洋文学研究综述. 职大学报, (1): 62-64.

左立平. 2012. 国家海上威慑论. 北京: 时事出版社.

A. T. 马汉. 1997. 海权对历史的影响 1660—1783. 安常容, 成忠勤译. 北京: 解放军出版社.

J. 艾捷尔. 2000. 美国赖以立国的文本. 赵一凡, 郭国良译. 海口: 海南出版社.

J. 布卢姆. 1988. 美国的历程(上册). 杨国标, 张儒林译. 北京: 商务印书馆.

S. F. 比米斯. 1997. 美国外交史第一分册. 叶笃义译. 北京: 商务印书馆.

Alexander, W. D. 1936. *A Brief History of the Hawaiian People*. New York: American Book Company.

Axelrad, A. M. 1978. *History and Utopia: A Study of the World View of James Fenimore Cooper*. Norwood: Norwood Editions.

Axelrad, A. M. 2005. From mountain gothic to forest gothic and luminism: Changing representations of landscape in the leatherstocking tales and in American painting. http: //external.oneonta.edu/cooper/articles/suny/2005suny-axelrad.html[2013-12-1].

Bailyn, B. 2005. *Atlantic History: Concept and Contours*. Cambridge: Harvard University Press.

Barker, M., Roger S. 1995. *The Lasting of the Mohicans: History of an American Myth*. Jackson: University Press of Mississippi.

Beard, J. F., Jr. 1951. Cooper and his artistic contemporaries. http://www.oneonta.edu/ external/cooper/articles/nyhistory/1954nyhistory-beard.html[2014-9-1].

Beard, J. F., Jr., Ed. 1964. *The Letters and Journals of James Fenimore Cooper*. vol. III. Cambridge: The Belknap Press of Harvard University Press.

Benter, B. 1988. *Sea-Brothers: The Tradition of American Sea Fiction from* Moby-Dick *to the Present*. Philadelphia: University of Pennsylvania Press.

Berger, J. 2010. The crater and the master's reign: Cooper's "Floating imperium". http: // external.oneonta.edu/cooper/articles/ala/2010ala-berger.html[2018-1-28].

Bhabha, H. K. 1990. *Nation and Narration*. London and New York: Routledge.

Blum, H. 2008. *The View from the Masthead: Antebellum American Maritime Imagination and Sea Narratives*. Chapel Hill: the University of North Carolina Press.

Bowen, F. 1838. Review. *North American Review*, xlvii(October): 488-489.

Boynton, H. W. 1931. *James Fenimore Cooper*. New York: The Century Co.

Bryant, W. C. 1871.*Thirty Poems*.New York: D. Appleton Co.

Bryant, W. C. 1875. *Poems by William Cullen Bryant*. New York: D. Appleton Co.

Carlson, P. 1986. *Literature and the Lore of the Sea*. Amsterdam: Rodopi.

Cass, L. 1828. Structure of the Indian languages. *North American Review*, xxvi(April): 373-376.

Clark, R., Ed. 1985. *James Fenimore Cooper: New Critical Essays*. London and New York: Vision and Barnes & Noble.

Clayton, T., Brock, S. & Fores, V. 2004. *Shakespeare and the Mediterranean: The Selected Proceedings of the International Shakespeare Association World Congress, Valencia, 2001*. Newark: University of Delaware Press.

Clohessy, R. J. 2003. *Ship of State: American Identity and Maritime Nationalism in the Sea Fiction of James Fenimore Cooper*(Unpublished doctoral dissertation). The University of Wisconsin-Milwaukee, Milwaukee.

Clohessy. R. J. 2007. *Ship of State: American Identity and Maritime Nationalism in the Sea Fiction of James Fenimore Cooper*, presented at the Cooper Panel of the 2007 Conference of the American Literature Association in Boston. James Fenimore Cooper Society Miscellaneous Papers No. 24(pp. 3-8). Jamestown, New York: James Fenimore Cooper Society.

Clymer, W. S. 1908. *James Fenimore Cooper*. Boston: Small, Maynard & Co.

Cohen, M. 2010. *The Novel and the Sea*. New Jersey: Princeton University Press.

Cooper Conference Papers. Papers from the Biennial Conference on James Fenimore Cooper: His Country and His Art, held since 1978 at the State University of New York(SUNY)College at Oneonta.

Cooper Monument Association. 1852. *Memorial of James Fenimore Cooper*. New York: Putnam.

Cooper Panel Papers. Papers from the Cooper Panel at the Annual Conference of the American Literature Association.

Cooper, J. F. 1821a. Clark's naval history of the U. S. *The Literary and Scientific Repository, and Critical Review*, II(January): 20-37.

Cooper, J. F. 1821b. Commercial restrictions. *The Literary and Scientific Repository, and Critical Review*, II(April): 326-346.

Cooper, J. F. 1821c. The whale fisheries. *The Literary and Scientific Repository, and Critical Review*, III(July): 1-23.

Cooper, J. F. 1822a. Bracebridge hall. *The Literary and Scientific Repository, and Critical Review*, (4): 422-432.

Cooper, J. F. 1822b. A New-England tale. *The Literary and Scientific Repository, and Critical Review*, IV(May): 336-370.

Cooper, J. F. 1822c. Parry's northern expedition. *The Literary and Scientific Repository, and Critical Review*, IV(January): 55-86.

Cooper, J. F. 1832. *Lionel Lincoln*. London: Richard Bentley.

Cooper, J. F. 1832. *The Pilot: A Tale of the Sea*. 2 Vols. Fifth Edition. Philadelphia: Carey & Lea.

Cooper, J. F. 1836. *The Water-Witch; or, the Skimmer of the Sea: A Tale*. 2 Vols. A New Edition. Philadelphia: Carey, Lea & Blanchard.

Cooper, J. F. 1837. *Gleanings in Europe: France*. Philadelphia: Carey, Lea, and Blanchard.

Cooper, J. F. 1838. *Gleanings in Europe: England*. Philadelphia: Carey, Lea, and Blanchard.

Cooper, J. F. 1838. *Homeward Bound; or The Chase: A Tale of the Sea*. Philadelphia: Carey, Lea, and Blanchard.

Cooper, J. F. 1839. *The History of the Navy of the United States of America*. 2 Vols. Philadelphia: Lea & Blanchard.

Cooper, J. F. 1843. *Afloat and Ashore; or, The Adventures of Miles Wallingford: A Sea Tale*. Philadelphia: Lea and Blanchard.

Cooper, J. F. 1843. *Ned Myers; or, A Life Before the Mast*. Philadelphia: Lea and Blanchard.

Cooper, J. F. 1848. *The Red Rover: A Tale*. 2 Vols. A New Edition. Philadelphia: Lea & Blanchard.

Cooper, J. F. 1850. *Notions of the Americans: Picked up by a Travelling Bachelor*. 2 Vols. New York: Stringer & Townsend.

Cooper, J. F. 1850. *The Last of the Mohicans*. New York: George P. Putnam.

Cooper, J. F. 1851. *The Pioneers*. New York: George P. Putnam.

Cooper, J. F. 1852. *The Red Rover: A Tale*. New York: George P. Putnam.

Cooper, J. F. 1856. *The Pathfinder; or, The Inland Sea*. New York: Stringer & Townsend.

Cooper, J. F. 1859. *The Prairie*. New York: W. A. Townsend and Company.

Cooper, J. F. 1860. *Home as Found*. New York: W.A. Townsend and Company.

Cooper, J. F. 1860. *The Sea Lions; or, The Lost Sealers*. New York: W.A. Townsend And Company.

Cooper, J. F. 1860. *The Water-Witch, or, the Skimmer of the Seas*. New York: W. A. Townsend and Company.

Cooper, J. F. 1860. *The Wing-and-Wing; or, Le Feu-Follet: A Tale*. New York: W. A. Townsend and Company.

Cooper, J. F. 1861. *Mercedes of Castile*. New York: W.A. Townsend and Company.

Cooper, J. F. 1861. *The Crater; or, the Vulcan's Peak: A Tale of the Pacific*. New York: W.A. Townsend and Company.

Cooper, J. F. 1861. *The Two Admirals: A Tale*. New York: W.A. Townsend and Company.

Cooper, J. F. 1862. *The Deerslayer; or The First Warpath*. London: Routledge, Warne and Routledge.

Cooper, J. F. 1871. *The Borderers; or, The Wept of Wish -Ton-Wish: A Tale*. New York: Hurd and Houghton.

Cooper, J. F. 1872. *Lionel Lincoln*. New York: Hurd and Houghton.

Cooper, J. F. 1921. *Legends and Traditions of a Northern County*. New York: G.P. Putnam's Sons.

Cooper, J. F. 1955. *Early Critical Essays, 1820-1822*. Facsimile reproduction from *The Literary and Scientific Repository, and Critical Review*. With an introduction and headnotes by James Beard, Jr. Gainesville, Florida: Scholar's Facsimile & Reprints.

Cooper, J. F.(grandson), Ed. 1922. *Correspondence of James Fenimore Cooper.* 2 vols. New Heaven: Yale University Press.

Cooper, S. F. 1850. *Rural Hours.* New York: George A. Putnam.

Cooper, S. F. 1865. *The Cooper Gallery; or, Pages and Pictures from the Writings of James Fenimore Cooper.* New York: Miller.

Cooper, S. F. 1876-1884. *The Works of J. Fenimore Cooper.* Household Edition. New York and Cambridge: Houghton, Mifflin and Co.

Cooper, W. 1810. *A Guide in the Wilderness; or, The History of the First Settlements in The Western Counties of New York, with Useful Instructions to Future Settlers.* Dublin: Gilbert & Hodges.

Cunningham, M., Ed. 1954. *James Fenimore Cooper: A Re-Appraisal.* Cooperstown: New York State Historical Association.

Darnell, D. 1993. *James Fenimore Cooper: Novelist of Manners.* Newark: University of Delaware Press.

Dekker, G. 1967. *James Fenimore Cooper: The Novelist.* London: Routledge & Kegan Paul.

Dekker, G., & John P. Williams. 2005. *James Fenimore Cooper: The Critical Heritage.* London: Routledge(first edition in 1973).

Duyckinck, E. 1841. Review. *Arcturus,* i(January): 90-92.

Dyer, A. F. 1991. *James Fenimore Cooper: An Annotated Bibliography of Criticism.* New York: Greenwood Press.

Edgeworth, M. 1823. Letter. *Port Folio,* (xvi): 85-86.

Edmond, R. 1997. *Representing the South Pacific: Colonial Discourse from Cook to Gauguin.* Cambridge: Cambridge University Press.

Edwards, P. 2004. *The Story of the Voyage: Sea-Narratives in Eighteen-Century England.* Cambridge: Cambridge University Press.

Emerson, R. W. 1867. *May-Day and Other Pieces.* Boston: Ticknor and Fields.

Fields, W. 1979. *James Fenimore Cooper: A Collection of Critical Essays.* Englewood: Prentice-Hall (Spectrum Books).

Forster, J. R, LLD. F. R. S & S. A. 1778. *Observations Made During A Voyage Round the World.* London: Printed for G. Robinson, in Peter-Noster-Row.

Franklin, W. 1982. *The New World of James Fenimore Cooper*. Chicago and London: University of Chicago Press.

Franklin, W. 2007. *James Fenimore Cooper: The Early Years*. New Haven & London: Yale University Press.

Fridén, G. 1949. *James Fenimore Cooper and Ossian*. Upsala(Sweden): The American Institute of the University of Upsala.

Gardiner, W. H. 1822. The Spy. *North American Review*, xv(July): 250-282.

Gardiner, W. H. 1826. Cooper's novels. *North American Review*, xxiii(July): 150-197.

Gates, W. B. 1950. Cooper's *The Sea Lions* and Wilkes' narrative. *PMLA* 65, (6): 1069-1075.

Gentry, A. D. 2002. Created space: The crater and the Pacific frontier. http://www.oneonta.edu/external/cooper/articles/other/2002other-gentry.html[2014-6-7].

Gentry, A. D. 2003. *The South Sea Rose: Imagining the Pacific in 19th Century America* (Unpublished doctoral dissertation). Carbondale: Southern Illinois University.

Greene, J. P. & Morgan, P. D. 2009. *Atlantic History: A Critical Appraisal*. New York: Oxford UP.

Grossman, J. 1967. *James Fenimore Cooper: A Biographical and Critical Study*. Sandford: Stanford University Press.

Harvey, B. 2001. *American Geographics: U.S. National Narrative and the Representation of the Non-European World, 1830-1865*. Stanford: Stanford UP.

Haynes, S. W. & Morris, C. 1997. *Manifest Destiny and Empire: American Antebellum Expansionism*. College Station: Texas A & M UP.

Hazlitt, W. 1829. American literature—Dr. Channing. *Edinburgh Review*, (October): 125-131.

House, K. S. 1965. *Cooper's Americans*. Columbus: Ohio State University Press.

House, K. S. 1986. "Cooper as Historian". http://external.oneonta.edu/cooper/articles/suny/1986suny-house.html.[2014-6-1]

Howe, K. R. 1984. *Where the Waves Fall: A New South Sea Islands History from First Settlement to Colonial Rule*. Honolulu: University of Hawaii Press.

Hunt, L. 1831. Review of the pilot. *Tatler*, II(July): 737.

Iglesias, L. 2006. The "Keen-Eyed Critic of the Ocean": James Fenimore Cooper's invention of the sea novel(presented at the Cooper Panel of the 2006 Conference of the American Literature Association in San Francisco). In *James Fenimore Cooper Society Miscellaneous Papers*(pp.1-7). Cooperstown: The Cooper Society.

Jarves, J. J. 1843. *History of the Hawaiian or Sandwich Islands*. Boston: Tappan and Dennet.

Jefferson, T., & Peterson, M. D. 1977. *The Portable Thomas Jefferson*. New York: Penguin Group.

Jolly, M., Tcherkézoff, S. & Tryon, D. 2009. *Oceanic Encounters: Exchange, Desire, Violence*. Canberra: The Australian National University.

Kaplan, A. 2002. *The Anarchy of Empire in the Making of U.S. Culture*. Cambridge, MA: Harvard UP.

Keown, M. 2007. *Pacific Island Writing*. New York: Oxford University Press.

Kippis, A. D. D. F. R. S & S. A. 1830. *A Narrative of the Voyage Round the World*. Boston: Published by N.H. Whitaker.

Klein, B. 2002. *Fictions of the Sea: Critical Perspectives on the Ocean in British Literature and Culture*. Hampshire: Ashgate.

Kluger, Richard. 2007. *Seizing Destiny: How Amercia Grew from Sea to Shining Sea*. New York: Alfred A. Knopf.

Krauthammer, A. 2008. *The Representation of the Savage in James Fenimore Cooper and Herman Melville*. New York: Peter Lang.

Labaree, W. William Fowker, Jr. & Edward, S., et al. 1998. *America and the Sea: A Maritime History*. Mystic, Connecticut: Mystic Seaport Museum.

Lawrence, D. H. 2014. *Studies in Classic American Literature*. Eds. Greenspan, Ezra, Lindeth Vasey and John Worthen. New York: Cambridge University Press.

Lefebvre, H. 1991. *Production of Space*. Trans. Donald Nicholson-Smith. Oxford: Blackwell.

Lewis, C. L. 1943. *Books of the Sea*. Annapolis, Maryland: United States Naval Institute.

Lockhart, J. G. 1837. Review. *Quarterly Review*, lix(October): 327-361.

Long, R. E. 1990. *James Fenimore Cooper*. New York: The Continuum Publishing Company.

Longfellow, H. W. 1868. *The Poetical Works of Henry Wadsworth Longfellow*. Complete Edition. London: George Routledge and Son.

Lounsbury, T. R. 1886. *James Fenimore Cooper*. New York: Houghton Mifflin and Company.

Lowell, J. R. 1848. *A Fable for Critics*. New York: G.P. Putnam.

Lowell, J. R. 1857.*The Poetical Works of James Russell Lowell*. 2 vols .Boston: Ticknor and Fields.

Lowell, J. R. 1896. *The Complete Poetical Works of James Russell Lowell*. Cambridge: Riverside Press.

Lyons, P. 2006. *American Pacificism: Oceania in the US Imagination*. New York and London: Routledge.

MacDougall, H. C. 1989. *Cooper's Otsego County*. Cooperstown: New York State Historical Association.

Mackenthun, G. 2004. *Fictions of the Black Atlantic in American Foundational Literature*. London: Routledge.

Madison, R. D. 1982. Cooper's Place in American Naval Writing, In. G. A. Test(Ed.), *James Fenimore Cooper: His Country and His Art*(pp.17-32). Oneonta, New York: State University of New York.

Mahan, A. T. 1918. *The Influence of Sea Power upon History 1660-1783*.Twelfth ed. Boston: Little, Brown and Company.

Mahan, A. T. 2008. *The Influence of Sea Power Upon History*, 1660-1783.

McClatchy, J. D. 2001. *Poems of the Sea*. New York: Everyman's Library.

McWilliams, J. P., Jr. 1972. *Political Justice in a Republic: James Fenimore Cooper's America*. California: University of California Press.

McWilliams, J. P., Jr. 1995. *The Last of the Mohicans: Civil Savagery and Savage Civility*. New York: Twayne Publishers(Twayne's Masterwork Studies, No. 141).

Mellen, G. 1828. The red rover. *North American Review*, xxvii(July): 139-154.

Melville, H. 1849. Review of *The Sea Lions*. *Literary World*, iv(April): 370.

Melville, H. 1850. Notice of *The Red Rover*. *Literary World*, vi(March): 277.

Mentz, S., & Rojas, M. 2017. *The Sea and Nineteenth-Century Anglophone Literary Culture*. New York: Routledge, Taylor & Francis Group.

Moll, K. L. 1963. A. T. Mahan, American historian. *Military Affairs*, Vol. 27, (3): 131-140.

Motley, W. 1987. *The American Abraham: James Fenimore Cooper and the Frontier Patriarch*. New York: Cambridge University Press.

Neal, J. 1824. American writers. *Blackwood's Edinburgh Magazine*, xvi(October): 426-428.

Neal, J. 1825. Review of *Lionel Lincoln*. *Blackwood's Edinburgh Magazine*, xviii(September): 323-326.

Neal, J. 1826. The last American novel. *London Magazine*, xvi(May): 27-31.

Neill, P. 2000. *American Sea Writing: A Literary Anthology*. New York: The Library of America.

Nelson, J. L. 2010. *George Washington's Great Gamble and the Sea Battles that Won the American Revolution*. New York: McGraw-Hill.

Nevius, B. 1976. *Cooper's Landscapes: An Essay on the Picturesque Vision*.(Quantum Books) Berkeley: University of California Press.

Newman, R. T. 2003. *The Gentleman in the Garden: The Influential Landscape in the Works of James Fenimore Cooper*. New York: Lexington Books.

Norwood, L. W. 2004. Cooper's Pacific: The Crater and Theories of History in the South Seas. http://www.oneonta.edu/external/cooper/articles/ala/2004ala-norwood.html[2014-5-8].

Outland, E. P. 1929. *The "Effingham" Libels on Cooper: A Documentary History of the Libel Suits of James Fenimore Cooper*. Madison: University of Wisconsin.

Parkman, F. 1852. The Works of James Fenimore Cooper. *North American Review*, lxxiv (January): 147-161.

Peck, D. 1977. *A World by Itself: The Pastoral Moment in Cooper's Fiction*. New Haven: Yale University Press.

Peck, D., Ed. 1992. *New Essays on* The Last of the Mohicans. New York: Cambridge University Press.

Peck, J. 2001. *Maritime Fiction: Sailors and the Sea in British and American Novels, 1719–1917*. New York: Palgrave.

Percival, J. G. 1823. *Poems by James Gates Percival*. New York: Charles Wiley.

Person, L., Ed. 2007. *A Historical Guide to James Fenimore Cooper*. New York: Oxford University Press.

Philbrick, T. 1961. *James Fenimore Cooper and the Development of American Sea Fiction*. Cambridge: Harvard UP.

Philbrick, T. 1989. Cooper and the Literary Discovery of the Sea, In G. A. Test(Ed.), *James Fenimore Cooper: His Country and His Art*, Papers from the Bicentennial Conference (pp.12-20), Oneonta and Cooperstown: State University of New York.

Philips, M. E. 1912. *James Fenimore Cooper*. New York: John Lane Company.

Phinit-Akson, H. 1976. *Ritual and Aesthetic: The Influence of Europe on the Art of Fenimore Cooper*. Bangkok: Thammasat University Press.

Poe, E. A. 1843. *Wyandotte* Review, *Graham's Magazine*, xxiv(November): 261-264.

Prescott, W. H. 1832. English literature of the nineteenth century. *North American Review*, xxxv(July): 190-191.

Proudfitt, I. 1946. *James Fenimore Cooper*. New York: Julian Messner.

Raban, J. 1992. *The Oxford Book of the Sea*. New York: Oxford University Press.

Railton, S. 1978. *Fenimore Cooper: A Study of his Life and Imagination*. Princeton: Princeton University Press.

Randolph, T. J. 1829. *Memoirs, Correspondence and Private Papers of Thomas Jefferson*, Vol. 1. London: Henry Colburn and Richard Bently.

Rans, G. 1991. *Cooper's Leather-Stocking Novels: A Secular Reading*. Chapel Hill: University of North Carolina Press.

Raran, J. 1992. *The Oxford Book of the Sea*. New York: Oxford University Press.

Ravage, J. A. 1997. *A Region of Romance: Otsego Lake*. N.Y. Cooperstown: Smithy-Pioneer Gallery, Inc. and Otsego.

Redyard, J. 1783. *Journal of Captain Cook's Last Voyage to the Pacific Ocean*. Hartford: Printed and folded by Nathanial Peter.

Rickman, J. 1781. *Journal of Captain Cook's Last Voyage to the Pacific Ocean*. London: Printed for Newberry, the corner of St. Paul's Church Yard.

Ringe, D. A. 1962. *James Fenimore Cooper*. New Haven: College and University Press, revised edition, 1990.

Rowe, J. C. 2000. *Literary Culture and U.S. Imperialism: from the Revolution to World War II*. Oxford; New York: Oxford University Press.

Said, E. W. 1994. *Culture and Imperialism*. 1st Vintage Books Edition. New York: Vintage Books.

Schulenberger, A. 1955. *Cooper's Theory of Fiction: His Prefaces and Their Relation to His Novels*. Lawrence: University of Kansas Press.

Scott, W. 1891. *The Journal of Sir Walter Scott, 1825-1832*. Edinburgh: David Douglas.

Seaver, R. B. 2005. *Cooperstown, Otsego and the World as seen by the Badger*. Cooperstown: Pilar Press.

Simms, W. G. 1845. *The Writings of James Fenimore Cooper. In Views and Reviews in American Literature*. New York: Wiley and Putnam.

Smith, B. 1960. *European Vision and the South Pacific: A Study in the History of Ideas*. New Haven: Yale University Press.

Smith, V. 1998. *Literary Culture and the Pacific: Nineteenth-Century Textual Encounters*. Cambridge: Cambridge University Press.

Sparks, J. 1828. *Memoirs of the Life and Travels of John Ledyard*. London: Henry Colburn.

Spiller, R. & Philip B. 1934. *A Descriptive Bibliography of the Writings of James Fenimore Cooper*. New York: R.R. Bowker(reprinted New York: Burt Franklin, 1968).

Spiller, R. 1963. *Fenimore Cooper: Critic of His Times*. New York: Russell & Russell.

Springer, H. 1995. *America and the Sea: A Literary History*. Athens and London: The University of Georgia Press.

Steinberg, P. E. 2014. *The Social Construction of the Ocean*. Cambridge: Cambridge University Press.

Sturma, M. 2002. *South Sea Maidens: Western Fantasy and Sexual Politics in the South Pacific*. Westport: Greenwood Press.

Summerlin, M. 1987. *A Dictionary of the Novels of James Fenimore Cooper*. Greenwood: Penkevill Publishing Co.

Suzuki, T. 1992. *The Literary World of James Fenimore Cooper: His Works and Their Relation to His Beliefs*. Tokyo: Eichosa Co.

Tanner, T. 1994. *Oxford Book of Sea Stories*. New York: Oxford University Press.

Taylor, A. 1993. James Fenimore Cooper goes to sea: Two unpublished letters by a family Friend. *Studies in American Renaissance*(pp. 43-54).

Taylor, A. 1995. *William Cooper's Town: Power and Persuasion on the Frontier of the Early American Republic*. New York: Alfred A. Knopf(paperback ed., Vintage Books, 1996).

Tesdell, D. 2010. *Stories of the Sea*. New York: Everyman's Library.

Thackeray, W. M. 1846. The Redskins. *Morning Chronicle*, (August): 6.

Tocqueville, A. de. 2010. *Democracy in America*. Edited by Eduardo Nolla; translated from French by James T. Schleifer. Indianapolis: Liberty Fund.

Townsend, H., et al. 2011. *Hawaii*. New York: DK Publishing.

Twain, M. 1895. Fenimore Cooper's literary offenses. *North American Review*, clxi, (July): 1-12.

Unsigned article. 1827. *Colburn's New Monthly Magazine*, (xx): 79-82.

Unsigned notice. 1832. *New-York Mirror*, x(February): 262.

Unsigned review. 1823. *Port Folio*, xv(March): 230–248.

Unsigned review. 1824. *New-York Mirror*, ii(December): 151.

Unsigned review. 1825. *Literary Gazette*, ix(March): 149-151.

Unsigned review. 1826. *Literary Gazette and Journal of the Belles Lettres*, x(April): 198-200.

Unsigned review. 1826a. American Novels. *British Critic*, ii(July): 431.

Unsigned review. 1826b. Notice. *British Critic*, ii(July): 437.

Unsigned review. 1828. *Colburn's New Monthly Magazine*, xxiii(July): 164-173.

Unsigned review. 1828. *Literary Gazette*, xii(June): 385–387.

Unsigned review. 1828. *London Magazine*, x(January): 101-102.

Unsigned review. 1833. *Metropolitan Magazine*, i(October): 409-410.

Unsigned review. 1834. *New-England Magazine*, vii(August): 154-156.

Unsigned review. 1835. American poetry. *Edinburgh Review*, LXI(April): 23-24.

Unsigned review. 1835. *Knickerbocker Magazine*, vi(August): 152–153.

Unsigned review. 1839. *New-York Review*, iv(January): 209-221.

Unsigned review. 1841. *New-York Mirror*, xix(September): 295.

Valtiala, K.(Nalle). 1998. *James Fenimore Cooper's Landscapes in the Leather-Stocking Tales and Other Forest Tales*. Helsinki: Finnish Academy of Science and Letters.

Verhoeven, W. M., Ed. 1993. *James Fenimore Cooper: New Historical and Literary Contexts*. Amsterdam/Atlanta: Editions Rodopi.

Volo, J. 2007. *Blue Water Patriots: The American Revolution Afloat*. Connecticut and London: Praeger.

Walker, J., Ed. 2007. *Reading Cooper, Teaching Cooper*. New York: AMS Press.

Walker, W. S. 1962. *James Fenimore Cooper: An Introduction and Interpretation*. New York:

Barnes & Noble.

Walker, W. S. 1978. *Plots and Characters in the Fiction of James Fenimore Cooper*. Hamden, CT: Archon Books.

Walker, W. S., Ed. 1965. *Leatherstocking and the Critics*. Chicago: Scott, Foresman.

Wallace, J. D. 1986. *Early Cooper and His Audience*. New York: Columbia University Press.

Waples, D. 1938. *The Whig Myth of James Fenimore Cooper*. New Haven: Yale University Press.

Wegener, S. O. 2005. *James Fenimore Cooper versus the Cult of Domesticity: Progressive Themes of Femininity and Family in the Novels*. Jefferson, NC: McFarland and Co..

White, C. 2006. *Student Companion to James Fenimore Cooper*. Westport: Greenwood Press.

Whitehill, W. M. 1954. Cooper as a naval historian. *New York History*, Vol. 35, (4): 468-479.

Yamashiro, S. 2014. *American Sea Literature: Seascapes, Beach Narratives, and Underwater Explorations*. New York: Palgrave Macmillan.

后　记

　　这本书是在我的博士论文的基础上修改、增添、润色而成的，之前的博士论文有近15万字，现在增加了10余万字，经过近3年的修改，几易其稿，最终形成了这部30万字篇幅的专著。

　　这本书之所以能够完成，首先要感谢我的导师罗良功教授的悉心指导。感谢命运之神的眷顾，让我遇见了罗老师，并有幸成为了他的学生。在桂子山四年的学习生涯中，罗老师在学习、生活上给予我无微不至的关心。罗老师国际化的学术视野、敏锐的学术嗅觉、严谨的治学态度和勤奋踏实、对学问孜孜不倦的追求精神，潜移默化地影响着我的学术生涯。

　　我也要特别感谢聂珍钊教授。在文学院学习期间，聂珍钊教授严谨治学的态度，谦逊儒雅的学者风范，平易近人的为人处事风范，尤其是他在文学伦理学批评理论建构和批评实践过程中所体现出的不畏艰辛、迎难而上、勇于开拓、敢于创新的学术进取精神，无不时时刻刻激励着我。正是聂老师的言传和身教，让我明白学问之道，首先在于做事和做人。只有踏踏实实做事、明明白白做人，才能真真正正做好学问。

　　我尤其要感谢我的恩师苏晖教授在我的求学道路上对我的鼎力支持、帮助和提携。在学术探索的道路上遇见她，是命运对我的恩泽。作为我的导师，苏晖教授以其开阔的视野、缜密的思维、严谨的治学态度和谦逊的人格魅力不断地感染着我，她对知识的尊重和敬畏以及她在学术研究中所遵循的严谨、缜密的学术探索精神，无时无刻不在潜移默化地影响着我，催我奋进，让我不断前行。正是在她的鼓励、启迪和帮助下，我才能有幸走进学术研究之门。

　　真诚感谢上海外国语大学的虞建华教授、武汉大学的任晓晋教授，他们对书稿的前期选题和写作思路提出了许多宝贵的意见和建议。感谢南京大学的杨金才教授，他为我的前期研究提供了建设性的指导意见和宝贵的建议。感谢苏州大学的朱新福教授，他一直关心我的学术研究，提供各种必要的帮助，并且不断鼓励我一路前行。

真诚感谢中国教育部"海外名师"、美国 Dillard University 的 Jerry Ward 教授和美国弗莱明大学的 Elizabath Ech 博士。Jerry Ward 教授一直在关注我的书稿写作计划，他还对本书的章节结构提出了许多富有建设性的具体指导意见和建议；Elizabath Ech 博士为我提供了大量的英文复印资料，正是她的慷慨和无私的帮助，使我的研究和写作能顺利进行。特别要感谢我的美国导师、埃默里大学（Emory University）英文系和非裔文学系教授 Mark A. Sanders，他为我在埃默里大学访学和从事学术研究提供了各种必要的学习和生活上的便利，让我能安心收集本书写作所必需的各种学术资料。感谢北京大学的陈兰薰博士，他为了帮我查询和复印资料，在北京大学图书馆和国家图书馆之间不辞辛劳地奔波。

感谢科学出版社编辑和编审老师的建设性意见和认真细致的编校工作，他（她）们为本书的出版付出了大量的心血和辛勤的劳动。本书的部分章节曾以论文的形式在《外国文学评论》《外国文学研究》《外国文学》《首都师范大学学报》《宁波大学学报》等杂志上发表，在此对这些期刊致以诚挚的谢意，并对编辑老师和匿名评审专家的辛勤工作表示衷心的感谢。

感谢教育部人文社会科学基金项目的资助和国家留学基金委的留学项目资助，正是有了这些基金的资助，才让我有能力到美国埃默里大学访学并从事学术研究，从而为本书的顺利写作打下基础。

感谢宁波大学外国语学院和浙江省人文社会科学"外国语言文学"重点研究基地为本书的出版所提供的各种支持和帮助。感谢宁波工程学院给予我的帮助。

感谢我的家人对我一直以来的鼓励、支持和厚爱。我今天在学习和工作上所取得的成绩和收获，无不凝聚着他们对我的关心、支持和无私的爱。衷心感谢我年迈的母亲邓永淑和父亲段廷富，两位老人含辛茹苦把我养大，在我的人生旅途中默默地守候在我的身边，没有双亲一直以来的支持和鼓励，我不会取得今天的成就。特别是我的父亲，他一直以自己的行动教我怎样踏踏实实做人，并一直鼓励我一心一意读书，探索真知。然而就在我的博士求学期间，父亲永远地离开了我们。书稿的最终完成，是献给父亲最好的礼物，也是对他永久的纪念。衷心感谢我的妻子姚惠女士和我的岳母邓堪环女士，她们在我读博士期间以及在我从事学术研究期间承担了繁重的家务，为此牺牲了自己事业发展的机会，并对我无法照顾家庭给予了最大的宽容与理解，从而解除了我的后顾之忧，使我能安心学习，专心从事教学和科研工作。我还要感谢我那精灵般俏皮可爱的女儿睿睿，她成为我繁重而紧张的学习生活的"润滑剂"，也成为我一路不断前行的动力。

再次向所有给予过我帮助的人致以最诚挚的谢意，如果没有他（她）们，就不会有我今天的一切。

最后，需要特别说明的是，因本人才识浅薄，书中难免存在疏漏之处，敬请方家匡正。

段　波

宁波大学外国语学院教授

宁波大学海洋文学与文化研究中心副主任

2019 年 2 月 18 日